二見文庫

約束のワルツをあなたと

クリスティーナ・ブルック／小林さゆり＝訳

Mad About the Earl
by
Christina Brooke

約束のワルツをあなたと

登　場　人　物　紹　介

ロザムンド・ウェストラザー	スタイン侯爵家の令嬢
グリフィン・デヴィア	現トレガース伯爵
モントフォード公爵	ウェストラザー家の当主。 婚姻省の創設者。ロザムンドの後見人
レディ・アーデン	ブラック家の貴婦人
オリヴァー・デヴィア	デヴィア家の当主
ジャクリーン（ジャックス）・デヴィア	グリフィンの妹
フィリップ・ローダデール	騎兵隊大尉
セシリー・ウェストラザー	ロザムンドのいとこ
ザヴィア・ウェストラザー	スタイン侯爵。ロザムンドの兄
アンドルー・ウェストラザー	リドゲイト子爵。ロザムンドのいとこ
ネリッサ・ウェストラザー	ロザムンドの母
アンソニー（トニー）・マドックス	グリフィンの友人
オールブライト	音楽教師。マドックスのいとこ
ペギー	ペンドン館の女中頭
オリファント	教区司祭。グリフィンの友人
クレーン	ペンドン館の元管財人
スウィート・ウィリアム・ディアラブ	グリフィンの近侍

1

一八一二年、夏、イングランド、コーンウォール
三年まえ……

レディ・ロザムンド・ウェストラザーは馬車の窓からペンドン館を目にしたとたん、運命を感じ、心を奪われた。

エリザベス朝様式の大邸宅が遠くにそびえていた。ゴシック様式のアーチ形の窓と銃眼模様の小塔を配した、グレーの石造りの建物。壁にからまる深緑色の蔦《つた》だけがその堅牢な建造物の印象をやわらげている。

薄暗く、陰気な様相を呈しながらも、ロマンティックとしかいいようのない雰囲気を醸《かも》していた。

期待が高まり、ロザムンドは背すじがぞくりとした。いずれこの屋敷の女主人となることが、きょう運命づけられる。

首から鎖でぶらさげた、大きな純金のロケットの彫りものに指を触れた。蓋《ふた》をあけたくなる衝動をぐっとこらえた。まだ会ったこともない紳士、グリフィン・デヴィアの小さな肖像画を眺めている姿をセシリーに見られたら、いやというほどからかわれる。それに、グリフィンの顔立ちはもうすっかりおなじみになっているのだから、肖像画を見なくても、頭に思い浮かべればいい。

喜びと期待と不安がないまぜになり、めまいがしそうだ。後見人であるモントフォード公爵が結婚相手に選んでくれた人は、コーンウォールのすばらしい領地を相続した男性だった。今回の訪問でグリフィン・デヴィアと正式に婚約を取り交わし、定められていた道を歩むことになる。

公爵からこの旅に誘われてからというもの、興奮で頭がくらくらしていた。夫となる男性に会いたい一心で翼が生えて、コーンウォールまで飛んでいけそうなほどだった。馬車でのろのろと向かうのではなく。

求婚するとき、グリフィンはひざまずいてくれるのかしら？　きっとそうだろう。そして、特別にあつらえた婚約指輪を贈ってくれる。もしかしたら手ずから摘んで花束にした野の花も添えて。あるいは、ラベンダーの小枝をくくりつけた詩を……。

ロザムンドはこみあげてきた笑いを嚙み殺した。知り合いの若い紳士たちの書く詩はどれも驚くほどお粗末だった。けれど、グリフィンが耳もとで囁《ささや》いてくれるのなら、なんとしても笑いはこらえよう。思いやりこそなによりも大切なのだから、そうでしょう？　もしかしたら……。つま先までぞくりとふるえが走り、ロザムンドは目をぎゅっとつぶった。グリフィンに抱き寄せられるかもしれない。そしてキスをされるのかも。甘く、やさしい、慈《いつく》しむようなキスを。ああ、そうなったらどんなに――。

「ロザムンドってば、ちゃんと聞いて」

物思いからはっとわれに返り、ロザムンドは顔を上げ、十五歳のいとこ、レディ・セシリー・ウェストラザーに目を向けた。「なあに？」

セシリーはあきれたというように目をぐるりとまわした。「なあにじゃないわよ。会ったこともない男性に身も心も売られようとしているのに、あなたは涼しい顔で、きれいな顔を曇《くも》らせもせず、おとなしく座っている。まるで古い知り合いに会いに行くみたいに」

「涼しい顔に見えてよかったわ。内心はまったく違うもの」ロザムンドは手袋越しにいとこの手をぎゅっと握った。「ねえ、セシリー、気に入ってもらえなかったらどうしたらいいのかしら」

セシリーは鼻で笑った。「気に入ってもらえなかったら？　あなたを気に入らない人なんていないでしょう、ロザムンド。公爵様でさえいとおしそうにあなたを抱きしめるのだから。冬の北極並みに冷たい方なのにね」ロザムンドの腕を軽く叩いた。「グリフィン・デヴィアはあなたに夢中になるわ。出会う紳士たちがひとり残らずそうであるように」

窓の外を見ようと身を乗りだすと、セシリーの黒い巻き毛が婦人帽《ボンネット》の下ではずんだ。「ご一族のなかに海賊がいたってほんとうだと思う？　領地のどこかに財宝が埋まっているかもしれないわね」

「お願いだから、伯爵のまえで海賊の話は遠慮してね」ロザムンドは言った。「とても気位が高い方らしいから」

「どこの伯爵だって怖くないわ」セシリーが言った。「公爵様のお相手だってちゃんとできるもの、そうでしょう？」

そう、たしかに、まだ十五歳ながら早熟ないとこはモントフォード公爵の被後見人として、危険もおかまいなしにのびのびと思うままに生きている。無鉄砲なのに憎めない、いとこがロザムンドは羨《うらや》ましかった。セシリーならお茶の時間までにグリフィンの祖父をうまく操ってしまうだろう。

雲が動き、夏の日差しがペンドン館に降り注いだ。薄いグレーの石造りの屋敷が銀色にきらめいた。陰鬱な館がふいに前途洋々たる輝きを放ち、姫君を待ちうけるおとぎ話のなかの城に変貌した。明かりが灯るように、ロザムンドの胸に喜びがあふれた。いずれわが家となるお屋敷のなかを早く見てみたいわ。

馬車が曲がりくねった道を進むと、邸宅はいったん視界から消え、手入れの行き届いた庭園の緑豊かな景色が目のまえに広がった。薄茶色の雌鹿が頭をもたげ、通りがかった馬車を穏やかに見つめた。ロザムンドはふと、ペンドン館の庭を歩きまわる淡褐色の鹿の群れにまつわる伝説を思いだした。群れが死に絶えると、デヴィア家も同じ末路をたどるという。

とうとう馬車が正面玄関のまえで車輪をきしませて停止した。それにつられてロザムンドの息もとまった。心臓が喉もとまでせりあがってきたようで、喉がふさがれてしまった。

いよいよだ。

待ちわびてきた瞬間が訪れた。

他人の話を立ち聞きするのは無作法の極みだ。普段ならロザムンドも、訪問先の図書室から男性たちの低い声が聞こえてきた時点で、自分も近くにいることを知らせるか、そのまま立ち去っていただろう。

でも、今回は普段とは違うのだから仕方ない。ペンドン館に到着したとき、デヴィア家の出迎えはなかった。モントフォード公爵はひと足先に馬で乗りつけ、とうに着いているはずだったが、公爵の姿さえなかった。セシリーともども、女中頭にそれぞれの寝室に通され、こちらでお待ちくださいと言い渡されたのだ。

セシリーは即座に言いつけに背き、そっと部屋を抜けだし、屋敷と庭の散策に出かけていった。財宝が埋蔵《まいぞう》された痕跡を探しに行ったのだろう。丸一時間がたち、さすがのロザムンドも痺《しび》れを切らし、寝室を抜けだすことにしたのだった。

肩越しにすばやく廊下を振り返り、誰もいないことを確認した。ドアが開いたままの図書室にそろそろと近づき、スピタルフィールズ織りの緑色の壁紙に片手をつき、頭を傾け、室内の会話に耳をすました。

後見人であるモントフォード公爵のゆっくりした抑揚の声が聞こえてきた。「オリヴァー、彼には粗野な一面があると承知しているが、これは度を超えている。いったいどこにいるんだ？」

思いのほかドアのすぐ近くから低いうめき声が漏れた。ロザムンドははっとしてあとずさりし、いつでも逃げだせるように身構えた。聞き憶えのあるデヴィア卿オリヴァーの声がした。「厩《うまや》だ。そのうち戻ってくる」

ロザムンドは唇を噛んだ。厩ですって？　ここに控えていて、結婚の申し込みをするべきときに！　何かの間違いに決まっているわ。

「なんだと？」公爵の声は水も凍らせるようだった。「グリフィンは私の被後見人と婚約をしたくないということか？　われわれは無駄足を踏んだのかね」

「とんでもない！」デヴィア卿が声を荒げた。「結婚するとも。というか、破談になったらこっちが困る」

モントフォードが言った。「知ってのとおり、レディ・ロザムンド・ウェストラザーをわが妻にと願い出る花婿《はなむこ》候補が引きも切らず訪れている。婚姻《こんいん》省が――」

「婚姻省がなんだ！　グリフィンは頑固者だ。それは否定しない。血の気の多い一面もあるが、求婚はちゃんとさせる。私がきちんと取り計らう」

　その言葉の裏の意味は、頬をはたかれるような衝撃をもたらした。グリフィンはわざと不在にしているばかりか、この結婚に乗り気でもない。ロザムンドは寒けを覚えた。期待に胸をふくらませた喜びも枯れ葉のようにしぼんだ。

「子どもの頃、グリフィンをしつけるには、鞭《むち》打ちがいちばんだった、手加減なしのな」

　この声の主は誰なのか、ロザムンドはわからなかった。ぜいぜいと息を切らしてとぎれとぎれに話す声から察するに、お年寄りか病人のようである。「だが、十三になる時分には、図体がかなり大きくなっていたからな、三人がかりで体を押さえないことには、鞭も打てなかった。二年後、軍隊が必要なほどになると、グリフィンの目のまえで弟を身代わりに立てた。これが効果てきめんだった」疲れたような長いため息が聞こえた。「人をやって、連れてこさせるか？」

　ロザムンドは怖気《おぞけ》をふるい、思わずあえぎ声を漏らし、手を口にあてた。モントフォード公爵は肉体を痛めつける処罰を毛嫌いしている。口頭で叱るだけで鞭打ち並みに厳しいのだから、暴力に訴える必要はない。でも、この家の考え方は違うのかもしれない。取りなすべきかしら？　口をはさんだとしても、こちらの話に耳を傾けてくれるだろうか。

　三人めの紳士はグリフィンの祖父、トレガース伯爵に違いない。話しぶりからすると、血も涙もないご老人のようだ。グリフィンが罰を受けたことと、彼の弟もつらい目にあったことを思い、ロザムンドは気の毒でたまらなくなった。目の上に痛々しい傷跡が残っているのは鞭打ちの罰のせいだろうか。

  いったん会話がとぎれたが、またモントフォード公爵の声が聞こえた。「けっこうだ。グリフィンには晩餐《ばんさん》の席で会えるだろう。それまでは、ほかに話しあうことがある」

「また縁組を仕立てているのか？」トレガース伯爵はうんざりしたような声で息を切らして言った。椅子がきしむ音がした。「組み合わせを考えるのは、うるさ方のおふたりさんにまかせるとするか」

  ロザムンドはまわれ右をして、モスリンのドレスの裾を翻《ひるがえ》し、足早に廊下を立ち去った。いうまでもなく、到着してからいちばん上等な午前用の衣服に着替えていた。着飾るのにふさわしいおめでたい席のために。淡黄色の小枝模様が施《ほどこ》された純白のドレスに、明るい黄色の幅広の飾り帯《サッシュ》を結んでいた。

  羽目板張りの玄関広間にたどり着き、はしたなくない程度にまで歩調をゆるめた。そして、失望に打ち沈んだまま階段をのぼった。物心ついた頃から、結婚に愛を求めてはならないと言い聞かせられてきたのに、なぜ愛のある結婚を期待したのだろう。グリフィンには望まれていないようだ。

  なんて愚かだったのか。

花婿を選んだと半年まえにモントフォード公爵から知らされて以来、初めて対面する日を熱に浮かされたように待ちわびていた。

肖像の小型細密画《ミニアチユール》をグリフィンに送りさえした。何度か催促したあと、グリフィンも同様のミニアチュールをようやくお返しにくれた。手紙は添えられていなかった。こちらが肖像画を送ったときに礼状さえ来なかったのだから、ロマンティックな心情を満たしてくれる詩情豊かな手紙などしたためてくれるはずもない。

それが何を意味するのかはっきりとしていたが、それでもくじけなかった。ロケットにおさまる大きさに切り取った磁器の小板に、何時間もかけてグリフィンの肖像を丹念に描き写した。ひと筆ごとに彼を引き寄せているかのようだった。北極を思わせるグレーの瞳の色彩をそっくりそのまま再現しようと、いつまでも絵具を混ぜあわせた。のぼせあがった愚か者のようだ。そんな夢見がちなことを思い描いていたなんて！

寝室に戻り、呼び鈴を鳴らして女中を呼んだ。一日に五十回もくり返しているのだが、いまもまたロケットを開き、グリフィンの肖像画を見つめた。

未来の夫の顔を眺めながらロザムンドは目を細めた。ばかみたいにうっとりと眺めたり、ため息をついたりしていなかった？　ふしぎなほど不格好な面立ちの男性ではなく、アドニスばりの美青年が描かれているかのように。

グリフィン・デヴィアは美男子ではない。どう見ても違う。鷲《わし》鼻は一度ならず折れたようであり、顎《あご》はひどく角張っている。豊かな黒髪は風になびくというよりも、強風に煽《あお》られているように乱れている。右側のこめかみには深い傷跡が残り、そのせいか右目は物憂げで退廃的な気配を宿している。

それでも、容貌に欠点があるからこそ、むしろ印象的な顔立ちに見えた。

コーンウォールの海岸線を走るぎざぎざした断崖を彷彿《ほうふつ》とさせた。風雨にさらされた険しい岩肌や、切り立った崖を想起させるのだ。はっとするほど官能的な唇はべつとして、柔らかそうなところはどこにも見当たらない。

そう、グリフィン・デヴィアは容姿端麗ではない。それははっきりしている。けれど、肖像画を見つめるたびに、ロザムンドは胸の奥が苦しくなった。

これほど強く心が揺さぶられるのは、いずれは彼のもとに嫁ぐとわかっているからだろうか。たぶんそれだけのことだ。それでもなお、肖像画を眺めては、あれやこれやと想像をめぐらせた。

将来のことにも思いを馳せていた。夜も更《ふ》けて床につけば、グリフィンの夢を見た。なんとみだらな夢だったことか。思いだすだけで顔から火が出そうだ。そうやって想像だけであの人の世界を思い描いていた。

結局、すべて無駄だった。グリフィンに求められていないのだ。結婚を申し込まれるどころか、出迎えさえ受けなかった。

途方に暮れて傷つき、目の奥が疼《うず》いた。ロザムンドは首を振り、涙をこらえた。めそめそしても始まらない。悲劇のヒロインを気取っている暇《ひま》はない。行動に出ないと。

胸の奥に隠れていた怒りに火がつき、淑女らしからぬしぐさでこぶしを握りしめた。気持ちを傷つけられたことはさておき、不在を決め込んだグリフィン・デヴィアの行為は侮辱《ぶじょく》にあたる。

これほど無礼な形であしらわれるとは！　こんなぞんざいなあつかいに耐える謂《い》われはない。のっけからこの程度だとしたら、先が思いやられる。

母親にも公爵にも断言された言葉が脳裏によみがえった。〝婚姻は両家の便宜《べんぎ》的な取り決めにすぎない〟

いいえ。あのふたりは間違っている。この婚姻にかぎっては単なる政略結婚ではない。グリフィン・デヴィアが望みうる最高の妻になろうとロザムンドは決めていた。そして、グリフィンもいい夫になるだろう。幸せな家庭を築く夢は決してあきらめたくない。たとえ結婚相手が未来の妻に求愛もせず、愛馬のそばから離れようとしない無作法な男性であっても。

結局、自分はウェストラザー家の人間だ、そうでしょう？　つまり、勇敢な者にとって《オ・クール・ヴァリアン》、不可能なことはない《リアン・エ・アンポシブル》、ということだ。グリフィン・デヴィアもほどなく気づくだろう。レディ・ロザムンド・ウェストラザーはドレスデン磁器の人形のように見えるかもしれないが、先祖たちと同じく勇敢な心の持ち主である、と。

ドアが開いた。ロザムンドはロケットの蓋を閉じ、穏やかな表情をとりつくろった。

「ああ、来てくれたのね、メグ」ロザムンドは女中に微笑みかけた。「乗馬の服を用意してちょうだい」

グリフィン・デヴィアはしばらくぶりに厩を出て、中庭に注ぐまぶしい日差しに目を細めた。汚れて汗ばんだ顔をシャツの袖で拭き、ポンプのほうに歩いた。

亜麻仁油《あまにゆ》のにおいと、なにやら分泌物のにおいを体から放っていた。おとといの晩、かわいがっていた繁殖用の牝馬《ひんば》が難産の末に息絶えた。愛馬を失い、心は抜け殻だった。死の淵から愛馬を引き戻そうと懸命に手をつくしたが、自然には勝てないことを容赦なく思い知らされた。

子の命だけはなんとか救った。

その仔馬を、乳の出るべつの牝馬にあてがった。忍耐と粘り強さと、それこそ野獣並みの体力がなければこなせない、骨の折れる作業だった。牝馬を拘束し、においでまどわせて仔馬を受け入れさせ、乳を飲ませるように仕向けなければならない。母親代わりの牝馬が乳を吸う仔馬を傷つけないように、わが子として世話をするようになるまでしっかりと見張っていた。

ようやく山場は越えたので、二頭を馬丁頭《ばていがしら》の手にゆだねた。腹が減り、疲れていた。あのろくでなしの祖父がよこした、屋敷に戻ってこいという書き付けを読んでも、ぴりぴりした神経がやわらぐはずもない。

身をかがめ、ポンプの下に頭《こうべ》を垂れた。肌を刺す冷たい水が首すじと肩に勢いよく流れた。ジャックスとティモシーがいなければ、あのいまいましい祖父をとうに地獄へ送り込んでいた。便宜結婚なんかくそくらえ、と祖父に言ってやりたかったが、選択の余地はないも同然である。おのれの不品行のせいで妹と弟には昔から迷惑をかけていた。我を張ってレディ・ロザムンド・ウェストラザーとの婚約を拒んだら、弟のティモシーは大学をやめさせられ、軍隊に送り込まれてしまう。そうはさせられない。一家の次男坊にとって、教育は将来を切り拓《ひら》く手段だ。それは老伯爵もよくわかっている。

だが、服従するにしても、限度というものがある。

いや、そうだろうか？　肥《こや》しのこびりついたブーツと汚れた衣服のまま図書室に出向いたら祖父がどんな顔をするか、じつに見ものだ。命令どおり、ただちに未来の花嫁に会おうとしたらどうなるか。

汚れの激しい上着を脱ぎ、近くの手すりにほうった。首巻《クラヴァット》きと胴着とシャツもそれに続いた。グリフィンはまたポンプで水を浴び、上半身の汚れを落とせるだけこすり落とした。

そう、場合が場合なのだから、遅刻を詫《わ》びるつもりはない。歓待しようにも、母馬と死に別れた仔馬にかかりきりだったのだ。ウェストラザー家の甘やかされた女性相続人はひどく間の悪いときに到着した。それに、レディ・ロザムンドにしても、あとになって知るよりも、グリフィン・デヴィアが誰にも踊らされない男だということをいまのうちに知っておいてよかったはずだ。女性をちやほやしてご機嫌をとるような男ではないことを。

　両手で椀《わん》の形をつくって水を受け、顔にかけた。ふと、結婚相手に思いをめぐらせた。祖父の小言にはわざと耳を貸さず、心も閉ざしていたので、彼女のことをどう話していたのか、いざ思いだそうとしてもなかなか思いだせなかった。

　いずれにしろ、どうでもいい。こちらの容姿の醜《みにく》さを目《ま》の当たりにしたが最後、縁談に乗り気になる良家の貴婦人などいるはずもない。怪物のような図体をひと目見たら、婚約するはずの繊細なご令嬢は、気を失うか、ヒステリーを起こすか、家に帰りたいと公爵に泣きつくか、そのどれかだろう。

　顔合わせの場を設けるという計画を耳にするや、グリフィンは祖父に異議を申し立てた。この縁組を成立させたいのなら、代理人を立てて婚約を取り交わしたほうがいいでしょう、と。

　しかし、気を揉《も》むまでもなかった。グリフィンが恥をかくことも祖父は見込んでいた。それどころか、楽しみにさえしていた。相手の婦人が対面に同意するという確信があったに違いない。

　もしかしたら祖父が言っていたとおりかもしれない。相手が醜いからという理由だけで縁談を断わることをモントフォード公爵はあの娘に許しはしまい。

ふと、グリフィンは気配に気づいた……というよりも、なんの気配もしないことに気づいた。騒がしい厩の中庭が急に静まり返ったのだ。水が地面に滴《したた》る音しか聞こえてこない。

グリフィンはポンプの握りから手を離し、体を起こして目もとの水をぬぐった。顔を上げると、少なくとも三人の馬丁が石にでもなったかのように、その場で立ちすくんでいた。グリフィンは目を細めた。ビリー・トロッターの締まりのない口もとからはよだれが滴り落ちそうになっている。

見たくないものを見てしまうような胸騒ぎを覚え、振り返った。

いやはや。

すんでのところでポンプの下にまたもや頭を突っ込み、水を浴びそうになるところだった。中庭にいる者たちの反応を見て、目の錯覚ではないと確信しなかったら、疲れて幻覚を起こしたのかと思ったところだ。しかし、想像力を働かせても、これほどの美女を思い描くことはできない。

乗馬用の濃青色の服は体にぴったりと合っていた。思わず手を伸ばし、形のはっきりと浮き出た曲線を撫でたくてたまらなくなった。その軍服風の乗馬服は、手のこんだ銀色のレースが上身頃に斜めにあしらわれ、豊かな胸もととほっそりしたウエストが強調されていた。

グリフィンは魅力的な曲線からなんとか視線を引き離し、その女性の顔を見た。弓型の細い眉とくるりと上を向いた黒く濃い睫《まつげ》毛の下から、空のように青い瞳がこちらを見つめていた。洒落《しやれ》た黒い帽子の片側から濃い金色の巻き毛がはらりとこぼれ落ちている。

帽子の角度は不埒《ふらち》なほどに小粋《こいき》だ。真珠のような肌に端がきゅっと上がった可憐《かれん》な口もと、青空のような瞳、金色の巻き毛、帽子やレースなどの装飾があいまって、やけに小生意気な雰囲気を漂わせている。あたかも天使が目のまえに舞いおりてきて、ふざけて片目をつぶり、訳知り顔でウィンクをしたかのようだ。

一瞬間をおいて、グリフィンは事態を悟り、はっとした。

レディ・ロザムンド・ウェストラザーだ。

まさか。

彼女の唇が動いたが、耳に鼓動が響き、なんと言っているのかは聞き取れなかった。心臓の鼓動が激しく胸を打ち鳴らしていた。口が渇き、手はじっとりとした。沈みゆく船から鼠《ねずみ》が逃げだすように、顔から血の気が引いていく。

おまえとは釣りあわないさ。

疑い深い皮肉屋の気質が頭をもたげたが、生々しい本能がばかげた思いを脳裏から蹴散らした。獣《けもの》のようなうなり声が心のなかで反響した。

彼女がほしい。いますぐに。

天使が眉根を寄せた。挑むように目を光らせていることに、グリフィンはようやく気づいた。

彼女は顎を上げて言った。「そこのあなた、聞こえなかったの？　鞍《くら》をつけてちょうだい。馬に乗りたいの」

2

獣《けもの》のような人だわ！

ロザムンドが初めてじかに目にしたグリフィン・デヴィアの姿は、あまり勇敢ではない乙女なら怖じ気づきそうな印象だった。シャツもまとわず、びしょ濡れの汚れた体で目を剝《む》いているありさまを見たら、どんな貴婦人も恐れおののくことだろう。

濡れた大柄な体が日差しのなかで光っていた。たくましい胸板は胸毛で覆《おお》われ、屈強そうな長い脚が伸びている。皿のように大きな手で目にかかったくしゃくしゃの黒髪を払い、頭の後ろに撫でつけた。そのしぐさで二の腕の筋肉が盛りあがり、秘めた力を見せつけた。

わきの下にびっしり生えた体毛にロザムンドは目を引きつけられた。意外にも、不快感とは対極の光景だった。体がかっと熱くなり、焼けつくようなふるえが背すじを這いおりた。

けれど、熱した鍋に落としたバターのように、ロザムンドの心を焦《こ》がすほどに溶かしたのは、彼の瞳を曇らせた怒りの色だった。

いやだわ！　どうして想像をふくらませるだけふくらませて描き写した肖像画よりも、本人はずっと大柄で、生き生きとしていて、筋骨たくましいのだろう？　ただ背が高いだけでなく、大男だった。うちに秘めた強靭《きょうじん》な生命力が稲光を思わせる瞳で燃え盛るようだ。

グリフィンを見つけた状況にうんざりしてしかるべきだった。場合が場合なのだから、なおのこと。よりによってきょうという日、せめて出迎えくらいはできたはずよ！

ああ、うんざりできたらどんなによかっただろう。天地がひっくり返るほどの衝撃を受け、ロザムンドはさらに怒りをかき立てられた。この人は毛むくじゃらで、不潔で、無作法にも服さえきちんと身につけず、理想の貴公子像とは似ても似つかない。がっかりしなかったら、どうかしているというものだ。

いいわ。そんなに馬丁の真似をしたいのなら、馬丁としてあつかってあげましょう。

しかし、思い知らせようとしてロザムンドは口を開いたが、心臓がせりあがり、喉がふさがってしまったようだった。声がふるえ、仕方なく言いなおす破目になり、さらに苛立ちがつのった。

それなのに、獣のような男性はうんともすんとも言わない。

「馬を用意して」ロザムンドはもう一度言った。「鞍はもう届いているでしょう」

背後から忍び笑いが聞こえ、グリフィンは顎をこわばらせた。

「仕事に戻れ」肩越しに命令の言葉を吐き捨て、使用人たちが従うか確認しようともしなかった。馬丁たちはそれぞれの場所に散っていき、中庭にはロザムンドと獣のような婚約者だけが残された。

グリフィンは頭を傾け、捕食動物が獲物を観察するような鋭い目つきでこちらを見ている。ひょっとしたら、くんくんとあたりを嗅ぎ、歯を剝き……襲いかかってくるのではないか。

そんなことをロザムンドは半ば本気で考えたが、グリフィンは太い腕を胸のまえで組んだ。

「馬がまだ到着していない」

深みのある低い声が響き、ロザムンドの体のそこここにふるえが走った。色の薄い、射抜くような目に全身をじわじわと嬲《なぶ》られ、ふるえは激しさを増した。ほんとうに使用人だったら、その無礼な振舞いを叱責するところだ。

体がさらに熱くなり、波のようなほてりが押し寄せた。「だ、だったら、どの馬でもいいから用意して」

動揺を隠しきれず、つい口ごもってしまい、ロザムンドは死にたい気分になった。実際に使用人を相手にこんな高飛車《たかびしゃ》な口を利いたためしはなかった。この人のせいで神経を逆撫《さかな》でされ、自分を抑えることができない気がする。

グリフィンは肩をすくめた。「ご婦人向きの馬はない」

ロザムンドは口をきゅっと引き結んだ。「自分で判断するわ」そう言ってうなずき、馬房のほうに歩きはじめた。「案内して」

横をすり抜けようとしたが、グリフィンに肘をつかまれ、引き戻された。「いや、だめだ」

ロザムンドは息をのんだ。乱暴にあつかわれているわけではなかったが、グリフィンにがっちりとつかまれ、身動きが取れなかった。さっと顔を上げ、彼の目を見た。「放して」

「ここの馬に乗るのはだめだ。許可しない」

手を振りほどこうとしたが、やるだけ無駄だった。手枷《てかせ》をはめられたようにしっかりとつかまれていた。「許可しないですって？　どうして命令に従わないといけないの？」

グリフィンはわざとらしくにやりと笑った。「やれやれ、初心《うぶ》なお嬢さんだな。察しがつかないか？　ぼくはグリフィン・デヴィアだ」


グリフィンは先の展開を読み、待ちかまえた。彼女は悲鳴をあげて逃げていく。

「どなたなのか知っていたわ」ロザムンドはとてつもなく青い目を見開いて言った。「ミニアチュールを送ってくれたでしょう。忘れたの？　でも、知らないと思うのも当然ね。そんな恰好をしていたら、まさか伯爵のお孫さんだと思うはずないもの」もどかしそうに顔をしかめた。「ねえ、とにかく放してちょうだい。乗馬服が汚れるわ。おろし立てなのよ」

グリフィンは火傷《やけど》でもしたかのようにロザムンドの肘から手を引っ込めた。驚愕《きょうがく》などという言葉ではまだ足りない気がした。この……このほっそりとした娘は平然と目のまえに立っている。子どもたちの骨をひいてパンを焼く人食い鬼に相対しているという態度ではない。妹をべつにすれば、こういう反応を示す女性はひとりとしていなかった。しかも、知っていただって？　こっちが何者で……つまり、わかっていたということか、ふたりがきょう……。それなのに、逃げもせず、堂々と立っている。

ぽかんと口をあけていたことに気づき、グリフィンはあわてて口を閉じた。

待てよ。「ミニアチュール？」眉をひそめて訊き返した。「なんの話だ？」

ロザムンドがちらりと視線を投げかけてきた。状況を冷静に見極めようという目つきだった。歳はいくつだ？　十七か？　十八か？　まだうら若い娘であるのに、既婚婦人のように落ちつき払っている。

だが、そのロザムンドが苛立たしげに唇をふるわせた。「あなたがくださった肖像画よ。わたしが自分の肖像画を送って、あなたもお返しに送ってくれたでしょう」

グリフィンは頬がかっと熱くなった。残忍な祖父め！　うなるように咳払いをした。

「だったら伯爵が送ったんだろう。まさかぼくが――」

ふいに口をつぐんだ。自分の顔を人目にさらすわけがない、と言いかけた。

ロザムンドはほっとしたような顔をした。「ああ、そういうことだったの。伯爵様はあなたに何も話していないようね」首を傾《かし》げ、目つきもやわらいだ。「なぜわたしがきょうここに来たか、ご存じないの？」

グリフィンは短くうなずいた。「それは知っている」

その答えにロザムンドは納得せず、冷ややかに言った。「それなら、お訊きしますけれど、なぜあなたはそんな恰好でここにいるの？　少しでも礼儀をわきまえている紳士なら、わたしの到着を待っていたでしょうに」グリフィンの全身に視線をさまよわせた。「きょうにふさわしい服装で」

グリフィンは鼻を鳴らした。「もっと大事な用事があった」

「もっと大事な用事ですって？　生涯をともにする相手との顔合わせよりも大事な用事なんてあるわけないわ」

グリフィンは笑ってしまいそうになった。まさかほんとうに婚約するとは思っていないんだろう？　なんという茶番だ。ちょうどおあつらえむきの無垢《むく》な生贄《いけにえ》を襲い、ねぐらに連れ帰り、あらゆる方法で純潔を汚してしまいたい衝動に駆られたが、グリフィンにも分別はある。そんな行為は冒瀆《ぼうとく》だ。

この光り輝く天使は手の届かないところにいる。いうならば天国に住んでいるようなものだ。モントフォード公爵はどういうわけで、グリフィンのような者が優美な乙女の結婚相手にふさわしいと思ったのだろうか。レディ・ロザムンド・ウェストラザーは美しい騎士を夫にするべきだ。グリフィン・デヴィアのような怪物ではなく。

グリフィンはシャツに手を伸ばし、タオル代わりにして手際よく体を拭いた。「心配しなくていい。この縁組は不釣りあいだとぼくから公爵に説明する。だから大丈夫だ」

残りの衣類を手に取ってさっさと中庭をあとにし、ロザムンドに選択の余地をあたえず、あとに従わせた。

歩幅を合わせようともせず、駆け足でついてこさせた。それでもロザムンドはすぐに遅れを取った。薔薇《ばら》園の塀《へい》をまわり込むと、彼女の叫ぶ声が聞こえた。

「待って！」

小声で悪態をつき、グリフィンは足をとめた。振り返ると、ロザムンドが芝地を駆けてきた。急いではいるが、あわてふためくわけではなく、優雅な身のこなしだった。その姿を見て、グリフィンは彼女をめちゃめちゃにしてやりたくなった。

いや、そんな気持ちはいまのうちに芽を摘み取らなくては。

ロザムンドがようやく追いつくと、走ったからか、わずかながら外見に変化が生じていた。頬にほんのりと赤みが差し、目はサファイアのように輝いている。体を動かしたおかげで、美しさに磨きがかけられたというわけか。たっぷりと愛を交わしたらどうなるものか。思わず想像をかき立てられた。

グリフィンはふるえるように息を吸った。

「わたしと結婚したくないと言うつもりなの？」ロザムンドのか細い声からはなんの感情もうかがえない。

グリフィンは思わず失笑した。「いいかい、お嬢さん、ぼくのような男と結婚したがるそぶりには無理がある」

くどくどと説明をするつもりはない。この縁談をいやがってはいないという芝居を儀礼的に続けようとするのなら、この女性は愚かだ。きちんとしつけられているのは別段驚きではない。彼女の後見人であるモントフォード公爵のことはグリフィンも聞き知っていた。無慈悲で、一族に対する義務を最優先するというもっぱらの評判だ。

財産と地位を手に入れる見込みにそそられて、ロザムンドは容姿の醜さにまどわされまいとしている？　けれど、はっとするほどの美貌を誇り、裕福で、有力者ともつながりがある貴婦人だ。どんな爵位を持つ相手であれ、国じゅうのどこの所領を有する相手であれ、彼女なら引く手あまただろう。自分などお呼びではない。

ロザムンドはごくりとつばを飲み込んだ。「どういうことかしら。出発まえに、縁談はまとまったと伯爵様からお知らせを受けていたのよ。何か――」ためらい、唇を噛んだ。「――わたしにお気に召さないところがあるの？」

おいおい、何を言う！

こんなに美しい女性と自分を組みあわせたのは誰かの冗談に違いない――おそらく祖父だ。ふしぎなのは、なぜ彼女がその冗談につきあっているのかということだ。

グリフィンはロザムンドをじっと見た。「じゃあ、きみは結婚したいのか？　後見人の意向に従う覚悟ができていると？」

ロザムンドは目をそらした。「お、思いもしなかったわ……従わないということは」

グリフィンの胸に怒りが湧き起こった。娼婦と関係を持ったあとに感じるやり場のない苛立ちに似ていた。ああいう女たちは奉仕に対してこちらが気前よく金を払うかぎり、見てくれなど気にしない。この縁談も単なる取引きであり、客が娼婦と寝るのと変わりない。ただし、富と社会的地位で飾り立てられてはいるが。

妻になったらどういうことを求められるか、レディ・ロザムンドはわかっているのだろうか？　漠然とでもわかったら、きっとしっぽを巻いて逃げだすだろう。この悠然とかまえた女神のような女性が自分に触れられることを受け入れるとは想像もつかない。ましてや愛撫を悦《よろこ》ぶなど。

そう、自分のものにしたい、とグリフィンは思った。正気を失いそうになるほどロザムンドがほしくなったが、そうした気持ちに自己嫌悪も抱いた。心の痛みと憤《いきどお》りがないまぜになり、ものもまともに考えられなかった。

かわいい女の子の髪を引っぱりたくなる少年のような衝動に駆られ、グリフィンはロザムンドに詰め寄り、石垣まで追いつめた。

ロザムンドは怯《ひる》みもしなければ叫びもせず、泣きだしたりもしなかった。グリフィンの顔を見あげただけだった。目が見開かれ、薄紅色の唇がかすかに開いた。

頭がおかしいのか？　なぜ悲鳴ひとつあげない？

息が速くなり、グリフィンは単刀直入に言った。「いいか、普通の便宜結婚はしない。

ベッドをともにしてほしい。ぼくとだけ」

ロザムンドは顔を赤らめた。しかし、口を開くと、声は穏やかなままだった。「もちろんよ」

もちろんよ？　頭の回転が遅いのか？　何を言われたか、意味がわからないのだろうか。グリフィンは食いしばった歯のあいだから息を吸い込んだ。「話が見えていないのだろうな」

苛立たしげに顔をしかめ、ロザムンドは言った。「わたしはばかじゃないのよ、ミスター・デヴィア。結婚生活に何がともなうのか心得ているわ」

挑むような決然とした視線を投げかけてきた。ベッドで乱れるロザムンドの裸身がふいに思い浮かび、グリフィンは息ができなくなった。

いや、違う。ベッドへの誘いに進んで応じるという意味であるはずがない。結婚に持ち込むための単なる作戦だ。彼女は義務を果たし、式を挙げる。そして、新婚初夜まで待って、嫌悪をあらわにする。

胃がぎゅっと締めつけられる思いがした。ロザムンドにとって自分との婚姻関係はそれほど魅力的なのだろうか。相続する予定の財産を当て込んで結婚に意欲を示した女性はこれまで誰もいなかった。

グリフィンは視線をさげ、ロザムンドを見た。ふっくらした唇をほころばせている。子どもに話しかけるようなやさしい口調で彼女は言った。「あなたを怖がってはいないわ」

胃がどこまでもさがっていくような気がした。ジャックスはべつとして、自分はこれまで出会う女性をことごとくふるえあがらせてきた。

理不尽な怒りがグリフィンの胸にあふれた。ふいに、ロザムンドを怯《おび》えさせてやりたくなったのだ。やっぱり怖いと言わせたくなった。そうでもしなければ、優位には立てそうにない。

喉を締めつけられたようなうめき声をあげ、グリフィンはロザムンドの腰をつかみ、体を持ちあげ、唇を重ねた。

柔らかな温かい唇に触れたとたん、全身の血が燃え立った。ロザムンドの反応などおかまいなしに、夢中で唇を奪った。手荒にあつかい、自分のような男と結婚したらどんな苦痛に耐えることになるか知らしめてやりたかった。うわべだけの寛容さを剝《は》ぎ取り、結婚したくないという本音を認めさせたかった。

だが、女性らしい柔らかな唇とよい香りに魅了され、体が目覚めたばかりか、心まで揺さぶられた。しわがれたうめきを漏らし、グリフィンはロザムンドの腰に腕をまわし、首を傾け、さらに深く口を吸った。

これは怒りにまかせた、罰としてのキスだ。ロザムンドは直感でそう思った。こんなあつかいをして当然だとなぜグリフィンに思われたのか、皆目見当がつかなかった。自分の存在そのものが彼の怒りに火をつけたようなのだ。

押しつぶされそうな勢いで、むさぼるように唇を奪われた。腰に腕をまわされ、がっしりした体に抱き寄せられ、ロザムンドはどきりとした。グリフィンはもう片方の手で彼女の帽子を傾け、髪を指で梳《す》いた。ピンが飛び散り、巻き毛がほつれて肩の上ではずんだ。

唇を奪おうとしてきた男性はひとりもいなかった。まして、これほど手荒にあつかわれたためしなどない。この大柄な男性に体を押さえつけられてはいたものの、ロザムンドは怯えもせずに身をゆだねた。こんな様子を知り合いに見られたら、ぎょっとされるだろう。ロザムンドは興奮に溺れ、背すじがぞくぞくした。下腹部にはとろけるような奇妙なぬくもりが広がりはじめた。

彼はじつにたくましく、容赦なく口づけてきた。胸のなかで、とまどいと渇望、純然たる好奇心がせめぎあっていた。グリフィンにキスされることをずっと夢見ていたのだが、想像していたのはじっくりと探るようなやさしいキスだった。いまぶつけられている支配的な熱いキスではなく。

グリフィンの勢いを押しとどめられるのではないかと思い、ロザムンドは彼の肩に手を置いた。けれど、筋肉がうごめく様子をてのひらに感じたとたん、なんのために肩に触れたのか、その目的は頭からすっと消えてしまった。手袋をはめていなければよかった、といたく悔やんだ。これでは手触りがわからない。

彼の体から厩のにおいがした。男性らしい麝香《じゃこう》のにおいと汗のにおい、そしてワニスのような鼻につんとくるにおいもした。どういうわけか、そうした体臭が少しも不快ではなかった。

グリフィンはロザムンドを背後の低い石垣の上に座らせ、頭の位置を同じ高さに合わせた。顎を斜に傾けたかと思うと、ロザムンドの口のなかに舌をもぐり込ませた。舌は驚くほどみだらに動き、ロザムンドは喉の奥ではっと息をのんだ。彼の求めに呼応して、みずからも欲望が湧き起こり、息が苦しくなった。グリフィンの唇がしっかりと押しあてられ、ろくに息もできないありさまだ。

体のなかで熱い糸がぷつんと切れた。みぞおちのあたりでその糸はほどけ、やがてぐるぐるときつく巻きついていった。興奮が高まり、ほんのつかの間、心ならずも奔放《ほんぽう》にキスを返しそうになった。

ああ、いったいどうしたの？　こんなふうに襲われて——愛情表現とは呼べない——情熱をかき立てられるとは、自尊心が欠落しているのだろうか。

けれど心を揺さぶられたのは荒々しいキスのせいではない。野蛮な行動の裏に痛みを感じたからだった。冷酷な祖父に翻弄《ほんろう》されて育ったらどうなってしまうだろう？　結婚を心から望んでいるという言葉を信じられなくても仕方ない。

でも、ほんとうなの。ほんとうにこの人と結婚したいの。

やさしい気持ちが胸に広がった。小さなため息をつき、ロザムンドはキスを返した。ぎこちないながらも、熱意を込めて。グリフィンの肩に置いていた両の手を上げて顔をはさみ、豊かな黒髪を撫でた。試しにではあるが、舌をからめてみた。

すると、グリフィンは動きをぴたりととめた。大きく息をあえがせ、口もとを引き離した。ロザムンドはグリフィンの名前をつぶやいたが、彼には聞こえなかったようだ。首をうなだれ、広い胸を波立たせている。ロザムンドの首に温かな吐息がとぎれとぎれに吹きかけられた。

しばらく張りつめた空気が流れていたが、やがてグリフィンは顔を上げた。目を合わせようとも、話しかけようともせず、石垣からロザムンドを抱きあげてそっと地面におろした。

ロザムンドは口もとに手を上げて、キスが刻まれた名残《なごり》を味わった。「グリフィン?」

グリフィンが目を向けてきた。冷ややかなグレーの瞳にはとまどいと怒りが浮かび、ロザムンドは思わず彼のほうに手を伸ばした。グリフィンは、毒蛇でも差しだされたかという目でロザムンドの手をじっと見た。

ロザムンドは勇気を振りしぼり、野生の馬を飼いならそうとするかのようにおずおずと進み出た。グリフィンの腕に指先で触れた。腕の筋肉が岩のように固く収縮した。

「あなたのお祖父《じい》様のところにまいりましょう」ロザムンドは穏やかな声で言った。

グリフィンは小鼻をふくらませ、息を大きく吸った。こめかみに走る傷跡が白く光った。

やがて、呆然としたように首を振ってつぶやいた。「こんなのはどうかしている」
ロザムンドの反応を待つこともなく、踵《きびす》を返し、大股で立ち去った。

3

一八一五年、冬、ロンドン
三年後……

議長が小槌を叩き、開会が宣言された。モントフォード公爵は目を通していた議事録から視線を上げ、磨きあげられたマホガニーの大きなテーブルを囲む貴族たちに注意を向けた。

婚姻省の冬季定例会議が始まった。

モントフォードは胸のなかでため息をついた。この会合は年を追うごとに頻繁《ひんぱん》に開かれるようになっていた。

レディ・アーデンは目を輝かせている。つまり、誰かに面倒が降りかかることを意味している——たいていはモントフォードの身に。デヴィア卿オリヴァーは、何か腹立たしい問題に悩まされているようだ。もっとも、それはいつものことだが。

オリヴァーは横目でモントフォードをちらりと見て、すぐに目をそらし、頰髭の生えた顔を掻いた。勇敢な戦士だった先祖たちと同じく、オリヴァーも気性が激しく、むっつりとした大男だった。かなり毛深く、日に二度髭を剃らなければ、どこかのごろつきに間違われそうなほどだ。とはいえ、二回以上髭を剃ることはめったにない。

議長は咳払いをした。「きょうは議題がたくさんある」手もとの議事録をちらりと見た。「まず、レディ・ロザムンド・ウェストラザーとトレガース伯爵、グリフィン・デヴィアの婚約関係が懸念《けねん》されていることについて」

初老のポンサンビー卿はいつもと同じく、開口一番、すっとんきょうな発言をした。「なんだって？　まさかあの老伯爵が死んだのか？　それはそれは」満足げな声でつけ加えた。「間違いなく、地獄の業火《ごうか》に焼かれていることだろうよ」

思わずモントフォードはレディ・アーデンと目を見交わした。レディ・アーデンの目がきらりと光った。どうやら笑いをこらえているようだ。

モントフォードが応じた。「第四代伯爵が亡くなって一年以上になりますよ、ポンサンビー卿。いまどこにいるのか、憶測は差し控えておきますが」

「公爵様」レディ・アーデンは冷静な声ではっきりと言った。「トレガース卿グリフィンとレディ・ロザムンド・ウェストラザーの婚約はまだ有効だと考えるべきでしょうか？　レディ・ロザムンドはかれこれ二年以上もほうっておかれています。いま頃はとうに既婚婦人になっていたでしょうに。トレガース卿に結婚の見通しがつかないのであれば、提案したいことが――」

「くそっ、結婚するに決まってるだろうが」オリヴァーは身を乗りだし、ぼさぼさした眉の下からレディ・アーデンをにらみつけた。

貴婦人たちがぎょっとして息をのんだ声も、言葉に気をつけるようにという議長からの勧告も意に介さなかった。好戦的に顎を突きだし、オリヴァーはさらに言った。「結婚の日取りは決定している」あたかも小槌を叩くように、こぶしをテーブルに振りおろした。「つぎの議題」

オリヴァーの頑固な態度に臆することもなく、レディ・アーデンは大きな茶色の目をモントフォードに向けた。「そうなのですか、公爵閣下？」

モントフォードはオリヴァーの目を見据え、無言で意思を取り交わした。オリヴァーは敵意を剝きだしにしているが、あの黒い目には懇願の色がかすかに浮かんではいないか？　いやオリヴァーに泣きつかれたから助け船を出そうというわけではない。アーデンや婚姻省にこれ以上口出しされずにこの結婚を進めたいと願う理由が自分なりにあったのだ。

「そうだ」モントフォードはそっけなく言った。具体的な日取りは発表しなかったが、尋ねる者はいないだろう。

当事者たちが合意に達していればそれでいいのだ。

この件についてしばらく物思いにふけってしまい、進行中の議事にモントフォードはろくに注意を払っていなかった。ふと気づくと、間接的にではあるが、ロザムンドにも関係する議題に移っていた。

グリフィンの妹、レディ・ジャクリーン・デヴィアの婚姻についてだ。

ウォリントン伯爵夫人が言った。「例の事情についてはきちんと手を打っています。レディ・ジャクリーンはバースに来て、わたしたちと暮らすようになってから、息子と親交を深めていますわ。すぐにでも正式な発表があることでしょう」

レディ・ウォリントンの発言を聞いてモントフォードは眉根を寄せた。いとこ同士の婚姻はめずらしくないが、そうした風習をいかがなものかと思っていた。齧歯《げっし》動物のようなレディ・ウォリントンの顔を見てみるがいい。近親交配はやめたほうがいいという手本そのものだ。

そもそもレディ・ジャクリーン・デヴィアは幼い頃からモルビー卿と婚約しているのではなかったか。婚姻の予定が変更になったという報告は婚姻省に届いていない。

「つまり、レディ・ジャクリーンとモルビー卿の長年にわたる婚約は解消されたということか？」モントフォードはオリヴァーに目をやって尋ねた。

「まったく、もう！」レディ・ウォリントンがモントフォードの問いかけを一蹴するように言った。「あんなおかしな取り決めは、先代の伯爵が独断でしたことです。甥《おい》のグリフィンは祖父の要望には従いませんとも」

「だが、ジャクリーンの後見人は私だ、グリフィンではなく」オリヴァーが低い声を荒げた。「あの子が誰のもとに嫁ぐか私が決める。言っておくが、間違ってもあなたの女々しいご子息とは結婚させない！」

レディ・ウォリントンは口をぽかんとあけてオリヴァーを見た。

モントフォードが取りなすように口をはさんだ。「この件の議論は持ち越したほうがいいだろう、建設的な提案が当事者から会議に上げられるまでは」

そう言って議長に目をやった。議長はその合図を素直に受け入れた。会議はその後なにごともなく終わった。閉会後、モントフォード公爵はオリヴァーと連れ立って馬車に向かった。「トレガースと私の被後見人の結婚をどうやってまとめるのかね」手袋をはめながらつぶやくと、冬の冷気で息が白くなった。「先代の伯爵亡きあと、きみの被保護者は逃げ腰になっている」

オリヴァーは帽子を頭に押し込んだ。「逃げ腰なものか！　あいつにはレディ・ロザムンドとの約束がある。まったく幸運なやつだ」

オリヴァーは温かい目でそう言った。おそらくロザムンドの美しさを称《たた》えているのだろう。褒《ほ》めるなら、悪趣味な物言いはしないでほしいものだ。

モントフォードの願いは叶わなかった。「あれほどぐっとくる娘にはお目にかかったことがない」オリヴァーは低い声を響かせて言った。「生まれてこの方一度もだ。私が自由の身だったら――」

身震いしそうになる衝動をこらえ、モントフォードは片手を上げた。「レディ・ロザムンドのまぎれもない魅力について、いまここで語りあわなくてもいいだろう。問題はだ、グリフィンに覚悟を決めさせることがきみにできるのか？　なかなか踏ん切りがつかなくて彼が苦しんでいることは私も知っている。だが、もうじゅうぶんだろう。つぎの会議までに花婿を連れてこられなかったら、アーデンの再三の要望に従って、レディ・ロザムンドを婚姻市場に戻さざるをえない」

オリヴァーは顔をしかめた。「あのうるさい女め」

モントフォードは肩をすくめた。「アーデンが言わなくても、ほかの誰かが言いだす。婚約してからだらだらと月日が流れている」首を傾げて尋ねた。「グリフィンはどうしたんだ？」

オリヴァーはうなるように言った。「音楽教師との一件はきみも知っているだろう？」

「ああ、だが、もう片がついたんじゃないのか？　それに、その問題はロザムンドと結婚しない言い訳にならない」モントフォードは眉を上げた。「まさかグリフィンは見当はずれな道義心に駆られて結婚に踏み切らなかった、というわけじゃないだろうな」

オリヴァーはそれは違うと否定し、自分のてのひらにこぶしを叩きつけた。「ちくしょう、だけど、もしかしたらそうかもな。あの音楽教師が死んでから、グリフィンは災難続きだ。

しかも、グリフィンと老伯爵は不仲だった。伯爵が亡くなったいま、遺志を継ぐのは気が進まないのかもしれない」

モントフォードは考えをめぐらせた。グリフィンの妹の結婚を問題にすれば、彼を説得する切り札になりうる。

手を上げて合図を送り、待機していた馬車を帰らせた。「よかったら散歩につきあってくれ。解決策を思いついた気がする」


オリヴァーがペンドン館のグリフィンの図書室にずかずかとはいってきた。「おい、グリフィン、そろそろウェストラザー家の娘と結婚しないとまずいぞ」

グリフィンはペン立てにペンを戻し、椅子に背をあずけた。帳簿と格闘する作業をいっときでも中断してくれるのなら、なんであれ大歓迎だが、レディ・ロザムンド・ウェストラザーの話題となると、話はべつだ。

何年もたっているのに、彼女のことを考えただけで血が騒いだ。

「まずい？」グリフィンはうなるように言った。「なぜだ？」

「今月末までに結婚しなかったら、婚姻省は彼女をべつのところに嫁がせるからだ」

オリヴァーは書類をグリフィンの机に滑らせた。「それが必要になる」

グリフィンは書類に目をやった。自分とロザムンドの名前が記された婚姻許可証だった。

方向感覚を失うような奇妙な心地がした。まるで凍《い》てつく荒れ地に風がわたるような感覚だ。目を上げて、部屋のなかを大股で歩きまわっている親族の男性を見た。

オリヴァーは大男で、その図体と押しの強さにものを言わせて自分の思いどおりにものごとを進めるのが得意だった。だが、グリフィンはもっと大柄なので、オリヴァーの脅しに屈しない少数派のひとりとみなされていた。

グリフィンはいやいやながら口を開いた。「婚姻省が彼女をべつの相手にあてがうなら、それはそれでけっこうだ」ため息をつき、いかにもあきらめたというようにてのひらで顔をこすった。「そろそろ潮時だ」

「なんだって？」オリヴァーはわめいた。「婚姻省の決定によくも簡単に納得できるものだな。こっちは計画を練って、モントフォードにぺこぺこして、ようやく縁談をまとめたというのに。婚約者をほかの男に取られるのを指をくわえて見ているつもりか？」

「そのほうがいいだろう」グリフィンはぼそりと言った。

紳士ならば婚約者をみすみすゆずり渡すものではないと彼もわかっていた。だが、こちらが結婚に踏み切らないのだから、他家に嫁いでもロザムンドが後ろ指をさされることはない。あるいは、見切りをつけて、ほかの相手との仲を取り持ったからといって、誰が婚姻省を非難する？　レディ・ロザムンド・ウェストラザーとの婚約はきっぱりと解消してしまえばいい。

そして思いのままに生きていく。

許可証に人差し指を立て、押しやった。「婚姻省はほかの候補者を考えるのだろう？　いつもそうしているように」

オリヴァーは鼻を鳴らした。「まあ、ローダデールじゃないな。ふたりは社交シーズンが始まる頃、一緒に出かけていたこともあったが」

たしかにローダデール大尉がロンドンでロザムンドの外出に付き添っていることはグリフィンも知っていた。気にするものかと心していたが、そういう噂は面白くなかった。だが、レディ・ロザムンドの行動をとやかく言う権利があるのかと自問すれば、そんな権利はないとしか言えない。とにかく婚約は解消するのだから、これでせいせいするはずだ。せいせいするとまでいかなくても、ほっとしてしかるべきだ。

ところが、どちらの気分にもならなかった。グリフィンは心のよりどころをなくし、どこかに流されていくような気がした。

「妹の問題もある」オリヴァーが出し抜けに言った。

グリフィンははっとして顔を上げた。どういうわけか喉がふさがってしまい、つばを飲み込んだ。「元気なのか？」

「ああ、元気だ。というか、そうではないとは聞いていない。ほら、モルビーのことだが……」

グリフィンは眉根を寄せた。「モルビーというと、祖父の旧友の老いぼれか？　ジャックスとなんの関係があるんだ？」

オリヴァーの顔に驚きが浮かんだ。「まさか知らないのか？　そんなばかな」

何を知っているはずなんだ？　グリフィンはじっとしたまま待った。

「あの子は産着《うぶぎ》にくるまっていた頃からモルビーの許嫁《いいなずけ》だった。てっきりきみも知っているものかと思っていた」オリヴァーは下唇をつまみ、物思いにふけった。「そこへ、いまになってレディ・ウォリントンがしゃしゃり出てきた。あの子をぜひとも息子の嫁に、と言いだした。いい組み合わせだということは否定しないが――」

グリフィンの胸に怒りがこみあげた。その怒りには絶望も入りまじっていた。「いちばん高い値をつけた相手にジャックスを売り飛ばすような真似はさせない」

オリヴァーはしかめ面で、腕を広げて机に手をつき、身を乗りだした。「じゃあ、どうやって阻止するんだ？　お祖父さんはこの私をきみの妹の後見人にした。きみではなく」

グリフィンはなんとか気を鎮めた。オリヴァーは威張り屋かもしれないが、血も涙もない男ではない。もちろんジャックスもほかの令嬢たちと同じく、いずれは結婚しないといけない。だからといって、祖父であってもおかしくないほど歳の離れた好色な老人のもとに嫁がなくてもいいだろう。

時間稼ぎをしよう。「社交シーズンが終わるまで待ってくれ。選択の機会を妹にあたえてくれないか？　選択肢は限られるとしても」

オリヴァーは机の反対側の椅子に腰をおろし、顎をいじった。「モルビーはがたがた文句を言うだろう。許嫁の財産をあっさりあきらめるわけはない」

首を振って先を続けた。「そう、私は後見人としてモルビーの要求をのむつもりだ。あの好色な老人はそのうちくたばる。そうしたら、きみの妹は自由の身だ」椅子に座ったまま体の向きを変え、嗅ぎ煙草入れを取りだした。「ただし、きみがレディ・ロザムンドと結婚すると決めたら、考えてやらないわけでもないが……」

何をほのめかされているのか、すぐにぴんときた。グリフィンははじかれたように椅子から腰を上げた。「このろくでなし」殺気立った低い声で言った。「脅そうってのか？」

オリヴァーも立ちあがり、まっすぐに目を合わせた。「脅す？　良家の淑女に対する責任を思いださせてやっただけだ。無理にでも責任を果たさなければ、きみこそろくでなしになる。いいか、きみの妹をモルビーのベッドに送り込むことになろうと、私の知ったことではない。でも——たしかに婚約を破棄するのは面倒だが——きみがレディ・ロザムンドを妻にするのなら、その面倒を背負い込むのもやぶさかではない」

いったん間をあけて、さらに言った。「さあ、どうする？」

グリフィンは顎にひびがはいりそうなほど強く歯を食いしばった。オリヴァトは残忍ではないが、血に飢えた一面もある。天に向かってつばを吐くような行動に出ることもあるのだ。

それもこれも先代の伯爵のせいだ！　ジャックスの後見人を兄のぼくにしておけばよかったものを。オリヴァーは親戚といっても遠縁で、ジャックスのことはどうとも思っていない。ジャックスだけではなく、田舎に暮らす一家のことなどどうでもいいのではないか？　資産を増やすことと、デヴィア一族の名誉にしか関心はない。

デヴィア卿オリヴァーが不満を抱いている根深い原因は分家に生まれ、男爵止まりの家系だったからだ。癇癪《かんしゃく》持ちの先祖たちと同じく、オリヴァーも君主の覚えがめでたくなるほど辛抱ができず、出世は叶わなかった。

しばらく会話がとぎれたあとで、グリフィンがようやく口を開いた。「話を整理させてくれ。レディ・ロザムンドとの結婚にできるだけ早く同意すれば、おぞましい婚約から妹を解放してくれるのか？」

オリヴァーはうなるように言った。「そうだ」

「一年だけジャックスに社交シーズンを送らせてやりたい」グリフィンは言った。「花婿候補者の名簿がほしい。そのなかから本人が選べばいいだろう。妹もどこかに嫁がなければならないが、惨《みじ》めな思いはさせたくない。それだけは言わせてもらう」

オリヴァーは警告するように指を一本立てた。「きみの妹には、愛だの恋だのという出来心は起こさないでもらいたい、いいな？」

「心配無用だ」グリフィンはつっけんどんに言った。

ジャックスに再会できると思うと、少しだけ気持ちがやわらいだ。「妹には町屋敷を使わせよう。きちんと手はずは整える。あのウォリントンの婆さんに付添い役《シャペロン》はやらせないし、顎なしの息子には二度と妹に近づかせない」

レディ・ウォリントンにシャペロンをまかせるのはだめだ。あのがめつい女は、ジャックスが社交界で花を咲かせるまえになんとしてでも芽を摘みにかかるはずだ。

思えば、わざわざ邪魔をされなくてもジャックスは……。

「私の見るかぎり、きみの妹は頑固者だ」グリフィンの心のうちを見透かしたかのようにオリヴァーは言った。「しかも、野暮ったいときている」首を振ってさらに言った。「社交シーズンが始まるまであと二カ月だ。それまでにやることは山ほどあるぞ」

オリヴァーはわかっていない。ロンドンの社交界にデビューすると聞いて妹がどう反応するか、グリフィンには想像がついた。

だが、ジャックスが結婚して幸せになるのを見届ければ、こちらもひと安心だ。

もちろん、妹の幸せのために屈辱を味わわなければならない。その代償について妹は知る由《よし》もないが。レディ・ロザムンド・ウェストラザーを妻に娶《めと》ることでグリフィンがどれほどの痛みを被《こうむ》るのか、誰にもわからないだろう。

正直なところ、ウェストラザー家がこの縁談をここまで進めたことは驚きだった。三年まえ、顔合わせが大失敗に終わったにもかかわらず、レディ・ロザムンドはすぐさまペンドン館を立ち去りはしなかった。グリフィンは不服だったが、婚約は正式に成立した。

祖父は野蛮な恰好のグリフィンとめかし込んだ婚約者のちぐはぐさ加減を面白がっていた。ロザムンドの目のまえでおおっぴらに嘲笑われた屈辱でグリフィンの胃はいまでもひりひりと痛んだ。

やがて老伯爵が急に体調を崩し、何カ月も死の淵をさまようあいだ結婚式は延期された。伯爵の死去にともない、一定の期間、喪《も》に服すことになった。その上、グリフィンは所領の管理に忙殺され、妻を娶る余裕などなかったのだ。

そしていま、音楽教師オールブライトをめぐる厄介ごとをかかえている。

だが、自分の胸にだけならば、認めなければならない事実がある。三年近くのあいだ、レディ・ロザムンド・ウェストラザーとの結婚を回避するために、あらゆることを口実にしてきたのだ。

初めてロザムンドに会った日に思い知らされたことは決して忘れない。自分は図体ばかり大きな醜い男であり、取り柄などひとつもない。自分の欠点ばかりがやたらと目につき、腹が立って仕方がなかった。ロザムンドの期待にはまるで応えられないのに、彼女は度胸が据《す》わっていて、結婚に前向きだった。

なによりも苦々しい思いにさせられたのは、ロザムンドがはつらつとしていて、まったく怯《ひる》まなかったことだ。せめていかにも甘やかされた金持ちの娘のような態度だったら、彼女を軽蔑する根拠が持てたのかもしれない。

動物的な本能に流されてキスなどしなければよかった。あれ以来、胸躍るひとときをもう一度味わいたいという願いに身を焦がす夜をかぞえきれないほど過ごした。ロザムンドの愛らしさや、よい香りを漂わせていたことや、柔らかな体をしていたことを思い起こしては寝つけずにいた。もしも——実際に——結婚したら、いつかはロザムンドに嫌われ、蔑《さげす》まれるに決まっていると知りながら、甘い誘惑と隣り合わせに毎日暮らしていかなければならない。

グリフィンは目を閉じた。祖父は墓にはいってからもなお、こちらを苦しめる力を持っている。

だが、つまらない自尊心を気にかけている場合ではない。妹のことが最優先だ。

とにかくジャックスを新天地に送りださないと。貴族の令嬢としての立場を考えると、つまり嫁に出すということだ。

「花婿候補の名簿を用意してもらいたい」グリフィンはふたたびオリヴァーに頼んだ。「いいか、若くて、高潔で、あばた面ではなく、歯も全部そろっている独身男性だ」

「きみの妹は気難しい」オリヴァーは言った。「それに、候補者の名簿をつくるのはかまわないが、相手が応じる約束はできない」

グリフィンはオリヴァーをにらみつけた。「持参金をたっぷりつけると宣伝してくれ。バークシャーの領地も、だ」

しかめ面をしていたオリヴァーもそれを聞いて、表情を明るくした。大きな手をすりあわせて言った。「それなら花嫁の取りあいだ」

「ああ、間違いなく」

オリヴァーは眉を上げた。「目端《めはし》の利くシャペロンが必要だな。社交界のしきたりを仕込む人物も。つまり、手っとり早くレディ・ロザムンドと結婚するのが得策だ」

ことは急を要すると突きつけられ、グリフィンは思わず息を吐いた。心臓の鼓動が激しく胸を打った。

レディ・ロザムンドが承知してくれればいいのだが。

それにローダデール大尉のことはどうなる？　あの男にロザムンドが好感を抱いているからややこしいことになっている、そうだろう？

ロザムンドに強い関心を示す男がいても驚くにはあたらない。グリフィンも聞き及んでいたことだが、社交界に登場した彼女は一大旋風を巻き起こした。当然の成り行きだ。だが、噂がほんとうなら、ロザムンドは誰に求愛されても、決してなびくことはなかったという。

このローダデールという男だけはべつとして。どうやらこの男には親愛の情を見せているらしい。とはいえ、ロザムンドがのぼせあがっても仕方のない相手だ。ウィットにあふれ、魅力的で、大胆不敵な人物だというもっぱらの評判なのだから。ギリシャの硬貨に刻まれたような顔立ちであることは言うに及ばず。さらに、戦場に赴《おもむ》けば、その勇敢さで右に出る者はいないという。

目障りなやつだ。

それでも、レディ・ロザムンドはグリフィンとの婚約を解消していない。それはどういうことか、答えはふたつにひとつだ。時間を稼いで、花婿を乗り替えてもいいと公爵が了承するのを待っているのか。それとも、結婚したあと、ローダデールを愛人にするつもりなのか。それこそ奥方たちの常套《じょうとう》手段だろう?

グリフィンは胸のなかでうなるようにつぶやいた。そんな真似はぜったいに許さない。レディ・ロザムンド・ウェストラザーとの結婚生活で苦しまなければならないとしても、みすみす妻を寝取られるつもりはない。

グリフィンは顔を上げて、オリヴァーを見た。「きょう婚約者を呼びに行かせる」

オリヴァーはその言葉を一笑に付した。「まったくばかだな、せっかくの機会を逃して、さっさと結婚しておかなかったとは。いまさら結婚に応じてもらえるか、わかったものじゃない」首を振った。「こっちも女心にさして通じているわけじゃないが、これだけは言っておく。婚約者のもとに出向け。ロンドンにいるのは知っているな」

レディ・ロザムンド・ウェストラザーに媚《こ》びへつらって頭をさげるくらいなら、煮え立った油に身を投じたほうがましだ。ましてや、ロンドンで婚約者のご機嫌取りをするなど、もってのほかだ。考えただけで、グリフィンは思わず歯ぎしりをした。

そもそも、結婚したらどちらが主導権を握るのか、レディ・ロザムンドも最初からわかっているではないか。

グリフィンは婚姻許可証を幅の広い指先で叩いた。「いや、使いを出して呼びに行かせる。結婚はここでするのだからな。どっちみちペンドン館がレディ・ロザムンドの住まいになる。ジャックスも呼び戻す。社交シーズンに向けてできるだけ早く準備にかからないと」

ふと、不安が胸に忍び寄ってきた。ロザムンドをここに呼び寄せていいものだろうか。屋敷のなかは取り散らかした状態だ。祖父の死後、使用人を整理したが、音楽教師が不慮の死を遂げると、解雇しなかった者たちも屋敷から離れていき、残ったひと家族で邸内の仕事に追われていた。薄暗く、古い屋敷は空気もこもり、じめじめと湿っぽく、埃《ほこり》だらけだ。つまり、屋敷の主人並みに魅力に欠けるというありさまだった。

「じゃあ、決まりだな」オリヴァーが言った。「きみはレディ・ロザムンドと結婚する。レディ・ロザムンドはジャックスの社交界入りに付き添い、われわれはジャックスにきちんと目を配る」

「花婿候補者の名簿を送ってくれ」グリフィンは言った。「あらかじめきちんと把握しておきたい」

「変わり者だぞ、きみの妹は」オリヴァーは言った。「花婿探しという課題をこなせると思うか？」

「もちろんこなせる」
オリヴァーはうなるように言った。「できるだけ早くレディ・ロザムンドを味方につけることだな」分別くさい顔でグリフィンを見た。「きみには大変な仕事が待ちかまえているのだから」
オリヴァーが暇《いとま》を告げるあいだ、グリフィンは思いをめぐらせていた。大変な仕事というのは妹のことだろうか、それとも美しい婚約者のことだろうか。
どちらにしても、オリヴァーの言うとおりだ。

拝啓
とうに結婚してもいい頃だ。来週、ペンドン館に来るように。

敬具
トレガース

追伸　乗馬服を持参のこと。青いやつだ。

拝啓
正直に申しあげますと、この呼び出し状に当惑しております。唐突に送られてきましたので。差出人がどちら様なのか、一読しただけでは思いだせなくて途方に暮れたと申しあげてもお許しください。

ロンドンで果たすべき務めがありますので、それをほうりだすわけにまいりません。たとえそういう事情がなくても、このような否応なしの命令に応えるべきではないと存じます。あなたからの命令ならぜったいに。

よろしければ、モントフォード館にお越しください。

かしこ
レディ・ロザムンド・ウェストラザー

追伸　どの乗馬服のことかわかりません。

「今年もまた、傷心の殿方が続出ね」

レディ・セシリー・ウェストラザーは、例によって、いとこがロンドンに滞在しているあいだ毎日届く花束でいっぱいの寝室を眺めた。社交シーズンはまだ始まっていないが、社交界の面々はもうだいぶ首都に戻ってきており、ロザムンドの予定はぎっしりとうまっていた。

「ロザムンド、あなたひとりでロンドンのお花屋さんを繁盛させてるわね」

「ううん?」ロザムンドは、菫《すみれ》の花束に添えられた、格調高い文言が綴《つづ》られたカードに目を通しながら、うわの空で聞いていた。

「みなさん、親切だわ」ぽつりとつぶやく。

花束を女中に手渡し、つぎの贈りものを手に取った。誰から何をもらったか、頭に叩き込んでおかないといけない。会ったときにきちんとお礼を言えるように。

男性というのはたくましい体でふんぞり返って歩いていても、驚くほど繊細な心をうちに秘めているものだ。ロザムンドはそう気づいていたので、なるべく男性たちを傷つけないように心を砕いていたが、これがなかなか至難の業《わざ》だった。社交シーズンのあいだ、いっそ田舎に引っ込んでしまいたいと思うときもあるが、そんな気の弱いことも言っていられない。グリフィン・デヴィアに相手にされないからといって、めそめそするくらいなら死んだほうがましだ。

トレガース伯爵か、いまは。でも、わたしはトレガース伯爵夫人ではない。いまはまだ。

ロザムンドはクリーム色の襞《ひだ》飾りのついた花束に顔をうずめて薔薇の甘い香りを吸い、そっとため息を押し殺した。紳士からこういう贈りものが届くたびに胸がちくりと痛むとは、なんとやりきれないことだろう。グリフィンは好意のしるしにタンポポ一輪さえくれなかったという現実が浮き彫りになるだけだ。

べつに花にこだわっているわけではない。時々便りが届けばそれでじゅうぶんだ。婚約者ならせめてそういうやりとりで、こちらの存在を認めてもよかったのではないか。

ところが、この三年近く、グリフィンはただの一度も親交を深めようとしなかった。

そしていまになって突然、結婚しろと迫ってきた。しかも、大急ぎで。さらに癪《しゃく》に障るのは、無礼な呼び出し状を送ってきたことだ。あれでは一介の使用人のようなあつかいだ。未来の伯爵夫人ではなく。

そう、ロザムンドも十八のときから学んだことがある。男性は簡単に手に入れたものは決して大事にしない。グリフィンがわたしを妻にしたいのなら、もっと努力しないとだめだ。

「きのう、また手紙が来たの」ロザムンドはそうつぶやきながら薔薇の花束を女中に手渡した。

セシリーは花瓶に生けている何本もの百合から顔を上げた。「今度はなんて？」

ロザムンドは顔をしかめた。「さらに威張りくさった文面だったわ」

「田舎者なのよ！」セシリーは太い眉をぎゅっと引き寄せた。「自分から折れたらだめよ」

「もちろんそんなことしないわ」ロザムンドは言った。

それでも、ほんのささやかなことでいいから、こっちが折れる口実をもらえたらどんなにいいだろう。自尊心をくすぐるちょっとした贈りものだとか賛辞の手紙だとか、かすかにでも愛情を示してくれたら、喜んでコーンウォールに飛んでいくのに。

顎を上げて言った。「結婚の話を進めたいのなら、こちらに来て婚約者としてきちんと交際してください、と返事をしたもの」

けれど、グリフィン・デヴィアは岩のように頑固だった。

「顔を出さないならほうっておけばいいのよ」セシリーは不平たっぷりに言った。「あの人に会ったら、言ってやりたいことがあるわ」

「でしょうね」セシリーの鼻息の荒い口調にロザムンドはくすりと笑った。

「あなたは誰よりも怖い人だもの。そんなふうに眉をひそめられたら、わたしでさえびくびくするわ」

セシリーはさらに顔をしかめた。「わたしが男性だったら、剣で対決するのに。ロータデール大尉はあの人に決闘を申し込むかしら？　ぜひ見物したいわ」

ロザムンドは唇を噛んだ。フィリップ・ローダデールと恋仲だとセシリーも思っている。うしろめたいことに、誤解を招いているのはすべて自分のせいだとわかっていた。

社交界にデビューした年は大成功をおさめたが、翌年も独身のままでいるうちに、暗黙の疑問が誰の目にも浮かぶようになった。どうして婚約者であるグリフィンは結婚しないのだろう？　他人にはわからないが、レディ・ロザムンドには欠陥があるのか？

あんな粗野な男性を結婚相手に押しつけられてかわいそうだと、ウェストラザー家の婦人たちからは同情を買われていた。親戚の男性たちからは、グリフィンを服従させる方法を提案され、それはしだいに手荒な方法に発展していった。

兄のザヴィアさえ、なんとかしようかと申し出てきた。兄らしく気の利いた方法でさりげなく解決してくれることは間違いない。もちろん、モントフォード公爵にひと言言えば、どうにかしてくれるはずだ。

けれど、身内に仲を取り持ってもらいたくなかった。

グリフィン本人に望まれたいのだ。

そこへ、颯爽《さっそう》とした騎兵隊の将校、フィリップ・ローダデールが現われた。若い女性なら誰でも憧れる、高潔にして美貌の勇者。そんな男性にロザムンドは崇《あが》められている。誰もがそう噂した。ローダデールは頭もよく、一緒にいて楽しい相手であり、彼のまえではほかの者はみな霞《かす》んでしまうような存在感があった。

ロザムンドにはすでに婚約者がいることも、決して希望を持たせなかったことも、ローダデールには通じなかった。彼は粘り強くロザムンドに言い寄り、ライバルたちを蹴落とした。ほどなくして、ロザムンドが彼を気に入っていると世間の人々の目に映るようになっていた。

それはロザムンドの意図したことではなかった。どの紳士にも特別な好意を示さないように気をつけていた。間違っても浮気者というレッテルだけは貼られたくなかったのだ。ローダデール大尉との友だちづきあいが世間の目にはどう映っているのか気づいたときにはあとの祭りだった。

ところが、社交界の人々はロザムンドを軽薄な娘呼ばわりすることはなかった。それどころか、ふたりを不運な恋人たちとしてもてはやしたのだ。モントフォード公爵が頑固なせいでかわいそうだと世間の人々は囁いた。美しいロザムンドを粗野なトレガースに嫁がせるのはあんまりだ、と。

ロザムンド——自惚《うぬぼ》れの強い、意固地な愚か者——は、社交界で囁かれている間違った憶測を正そうとしなかった。ほかのご婦人たちがこぞって気を引こうとしている紳士に求められて気分がよかった。ローダデールにあれやこれやとやさしくされて、傷ついた自尊心が慰められたのだ。

気分がよかった。慰められた。

まあ、そういうことだ……。

数えきれないほどの長所を備えているのだから、フィリップ・ローダデールに恋をして当然だった。

けれどそうならない理由は、腹立たしいことにただひとつ、無礼な大男のせいだった。

4

モントフォード公爵は敷居で足をとめ、片眼鏡を上げて、朝食用のテーブルを囲む身内の者たちを眺めた。

ロザムンドとセシリーがいるのは当然だ。ロザムンドの兄のザヴィアは春になってから合流するものと思っていた。いまはロザムンドの結婚問題が難しい時期だから、大歓迎というわけにはいかないが。

いっぽうリドゲイトは……。

「おや」モントフォードはぼそりと言った。「嬉しい驚きだな、リドゲイト」

リドゲイト子爵、アンドルー・ウェストラザーは、猫のようないかにも満足げな顔でにっこりと微笑んだ。「ぼくもお会いできて嬉しいです、公爵閣下」

スタイン侯爵、ザヴィアは無言のままで、挨拶《あいさつ》もしなければ、事情の説明もしなかった。いとこが舌もなめらかに儀礼的な挨拶をこなすのを聞いて、口の端《は》を上げたが、青い目はよそよそしい光を湛《たた》えたままだった。

ザヴィアを刺激したければ、ここにいる理由を尋ねてもよかったかもしれない。あいにく、そうしてもモントフォードになんの得もなかった。少なくとも、今朝のところは。ザヴィアは好きなだけモントフォード館に滞在すればいい。ただし、彼の妹のために立てている計画を邪魔しなければ、の話だが。

ロザムンドをちらりと見て、モントフォードはテーブルの上座から自分の皿を手に取り、食器台に向かい、料理をよそった。

まずはリドゲイトを相手にしよう。「どういう用件だ、リドゲイト？　懐《ふところ》具合が寒くなったか？」リドゲイトはまだ財産をすべて相続できる二十五歳に達していなかった。それまではモントフォードが財布のひもを握っている。

もっとも、そう固く締めているわけではない。いざ金に困ったときにリドゲイトがどれだけ積極的な行動を取れるか心配しているだけだった。

「どうしてそう思うんです？」面白がっているが、憤りも滲ませた口調で若い子爵は訊き返した。「ここ数カ月、かかりきりになっている仕事のことはご存じのはずだ」

ああ、たしかにそうだ。リドゲイトが取り組んでいる計画のことは、モントフォードも把握している。あるいは、いくつかある計画のひとつについては。ほかの者たちのまえで具体的に話題にするつもりはないものの。

モントフォードはかすかに笑みを浮かべて言った。「それなら、来てくれてなによりだとしか言いようがないな」

皿に料理をたっぷりと盛り、期待を胸にテーブルへと戻った。大家族の存在はときとして煩《わずら》わしく思う者もいるかもしれないが、毎日が退屈だという文句は出ないはずだ。

「ベカナムとジェインがいれば、仲よし一家がそろったのにね」セシリーはいかにも感動的に両手を胸のまえで組みあわせた。

ザヴィアが顔を上げて、セシリーのしぐさに目をやった。「田園生活にどっぷりつかって、春は領地にこもるんだろう」ジョッキを口もとに上げ、目を光らせた。「ベカナムはロンドンに飽きたってことか？」

その言い草に誰も二の句が継げなかった。ザヴィアは昔からこうだ、とモントフォードはしみじみと思った。会話の流れをぶっつりと断ち切ってしまうおかしな才能がある。

リドゲイトはハムを切り分け、皿に載せた。「いとしいジェインには出産するまで会えないだろうな」

ロザムンドは首をめぐらし、リドゲイトに眉をひそめた。「どういうこと？　ジェインのお腹はまだふくらんでいないわ」

リドゲイトはふんと鼻を鳴らした。「いまにそうなるさ」

それを聞いて、一同が忍び笑いを漏らした。こういう露骨な話はロザムンドとセシリーのまえでは勧められたものではないとモントフォードも心得ていたが、大目に見て、注意はしなかった。ふとした拍子にほのめかされる話まで、婦人たちの耳に入れないよう取り締まれるものではない。

きっとリドゲイトの言うとおりだ、とモントフォードは思った。ジェインと新婚の夫との睦《むつ》まじさを思えば、遠からぬうちに子宝に恵まれるだろう。それについて自分はどう思うだろうか？

老け込んだ気がする、というところか。しかし、六人の子どもたちの後見人を務め、その面倒を見てきたのだから、老け込んでもふしぎではない。ともかく、ジェインとその夫、コンスタンティンの子どもの祖父役を務めることは断固拒否だ。冗談じゃない。私はまだ四十代だ。老いぼれではない。

個人宛ての書状がテーブルで待っていた。ぱりっとした《モーニング・ポスト》紙とともに。

山と積まれた手紙とカードにモントフォードはざっと目を通した。「やれやれ。きょうはトレガースからどんな脅しを受けるものやら」

ロザムンドと即刻結婚だというトレガース伯爵グリフィンの要求は、家庭内で流行《はや》りの笑い話になっていた。一同の目がロザムンドに集まった。

「チョコレートを切らしているわ」ロザムンドは銀の壺《つぼ》の蓋を持ちあげて、なかをのぞいた。

「呼び鈴を鳴らして持ってきてもらうわね」

ロザムンドが腰を浮かせたところで、リドゲイトが尋ねた。「トレガースだって？　いまさらなんの用だ？」

ロザムンドはまた椅子に腰をおろし、ため息をついた。「結婚するからコーンウォールに来るように、と命じられたわ」

モントフォードはロザムンドを見つめた。ロザムンドの美しい顔は無表情のままだった。「命じられた？」ザヴィアの優美な黒い眉が吊りあがった。「あの男は頭がいかれているんじゃないか？」

「いや」モントフォードが言った。「頭がいかれているというより……ぶっきらぼうなんだろう」

「それだけでじゅうぶんひどい」ザヴィアはつぶやいた。

「どうでもいいわ」ロザムンドが言った。「そちらがロンドンに出てくるべきだと伯爵に返事を出したの。婚約者としてきちんと交際しないなら、何も申しあげることはない、と」

「もっともだ」モントフォードはばたばたとロザムンドを嫁がせようとは思わなかった。たしかにさっさと結婚させたほうが誰にとっても好都合だが、ロザムンドが納得いくまで婚約者に礼儀作法を教え込むまで待つことにした。話を先に進める気があるのか確かめるべく、トレガースを刺激することは刺激したのだ。いまもまだロザムンドに結婚の意思があるというのなら、破談に持ち込むつもりはない。

まわりにいる精力的な男性たちがこぞってロザムンドにひれ伏し、求愛しているいっぽう、新しく伯爵となった婚約者は強情を張ったままでいることにモントフォードはとまどいさえ覚えていた。かれこれ三年がたとうとしているのに、トレガースは依然としてロザムンドを無視したままだ。

婚姻に愛は必要ないが、夫婦のあいだに忠節と敬意は必要だと信じており、未来の夫がロザムンドにそうしたものを示すまで、モントフォードとしては結婚を許すつもりはなかった。しかし、さして心配はしていない。ロザムンドならトレガースを従わせることができるだろう。

何通もの招待状にざっと目を通し、婚姻省関係の書状はあとで読むためにわきに置いた。優雅な筆致で宛名が書かれた手紙のにおいを嗅ぎ、その甘ったるい香りに顔をしかめ、リドゲイトに手渡した。「なぜきみ宛ての甘い香りの手紙がこの屋敷に送られてくるんだ?」

リドゲイトはにやりと笑い、受け取った手紙に目もくれず、皿の下に差し入れた。「ランドルから聞いていないんですか? またここに戻る予定です」肩をすくめた。「ちっとも帰らないのにロンドンに部屋があっても意味はない。金ばかりかかって」

「なるほど」モントフォードは言った。「節約して、うちに居候《いそうろう》するつもりか」

「倹約するべきだとリドゲイトに忠告したのは閣下ですよ」ザヴィアが言った。

モントフォードは口もとを曲げた。「私のせいか」

正直なところ、リドゲイトとの同居は歓迎だ。しかし、それは自分の胸にしまっておきたい本音だった。自惚れの強さがリドゲイトの魅力のひとつでもあるが、増長させてもいいことはない。

モントフォードはロザムンドに目を向けた。「きょうの午後は暇か?」

「母を訪ねる約束がありますけれど」ロザムンドは言った。「そちらは断わりましょうか?」

侯爵夫人の反応は想像がつく。「いや、いい。レディ・スタインを失望させてはいけない」

モントフォードはザヴィアをちらりと見た。いつにも増して、好色な森の神、サテュロスに似ていた。「妹につきあうのか?」

「いいえ」ザヴィアは——機嫌のいいときでさえ表情豊かではないが——外部をぴしゃりと遮断したような顔になった。

「午後は私も用事がある」モントフォードは口をすぼめた。「誰かがロザムンドに付き添わないとな」

「付き添ってもいいけれど、わたしはまだ社交界に出ていないわ」セシリーが言った。

「不幸中の幸いだな」ザヴィアがぼそりと言うと、セシリーは声をあげて笑った。

モントフォードはリドゲイトに視線を向けた。「残るはきみだけだ」

「え?」リドゲイトは背すじを伸ばした。古風な美しい顔に警戒の色が浮かんだ。「ちょっと待ってくださいよ……」

「ティビーに一緒に行ってもらいます」ロザムンドがぽつりと言って、ナプキンを口もとにあてた。「心配しなくていいわよ、アンディ」

ティビーことミス・ティブスは一家の子女たちの家庭教師だった女性で、いまは付添い《コンパニオン》を務めていた。物静かだが、しっかりした女性で、レディ・スタインにやり込められることもなかった。モントフォードはうなずいた。「よし、それで決まりだ」

セシリーは黒い瞳を光らせてリドゲイトを挑発した。「意気地なし」

リドゲイトは歯のあいだから言葉を発した。「先約がある」

「知ってるわ、どうしてロザムンドを彼女のお母様のところに連れていってあげられないのか」セシリーは黒い巻き毛を揺らしてうなずき、しつこくリドゲイトにからんだ。「レディ・スタインがあなたに流し目を送ってくるからでしょ」

「くだらないことを言うなよ、セシリー」リドゲイトはぴしゃりと言った。「ぼくは甥同然だ」

「義理のね」セシリーは言い返した。

出し抜けにザヴィアアは椅子から立ちあがり、ナプキンをテーブルにほうり、大股で部屋を出ていった。

「だめじゃないか、セシリー」リドゲイトは語気を強めて囁き、口をへの字に曲げ、椅子を引いた。「きみが噂話に持ちだした女性はザヴィアの母上だ。それにロザムンドの母上でもある」

　はっとした顔でモントフォードを見て、セシリーは言った。「ご――ごめんなさい！　悪気は――」

「ええ、わかっているわ、いいのよ」ロザムンドが言った。セシリーの手をぎゅっと握ったが、視線は兄が出ていった戸口に向けられていた。無理をして笑みを浮かべた。「母は……身勝手な人なの。それは昔からわかっているの」

　モントフォードは言った。「リドゲイトの言うとおりだ。セシリー、調子に乗りすぎたな」

　セシリーは唇を嚙んだ。「はい、公爵様。ザヴィアに謝ります」

「いや」リドゲイトが言った。「ほうっておけよ」

　食卓は静まり返った。ナイフとフォークが皿にぶつかる音だけが聞こえるなか、モントフォードは残りの郵便物に目を通し、ほかの者たちは朝食を食べるふりをしていた。やがて、モントフォードはある手紙に目を丸くした。

「ほう」そうつぶやき、ロザムンドに目をやった。「きみは最初の衝突に勝ったようだ。婚約者はロンドンに向かっている」

　トーストのかけらが喉につかえ、ロザムンドはあわててセシリーのコーヒーで飲みくだした。カップを受け皿に戻した手がふるえている。

　迎えに来るの？　事態をのみ込むや、ロザムンドはにわかにうろたえた。

もう、ばかね！　ロンドンに足を運んでほしいと要求したのは自分でしょう？　けれど、こんなにすぐグリフィンが折れるとは思いもしなかった――まったく予想外のことだ。待ち焦がれていたとはいえ、突然、全面降伏した彼にすっかり心が乱された。

「あの方が？」なんとか言葉を発した。「ここに？」

「ああ」モントフォードは心のなかを見透かすような目でロザムンドを見た。「それが望みだったのではないのか？」

「伯爵にお目にかかるのが楽しみだ」リドゲイトはゆったりとした口調で言った。とくに意味のない返答だったが、そのさりげなさは見せかけにすぎないと鋭い目つきが物語っていた。

それに気づいたロザムンドは冷静さを取り戻し、警告するように言った。「アンディ」

いとこは何食わぬ顔で目をぱちくりさせた。「どうしたんだい？」

ロザムンドはうっかり微笑みそうになるのをこらえて唇を噛んだ。「あの人を生かしておいてね。彼に何もしないと約束して。もちろん、わたしが許可を出すまでは、ということだけど」

リドゲイトは目を細めた。「〝何もしない〟というのは具体的にどういうことか教えてくれ」

「大男なのよ」セシリーが口をはさんだ。「ううん、背が高いというより、巨漢だわ。殴りあいになったら、さすがのあなたも勝ち目はないわよ、アンディ」

「拳闘の崇高な流儀がいかなるものか、きみの知識のほどが知れるな」リドゲイトは対戦を心待ちにするかのように目を輝かせた。「体が大きければ大きいほど、倒れたときに立ちあがるのに苦労する。そうですね、公爵閣下？」

モントフォードは賛同するように首を傾けた。「新手の殴りあいを崇高だとか流儀があるだとか呼ぶのはどうかと思うがな、リドゲイト。とにかく、ロザムンドの婚約者を相手に腕前を披露《ひろう》するのは控えてくれ」

「そうよ、ほんとうにやめてちょうだい」ロザムンドは有無を言わさぬ気配を浮かべて微笑んだ。「あの人のことはわたしにまかせて」

破談になるまえに、グリフィンはひざまずいて結婚してくれとロザムンドに懇願するだろう。最後にはすべて丸くおさまるはずだ。こちらは理想的なすばらしい妻になるつもりでいるのだから。

けれど、まずは少し懲《こ》らしめてあげる。こんなに長いあいだ、ほうっておかれたのだから、それくらいは当然だ。

ふいに心が浮き立ち、不安はすっかり消え去った。胸に笑い声が響くようだった。

グリフィンがわたしに会いに来る。

ついに！

そのあと少しして、ウェストラザー家の紳士たちがモントフォードの図書室に所用で集まっていると、またロザムンドの婚約者のことが話題に出た。

「あの男は図々しくも、ロザムンドに取りなしてほしいと頼んできた」モントフォードは考え込むような顔で言った。「あきれたことに、結婚しろとロザムンドに命じてもらいたいようだ」

ザヴィアは鼻を鳴らした。「誰に向かってものを頼んでいるのかわかっていないんでしょう」

リドゲイトは額《ひたい》にしわを寄せた。「解《げ》せないのは、いまのいままで双方ともに話を進めようとしなかったことですよ」肩をすくめた。「まあ、ロザムンドの立場は理解できる。ああいう男との結婚を急ぐ気にはなれないでしょう。でも、婚約は破棄しなかった」

「誰よりも従順な子羊だから」ザヴィアはぼそりと言って、シェリー酒のグラスをテーブルにおろした。

子羊呼ばわりはもちろん当てつけだ。羊飼い役を誰に振りあてたのか、考えるまでもない。モントフォードは体をこわばらせたが、ザヴィアの挑発に反応してしまった自分を内心ののしった。

「好きにさせたらどうですか、閣下」ザヴィアはモントフォードが黙っているのをいいことにたたみかけた。「言うまでもなく、ローダデールと一緒になったほうが妹は幸せになれる」

モントフォードは苛立ちを抑えて言った。「いや、それはどうかな」

ローダデール大尉はロザムンド向きの人物ではない。たとえ恋愛結婚を重んじたとしても、大尉との婚姻を認めようとは思わない。彼と結婚できるのかとロザムンドから探りを入れられたことすらないのだから、どういうことかおのずとわかるというものだ。

ほかの男性に心を惹《ひ》かれている自覚があるのなら、ロザムンドは何年もトレガースを待っていなかったのではないか？　ずっと放置されていたのだから、婚約を解消する申し分ない口実はあった。それでも、婚約を破棄してもいいかと許可を求めてくることは一度もなかった。

トレガースについては、そう、祖父が死んでからいろいろと大変だったとモントフォードも聞き及んでいた。そういう事情がなければ無礼だとみなすところだが、結婚が先延ばしになっていることは大目に見るつもりだった。これまでにはほとんど例がなかったが、ウェストラザー家とデヴィア家が姻戚関係を結べば、南西部におけるウェストラザー家の影響力を確立できるのだからなおのことだ。

「でも、トレガースはいったい何をしていたんです？　ロザムンドを何年もほうっておくなんて」リドゲイトが強い口調で言った。

「いまさら憤るふりはしなくていい」ザヴィアが言った。「その何年ものあいだ、一度たりともロザムンドの力になろうとしなかったくせに」

「暇だったわけじゃないんでね」リドゲイトはうまく言い逃れた。「誰かさんと違って」

モントフォードは愉快そうに目を輝かせ、高級な靴からこざっぱりと整えられた髪までリドゲイトの姿をじっくりと眺めた。「分相応に暮らすことだな、そうすればじゅうぶんな余暇が生まれ、やりたいことができる」

ちょうどそのとき、執事が来て、来客を告げた。「トレガース卿がお越しになりました、旦那様」

モントフォードはめずらしくぎょっとした。「もうか？」

「時の人のご登場か」ザヴィアは物憂げに言って立ちあがった。

トレガースが図書室にずかずかとはいってきた。喧嘩《けんか》っ早そうな物腰で、衣服は乱れていた。

「おやおや！」リドゲイトはぞっとしたような口調で言って、トレガースの全身を眺めまわした。「厩からまっすぐ来たのか、それとも、ついでに牛舎でころげまわってきたか？」

トレガースはリドゲイトのほうに苦い顔を向けた。「怒らせないでくれ」そう言うと、モントフォードに向きなおった。「花嫁はどこです？」

リドゲイトの表情は嫌悪から驚きに変わり、やがて怒りに転じた。「ありえないな、不潔な農民のような恰好で、ぼくのいとこ——つまり、きみの婚約者——に面会を求めるとは」

トレガースは唇をゆがめ、軽蔑したようにリドゲイトの派手な服装に目を走らせた。「めかしこむよりましだ」

三歩でリドゲイトは部屋を横切った。なんの警告もなく、トレガースの顎にこぶしを叩きつけた。

モントフォードは興味深げに状況を見守り、ふたりのほうに一歩足を踏みだしたザヴィアに指を立ててその場に留まらせた。

リドゲイトは流行りを追いかけるただの洒落者《しゃれ》に見えるかもしれないが、一流の拳闘家たちと定期的にこぶしを交え、紳士らしからぬ荒っぽい喧嘩にも慣れていた。そういうわけで、トレガースに不意打ちを食らわせたのはかなり不公平だった。

大男はのけぞったが、どうにか倒れずに踏みとどまった。殴られた跡が顎に真っ赤に広がる。

そして眉をひそめ、こぶしを握りしめた。

「やあ、トレガース」剣呑《けんのん》な雰囲気の高まりを切り裂くように、モントフォードがにっこりと微笑んだ。「わが一族のもとへようこそ」

5

グリフィンはウェストラザー家の三人の男たちと相対し、爆発しそうな怒りを抑えていた。怒りにまかせて人を殴るのはしばらくまえからやめていた。その習慣をいまここで破ろうとは思わない。

もともと愛想がいいとは言えない性格だが、ロンドンまでの長旅で、いつ癇癪玉を破裂させてもおかしくないほど苛立っていた。最近の雨で、轍《わだち》のついた道はひどい悪路だった。いつもなら馬に乗って移動するのだが、ロザムンドを連れて帰ることを見越して馬車で来たのだ。

退屈な長旅とひどく揺れる馬車のせいで神経をぴりぴりさせたまま、ロンドンの町屋敷に到着した。家のなかは家具に覆いがかけられたままだった。管理をまかせている使用人たちは主人が来ることを知らなかった。あらかじめ手紙を送っておいたのだが、どうやら配達が間に合わなかったようだ。

宿屋は好きではないが、せいぜい二泊しかしないのに使用人を叱りつけていまから準備をさせても意味はない。ロザムンドが荷物をまとめるくらいなら、何日もかかりっこないだろう。

〈リマー亭〉で部屋を取り、デヴィア卿が用意した婚姻許可証を胴着の内ポケットにたくし込み、モントフォード館にまっすぐ向かったのだった。

ロザムンドの煮え切らない態度に、今度こそ決着をつけてやる。

しかし、そう簡単にはいかないと認識しているべきだった。まずはこの手ごわいウェストラザー家の男たちを突破しないといけない。

もちろん、三年まえにペンドン館に来たモントフォード公爵のことは憶えていた。ほかのふたりもあきらかに一族の人間だ。血は争えないのか、ウェストラザー家特有の傲慢《ごうまん》さがその骨格に現われている。三人はそれぞれ髪の色も背丈も体格もさまざまだが、高さのある鋭い頬骨と、鼻柱がまっすぐで、猜疑《さいぎ》心の強さをうかがわせる、いかにも貴族的な鷲鼻は共通していた。

「花嫁はどこにいるんです?」グリフィンはモントフォードの気取った歓迎の言葉にも怯まず、同じ問いかけをくり返した。

「ここにはいない」グリフィンを殴ったブロンドの青年が、痣《あざ》になった指関節をさすりながら答えた。顎を痛めたグリフィンは、相手も同等に手を痛めていればいい気味だと思ったが、それはなさそうだ。

「腰をかけたらどうだ?」モントフォードは炉端の椅子を指し示した。

グリフィンは首を振った。「つまらない社交につきあっている暇はないんですよ、公爵閣下。ロザムンドがどこにいるか教えてもらいたい。もう先延ばしにはせず、結婚しますから」

「やけに突然、妹と結婚したくなったんだな」冷笑を浮かべた紳士が言った。つまり、スタイン卿ザヴィアか。ロザムンドの兄の。

そう、髪の色の違いにうっかりまどわされたかもしれないが、よく見ると、兄と妹は似ていた。兄の髪は漆黒《しっこく》で、妹のほうは鋳造《ちゅうぞう》したてのギニー金貨のように光り輝いていたが、目はふたりとも深みのある青い目だった。もっとも、ロザムンドのほうは澄んだ素直な瞳で、目つきの悪い兄とは違い、世を儚《はかな》んだような皮肉っぽさで曇ることはなかった。

「ということは、ロザムンドの兄さんか」グリフィンはスタインにうなずいた。「だったら妹に分別を叩き込んでくれないか?」

「そんなことをぼくに頼んでいいのか?」スタインは小ばかにしたように言った。「きみの言う分別とやらが、ぼくの考えている分別と一致しているとは思えない」

「とにかく腰をかけたまえ」モントフォードはもう一度椅子を勧め、さりげなく手を振って、近くに並んだデカンターを示した。「飲みものを用意させてくれ。話しあうことは山ほどある」

「椅子も飲みものもけっこうです」グリフィンは大声こそあげなかったが、とげとげしい口調で言った。「婚約者を嫁にもらいたいだけだ」

ちくしょう、顎がずきずきする。ロザムンドのいとこは涼しい顔をして強烈な右フックを叩き込んできた。リングの上であんなふうに殴られたことは何度もあるが、それでもさっきの一撃はお見事だった。

モントフォードは自分の椅子に座り、両手を広げて話しはじめた。「残念だが、レディ・ロザムンドはここには――」

「バークリースクエアのぼくの家にいる」スタインが話をさえぎり、公爵を横目でちらりと見た。「母を訪ねている」

うわべは協力的だが、嘲《あざけ》るような敵意のこもったスタインのまなざしには引っかかった。長年祖父と暮らしていた経験で、罠を仕掛けられると、勘が働くようになっていたのだ。だが、兄貴が何をたくらんでいるにしろ、ロザムンドには会わないといけない。とにかくスタインは手がかりをくれた。

短くうなずいて、グリフィンはスタインに謝意を示した。「どうも。では、失礼」

ロザムンドのいとこはぎょっとして口をあんぐりとあけた。「そんな恰好では侯爵夫人に面会などできないだろうが。悪いことは言わない。やめたほうがいい」

「表敬訪問をしようというわけではない」グリフィンはぴしゃりと言った。「婚約者に会わせてくれと頼むだけだ」

暇を告げる代わりに会釈し、踵を返して図書室をあとにした。

大理石敷きの玄関広間に向かっていると、囁き声が耳に届いた。「トレガース卿！　こっちよ」

振り返ると、レディ・セシリー・ウェストラザーが右側の部屋から手招きしていた。無視してこのまま立ち去りたい衝動に駆られたが、未来の花嫁がこの怖いもの知らずの若いいとこと仲よしだったことを思いだした。もしかしたらセシリーは耳よりな情報をもたらしてくれるかもしれない。

グリフィンがためらっていると、セシリーの表情豊かな顔がじれったそうに七変化した。そして、先ほどより大きな身振りで、また手招きをした。「来てったら！」

あたりにさっと目をやり、玄関広間に誰もいないと確認すると、グリフィンはセシリーの要求に従った。

セシリーはグリフィンの手をつかみ、部屋のなかに引っぱり込んだ。思いがけず手が触れあい、グリフィンはとまどったが、セシリーについて手荷物部屋にはいり、彼女がドアをしめるのを待った。

「ようやく重い腰を上げたってわけね」レディ・セシリーは腰に手をあて、あどけない顔をしかめた。

グリフィンは興味をそそられ、セシリーをにらみ返した。「きみには関係ない」

「ロザムンドの幸せを邪魔することは見過ごせないの。あなたには宿題がいっぱいあるのよ」

「宿題？　なんのことだ？」

「過去の無作法な振舞いの埋め合わせに決まっているでしょう！」セシリーは両手を振りあげた。「ロザムンドは婚姻市場でいちばん人気があるのよ。なにしろ、とてもきれいだもの。でも、それよりもすばらしいのはね――あなたみたいなおばかさんにはわからないでしょうけれど――イングランドじゅう探したって、彼女よりも思いやりがあって、やさしい娘さんは見つかりっこないってことなのよ」

セシリーはグリフィンの胸を指で突いた。「なのに、あなたはロザムンドにひどい仕打ちをした。結婚してやるから、さっさとコーンウォールに来いだなんて！　だいたいね、三年もほうったらかしにした挙げ句でしょ。ロザムンドが求愛に応じてくれたら、あなたは彼女に敬意を払うの？」

グリフィンは手厳しくなじられていささか面食らい、目を白黒させた。結婚が先延ばしになって、てっきりロザムンドはほっとしているのかと思い込んでいた。最近届いた返信の内容も、どうせ時間稼ぎの駆け引きだろうと思って取りあわなかった。当然ながら、できるだけ長く独身を謳歌《おうか》したいのだろうと。

だが、そうなると疑問も浮かぶ。なぜロザムンドはとうの昔に婚約を破棄しなかったのか。セシリーは黒い瞳を輝かせてグリフィンを見つめ、首を振った。「りっぱな人物だとロザムンドに証明してみせなくちゃね。しきたりどおりに求愛して、婚約者をないがしろにしていないと世間に知らしめないと」

「ぼくがロザムンドをないがしろに？」この娘は頭がおかしいに違いない。

「ロンドンじゅうの人たちがそう思ってるの！」セシリーは言った。「口実をつけて婚約を取り消したらいいと、誰もがロザムンドをせっついたのよ。ロザムンドはきっぱり断わったわ。なぜなら思いやりがあって、真面目な人だから、そういうずるい手は使えないのよ。どんなときも、約束を破ったためしがないの。でも、あなたもばかじゃないのなら、いまは慎重に立ちまわったほうがいいわ。いい、トレガース卿、これ以上彼女を悩ませたら、ロザムンドはべつの男性の腕に飛び込んでしまうでしょうよ」

〝べつの男性〟という言葉を、興奮を押し殺した囁き声で発したかと思うと、セシリーはあたりをさっと見まわした。隠しているつもりか？　だとしたら、ばかな娘だ。誰の腕のことを指しているのか、こっちはちゃんとわかっている。

ロープダデールだ。ロザムンドに取り入る、あのいまいましい美男子のことを考えるたびに、グリフィンは胃がよじれる思いを味わった。

もっといろいろなことをレディ・セシリーから聞きだしたかったが、自尊心が邪魔をして質問が憚《はばか》られた。

生意気な娘をじっと見据えて言った。「ちょっと整理させてくれ。たとえすでに婚約していても、たとえ相手がこういう――」グリフィンは自分自身を手ぶりで示した。自分がどんな男なのか、言葉にする気にはなれなかった。「なんていうか、こういう男でも、ロザムンドは求愛してほしいのだろうか？」最後のほうは息を詰まらせそうになりながら言葉を発した。

「そうよ。婚約者として正式に交際しなければ結婚しないわ。あのね、ロザムンドは天使のように見えるかもしれないけれど、いざとなったら梃子《てこ》でも動かないほど頑固なのよ。それに、彼女にも自尊心はあるの、あなたと同じように」

そして、セシリーはこのときになって初めて、あの洒落者のいとこと似たような嫌悪を滲ませてグリフィンの全身に目を走らせた。「それ、どういう服装なの？」

またか。「いいか、レディ・セシリー、つまらない見栄を張っている暇はないんだ。さて、話が終わったのなら……」

ところが、セシリーはまったく聞いていなかった。とがった顎を指先で叩いている。「その服装をわたしたちでなんとかしないとね」

わたしたちで？「けっこうだ！」グリフィンは言った。「服装をどうこうする必要はない。レディ・ロザムンドを妻にするため来ただけなんだから」

セシリーは顔をしかめた。「わたしの話をちゃんと聞いていたの？」

この娘は恐れることなく自分に立ち向かってくるふたりめの淑女だな。妹はべつとして。ウェストラザー家の女性たちはじつに興味深い血筋だ。

グリフィンは気を取りなおして言った。「レディ・ロザムンドに求愛はしない。お断わりだ」

足を踏み鳴らしてセシリーの横を通りすぎ、戸口に向かった。

セシリーが背後から呼びかけてきた。「だったら、豚や牛のところに帰ったほうがいいわね、トレガース卿。求愛しなければ、ロザムンドは結婚に同意しないわ」

グリフィンはセシリーに振り返り、歯を剝《む》いてうなり声を漏らした。ついに、ついに、ついにだ、セシリーは怯えた顔をした。はっと息をのみ、縮みあがった。黒い瞳を見開いて、ぴくっと両手を上げて身を守るようなしぐさをした。

セシリーの反応に無性に腹が立ち、食いしばった歯のあいだから勢いよく息を吸った。

「いまにわかるさ」

そう捨て台詞《ぜりふ》を吐き、セシリーに背を向けると、ドアを叩きつけるようにして部屋を出た。

ああ、どうしてお母様の言いなりになって、こんなことをしているの？

ロザムンドはスタイン邸の客間で低い台に立ち、片手で陶器の壺をかかえ、もう片方の手をしなやかに頭上に上げていた。

困ったことに、母に押しつけられた衣装の薄布は、何枚か重ねていても体の線を申し訳程度にしか隠していない。下にコルセットをつけることも許されず、ごく薄いシュミーズしか着ていないのだから、なおさらそうだった。

「かわいそうだこと、そんなに背が高くて」レディ・スタインは黒い睫毛の下の青い目を細めてつぶやいた。「これじゃアマゾネスね」一瞬眉をひそめた。「あら、ウエストに詰めものでもあてているの？　二の腕も肉づきがよすぎるんじゃない？　フランソワ、たるみはちゃんと省いて描いてちょうだいね」美しい口もとをゆがめた。「わたしがこのくらいの年頃には、贅肉《ぜいにく》なんてついていなかったわ」

ロザムンドは顔を赤くさせ、壁を見つめた。無視するのよ。お母様にどう思われようと気にしない。

黴《かび》が生えるほど、幾度もくり返してきた呪文だった。自分の体型はおかしくない、と胸に言い聞かせた。シャンパンと空気だけで生きているお母様の食生活ではがりがりになるだけ、と。

体つきにけちをつけるのなら、なぜ絵のためにポーズを取らせたいのか、と母に食ってかかりたかった。

けれど、いくら頭のなかで反抗してみても、なんの助けにもならなかった。暗い海でうねる波のように、昔からついてまわる自己嫌悪の念がせり上がる。

唯一の慰めは、絵のモデルが誰なのか、レディ・スタインと絵描きであるムッシュ・フランソワ以外の人には知られないということだった。ロザムンドがモデルを務めてはいるものの、画布のなかの人物――もしくは妖精だろうか――の顔には、古典的で美しい母の顔を描くことになっていた。

ロザムンドの目から見れば、母の容姿は非の打ちどころがなかったが、母がこうと思い込んだときには、否定するよりも折れたほうがずっと楽だった。レディ・スタインはため息をつき、張りのある瑞々《みずみず》しい若い肌を羨み、いくら化粧の力を借りても完全には維持も再生もできない美容の悩みをこぼしていたのだった。

母に同情するべきなのだ。レディ・スタイン、ネリッサ・ウェストラザーにとって、美貌はただひとつの資産であり、存在価値を測る真の尺度だった。世間の人々には類《たぐ》い稀なる美女と思われているが、ロザムンドは母の本心を知っていた。過去の栄光が細い指のあいだから水のようにこぼれ落ちていると感じているのだ。母と娘を合体させた肖像画は、栄光を取り戻すための必死の――涙ぐましい――試みなのだ。

窓から黄金色の柔らかな陽光が差し込んでいたが、客間は冷えびえとしていた。ロザムンドは身震いした。腕に鳥肌が立ち、気まずいことに胸の先端が固くすぼまっていた。厄介にも乳首がとがっている。

絵描きは仕事に専念し、好色な目を向けもしなかった。苛立ちを隠しきれないのか、黒い細い眉を寄せ、絵筆をくわえた。「壺をもうちょっと高く持ってください、マドモアゼル。もうちょっと。はい、そこでけっこう。日差しがあるうちにさっさとやってしまわないと」

ロザムンドは指示に従いながら物思いにふけった。歳月を重ねるうちに、母の愛人はいつしか貴族ではなくなっていた。それに比例して、より若く、魅力的な男性を相手にするようになってきたけれど。戸口に控えている従僕は目を疑うほどの美男子だ。恋敵《こいがたき》がいるとフランソワは知っているの？　それとも、そんなことは気にしないのかしら。

けれど、母の複雑な男性関係を想像したら、頭がおかしくなる人もいるかもしれない。

あとどれくらいかかるだろう？　腕は上げっぱなしで痛いし、鼻はむずがゆい。頭にかぶせられた花輪から意地悪く突き出た小枝が頭皮にあたっている。

きょうモデルを引き受けることにしたのは良心の呵責《かしやく》をやわらげるためだった。家族を顧《かえり》みない母の短所は長所でもあった。会うと気疲れしてしまうので、避けられるだけ避け、ロザムンドはここバークリースクエアにめったに足を向けなかった。たまに訪問するときは来客のある日を選び、ふたりだけになるのを避けていた。

モントフォード公爵に告げたとおりに元家庭教師のティビーを連れてきていれば、ティビーがなんとか手だてを見つけて、ロザムンドにこんなことはさせなかっただろう。でも、知的なティビーがじつは母を毛嫌いしていることを知っていたので、結局、同伴させなかったのだ。

道を踏みはずした母に不信感を抱いているのはたしかだが、尊敬する元家庭教師の目に同じ不信感が映しだされるのをじかに目にするとなると、話はべつだ。代わりに付き添わせた女中のメグは台所で待っており、階上《うえ》の客間で何が行なわれているのかまったく知らない。

メグはきっと、レディ・スタインの着つけ師と噂話に花を咲かせている。ロザムンドはまた体をふるわせた。熱いお茶が飲めるのならどんなことでもするわ。

「いやだわ、これから処刑されるような顔をして」レディ・スタインが物憂げに言った。「水の精、アレトゥーサになりきらないと。この世のものとは思えない感じを出すのよ。軽やかに。精霊らしく」

「ごめんなさい、お母様」肖像画に描かれるのはお母様の顔なのだから、わたしの表情は関係ないでしょう。そう指摘したい気持ちを抑え、ロザムンドは従順に表情をつくろった。

母の視線がそれると、炉棚の時計を物欲しげにちらりと見た。十五分――せいぜい三十分――で引きあげるつもりだった。形式的な訪問ですませようと思っていたのに、かれこれ二時間以上も足止めされていた。夜の着替えの時間までに帰宅できるよう、母のお気に入りの絵描きが作業を終えることを願うばかりだ。

いま感じている屈辱以外のことにどうにか意識を傾けた。グリフィンはいつ頃来るのだろう？

結婚を承諾するまえに求愛してほしいと毅然《きぜん》とした態度を取ったものの、やっぱりすぐに結婚しようとグリフィンに言い張られたら、抵抗する強さが自分にあるのかロザムンドはわからなかった。早く新婚生活を始めたくてうずうずしているのだから。

いま彼が会いに来て、せめて悔い改めてくれるのなら、計画なんかほうりだして喜んで結婚するわ。

でも、怒れる巨漢が謝るとは思えない。

グリフィンは、バークリースクエアまで半分もいかないあたりで肩を小突かれた。

「なあ、そうせかせか歩くなって。そんなにあわてててどうするんだ？」

「なんなんだ？」グリフィンが体半分だけで振り返ると、ロザムンドのいとこ、リドゲイト子爵があとをつけてきていた。

リドゲイトはステッキをおろし――そのステッキで肩を叩いたのだろう――銀の握りでビーバー帽を粋な角度に傾けた。「きみも連れがいたほうが助かるんじゃないかと思ったんでね」

「けっこうだ」グリフィンは歩みを速めた。

歩く速度に文句をつけたものの、リドゲイトは長い脚で歩幅を広げ、グリフィンと歩調を合わせた。「向こうについたら、ぼくが一緒でよかったと思うさ」

グリフィンはうなるように言った。「助けは要《い》りませんよ、子爵」

「リドゲイトと呼んでくれ。もう家族も同然だから。それに、ぼくの助けは要るに決まっている。露払いのためだけでも」

それを聞いて、グリフィンはぎょっとした。「露払い？」

「ああ。ぼくが母親の気をそらさなかったら、きみはどうやってロザムンドとふたりきりになれるんだ？」

グリフィンは顔をしかめた。婚約者と会う当然の権利があるのに、懇願せざるをえない立場に身を置くのはごめんだ。「ロザムンドの母親であろうと、ぼくを阻止できるものなら阻止してみればいい」

リドゲイトはぴたりと足をとめた。つられてグリフィンも立ちどまった。

ありがた迷惑な連れの目が険しくなり、表情豊かな口もとが一文字に引き結ばれた。愛想のよさの裏には鋼《はがね》のような強さが秘められていたようだ。顎を殴られたときに気づかなかったとしても、いまそれが見て取れた。

「きみは知らないからな、あの女性にどんな底力があるのか」リドゲイトは険しい顔で言った。「ぼくも同行する。気休めになるかわからないが、ひと言っておくと、これはロザムンドのためにしているのであって、きみのためではない」目が細くなった。「ザヴィアがロザムンドの居どころをきみに教えたのは、きみのためにひと肌脱ごうとしたからだと思うか?」

いや、スタイン卿は誰かに手を差しのべるような人物ではないだろう。とはいえ、ロザムンドとのことができるだけ速やかに解決するのなら、未来の義兄の真意などグリフィンはどうでもよかった。やるべきことが山積しているときに、ロンドンでのらくらして時間を無駄にしたくはない。

つかの間、リドゲイトとまともに視線を合わせた。やがてグリフィンは肩をすくめ、また歩きはじめた。

「せめて見苦しくない恰好で出直せば、ロザムンドとはうまくいく」リドゲイトはぶっきらぼうに言った。「彼女の母親とも」

グリフィンはその助言を無視した。上等な服を着込んでも、無粋《ぶすい》な図体と醜い顔がよけいに目立つだけだ。たとえレディ・ロザムンド・ウェストラザーのためであろうと、道化になるのはごめんだ。

いや、レディ・ロザムンド・ウェストラザーのためだからなおのこと。

「さあ、着いた」リドゲイトは玄関先の階段をのぼりはじめた。もう一度、グリフィンの服装にちらりと目をやった。「話をつけるのはぼくにまかせたほうがいい」

「何をばかな」グリフィンは言った。「口利きはけっこうだ」

リドゲイトがステッキで玄関扉を叩くより早く、グリフィンは彼を追い越し、こぶしで扉を叩いた。すぐに扉は開き、濃紺のお仕着せ姿の無表情の従僕が現われた。

同性の外見を値踏みしたためしはなかったが、それでもグリフィンははっとさせられた。これほど美しい若者にはついぞお目にかかったことがない。闇の天使か、はたまたギリシャ神話の神か、といった美貌の持ち主だった。

従僕もグリフィンを見て面食らったようだったが、自分とは違う理由でだろう。顎が急に疼き、自分がどんな見てくれなのか思いださせられた。

顔をしかめると、見目麗《みめうるわ》しい従僕の顔から血の気が引いた。

目のまえで扉がしまりかけた。

グリフィンは扉に手を突き、押しとどめた。従僕をどけるより早く、リドゲイトが身をかがめて戸口をすり抜け、ふたりのあいだに割り込んだ。

クリーム色の名刺をすばやく取りだし、呆然としている従僕に差しだした。「玄関先で押し問答するより、奥様に取り次いだほうがいいんじゃないか？　トレガース卿とリドゲイト卿が侯爵夫人に面会を希望している」

従僕は名刺を受け取り、押さえていたドアから手を離した。グリフィンも玄関のなかにはいった。

リドゲイトは帽子と手袋とステッキを傍《かたわ》らのテーブルにほうり、わがもの顔で玄関広間を奥へと進んだ。

グリフィンもそれにならった。役立たずの従僕は目を丸くしてその場に突っ立っている。

「頭が空っぽでも務まる仕事か？」グリフィンは言った。「リドゲイト卿に言われたとおりにしろ。さっさとな」

警戒するような目でグリフィンを見て、若い従僕は頭をさげた。「図書室にご案内します」

「案内はけっこうだ。場所は知ってる」リドゲイトは手を振って断わった。グリフィンには本心が読み取れないきらめきを目に浮かべ、さらにつけ加えた。「いとこのブランデーでも飲んで待つとしよう」

6

リドゲイトと一緒でなければ痺れが切れただろう。

だが、どうせ待たされるのなら、これから姻戚《いんせき》になる一族について情報を仕入れるのも悪くはない。グリフィンは男性好みの調度品をさっと見まわした。「スタインはどうしてここに住まないいんだ、自分の屋敷なのに？」

「住んでるさ。いつもは」リドゲイトが言った。

「それなら、なぜモントフォード館に泊っているんだ？」

リドゲイトは冷ややかな目でグリフィンを見た。「なぜ本人に訊かない？」

もっともだ。リドゲイトに尋ねる筋合いではない。グリフィンはぐうの音《ね》も出なかったが、衣擦《きぬず》れの音がして、男たちの領分に女性が侵入してくる気配が伝わり、返事はしないですんだ。

顔を上げ、立ちあがった。

娘のブロンドとは違い、母親は黒髪だった。それでも卵型の顔立ちや、強いまなざしの印象的な青い瞳にロザムンドの面影があった。そう気づくと、グリフィンの心臓は激しく胸を打った。

侯爵夫人は表情豊かな目を見開いた。「アンドルー！」吐息まじりの声で言った。

「ネリッサ」リドゲイトは頭をさげた。

レディ・スタインは両手をリドゲイトに差しだした。「どういう風の吹きまわしなの？　ちっとも訪ねてこなくなったのに……」美しい目をグリフィンにちらりと向け、見下すような目つきをした。「あら、ひとりでいらしたわけじゃないのね」

リドゲイトはわずかに触れたあと、レディ・スタインの両手を離した。口もとに笑みは浮かべているが、目は笑っていなかった。「ご存じでしょうが、こちらはトレガース卿グリフィン・デヴィアです」

名前に聞き憶えがないといわんばかりにレディ・スタインが首を傾げると、リドゲイトは苛立ちもあらわにため息をついた。「お嬢さんの婚約者ですよ」手を振って、レディ・スタインを指し示した。「トレガース、こちらはレディ・スタインだ」

グリフィンはおじぎをしたが、レディ・スタインは挨拶すら返さなかった。驚いたまま表情が固まっていた。「まさか、こんな人が娘の結婚相手ですって？　まあ、アンディ。いったいモントフォードは何を考えているの？　てっきりあなたの馬丁かと思ったわ」

リドゲイトはやんわりといなした。「それはないでしょう」

こういう待遇を受けるだろうとはあらかじめわかっており、グリフィンは少しも動じなかった。「挨拶がすんだのなら、未来の妻に面会をお願いしたい」にやりと笑った。「さっさと階上《うえ》に戻って、呼んできてくれ」

レディ・スタインは小さな白い歯のあいだから音を立てて息を吸った。「わたしの家でよくも命令できるものだわ」

「あなたの家ではないでしょう」リドゲイトは爪を点検しながら言った。「あいにくと」

「そう、あいにくと」グリフィンが言った。「ご子息の、つまり侯爵の指示でこちらにうかがった」

「まあ、あの子が？」レディ・スタインはほんの一瞬顔をこわばらせたが、すぐに表情をやわらげた。

グリフィンにまた目を向けたが、今度はゆっくりと、注意深く視線をさまよわせた。口もとをほころばせて言った。「そうね、あの子のやりそうなことだわ」

低く笑ってさらにつけ加えた。「娘の婚約者に申し分のない方だわ。すぐに見抜けなくて、わたしったらうっかり者だわね」

そう言い置くと、リドゲイトに向きなおった。「ザヴィアがあなたのことも送り込んでくれたのね、アンディ？」ひと息ついて、さらに言った。「なんてやさしい子なのかしら。忘れずにお礼を言わないと」

獲物をすくませる蛇さながらにリドゲイトをじっと見つめたまま、レディ・スタインはグリフィンのほうにぞんざいに手を振った。「階上《うえ》にどうぞ。帰っていいとフランソワに言っておいてちょうだい。きょうはもう用がないから」

「フランソワというのは誰なんだ？」グリフィンはぼそりとつぶやいた。

しかし、レディ・スタインの頭のなかにはもう、グリフィンのこともどこかのフランス人のこともすでにないようだった。

満足げな笑みがじわじわと口もとに浮かんだ。「アンドルーが楽しませてくれるものね。そうでしょう？」


どうしてお母様はこんなに手間取っているのかしら、とロザムンドは訝《いぶか》しく思った。あの不自然なほど美しい従僕に呼ばれて母は席をはずした。従僕は声をひそめていたので、窓辺でじっとポーズを取っているロザムンドの耳にはその内容までは届かなかった。

母からの説明もなかった。何も言わずにふいと部屋を出ていった。母のことだから、数分で戻ってくるかもしれないし、何時間も戻ってこないかもしれない。これ以上壺をかかえていたら腕がはずれてしまいそうだ。

「そろそろ帰らないといけないのですが、ムッシュー」ロザムンドは首をめぐらせた。「もう――」

グリフィン・デヴィアが戸口に立っていた。

壺が床に落ち、すさまじい音を立てた。

ロザムンドは悲鳴をあげて、割れた壺に思わず手を伸ばしたが、無防備な恰好であることにふと気づいた。乳房と腰に張りつく薄布をまとっているだけだ。

傍らの椅子の背からローブをつかみ取り、しっかりと胸に押しあてた。

フランス人の絵描きは苛立ちの声をあげ、振り向いて、仕事の邪魔をした人物を見た。

視線が上へと上がっていった。「くそ《ジュット》」

「出ていけ」

グリフィンがひと言発しただけで絵描きは行動に出た。すぐさま絵具とイーゼルをまとめ、逃げるようにして部屋を去った。

臆病者ね、とロザムンドはあきれた。だからフランス人は信用できない。そのいい証拠だ。

いいえ、絵描きの自己防衛本能が強くてよかったと思うべきだろう。へたにこっちを守ろうとしていたらどうなったか想像がつく。

胸をどきどきさせながら、母が用意したローブに袖を通した。空色の生地は薄く、薔薇の花びらのように柔らかく、流れるように足首まで届き、リボンとレースがごてごてとあしらわれている。体を隠せる衣装とはとてもいえないが、これでも少しはましだろう。

ロザムンドは目を細めてグリフィンを見た。ほかの紳士なら――たぶんフィリップ・ローダデールなら――身なりが整うまでは背を向けるか、いったん席をはずそうと申し出ただろう。

粗野な婚約者はそうではなかった。戸口にぬっと現われたまま、食い入るようにロザムンドを見つめている。ローブの縫い目をかぞえて、記憶にとどめようとするかのようだ。

やがて、視線は胸もとに釘づけになった。いったいどこをじっと見られているのか気になって、ロザムンドは下に目をやった。とたんに顔が熱くなった。視線が注がれていたのは、厳密に言えば二カ所だった。乳首がぴんと立ち、重ねた薄布を支える小さなテントの支柱のように目立っていた。なんて恥ずかしいの！

胸のまえで腕を組み、精いっぱい冷ややかな声で言った。「それで？」

「それで、ぼくは元気だ」温かな歓迎を受けなくてもグリフィンはくじけもせず、ほがらかに言った。もちろん、相手がシュミーズ同然の恰好でいるときに、弱みを見せるわけにはいかないだろう。「お目にかかれてますます元気になりましたよ、レディ・ロザムンド」

グリフィンはわがもの顔で部屋のなかにはいってきた。抑制の利いた堂々とした態度を見ると、数年まえに厩で会ったときの怒りに駆られた男性とは別人のようだ。

目を光らせてロザムンドの体にまたもや視線を這わせ、裸足《はだし》の足もとをじっと見つめた。

ロザムンドはどこかに足をもぐりこませたい衝動をなんとか抑えた。

「ここで何をしていたんだ？」グリフィンがゆっくりと近づいてきた。

「見ればわかると思うけど」母ならこういう状況でも、あわてふためいたりせず、少し楽しんでいるような余裕のある声を出すだろう。ロザムンドもどうにかそんな話し方をしようとしてみたが、無残にも失敗した。

「ムッシュー・フランソワは母の……支援を受けている画家なの。母からモデルを頼まれたのよ……肖像画の」

グリフィンは眉を戸口のほうに傾け、またロザムンドに視線を戻した。咎《とが》められるのではないか、とロザムンドは思った。はしたないといえば、たしかにはしたないことをしていたのだから。けれど、グリフィンは何も言わなかった。

落ちつかない気持ちでロザムンドはその場に立ちつくした。グリフィンの視線から逃れて体を隠したくてたまらなかったが、そういうしぐさをして、よくないことをしていたと暗に認めるのはいやだった。芸術家は医者のようなものだとみんな知っているわ。男性とはみなされないのだから。

ロザムンドは不安に駆られながらグリフィンを見つめた。もしかしたらグリフィンはそういう考え方を理解していないかもしれない。

台の上に立っているので、床よりも高い位置にいたが、それでもロザムンドは顔を上げ、グリフィンの暗雲のような色の瞳をのぞき込んだ。

見つめるうちにロザムンドは体がほてり、軽くめまいを覚えた。彼の体そのものから引力が発生しているかのように、強く惹きつけられた。よろめきそうになりながらも、なんとか台からおりた。

するとと、目のまえのグリフィンにすっかり圧倒された。相当な巨漢だということを、つい忘れていたのだ。

できるかぎり冷静な声でロザムンドは言った。「ちょっと失礼するわ。服を着ないと」

グリフィンはロザムンドの腕に手をかけた。手袋ははめておらず、ロザムンドの腕は剝きだしだった。手のぬくもりにぞくりとし、全身に興奮が走った。抱きあげられてキスをした記憶がいやでもよみがえる。

「そのままでいい」グリフィンは言った。「用件はすぐにすむ」

ロザムンドは身を引いて、グリフィンの手を振りほどき、炎が一瞬にして燃えあがったような接触を解いた。「わかったわ。話が終わったら、すぐにお引き取りください」

そのとき初めてグリフィンの身なりに気づいた。手近にあった服をとりあえず身につけてきたというなりだった。髪はぼさぼさで、首には、クラヴァットではなく、紺地に白い水玉模様のハンカチーフのようなものを巻いていた。爪の内側にはペンドン館の土がまだ残り、ブーツには泥がこびりついているかもしれない。そして顎の左側には真っ赤な痣《あざ》をつくっていた。

痛々しい痣に同情し、ロザムンドは顔をしかめた。ふたりのあいだにはいろいろわだかまりがあるが、それでもグリフィンを思いやる気持ちが胸に広がった。赤く腫《は》れた皮膚の手当てをしてあげたくてうずうずした。

心のなかで葛藤したあげく、迷いを振り払った。

気高い行ないの結果として痣をこしらえたと考えるのは世間知らずだ。たぶん途中で酒場に立ち寄って、喧嘩でもしたのだろう。

「ひどい痣ね、どなたに殴られたの？」

「きみのいとこのリドゲイトだ」

「それは傑作」ロザムンドはうっかりそう口走ったが、ふと不安に襲われた。喧嘩になってアンドルーはもっとひどいけがを負ったかもしれない。「あなたは彼をどんな目にあわせたの？」

「どんなも何もない。彼はいま、きみの母親と一緒に階下《した》にいる」

まあ！　かわいそうなアンディ。グリフィンにこぶしで痛めつけられるよりひどい罰だ。

いったいどういうことだろうか、とロザムンドは当惑した。「でも、なぜ――」

グリフィンは話を遮《さえぎ》った。「悪いが、説明している暇はない。すぐに結婚の準備に取りかかってくれ。コーンウォールに戻るから旅支度もだ」

ロザムンドはびっくりしてグリフィンを見あげた。「どうしてそんなに急に？　何かあったの？」

なぜ結婚を急ぐのか想像もつかなかった。ひょっとしたら……。「まさか、弟さんの身に何か？」グリフィンの弟のティモシーがアメリカで従軍していることはロザムンドも知っていた。ティモシーが戦死したのだとすれば、グリフィンが急に結婚して後継ぎをもうけたくなった説明がつく。

グリフィンが太い眉を引き寄せると、目の際に斜めに走る傷跡が引きつれた。「なんだって？　いや、そういうことじゃない。ここに来たのはきみと結婚するためだ。何かあったわけじゃない」

「そう」ほっとしたものの、安堵《あんど》が怒りに変わった。「しきたりにのっとって求愛することを条件に出したのに、あなたはそんな身なりで来たの？」

グリフィンの視線がロザムンドの体の曲線をゆっくりと下までたどり、あからさまに胸もとでとまったあと、また顔まで戻ってきた。「身なりのことを言うなら……」

ロザムンドは頬がかっと熱くなった。もちろん、彼はこの恥ずかしい衣装を見て見ぬふりをするような人じゃない。弱みにつけ込んで、こちらを不利な状況に追いやることさえするかもしれない。紳士らしい振舞いはあてにできないのだから。

きっとポピーのように顔が赤くなっているはずだ。けれど、うろたえているそぶりなんて見せるものですか。ロザムンドは顎を上げ、平然とグリフィンを見つめ返した。

グリフィンは頭のなかから何かを追いだそうとするかのように、さっと首を振った。一瞬間をおいて、口を開いた。「ぼくとペンドドン館に来てもらう。向こうに着き次第結婚する。これは決定事項だ。荷物をまとめ、なんならご婦人を同伴させればいい。とにかく、二日後には出発だ」

身勝手さにあきれ、ロザムンドは思わず失笑した。「説得しようともしないのね。話はそれだけなの？　きちんとした結婚の申し込みもまだなのに」

グリフィンが苛立たしげに歯ぎしりすると、顎の色が深みを増した。目の際の傷跡が日に焼けた肌に白く浮きあがった。「何年もまえに婚約しただろう、忘れてはいないはずだ。それとも、誓いを破るつもりか？」

「もちろん破らないわ。ウェストラザー家は約束を守る家柄よ。でも、トレガース卿、わたしはあれから三年もほうっておかれていたの。一生未婚のまま終わるのか、結婚できるのかわからないまま。表立ってけじめをつけてくれてもいいんじゃないかしら。あるいは、せめて熱意を示してくれても。わたしと結婚したいのなら、条件をのんでいただくわ」

グリフィンは業を煮やしたようにうなった。不幸があったわけではないわりに、まるで緊急事態が起きたような態度だった。どういうことかとロザムンドは彼をじっと見た。「どうして結婚を急ぎたくなったの？」

この問いかけに対する正しい答えはいくつもある。

おお、最愛のロザムンド、いままで悪あがきをしていただけなんだ。もうこれ以上きみなしではやっていけない。

あるいは。

いとしい人、じつは病気にかかって、長いあいだ体が弱っていた。ひどい病状だったから、そばにいてくれと頼むわけにいかなかった。でも、もう快復したからやっと一緒になれる。

「妹だ」グリフィンは前置きもなく話しはじめた。「今年の春に社交界にデビューさせることになった。ついてはシャペロンが必要だ。それをきみにやってもらう」

怒りがかき立てられたいっぽう、気分は落ち込んだ。虚栄心をまるでくすぐりもしない、平凡な理由も予想できなくはなかった。もっとまともな理由があるのではないかと期待していた自分がばかだった。

ロザムンドは怒りと失望を冷ややかな笑みで隠した。「なるほど」

ペンドン館を訪ねたときに見かけた、ひょろりとした垢《あか》抜けない少女のことはなんとなく憶えていた。かわいそうな子だ。思いやりもなく、融通の利かないグリフィンを兄に持って。華々しく社交界にデビューできるよう、ちゃんと面倒を見てあげよう。それは当然のことだ。

でも、まずはグリフィンに償《つぐな》いをしてもらわないと。

「つまり……」ロザムンドは一歩、グリフィンに近づいた。「あなたにはわたしが必要だということなの？」

「ああ、そうだ。ちくしょう」グリフィンが歯をきしらせるように言葉を発すると、さらに荒々しい風貌に見えた。

口汚い言葉は無視してロザムンドは言った。「そう。だったら、わたしのルールで動いてもらうわ。最初の要望どおりにしてもらいます。しきたりにのっとって交際しないとだめよ」

グリフィンが口をはさもうとしたが、ロザムンドはそうはさせなかった。「そうね、具体的に取り決めておきましょうか」指を折ってかぞえた。「公園を馬車でまわること。夜会に同伴すること……これは二回ね。音楽会とピクニックと舞踏会に連れていってくれること。必要な招待状があなたに届くよう、こちらで手配するわ。あなたはわたしに付き添って、社交行事に参加するの。三年間もないがしろにしてきたけれど、いまは喜び勇んで花嫁を迎えようとしていると、社交界の人たちに知らしめていただくわ。わたしのほうからも、あなたに夢中になっていると態度で——」

グリフィンの口から言葉が飛びだした。「ばかな！　そんなの無理だ！」

「あら、大丈夫よ」ロザムンドはなだめるような声で言った。「演技なら得意だから」

「なんだと？」グリフィンは鼻から湯気を出しそうな形相《ぎょうそう》に変わった。ロザムンドは胸がすく思いがした。

「このとおりにやっていただくわ。さもなければ、あなたとは結婚しません。延期ではなく、金輪際《こんりんざい》」

グリフィンは全身をこわばらせた。ロザムンドから顔をそむけ、低い声で言った。「いいか、公爵に働きかけて、きみに命令してもらうこともできる」

ロザムンドは肩をすくめた。「どうぞ、ご勝手に」

モントフォード公爵は無理やり結婚させるような方ではない。花婿になる男性がこれまで結婚に乗り気ではない態度を見せているのだから、なおさらそうだ。

それでも、グリフィンがたくましい肩をこわばらせている様子から察するに、社交界の行事への参加を渋るのはただ気が進まないからというだけではないようだった。グリフィンからすれば、こちらは軽薄でわがままな娘なのだろう。でも、それは誤解だ。幸せを勝ち取るためにがんばっているだけ。ひいては彼の幸せのためでもあるのだから。

災難としかいいようのない初顔合わせのあと、ロザムンドは心に決めたのだ。敬意を抱いてくれない男性には満足できない。もはや愛情は必要なかった——グリフィンの振舞いから、愛情を傾けてもらえる見込みはないと痛感させられた。けれど、礼儀正しさや敬意は？　それだけはぜったいにゆずれない。

便宜的に仕方なくではなく、進んで結婚したいという態度を示してほしいとグリフィンに頼むのは無理難題ではない。母親はおらず、ほとんど男性しかいない家庭で育てられたからか、グリフィンは女性のあつかい方をまるで知らない。ましてや妻をどうあつかうべきか知るはずもない。彼の妹が気の毒だ。

そう、グリフィンの教育係を引き受けてもかまわないが、せめて会うのを少しは喜んでいるしるしがほしかった。

ロザムンドは要望をつけ加えた。「社交界に出入りするなら、衣装を新調しないとね。いとこのリドゲイトに助言してもらえばいいわ」

グリフィンはそれを聞くなり、振り向いた。「は！　あんな気障《きざ》なやつ」

ロザムンドは眉を吊りあげた。「誤解しているわ。アンディは趣味がいいのよ。そうね、たしかにおしゃれな服を好んで着ているけれど、自分の趣味を押しつけるような人じゃないわ。もちろん、地味なものを選ばないといけないでしょうしね。あなたのたくましい肩を際立たせる上着を選ぶとなると。彼なら悪いようにはしないわ」

ぎょっとした表情がグリフィンの顔に浮かんだ。やがて顔をしかめて言った。「すでに決まったことのような口ぶりだが、言わせてもらうと——」

ロザムンドは話を阻止するように、てのひらをグリフィンに向けて両手を上げた。「けっこうよ、聞きたくないから。以上がわたしの条件。あなたは条件をのむか、無視するか、どちらかしかないわ」

とんでもない。ロザムンドが胸のまえで組んでいた腕をほどき、手を上げた拍子に、すばらしい胸もとがわずかに揺れると、グリフィンのやり場のない苛立ちは爆発しそうになった。

つばをぐっと飲み込んだ。あのけしからぬ薄布の重なりを通して、乳首の影が見えたばかかりか、魅力的な白いふくらみの輪郭まで見えた。ほっそりとした女性にしては、驚くほど豊満な胸だ。

思わずめまいがした。激しい飢えと、その飢えを満たそうとするすさまじい欲求で、体の奥に火がついたようだった。だが、頭のなかは体の反応から切り離されていた。この官能的な女性の望みを拒否する気持ちはすっかり消え失せた。

なけなしの理性をかき集め、しわがれた声でグリフィンは言った。「舞踏会はだめだ」

「え？」ロザムンドはかすかな声で言った。希望が顔に浮かんできた。

「ほかのことはやる。でも、舞踏会だけはごめんだ」

グリフィンは喧嘩腰な態度でロザムンドを見た。「全部こなさなければ条件を満たさないなんていうたわごとはやめてくれ。きみを連れてロンドンをちょっとまわって、婚約を正式に発表して、ぼくがいかにも――」言葉に詰まり、手を振った。「つまり、結婚を喜んでいるように振舞えば、またたく間に噂は街じゅうに広がる。くだらない舞踏会で跳ねまわる必要はない」

ばかばかしい！　どちらにとっても苦痛でしかないだろう。だが、あのしたたかな、いたずらっぽい目で見つめられたら、どう抵抗しろというのだ？

「でも、ダンスは大好きなのよ」ロザムンドは青磁色の目でグリフィンを見あげた。「わたしと踊りたくないの？」

たとえ強力に惹かれあっていても、ダンスの話を持ちだされただけで、恐怖を抑えることはできなかった。「ああ、ごめんこうむる」

引導を渡されたと察したに違いない。ロザムンドは肩を落とし、つぶやいた。「ふうん、そう」

やがてかわいらしい口もとをきっと引き結んだ。「夜会を二回、音楽会とピクニックと、公園を馬車でまわるのをそれぞれ一回ずつ。それから、新しい衣装。あなたの、という意味よ」

服装について交渉しようというのか？　グリフィンはロザムンドを見つめ、決意の念が、目もくらむ美貌にふしぎとあいまっている様子にはっとした。

その組み合わせにグリフィンはすっかり動揺した。「わかった」気づくと、そう口走っていた。

なんてことだ。

ロザムンドの顔に喜びがあふれ、まばゆいほどに光り輝いている。手を伸ばし、その喜びをわがものにしたいと思う誘惑は耐えがたいほどだった。

ロザムンドにお膳立てされた交際のことを考えて、身勝手な衝動をなんとか抑えようとした。

うめき声を漏らし、グリフィンは言った。「男にしてみたら地獄だ、あちこち遊び歩くなんて」

ロザムンドは見るからに勝利に喜び、からかうように唇をすぼめた。そのしぐさはやけになまめかしかった。「あーら、かわいそうなクマさんは洞穴から出てきて踊らなくちゃね」

「は！　さしずめきみはクマ使いか」

ロザムンドは笑った。「ええ、似たようなものね。ちっともロマンティックじゃないけれど。でも、わたしのためにしてくれるのね、グリフィン？」

「ああ、やるさ。いやいやだが」

ロザムンドは首を傾げた。「実際にやってみるまではわからないわ、好きになるかもしれないもの」

「いや、断言できる。好きになるわけない」

ふと、あることがグリフィンの頭に浮かんだ。恥知らずだが、自分がそれで満足できると見込める思いつきであり、つい情熱的な空想にふけってしまった。グリフィンはためらった。ロザムンドがべつの衣装を着ていたら、自分もこんなことは提案しないだろう。彼女が意気地なしで、それでいて愚痴《ぐち》っぽい女性だったら、お返しを求めようとは夢にも思わなかっただろう。だが……。

ロザムンドのほうに一歩進み、体を近づけた。「さて、かわいい人、ぼくにも条件がある」

ロザムンドは目を見開いたが、恐怖に駆られてではないようだ。そう、彼女の勇気はすばらしい。勇気といえば、たいていの女性とは違い、ロザムンドは怯むそぶりさえ見せない。

「どんな条件なの？」彼女は囁くような声で尋ねた。

言いだせるだろうか？　脈を打って高まる下腹部の圧に背中を押された。しわがれた声でグリフィンは言った。「行儀よく振舞う褒美《ほうび》として、見返りがほしい」

「見返り？」ロザムンドの視線がいつのまにか口もとにおりてくると、グリフィンは唇に熱を感じた。彼女にキスをした記憶が鮮明によみがえった。

「ああ」そう、だけど、キスだけじゃない。自分の望みをどう伝えればいいか、グリフィンは言葉を探した。下品に聞こえないように、がつがつしていると聞こえないようにするにはどう言えばいいのか。「親密な触れあい。それが望みだ」

美しい青い目が大きく見開かれた。そのなかで溺《おぼ》れてしまいそうなほど、瞳の色は深みを増した。

ロザムンドをぎょっとさせてしまった。グリフィンは自分が獣《けだもの》になった気がして、苛立ちを覚えた。「これから夫婦になる。その現実にきみも慣れるべきだ」

ロザムンドの目から柔らかな光が消えた。「もちろんそうね」沈んだ声で彼女はそう言って、つつましく目を伏せ、頬を赤らめた。「条件をのむわ、トレガース卿」

まるで賭けに応じて握手を求める男性のように、ロザムンドは手を差しだした。グリフィンは大きな手でその手を取り、抗《あらが》いがたい衝動に襲われた。華奢な手を口もとに引きあげ、熱いキスを浴びせ、かわいらしい足もとにひざまずき、できそうにもないことを約束したい。けれど、グリフィンにも自尊心がある。形式的に握手を交わし、手を離した。会釈《えしゃく》をすると、ロザムンドは服装にはそぐわない威厳を湛えておじぎをした。

帰り際に一瞥《いちべつ》をくれたレディ・ロザムンド・ウェストラザーの姿は、窓から斜めに差し込む淡い光のなかに立つ女神のようだった。薄布越しにくっきりと体の線が浮かび、黄金色の乱れた髪が日差しに輝いている。

そして、あの美しい青い瞳には物思いにふけるような風情《ふぜい》が漂っていた。

グリフィンはリドゲイトをレディ・スタインにまかせたまま帰ってしまおうかと思った。しかし、ロザムンドの言い分は正しい。ロンドンで社交行事に付き添うのなら、それなりの衣装をそろえないと。それにはリドゲイトが必要だ。

流行りにはまるで疎《うと》いし、衣服をどこで買えばいいのかもわからない。ロンドンに出てきたのも一度だけだ。そのときは買いもので時間を無駄にすることもなかった。

いまもそんなことに時間を取られるのはごめんだ。リドゲイトは洗練されすぎていて、グリフィンの地味な好みとは趣味が合わないかもしれないが、いい仕立屋を紹介してくれるだろう。グリフィンは人並みはずれて大柄だが、上着を一、二着注文するくらい、たいして面倒だとは思えない。きょうの午後、一時間もあれば片づくだろう。

図書室の近くまで来ると、わざと大きな物音を立てた。足音を響かせて廊下を進み、咳払いをし、ドアの取っ手をしばらくいじってから部屋のなかにはいった。

小細工を弄《ろう》する必要はなかった。リドゲイトはひとりだった。なんとも言いがたい表情を顔に浮かべ、火のはいっていない暖炉をのぞき込んでいた。

「ああ、よかった！　そろそろ様子を見に、階上《うえ》に行こうかと思っていたところだ」リドゲイトは体を起こし、グリフィンのほうに歩いてきた。「なかなか戻ってこないから、ひょっとして火かき棒か何かでロザムンドに殺されたんじゃないか、ってな」

グリフィンはにやりと笑った。「乱暴者なのか？」

「いや、違う。でも、婚約者に何年も無視されたら、怒りっぽくなって当然だ」

ふたりは図書室を出た。「まあな。ロザムンドは憂《う》さを晴らしている」グリフィンは言った。「ぼくはご機嫌を取って社交の行事に同伴する破目になった。やれやれだ」

「ロザムンドのためにはいいことさ」リドゲイトは少し間をおいて、また口を開いた。「身なりを整えないとな」

「ロザムンドに丸焼きにされるまえにか、それとも丸焼きにされたあとにか？」グリフィンは憂鬱《ゆううつ》そうに言った。「まるまる肥えた鵞鳥《がちょう》になった気分だ。だから、ぼやきたくもなる」

美男の従僕から帽子や手袋を受け取った。むっつりとした表情から察するに、従僕は先ほどのグリフィンの態度を根に持っているようだった。

玄関まえの階段を連れ立っておりながら、リドゲイトはビーバー帽を頭に載せた。「どこに泊っているんだ？」

「〈リマー亭〉だ」

リドゲイトは首を振った。「〈リマー亭〉はせいぜい一泊が限界だ。あんな騒がしい宿には泊れたものじゃない。街じゅうの男たちが集まってどんちゃん騒ぎをするから」

たしかに。ロンドンには一、二泊しかしないつもりだったが、いまは事情が変わった……。

「宿を変えるなら、モントフォード館に泊ればいい」リドゲイトが言った。「そもそもなぜ招かれなかったのかな」

「いや、招かれた」ひと月まえ、モントフォードから手紙が届いていた。自邸への招待は妥協のためか、あるいはグリフィンを追いつめる策略の気配が漂っていた。

グリフィンはペンドン館を訪ねてきた公爵のことをよく憶えていたし、世間の評判も聞き知っている。だが、ロザムンドと再会したからには、モントフォードが何をたくらんでいようが、もはやどうでもよかった。未来の花嫁と同じ屋根の下で暮らせば、駆け引きには有利だ。

「きみの言うとおりだ」グリフィンは言った。「モントフォード館に移るとするか」

リドゲイトは歩を速めた。「公爵にぼくから知らせる。たしか今夜はどこかに足を延ばす予定があったはずだ」またもやグリフィンの恰好に目をやった。「きみは静かな夜を過ごしたほうがいいだろう」

「着飾るまでは、ちゃんとした場に出ていけないからな」グリフィンはそれでちっともかまわなかった。

「心配するな。あす衣装をそろえに行こう」

「そうか。きょうの午後、一時間くらいで片づけられたらよかったんだが」

リドゲイトはふっと笑った。「トレガースくん、きみには勉強しないといけないことが山ほどあるな」

グリフィンはくるっと目を上に向けた。ここまでする価値はあるのだろうか？　女性ひとりのために恥をさらすのか？

いや、そこらの女性では無理だが、ロザムンドのことを考えただけで鼓動が速くなる。

紳士の服飾についてリドゲイトの解説を聞いているあいだ、グリフィンはいつしか欲望が高まり、空想にふけっていた。ロザムンドは肌身を許す無条件の許可をくれた。どういうことか彼女はわかっているのだろうか？　三年まえのようにキス止まりだと思っているのかもしれない。

だが、キスとは言わなかった、そうだろう？　それに、炎が燃えあがるように瞳に衝撃の色が浮かんだことを思うと、ロザムンドも察したのだと考えられる。親密な触れあいがどういうことか、具体的には知らないのだとしても。

こちらの空想がどれほど大胆にふくらむものか、ロザムンドにはたして想像がつくのか。それはわからなかった。

7

　グリフィンに見つめられたことを思いだすたびに、ロザムンドは体がふるえた。社交シーズンをロンドンで何度か過ごした経験から、ある程度なら男性のことはわかっていた。欲望を抱かれたときにそれとわかる程度なら。

　行事に同伴してちやほやするお返しに〝親密な触れあい〟を迫ったグリフィンを思いだし、思わず笑いそうになった。もしや拒まれるのではないかといわんばかりの口ぶりだった。けれど当然ながら、淑女は自分の欲望を認めるわけにはいかない。グリフィンが親密な触れあいと呼ぶ行為がなんであれ、ぜひともしてほしいと彼に告げるなんて無理だ。考えただけでも体の奥が熱くとろけた。

　そんなはしたない告白はみっともなくて口にはできなかった。でも、しぶしぶ条件をのんだと見せかけたのは戦略として賢明だった。それは間違いない。要求に従う見返りに大きく譲歩させたとグリフィンは思っている。じつは、ロザムンドはほしいものを何もかも手に入れようとしているのに。

正確には、ほとんど何もかも、だ。

おたがいに敬いあえる、穏やかな結婚生活なら満足できるでしょう、といくら自分に言い聞かせても、いとこのジェインが夫のロクスデール卿と享受《きょうじゅ》している情熱的な愛を切望する気持ちを抑えられなかった。

あけすけに語りはしなかったが、ジェインは夫婦生活の悦びについていろいろと打ち明けてくれた。「どうなるのかわかってほしいの。どうあるべきか。このまま結婚の話を進めたら、何を逃してしまうか考えてみて。ローダデール大尉を愛しているのなら、トレガースの妻になるのはとんでもない間違いよ」

でも、ローダデールを愛してはいない。さりとて、グリフィン・デヴィアのこともたぶん愛していない。だって、ろくに知りもしないのだから！　けれど、飢えた荒々しい目で見つめられ、ロザムンドは思わずどきりとした。上品な紳士たちからのうやうやしい賛辞をすべて集めても、これほど胸が高鳴ることはない。

着替えを終えると、母親のレディ・スタイン、ネリッサ・ウェストラザーが部屋にはいってきた。「ロザムンド、ああ、なんてかわいそうな子でしょう」抑揚のない口ぶりにはなんの感情もこもっていない。母にはそもそも感情はあるのだろうか。そう訝しむことがロザムンドは時々あった。

「つまり、トレガース卿に会ったのですね」

「そうですとも。とんでもない人ね」レディ・スタインは優雅なしぐさで両手を振りあげた。「どうするの、あんな人？」

理想的な夫に変貌させ、一緒に子育てをして、家族みんなが幸せな温かい家庭を築く。そういう結婚生活をロザムンドは思い描いていた。

けれど、それを話すつもりはない。「アンディが面倒を見てくれるから、トレガース卿は人まえに出ても恥ずかしくない恰好になるはずです。ロンドンでしばらく社交行事に参加して、そのあと結婚するわ」

「そうしたら夫を田舎に帰して、あなたはロンドンで自由に暮らす」娘の今後についてすでに話しあったかのように、レディ・スタインはうなずいた。「すばらしい計画ね。恋人はもう選んだの？　誰なのか、あててみましょうか？」

即座に拒みたかったが、経験にもとづく警戒心からロザムンドはためらった。

慎重にことを運ばなければ。思いのままにグリフィンをかばったら、母に本心を悟られる恐れがある。どんなことであれ、自分たちの気持ちは母に気づかれないでいるに越したことはない、と過去の教訓でロザムンドも兄のザヴィアもわかっていた。だから、何かを望めば望むほど、本心をしっかりと胸に秘めるようになっていたのだ。

母の勘ぐりに反発はせず、ロザムンドは顔から表情を消して言った。「どういうことかよくわからないわ、お母様。遊び相手のことを考えるのは早すぎるでしょう。結婚もこれからなんですから」

「まだ若いのに、恋人選びをしないのなら、社交シーズンに何をするの？」レディ・スタインは驚いたように目をぱちくりさせた。「はっきり言って、あなたはここ何年も無駄に過ごしてきたものね」にやりと笑って話を続けた。「ううん、そうじゃないわね。目立たないようにしているつもりでしょうけど、世間の目はごまかせないわ。ローダデールはあなたをものにするチャンスをうかがっている。みんなそれを知っているもの」

「ローダデール大尉は誠実な方です」ロザムンドは言った。

レディ・スタインは笑った。「たしかに誠実かもしれないけれど、あの気味の悪い巨漢が夫としての務めを果たして田舎に帰ったら、あなたのベッドを温めたがるわよ」細い肩をすくめて言った。「べつに罪なことではないのよ。便宜結婚をした貴婦人の特権は、夫に操《みさお》を立てなくてもいいことなのだから。恋愛結婚なんかしちゃった人たちは気の毒だわ！　一生、ひとりの男性に縛られるの？」かすかに身をふるわせた。

ロザムンドは何も言わなかった。もちろん、母の性癖はよく知っている。複雑なダンスを果てしなく踊るように、つぎからつぎへと男性を渡り歩いている。

そういう行状が招く不幸を目の当たりにしてきたので、母と同じ道は決して歩むまいとロザムンドはとうの昔に心に誓っていた。グリフィンと結婚したら、安らぎのある円満な家庭を築きたい。

誰にも夢の実現を邪魔させない。母にも、未来の夫にも。

「お母様もレディ・ビグルスワースの夜会に今夜、出席なさるの？」話題を変えたくてロザムンドは尋ねた。「公爵様が家族で集まろうと計画しているわ」

口にしてから気づいたのだが、母が招かれていない催しの話題を出すのはよくなかった。母よりも公爵や兄やいとこたちのほうが近い身内だという意識がロザムンドにあるせいだった。

母は平然としているようだった。「いいえ、今夜はほかに約束があるの。もっと華やかな集まりに呼ばれているのよ」唇を舐《な》めた。「モントフォード公爵みたいなつまらない人と暮らしていて退屈しないの？」

もともと仲がよかったわけではないが、モントフォード公爵が母から子どもたちを取りあげたときからふたりは反目しあっていた。

子どもたちの父親の遺言の条件に従って引き取ることにしたと公爵は主張した。その主張にロザムンドは疑問を抱いたが、後見人になった公爵に真偽を確かめはしなかった。

「わたしは満足しているわ、おかげさまで」ロザムンドは言った。「いずれにしても、公爵様と暮らすのもあとわずかでしょうし」

「まあ、そうよね。とにかく、結婚式の招待状は送ってちょうだい、いいわね？」

ロザムンドの胸に罪悪感が湧き起こった。おそらく母の目論見《もくろみ》どおりに。うしろめたさに押し流されないようにロザムンドは気を取りなおした。きょうはじゅうぶんお母様にいやな思いをさせられたんじゃなかった？

無理をして微笑みを浮かべた。「ええ、結婚式のまえにお母様とまた会うと思うけれど」肖像画を完成させるためにまた来なさいとは言われていなかった。母が忘れているなら、自分から話題にするつもりはない。うまくいけば、あの絵は未完成のまま屋根裏部屋かどこかに放置されるだろう。母に押しきられてモデルを務めてしまったなんて、お人よしにもほどがある。つぎにここに来るときにはティビーについてきてもらおう。

「さようなら《オ・ルヴォワール》」母は手を振って、ロザムンドを引き取らせた。

キスの挨拶はしないほうがいい、とロザムンドは心得ていた。膝を折っておじぎをし、呼び鈴を鳴らして女中を呼んだ。

「ここに泊ったらどうかと誘ったの？」ロザムンドはぎょっとして息をのんだ。「アンディ、嘘でしょう！　困ったわ。いったいどうして？」

晩餐のまえに小さな居間に集まっていた。そこは子どもの頃から隠れ家のような場所だった。保育室の隣りにあり、のんびりとくつろげる居心地のよい部屋で、かすかに犬のにおいが漂っていた。

いま部屋にいる犬は、白と黒のまだら模様の年老いたグレートデーン一頭だけだった。黒いぶちは灰色に褪《あ》せ、動きは鈍くなっていた。かわいがられているが、見た目はくたびれ、布地を張ったソファや古ぼけたカーテンのように部屋の一部と化している。

ここを自分たちの隠れ家にしてから、いとこたちはほんのわずかであれ模様替えを拒みつづけていた。部屋のなかがまったく変わらないので、モントフォード公爵に連れられてきてから自分がどれだけ変わったかロザムンドは実感させられた。あのときは途方に暮れ、ずいぶんと心細かった。

いまは白いサテンのペティコートの上に薄い絹の青いドレスで着飾っている。ネックレスとイヤリングとブレスレットは真珠でそろえ、髪は丹念に結いあげられている。家族に愛されているという自信を持てる女性に成長したのだ。

モントフォード公爵のおかげだ。公爵だけではなく、いとこたちのおかげでもある。アンドルーは爪をあらためていた。「トレガースをここに泊らせれば、話が少しは早く進むんじゃないかと思ったからだよ」

「でも、あの人との結婚に反対しているくせに」ロザムンドは反論した。

アンドルーは炉端の椅子に座り、脚を伸ばした。「そんなことはないさ。それどころか、トレガースに好感を持っている」

「彼を殴ったところを見たかったわ」セシリーはオフィーリアの隣りの敷物の上に腰をおろした。老犬は頭をもたげ、嬉しそうな顔でセシリーの膝に頭を載せ、目を閉じた。

ロザムンドは顔をしかめた。殴ったことでアンドルーを咎めるのを忘れていた。「好感を持っているわりに、ずいぶんと友好的ではない真似をしたものね、アンディ」

「たいていの友だちを殴り倒しているけどね」

セシリーは首を振った。「男の人って理解に苦しむわ」

アンドルーはグリフィンの姿を思いだそうとするかのように目を細めた。「トレガースはきみを妻にすると心に決めているよ、ロザムンド。結婚する気がないのなら、いますぐはっきりさせるべきだ。思わせぶりな態度で、恥をかかせたりせずに」

ロザムンドは顎を上げた。「あなたの助言がほしくなったら、こちらから尋ねるわ、アンディ。それに公爵様はわたしの意向に賛成してくださってるの」

「ぼくを侮《あなど》るな」アンドルーは平然と言い返した。「あれこれ条件をつけたようだけど、せいぜいトレガースに逃げられないように気をつけるんだな」

ロザムンドはどきりとして、アンドルーに視線を投げかけた。「あ、あの人から聞いたの、交換条件のことを？」

親密な触れあいをグリフィンは提示した。ロザムンドは思いだして身震いしそうになるのをなんとかこらえた。

「はあ？」アンドルーは言った。「あれを交換条件と呼ぶのか？　トレガースにどういう得があるのかさっぱりわからないな。やれピクニックだのパーティだのにつきあわされて。彼がそういうことに向いていないのはわかりきっているのに、ここでのんびり寝ている年老いたオフィーリアと同じく」

自分の名前が出て、グレートデーンは訝しげに眉を上げ、わずかに目をあけた。やがて、うめきともため息ともつかない声を漏らし、また寝息を立てはじめた。

ふたりの取り決めのうち、みだらな内容は他言しないだけの配慮がグリフィンにあってよかった、とロザムンドは内心で感謝した。「トレガース卿が社交行事にうまくなじむよう、あなたがきちんと面倒を見てくれるのよね、アンディ？」

「ああ、身なりをきちんと整えてやることはできるさ。もちろん、そうするつもりだ。でも、彼を変えることはできないよ。だいたい、どうしてトレガースはぼくから指示を受けないといけないんだ？　どう振舞えばいいか教えるなんて、押しつけがましすぎる」

「それでも、あなたならあの人の気分を害さずに手ほどきをしてくれるでしょう」ロザムンドはすがるような目でアンドルーを見つめ、声をやわらげて言った。「わたしのためにね、アンディ」

「そんな目で言いくるめようとするな。きみはロンドンに住む男たちの半数を足もとにひざまずかせているかもしれないが、ぼくまで言いなりにはできない」

ロザムンドは笑った。「まるでわたしがあなたを服従させたいと思っているような言い草ね。あなたって魅力的な人なのに、石のような心の持ち主だわ」

眉根を寄せたあと、アンドルーは微笑んで、穏やかな声で言った。「いや、石じゃないさ。はっきり言われたことがあるけど、ぼくにはそもそも心がないらしい」

わたしもそうだったら、どんなに楽になれるかしら。

そんなことを思った自分に驚き、ロザムンドは目をぱちくりさせた。「ばかなこと言わないで！　あなたにはもちろん心があるわ。とにかく、わたしの頼みを聞いてくれないとね。去年のことがあるから」

「そうよね」セシリーが言った。「あの不愉快なレディ・エマ・ハウリングの件でうっかり醜聞にさらされそうになったところをロザムンドが救ってあげたんだもの。大きな借りがあるわよ」

アンドルーはそのときのことを思いだし、血の気が引いた。困っている若い女性を見ると、ほうっておけない性分だった。相手が、とげとげしく、愛想のない、行き遅れのご婦人であっても。去年の社交シーズンのことだった。機転を利かせたロザムンドの助けがなかったら、いま頃レディ・エマを妻にする破目に陥《おちい》っていたところだ。

「じゃあ、ぼくはきみの言いなりだ」アンドルーは降参したというように手を上げた。「お粗末ながら最善をつくすよ、親愛なるロザムンド」

複雑なリズムでドアを叩く音がした。ウェストラザー家のいとこ同士と、信頼できる特定の人々しか知らない秘密のノックだった。

セシリーが床から飛び起きて、ドアをあけた。アンドルーが椅子から立ちあがると、ティビーが部屋にはいってきて、手袋をはめた。

「夜会に出かける時間ですよ」付添いのティビーが言った。

ロザムンドがティビーに微笑んだ。「ありがとう」

セシリーにキスをして、いってきますと挨拶をし、アンドルーの腕に手をかけ、部屋をあとにした。「セシリーと家に残れたらよかったわ。今夜は出かける気分じゃないの」

アンドルーは眉を吊りあげ、ちらりとロザムンドに目をやった。「大男に恋煩《わずら》いか？」

ロザムンドはわざとらしい笑い声をあげた。「恋煩いですって？　まさか！　わけのわからないことを言わないで」


夜会の会場は大変な混雑ぶりだった。レディ・ビグルスワースが主催する会はいつもそうなるので、事前に予想はついたが。客間へと階段をのぼる人波に押され、ティビーはドレスの裾を踏まれてしまい、襞飾りが破れた。それを直しにティビーが化粧室に引っ込むと、ロザムンドは娯楽室にまっすぐ向かった。

アンドルーがいた。ほかの紳士とふたりの貴婦人と一緒に、ちょうどホイスト（二人ひと組、四人で行なうカードゲーム）のテーブルについたところだった。ロザムンドはアンドルーの後ろに静かに立ち、ゲームを見物しながら、早く夜が終わらないものかと願っていた。

「とてもきれいだ。いつもながら」耳もとでそう囁かれ、隣りに男性が立っていることに気づいた。

「まあ！」ロザムンドはぎょっとして飛びあがった。胸に手をあて、横を向き、いきなり声をかけてきた人物を見た。「驚いたわ、大尉」

フィリップ・ローダデール大尉は目が覚めるような緋色《ひいろ》の軍服に身を包み、とても華やかに見えた。たしかに、この人ほどまばゆい魅力をふりまく人物をほかには知らない。黄金色の髪、情熱的な黒みがかった茶色の瞳、そして、ギリシャの彫像にも負けない古典的な美しい横顔。

これが初めてではなかったが、自分はどこかおかしいのだろうかとロザムンドはふしぎに思った。これほど精悍《せいかん》な男性にちっとも心を動かされず、恋しく思う相手は……。

まさか。グリフィン・デヴィアを恋しくなんて思っていない。結婚を望んでいるだけ。新たな人生が始まるのを待ちわびているだけだ。

ローダデールはカードテーブルのそばからロザムンドを連れだし、壁際の布張りのソファに座らせた。人が大勢集まっているなかで親密な会話ができる場所を見つけるのが得意だった。

ロザムンドは冷ややかに微笑んだ。「ご機嫌いかが、大尉？」

ローダデールは口もとを曲げて嘲るような笑みを浮かべ、ロザムンドの先に目をやった。

「じつを言うと、あまりよくない。午後、いやな噂を聞いてからずっと」

「噂？」

「きみの恐ろしい婚約者がロンドンに来たという噂だ。きみを迎えにきたそうだよ、ロザムンド」哀愁《あいしゆう》を帯びた茶色の瞳を向けてきた。「どうしてこんなことに。ぼくにひと言もなかった」

ロザムンドはローダデールから視線をそらし、目を合わせようとしていた知人にうなずいた。

「どうしてもこうしてもないわ」声をひそめて言って、ローダデールに向きなおった。「わたしは婚約しているのよ、大尉。破棄するつもりもないの。それに、なれなれしい呼び方はご遠慮ください。そう呼んでいいと許可した憶えはないわ」

ローダデールは首を傾け、皮肉たっぷりに会釈をした。「もちろんだ、レディ・ロザムンド。お詫びする……きみへの思いのせいで、ついなれなれしくしてしまった」

そう言って横目でロザムンドを見た。ロザムンドは毅然として眉を上げた。

「驚いていないようだね」ローダデールは言った。「トレガース卿がロンドンに来たことを知っていた、そうなんだな？」

「し……ええ、知っているわ」

そんなふうにあれこれ問い詰めないで、とロザムンドは抗議したかったが、罪悪感がじわじわと胸に広がった。求愛を喜んでいるような、思わせぶりな態度を取っていたのかしら？　そんなつもりはなかったが、ちょっとしたことで相手も自分の好意に応えていると信じ込む男性はいる。

ローダデールはロザムンドの返答を聞いて顎をこわばらせた。「でも、トレガース卿は今夜、きみと一緒にここに来ているわけじゃないんだろう？」

「ええ、来ていないわ」

ローダデールはふっと笑った。「ずいぶんと信頼されているんだな。ぼくがトレガース卿だったら、きみから決して目を離さない」

「彼の信頼が裏切られることはないわ」ロザムンドは冷ややかに言った。立ち入った話題から話をそらそうとして、こうつけ加えた。「その後いかがなんですか？　けがの具合は？」

「すっかり治った。実際はどうだかわからないが、とにかく医者が言うには」ローダデールは言った。「すぐに戦地に戻る予定だ」

ロザムンドはローダデールの身を案じた。ナポレオンがまたしても逃亡し、驚くべき速さで兵を集めている情勢からすると、戦争は避けられないようだ。恋人同士のようにローダデールのことを心配しているわけではないが、友人として、任務に戻れないほどのけがではなくて残念だ、と臆病者のようなことを思わずにはいられなかった。もちろん当の本人はそんなふうに思わないだろうが。

「すぐに発《た》つの？」

「来週だ」恨みがましさを声に滲ませていた。「トレガースはきみを迎えにきたんだろう？　長いあいだほうっておいて、ようやく。きみをこんなふうにあつかった罰として、鞭で打たれるべきだ」ローダデールはロザムンドの目をのぞき込み、猫撫で声で言った。「最高級のダイヤモンドのようなきみを」

喉がふさがるような感覚を覚えながらロザムンドは言った。「失礼ですけれど、あなたには関係のないことだわ。これ以上話題には――」

「でも、ぼくとしては嬉しい」ローダデールは途中で口をはさんだ。「きみがとうとう結婚することになって」

嬉しい？　ロザムンドはきょとんとして彼を見た。

ローダデールはにじり寄り、呼気にワインのにおいが嗅ぎとれるほど身を寄せてきた。「なぜだかおわかりかな、レディ・ロザムンド・ウェストラザー？　ぴんとこないか？」

ロザムンドは首を振り、ローダデールから目をそらした。「いいえ。想像もつかないわ、なぜあなたが――」

「ロザムンド、かわいい人、どういうことかわからないのかい？　ぼくたちはやっとつきあえる。いろいろと工夫すれば」

ロザムンドは息を詰まらせ、ローダデールにさっと視線を戻した。「なんですって？」息を切らしていなかったら、悲鳴をあげていただろう。実際は、くぐもった囁き声が漏れただけだった。

「ほら、彼に対する務めは果たさないといけないだろう？」ローダデールはなだめるように言った。「きみがほかの男の腕に抱かれると思うといやでたまらないが、それは仕方ないことだとぼくたちはおたがいにわかっている。うまくいけば、ぼくが戦地から帰郷する頃に、きみは身ごもっているだろう。そうしたら、きみとぼくはようやく……」

声をだんだんと落として言葉を濁《にご》し、唇をじっと見つめ、やがて視線を胸もとにゆっくりとおろしていった。

ロザムンドはローダデールをにらみ返した。驚きのあまり、ものもろくに考えられない。きっと彼の言葉を聞き間違えたのだ。あるいは、意味を取り違えた、そうでしょう？　いや、そうではない。間違えようがないほど彼の意図ははっきりしている。

こぶしで殴られたような衝撃に襲われ、胃がむかむかした。怖気《おぞけ》立ち、嫌悪を覚え、目の奥に涙も込みあげてきた。

真の狙いに薄々気づいているべきだった。ここに座って、誘いをかけられて、さもしい下心に勘づきもしなかったとは、愚かすぎるというものだ。母の言うとおりだった。

ローダデールは感覚の麻痺したロザムンドの手を自分の口もとに上げた。ロザムンドがかっとなって逆襲するか、手を振りほどくかするより早く、ローダデールは手を離した。

人まえにいることを意識して、ロザムンドは声をひそめ、動揺をなんとか顔に出さないようにした。「思い込みが激しすぎるわ、ローダデール大尉。あなたとはどんな関係にもなるつもりはありません」

ローダデールに悔やんでいる様子は微塵《みじん》もなかった。ただ訳知り顔の気取った笑みを向けてきただけだった。「どうなるか、いまにわかる。いいかい、ロザムンド、あの田舎者は女性の楽しませ方など何ひとつ知らない」もう一度、ロザムンドの体にさっと目を走らせた。「でも、自信を持って言えるが、ぼくは知っている。結婚して二、三カ月もしたら、きみはぼくに泣きつくだろう、抱いてほしいとね」

ありありとした嫌悪の色をロザムンドの目に見て取ったのか、ローダデールは眉根を寄せた。一瞬間をおいて言った。「おいおい、ショックを受けていると思わせたいのか？　かの有名なレディ・スタインのご令嬢が？　悪いが、その手には乗らない」

ロザムンドはいまにもヒステリーを起こしそうになった。ローダデール大尉の真剣な気持ちを踏みにじってしまうのではないかと悩んで、不安になっていた自分はばかだった。大尉が自分に寄せていた思いはただの肉体的な欲望にすぎなかった。ほかの男性たちと同じく、容姿を気に入っていただけだったのだ。

裏切られた気がして、その憤りに内心動揺し、ロザムンドはソファからすっくと立ちあがった。

ローダデールも腰を上げ、さらに言い寄ろうとすると、ちょうどアンドルーが現われ、ロザムンドにシャンパンのグラスを手渡した。

人目さえなければ、ロザムンドはいとこの胸にすがりつき、涙ながらに感謝して、真新しい胴着をびしょ濡れにしただろう。ありがとう！　アンディが来てくれて助かった。

ロザムンドはふるえる手でグラスを受け取り、ひと口飲み、舌ではじける冷たい泡の刺激を歓迎した。

アンドルーはローダデールに話しかけた。「べつの約束があるんじゃなかったのか？」物腰は柔らかだったが、洗練された物憂げな口調に厳しさが滲んでいた。

「そのとおりだ、リドゲイト」ローダデールはあっさりと認め、ふたりに会釈をしつつ、ロザムンドにだけこっそりと欲望を孕《はら》んだ熱い視線を送った。「レディ・バッカムの夜会で会おう」

ごめんだわ、とロザムンドは思った。

大股で立ち去るローダデールを見送った。軍服姿の彼は神々《こうごう》しかった。非の打ちどころがなく、無敵に見えた。その実、虚栄心の強い、自己中心的な気取り屋だ。なんて浅はかだったのだろう、とロザムンドは心のなかでおののいた。ただの欲望ではない気持ちを寄せられていると信じていたなんて。

「動転しているようだね。どうしたんだ？」アンドルーは眉を曇らせ、ローダデールのほうに頭を傾けた。

「なんでもないわ」またべつの知人たちを見つけ、ロザムンドはいかにも淑女らしい笑みを顔に貼りつけた。

けれど、アンドルーは食いさがった。「しつこく言い寄られたんだろ？　あいつを呼びだして、殺してやろうか？」冗談まじりにそう言ったが、目には物騒な気配を漂わせていた。

ロザムンドは首を振った。「だめよ、そんな――でも、アンディ……」笑顔はこわばり、顔が引きつった。夜のあいだじゅう顔を上げて、なにごともなかったふりをするのは無理だ。

「家に連れて帰ってくれる？」

8

〈リマー亭〉の騒がしさはリドゲイトの話どおりだった。酒場で酒を引っかけても効き目はなく、騒音でグリフィンは一睡もできなかった。疲れて苛立ったまま、宿代を精算し、部屋を引き払った。

公爵に話を通したという書き付けがリドゲイトからすでに届いており、モントフォード館に逗留《とうりゅう》するようあらためて招待された。グリフィンとしてはその話を信じるしかなく、年老いた執事について、あてがわれた部屋に向かった。モントフォード公爵にお目どおりを願ったが、夕方まで戻らない予定だという。リドゲイトはまだベッドのなかだ。おそらく午《ひる》過ぎまで起きてこないだろう。

まえの日にモントフォード館を訪ねたときは、目的を達成させることに気を取られ、まわりにはほとんど注意を払っていなかった。いまは執事のあとから階段をのぼりながら、余裕を持って屋敷のなかを観察した。

壮麗という言葉が頭に浮かんだ。ここはグリフィンがメイフェアに所有しているようなよくある町屋敷ではなく、大きな庭園の真ん中に立つ豪邸だった。

玄関広間は大聖堂並みの格調高い雰囲気で、広々として風通しがよく、物音がよく反響した。目が彫り込まれていないギリシャの神々の彫像が、頂部に凝《こ》った彫りものが施された円柱のあいだに並んでいた。

階段が折り返すところでグリフィンは手すりの向こうに目をやった。ガラスの丸天井から早春の陽光が差し込み、溶けたバターのように黒と白の市松模様の床に広がっていた。大理石のタイルはディナー皿のようにぴかぴかに磨《みが》かれ、光り輝いている。その気になれば、床を皿に見立てて食事もできるかもしれない。

グリフィンは顔をゆがめた。ペンドン館の場合、床からじかにものを食べようとするのは齧歯《げっし》動物だけだ。

自邸のぼろ屋敷とは大違いで、この邸宅は高価な香水のように華やかさを発散している。一週間とたたないうちに息が詰まるだろう。

執事に部屋に案内され、グリフィンは敷居のところでためらった。これほど優雅なものを目にした憶えがない。ただし……。ふいに記憶がよみがえり、グリフィンは取り乱しそうになった。母親のことが思いだされたのだ。絹やサテンやビロード。美しい手のひんやりとした感触、その手に光るダイヤモンド。

いや、違う。ダイヤモンドではない。瞳の色になじむエメラルドだ。忘れてしまったとはなにごとだ？

グリフィンはぐっとつばを飲み込んだ。無表情な執事がまだそばに控えており、部屋に納得したか客の反応を待っていることに気づいた。

使用人のまえで部屋に見とれるべきではなかった。この執事のような熟練した使用人のまえであっても、だ。裕福な伯爵ならこのような美しい部屋に驚嘆するのではなく、見慣れていて当然なのだから。

グリフィンはうなずいた。「申し分ない」

執事は頭をさげた。「おくつろぎいただけることでしょう」さほど多くはない荷物を運んできた従僕たちに目をやりつつ言った。「近侍《きんじ》はあとから来るのですか？」

「いや、来ない」グリフィンは包み隠さずに言った。近侍はいないと告げるのはまずいか？

「わかりました」執事が言った。「リドゲイト卿の従者にお世話をさせましょう」

「いや、けっこうだ」今夜ここで晩餐に招かれているわけでも、どこかに出かけるわけでもないのだから、近侍に身支度の世話を頼む必要はない。「あすの朝、お湯を用意してくれればそれでいい」泥が飛び散った足もとに目をやった。「それから、誰かにブーツを磨かせてくれ」

執事は首を傾けた。「それは私がいたしましょう」

グリフィンはぶっきらぼうに礼を言い、心づけをはずみ、執事をさがらせた。

窓から外を見ると、庭がきれいに見渡せた。そこここに噴水と花壇があり、高い石垣に囲まれている。いちばん端には藤に覆われた、趣《おもむき》のある東屋《あずまや》があった。ロザムンドがそこで友人たちとお茶を飲み、蝶が舞うように優雅に過ごす姿を思い浮かべた。

そんな浮世離れした場面を想像し、苛立ちがつのった。ロザムンドの条件を満たし、結婚にこぎつけるまで、どれくらいかかるのだろうか。浮ついたことをどれくらいやらされるのか、具体的な内容は忘れてしまった。グリフィンは顔をしかめた。書きださせればよかったのかもしれない。あとからこっそりと追加されないように。

そもそも同意してしまった自分がばかだったが、どうしようもなかった。透けて見える薄い布越しの豊かな胸やほっそりとしたウエストを思いだし、グリフィンはじりじりさせられた。

あれもこれもすべてわがものにできる。

きのうまでは、瞳と同じ青い乗馬服を着た可憐な少女の姿が頭のなかにあった。その姿が、自信に満ちた物腰で、はっきりと自分の意見を持った、目の覚めるような美しい女性に取って代わった。そして、これまでよりずっとロザムンドは、心の平安をかき乱す――正気を失わせそうになるのは言うまでもなく――危険な存在になった。

ロザムンドはまだ純潔を守っている。グリフィンは直感でわかった。絵のために不埒な衣装をまとってはいたが、ほかの男に肌を許すような女性ではない。嫁入りまえには決して。

人妻になったあとは――そう、またべつの問題だ。自分たちの結婚はよくある便宜結婚ではないといくら言い張ろうとも、ウェストラザー家の女性たちがどういう結婚生活を送っているかグリフィンも知っていた。さらに言えば、デヴィア家の男たちがどうであるかということも。名家の貴族たちは好きな相手と夫婦になるわけではない。当然ながら、愛のない結婚をした者たちは配偶者以外に情熱を求めるようになる。

ロザムンドの母親、レディ・スタインのような女性が属している洗練された貴族社会では、貞節を守ることはひどく流行遅れとされている。貴婦人は義務として夫のために子を産んで、後継ぎをもうければ、あとは好きな相手とベッドをともにしてもいい。そして、夫は端から浮気をしてあたりまえという世界だ。

ロザムンドも母親と同じ道を歩むのかと思うと、グリフィンは胃がよじれ、壁にこぶしを叩きつけたい衝動に駆られた――あるいは、ロザムンドがつきあうことになる男の顔面を殴りつけてやりたくなった。

そうした婚姻にまつわる裏事情をよく知らないまま、祖父の存命中に強制されてロザムンドとの結婚に同意したのだった。対面するまで、未来の花嫁のことなどは心によぎりもしなかった。それはそうだ。祖父の命令に従ったとき、きっと相手の親は娘の嫁入り先が見つからなくて困っていたのだろうと思ったのだ。自分のような男にくれてやることにしたのだから。

祖父の悪意の根深さに気づいたのは、レディ・ロザムンド・ウェストラザーの美貌を目にしたときだった。

人里離れたペンドン館での静かな暮らしに満足する地味でおとなしい娘だろうと高《たか》をくくっていた。よけいな口出しなどせず、ちやほやされたがらない娘だろうと。まさか狂おしいほどの情欲をかき立てられたり、もう二度と味わいたくない不安や憧れがまたもや胸に湧きあがってきたりするとは思いもしなかった。

まったくの思い違いだった。

そしていま、芸を仕込まれたクマよろしく、婚約者の言いなりにさせられている。そう、少しでも早く結婚に持ち込むためなら、やるべきことはやってしまおう。だが、お返しの約束はきっちりと果たしてもらうつもりだ。

「冗談だろう」グリフィンは言った。

リドゲイトはため息をついた。「もちろん違う。服飾に関して冗談は言わない。トレガース、きみの近侍になる者を紹介しよう」

グリフィンは新たな使用人にざっと目を走らせた。中背で痩《や》せ型、顔立ちは整っている。物腰は控えめと呼ぶのがいいだろう。服装は真っ白なシャツに地味な胴着、黒っぽい上着。つまり、こざっぱりとした、人当たりのよさそうな人物だった。

「ディアラブだ」リドゲイトが言った。

「いとしい人《ディアラブ》だって？」グリフィンは目を丸くした。「『ディアラブ、下着はどこにしまった？』などと、言わなくちゃいけないのか？　あるいは、『ディアラブ、一時間後に風呂にはいりたい』とか――」

「ああ、そうだ、言いたいことはわかる」リドゲイトは苛立たしげに言って、近侍のほうを向いた。「ファーストネームはなんだったかな？」

近侍は控えめに咳払いをした。「よろしければ、無理に――」

「ディアラブなんて呼べるか」グリフィンは言った。「いいか、近侍も必要ってわけじゃない。でも、必要なら、べつの呼び名を考える」

リドゲイトは青い目を好奇心に輝かせて近侍をじっと見た。「ほら、ディアラブ、名前を」

グリフィンの目の錯覚だったのかもしれないが、近侍は黒い目の端をほんの少し引きつらせた。「あの……スウィート・ウィリアムです」

「美女撫子《スウィート・ウィリアム》――？」グリフィンは口をあんぐりとあけた。リドゲイトに目をやると、笑いを嚙み殺して肩をすくめていた。「なるほど、興味深いな」

「亡き母に名づけられました。母の魂が安らかならんことを」近侍は悲しげな顔で天井を見あげた。

リドゲイトはなんとか真顔に戻り、ぽんと手を叩いた。「さあ、これで問題ないな？

ウィリアムと呼べばいい」

「いえ、それはなりません」スウィート・ウィリアム・ディアラブは首を振り、控えめながら頑として拒んだ。「母が生きていたら許さないでしょう。好きな花にちなんで、子どもたち全員を名づけたんです。息子は私だけでしたが、どうしても仲間はずれにしたくなかったのだとか。名前を省略したら母の思い出を冒瀆することになります。ですので、差し支えなければ、ディアラブと呼んでいただきたいと存じます」

リドゲイトは驚いたというようにグリフィンに向かってふざけて目を剝いた。

「やれやれ」グリフィンはつぶやいた。使用人とはいえ、天国の母親を引きあいに出されてはお手上げだ。「ディアラブでかまわない」

「しばらくすれば気にならなくなりますよ」ディアラブは助け船を出すように言った。

「そうだな」リドゲイトは元気づけるように近侍の肩を叩いた。「さあ、ふたりとも一緒に来てくれ。用事がある」

グリフィンはリドゲイトの意気込みに押されていったんは素直に従ったが、出かけてしばらくしてからまた抗議を始めた。

「あの男をいったいどうあつかえばいいんだ?」ニュー・ボンド通りに折れた頃、リドゲイトに小声でぼやいた。

ふたりのあとをうやうやしくついてくる、地味な身なりの近侍を肩越しにちらりと見た。

物腰が控えめすぎて、人目にほとんどつかなかった。グリフィンにしてみると、そこがどうにも落ちつかないのだ。

リドゲイトは口もとを曲げた。「まるでお化けにあとをつけられているような顔だな。ディアラブは、ぼくの近侍といとこ同然の親戚同士だ。魔法使いだという評判だ。だから近侍にできて、きみは幸運だ。しかも、急な話だったのにな」

「じつにありがたいね」グリフィンはうなるように言った。「だが、もう一度言うが、近侍は必要ない」

リドゲイトはやるせないため息を漏らして言った。「率直に言って、きみほど近侍が必要な人物にはお目にかかったことがない。レディ・ロザムンド・ウェストラザーの婚約者にふさわしい装いをするつもりなら、助けが必要だ。近侍はシャツをきれいに洗って糊《のり》をつけ、上着にアイロンをかけ、ブーツをぴかぴかに磨いてくれる。上着を着るのに手を貸してくれ、靴を脱ぐのにも手を貸してくれる。頼めば、クラヴァットを結んでくれさえする」

グリフィンは鼻を鳴らした。「人まえでぼくと一緒にいるのが恥ずかしいなら――」

「ばかを言うな」リドゲイトはぴしゃりと言った。「もしそう思っていたら、ディアラブをお供につけて、きみひとりで行かせたさ。きみはもう家族だ。とんちんかんな心配はするもんじゃない」

ずけずけ言われてグリフィンはかえって気持ちがすっきりした。にやりと笑って、リドゲイトのあとから最初の店にはいった。

せっかく上機嫌になったというのに、そんな気分は長続きしなかった。面倒くさいことに、衣装を上から下までひとつの店では注文できないのだ。一カ所で用事がすむわけではないとわかり、グリフィンはうんざりした。リドゲイトと、頼りになるディアラブによれば、ズボンは〈マイヤー〉であつらえるのがいちばんで、胴着は〈ウェストンズ〉の仕立てが最高級だという。帽子は〈ロック〉、ブーツは〈ホービー〉といった具合だ。

服飾の大家ふたりの意見が唯一わかれたのは上着についてだった。

ディアラブは熱くなりもせず、淡々と語ったが、一歩も引かなかった。「〈シュバイツァー&デービッドソン〉でなければなりません」

「いや、違うね」リドゲイトが言った。「〈スタルツ〉でこそ、われわれの希望にかなう」グリフィンを指し示して続けた。「トレガース卿のたくましい体を見ればわかるはずだ。〈スタルツ〉は軍人向けに上着をつくっている。あそこがいちばんいい」

「お言葉ですが」ディアラブが小声で言った。「軍服は着る方をより……いかめしく見せるよう意匠《いしょう》を凝らすものです。われわれが必要としているのは優雅さです。ご存じのとおり、それには比率がすべてです。ミスター・シュバイツァーが上着の意匠において比率の達人だということは否定できないはずです」

ディアラブは仕立て術の新古典派の方式についてグリフィンに説明を続け、どんな手法を効果的に使っているのか解説した。

啞然としているグリフィンにようやく気づき、ディアラブは自虐的な笑みを浮かべて両手を広げた。「体にしっくりなじむ上着の複雑な仕立て方を理解なさる必要はありません。ミスター・シュバイツァーは心得ていますから、ご安心ください」

グリフィンが驚いたことに、リドゲイトはその意見を尊重した。「ディアラブ、賛成だ、きみの言うとおりだよ」

「ありがとうございます」

「それじゃ、シュバイツァーのところで決まりだな」リドゲイトはゆったりとした足取りをコーク通りに向けた。

グリフィンは天を仰ぎ、肩をすくめ、あとをついていった。

紳士の手持ちの衣装としてこれだけは必要だ、とリドゲイトが納得するまで衣類や下着や装身具をそろえるだけで、週の大半を費やした。流行に敏感な紳士が手に入れたいと願うあらゆる品目の最高級の見本を求めて、グリフィンはリドゲイトとディアラブとともにロンドンじゅうを歩きまわり、採寸や仮縫いもどうにか切り抜けた。

婚約者のいとこは、懐中時計の鎖やアザラシの毛皮やクラヴァットの飾りピンなどの装飾品を選ぶのも手伝わせてほしいと言い張った。グリフィンには何がなんだかさっぱりわからず、すべて言われるままに従った。いずれにしろ、社交シーズンにジャックスをロンドンに連れてくるときにも衣装は必要になるのだから、いちどきにすませてしまったほうがいい。

ひとまず、愚痴をこぼすのは控えておいた。

ある日の午後、うんざりするほど時間をかけて胴着の生地を選んだあと、リドゲイトはようやく切りあげた。買いものの包みをディアラブにあずけて馬車で帰らせ、ふたりの紳士は歩くことにした。リドゲイトに野暮用があったので、ふたりは回り道をしてバークリースクエアへ足を延ばした。

「〈ガンター軒〉で一杯やっていたらどうだ?」リドゲイトが提案した。「あそこはうまいパンチを出す。ぼくの用事はすぐにすむ」

さすがに情事にふけるのだとは言えなかったのだろうとグリフィンは察し、なんの用事か追及しなかった。パイナップルの看板をさげて商《あきな》いを宣伝している製菓店にぶらぶらと歩いていった。

午後はむっとするほど暖かくなっていた。その上、グリフィンは一日むしゃくしゃしていた。体をあちこちつつかれ、寸法を測られているうちに、体に触れようとする者を殴りたくてうずうずする始末だった。まわりの者たちはまるでグリフィンが賞品の雄牛であるかのように、体格や形状について臆面もなくずけずけと話しあっていた。

仕立屋のミスター・シュバイツァーには手放しで褒めちぎられた。グリフィンの体を有名な拳闘家の体になぞらえさえした。紳士階級のその拳闘家、ジャクソンは貴族の肖像画のモデルに幾度となく採用される見事な肉体の持ち主なのだった。

そう、もちろん仕立屋というのは、そういう愚にもつかぬことをまくしたてるものだろう？　商売柄、つきものだ。注文をひとつでも多く取ろうとして、自惚れの強い貴族をおだてるのだから。

そう、とにかくむしゃくしゃする一日だった。冷たいパンチを一杯やったらどうかというのはじつにそそられる提案だ。

〈ガンター軒〉のまえの通りは賑《にぎ》わっていた。高貴な客たちは店内にはいっていかず、馬車のなかで飲み食いしているからだった。馬車は、広場の中央の柵で囲われた庭園にほど近い古いプラタナスの木陰に集まり、給仕たちが往来の馬車のあいだをすり抜け、注文を受けては品物をせっせと運んでいた。

ずらりと並んだ見事な馬車のなかにロザムンドの姿があった。

気づいたとたん、グリフィンの鼓動は激しくなった。母親の住む屋敷の客間で顔を合わせたあの午後以来、ほとんど見かけていなかった。グリフィンは一日じゅう出かけており――買いものにはほとほとまいった――ロザムンドは夜ごとに外出し、社交行事を楽しんでいた。

ロザムンドは幌《ほろ》をおろしたバルーシュ型馬車に乗り、グリフィンに背中を向けて座っていたが、時折り同乗者のほうを向くと、横顔が見えた。馬車に一緒に乗っているのはレディ・セシリーと、付添いのミス・ティブスだった。

そして、馬車の傍らに緋色の軍服姿の男が立っていた。

レディ・セシリーは冗談で話を締めくくったようで、黒い瞳を意味ありげにくるりとまわした。将校はたくましい肩を揺すって笑った。

その将校をある特定の人物だと決めつけることはできないかもしれないが、ほかの人物であるはずはない。ロザムンドに身を寄せ、耳もとになにごとか囁く姿がやけになれなれしかった。馬車の枠に置いたロザムンドの手に、偶然を装って手を触れた様子もそうだ。

ローダデールに違いない。

裏切られたという怒りがじわじわと込みあげ、胃がよじれ、胸が締めつけられた。ロザムンドを喜ばせたい一心で、仕立屋で何時間も苦痛に耐えていたというのに、そのあいだ彼女は親しい将校に色目を使っていた。

激しい怒りで胸が焼けつくようだった。やれ夜会に連れていけだの、公園を馬車でまわれだのと突きつけられた条件など、どうだっていい！　そもそもなぜほかの者たちに知らしめないといけないんだ？

給仕が近づいてきて、淡い色のシャーベットを盛った円錐《えんすい》型のガラスの器を婦人たちに配った。セシリーとミス・ティブスが器を受け取っているあいだ、ローダデールはこっそりとロザムンドの手に自分の手を重ねた。

怒りが頭のなかを突き抜けた。疑念に突き動かされ、グリフィンはロザムンドの馬車のほうに歩きはじめた。

するど、ロザムンドは何かひとこと言って手を引っ込め、そっぽを向いた。ローダデールは手を体のわきにおろし、思いがけず肘鉄砲を食らったというような、怒りととまどいが入りまじった表情を浮かべた。

グリフィンの体から緊張が解けていった。ごった返した通りの真ん中で足をとめ、ゆうに一分は立ちつくしたあと、冷静さを取り戻した。反応の激しさにわれながら驚き、首を振った。

愚かな子どものように結論に飛びつくとは浅はかだった。もちろん、ロザムンドがどこに愛情を傾けようがどうでもいい。自分は昔から嫉妬《しっと》深い男ではないのだから、女性に振りまわされることは今後もない。でも、独占欲は強い。あのブリキの兵隊もそれを早くわきまえるに越したことはない。

こうした考えが頭のなかで渦巻いて、グリフィンはしばらく立ちどまったままだった。立ち去るか、ここに留まるか決めあぐねているうちにセシリーに見つかって、手を振られてしまった。ロザムンドも首をめぐらし、グリフィンに気づいた。こうなったら、歯を食いしばって向こうに行くしかない。

このぶんだと、ロンドンから故郷に帰るまでに歯がすり減るかもしれない。

「トレガース卿。お会いできて嬉しいわ」ロザムンドは顔を輝かせてグリフィンを見つめ、手を差しだした。

ロザムンドの温かな挨拶に驚き、グリフィンは思わずためらったが、軽く手を取って、おじぎをした。

ロザムンドの目を見ると、青い瞳に不満の色がよぎった。当然手に口づけるはずなのに、と思ったのだろうか？　そういう洒落た真似を田舎者に期待しないほうがいい。

グリフィンは口づけなどせずに手を離し、レディ・セシリーとミス・ティブスに挨拶した。

「あの、こちらはローダデール大尉です」ロザムンドがそうつけ加え、グリフィンの予想を裏づけた。

ロザムンドの声にはなんの感情もこもっておらず、あえて胸のうちを明かすまいと心に決めたかのようだった。そのほうが感情をあらわにするより、かえって本心が表に出たともいえるが。

ローダデール大尉が振り向き、グリフィンは初めてこの男の顔をとくと眺めた。ちくしょう。自分と未来の妻に大きな違いがあることを肝《きも》に銘ずるなら、緋色の軍服に身を包んだこの男を思いだせばいい。まるでおとぎ話から抜けだした王子のような風貌だ。自分のような醜い男が王子に対抗できるという希望をどうしたら持てるだろう。

そう、茶番だろうが、やると言ったからにはやる。だが、ことが片づいて夫婦になったら、ロザムンドも夫を別人に変えようとするのはあきらめるだろう。

ローダデールは微笑んだが、黒い目は敵意を孕み、油断なく光っていた。「初めまして……とうとうお目にかかれましたね」

遠まわしな嫌みをグリフィンは黙殺した。「きみの隊はブリュッセルに駐屯しているんじゃないのか？」

「ええ。近々合流する」ちらりとロザムンドを見た。「世界じゅうの人たちが大陸に集まっていますよ、レディ・ロザムンド。あなたも公爵に連れていってもらうといい」

「なぜそんなことをしないといけないか想像もつかないわ」ロザムンドが言った。「邪魔になるだけでしょう」

「そうかしら」セシリーがいたずらっぽく笑って言った。「兵隊さんの士気を高めるためにひと役買えるわ。それに、冒険もできるでしょうしね」

ミス・ティブスが小言を言った。「レディ・セシリー、まだ社交界に出ていないのですから、ブリュッセルに行ってもロンドンと同じくらい退屈をしますよ」

「ロザムンドはブリュッセルに行かない」グリフィンがぴしゃりと言った。

ローダデール大尉は弓型の眉を吊りあげた。忍び笑いを漏らしたのか、端正な口もとをふるわせ、ロザムンドを横目で見た。きみが結婚することにした男はこんな野蛮なやつか、といわんばかりの目つきだった。

ロザムンドは身じろぎもせず、ふたりの男性の対立に耐えているようだった。

「大尉はご存じなかったのかもしれませんが」ミス・ティブスが穏やかな声ではっきりと言った。「トレガース卿とレディ・ロザムンドは結婚なさるのですよ。喜ばしいことに」

　春の空気に緊張が走った。「ええ、たしかに」ローダデールはそう返答し、ロザムンドを意味ありげにちらりと見た。「レディ・ロザムンドからゆうべ報告がありました。おかげでいち早く祝福できましたよ。どうぞ末長くお幸せに」

　ロザムンドは顔をこわばらせた。かなりの努力を強《し》いられたようだったが、どうにか唇を開き、ぽつりと言った。「ありがとう」

　そしてグリフィンの目を見て、またにっこりと微笑んだ。ダイヤモンドのようにきらめく笑みだったが、デルフト焼きを思わせる青い瞳は笑っていなかった。

「そうね、不安はないの」ロザムンドは言った。「きっと幸せになるわ」

「あら、シャーベットが溶けていますよ」ミス・ティブスが言った。

「まあ」ロザムンドはレモン色の氷菓に目をおろし、渦巻き状の冷たい菓子をそっと口に含んだ。甘いシャーベットを味わいながら、賞賛のつぶやきを漏らした。薄紅色の唇が濡れて光っていた。舌を唇に走らせたが、そのしぐさがどんな効果をもたらすのか、本人は気づいていないようだ。

　グリフィンは息を吸い込んだ。ほんの一瞬、頭がくらくらした。ひんやりとした、柔らかな唇を味わいたくてたまらない気持ちになった。重ねた唇を温め、開かせ、からみつく舌を感じたい。彼女の唇が体に触れ……。

不服そうな声がローダデールからあがった。「きみは幸運な男だな、トレガース」

そうさ、とグリフィンは胸のなかでつぶやいた。ほんとうに幸運だ。

はたと気づき、顔をしかめた。さてはローダデールも自分と似たような空想を思い浮かべたのだろう。

ロザムンドは睫毛をはためかせ、グリフィンに目を上げた。視線が交わり、ロザムンドの目は穏やかにほころんだ。愛らしく頬を染めた様子からすると、グリフィンがどんなことを考えていたのか、顔色を読んだに違いない。グリフィンは思わずロザムンドを腕に抱きあげたくなった。

ローダデールはさも不愉快そうな口ぶりで言った。「まったくひどい話だ。レディ・ロザムンドを何年もほったらかしにして。どこかの情熱的な若者に横取りされていたかもしれないのに」

9

ロザムンドはローダデールの帽子をはたき落とし、シャーベットを頭からぶちまけてやりたかった。生まれながらの育ちの良さと、慎み深い優雅な振舞いを長年しつけられてきたおかげで、かろうじてそれを思いとどまった。

セシリーの言うとおりだわ。良家の淑女という身分は、ときとして厄介だ。

「ところで……お慶びの日取りは？」ローダデール大尉が尋ねた。

ロザムンドはシャーベットの器のつまみを握る手に力がはいった。笑いたければ勝手に笑えばいい。でも、言わせてもらうなら、喜ばしい結婚になるはずだ。

グリフィンにいまさっき見つめられた目つきを考えても……。

「結婚式は来週だ」グリフィンは挑むような視線でローダデール大尉をにらみつけた。

「来週？」ロザムンドは鸚鵡《おうむ》返しに言って、どうにか嬉しそうなふりをした。「せっかちな方ね！　でも、やっぱりきちんと準備をするべきよ。だって、まだ花嫁衣装もそろえていないんですもの」

「そのとおりよ、ロザムンド」セシリーが言った。「身支度に贅沢《ぜいたく》をする口実を逃す手はないわ。仕立屋は毎年この時期がいちばん忙しいのよ。ぐずぐずしていられないわね。作戦を立てなくちゃ」

ありがたいことに、いとこが会話をあたりさわりのない方向に向けてくれたので、ロザムンドは少し気を楽にした。「わたしも同じことを思ったわ。ふしぎね、セシリー、わたしたちの考えが一致することって、めったにないのに」

「あら、賢い人の考えることは同じっていうでしょう？」セシリーはそう言うと、ラズベリーの氷菓をひと口食べた。「花嫁衣装で思いだしたわ。新婚旅行はどこに行くの？」

ロザムンドは息を詰まらせた。

「新婚旅行？」グリフィンは毛羽立ったネッカチーフで首をしめられたような顔をした。

「そう、もちろんよ」セシリーは考えをめぐらした。「パリがだめで残念ね。ナポレオンが暴れまわっているから。湖水地方がいいかもしれないわ。夏まで待ってもいいならスコットランドも楽しいかも。コンスタンティンとジェインが行ったでしょう。あのふたりは旅先がどこであろうとかまわなかったのでしょうけれどね。自分たちの世界にひたって」シャーベットの器を掲げて言った。「このラズベリー味、おいしいわよ。ひと口いかが、ロザムンド？」

ロザムンドはゆっくりと首を振った。

セシリーに新婚旅行の話を出され、グリフィンとふたりきりで過ごす日々を思い浮かべていた。何日も一緒にいることになる……そして昼の数と同じだけ夜もともにする。ロザムンドは鼓動が激しくなり、顔が赤くなったような気がした。婚約者に目をやることもできなかった。

ベルガモットのシャーベットはほとんど手をつけないまま、どんどん溶けていた。レモン色の筋になってガラスの器の外側をしたたり、器を持つ親指と人差し指のあいだに溜まった。舐め取りたい衝動を抑え、ロザムンドは言った。「セシリー、トレガース卿はロンドンにいらしたばかりなのよ。細かいことは……結婚したあとの生活のことは、追々《おいおい》決めるわ」

ローダデール大尉はいきなり時計を取りだして、ちらりと見た。「ご婦人がた、失礼ですが、急な用事を思いだしました」

「では引き留めたら悪いな」ロザムンドの婚約者はうなるように言った。

ローダデールはロザムンドの目を見た。「明晩、レディ・バッカムの夜会でお会いしましょう」婦人たちのほうにさっと頭《こうべ》を垂れ、グリフィンにうなずき、大股で歩き去った。

一同は黙り込み、ローダデールが去っていく姿を見送った。

給仕が現われると、ロザムンドはシャーベットの無残な残りを喜んでさげさせ、手提げ袋《レティキュール》からハンカチーフを取りだし、べとついた指の汚れをぬぐった。脳みそがシャーベットのように跡形もなく溶けてしまったようで、まったく機転が利かなかった。頭がずきずきし、どういうわけか心も傷ついた気分だった。

いいえ、違うわ。傷ついたのは心というより自尊心だ。

ローダデール大尉を愛したことは一度もない。それでも、つねに彼からちやほやされ、三年まえにグリフィンから受けた傷を癒《いや》してくれた。グリフィンがいつまでたっても姿を現さず、世間の人たちから同情され、塩をすり込まれていた傷を。ローダデールがこちらの結婚を打算的に考え、うまく愛人関係に持ち込む機会を虎視眈々《こしたんたん》と狙っていたとは夢にも思わなかった。

癪に障るわ、お母様が正しかったなんて。

ロザムンドは衝動的にグリフィンに振り返った。「少しぶらぶらしませんか、伯爵様？」

グリフィンはまじまじとロザムンドを見た。「ぶらぶら？」

「そう」ロザムンドは急にじれったくなった。「そぞろ歩きというか、つまり散歩よ。庭をのんびり歩いてみたいの。だから、付き添っていただかないと」

いかにも仕方なくといったしぐさでグリフィンは肩をすくめた。「そういうことなら」

ティビーとセシリーが目配せしあっている様子にロザムンドは目の端で気づいた。顎を上げ、手袋をはめた。「ここで待っていてもらえるかしら？　長くはかからないから」

「目の届かないところに行ってはなりませんよ、レディ・ロザムンド」ティビーが言った。

「ええ、もちろんよ」ロザムンドは微笑んで、素直に従った。従順な性格のおかげで何をしても疑いを招きにくい。それはまえまえから気づいていた。モントフォード公爵とティビーもセシリーを見張る目は厳しいが、ロザムンドには思いのほか自由を許していたのだ。

日傘を手に取り、座席から腰を上げ、期待をこめてグリフィンを見つめながら待った。一瞬、間があいて、グリフィンは合図を読み取り、バルーシュ型の馬車の低いドアをあけて、踏み段をおろした。催促されるまえにロザムンドの手を取り、馬車からおりる手助けをした。つかの間触れあっただけなのに、グリフィンの並みはずれたたくましさをロザムンドは実感した。

日傘を開いた。房飾りのついた、青みがかった緑色の絹と白いちりめんの日傘はドレスにぴったりの色合いだった。

「あちらへ行きましょう」ロザムンドは方向を示して言った。「庭の真ん中にある彫像を見たいの。ご覧になったことは？　マルクス・アウレリウス気取りのポーズを取った王様の像で、めずらしいくらいに醜いの。そこが気に入っているのだけれど」

ああ、いやだわ、つまらないことをぺらぺらしゃべって。

グリフィンはかすかに肩をすくめ、腕に手をかけさせ、広場の中央の庭園にロザムンドを連れていった。

歩きながらしばらくはどちらも口を開かず、ロザムンドはグリフィンの存在感に圧倒されていた。彼女自身、母によく指摘されるように細身ではない。けれど、グリフィンは肩幅もうんと広く、上背もかなりある。ロザムンドとはくらべものにならないほどがっしりとした体格で、どこを取っても大柄だった。彼の肘にかけた自分の手が小さく見える。

楓《かえで》の古木がまだらに影を落とす並木道を連れ立って歩いていくと、海の色に似たドレスの裾がはためき、黒光りしたグリフィンのブーツにからみついた。きっと新しい近侍がブーツを磨いたのだろう。グリフィンがロンドンに着いたばかりのときには、こんなふうに光っていなかった。

グリフィンが出し抜けに口を開いた。「きみと恋仲なのか?」

誰のことか尋ねるまでもなかった。わからないふりをして侮辱しようとも思わなかった。

「いいえ、違うわ」

首にかけたロケットのことが心に浮かんだ。グリフィンの肖像画をいまでも忍ばせている。小型細密画《ミニアチユール》を目にした瞬間から、ひとりの男性しか夢に現われなくなっていた。初めての社交シーズンで成功をおさめたときも、グリフィンにほったらかしにされていたにもかかわらず、ほかの男性には見向きもしなかった。どういうわけかわからないが、いま隣りにいる頑固な大男に心を捧げ、ほかの人に目移りすることはいっさいなかった。

ロザムンドはそんなことを考えながらも、頭のなかで訂正した。ううん、心を捧げたわけではない。自分の行く末をグリフィン・デヴィアに賭けたのだ。傷つきやすい心は差しだしたりしない。賭けに勝つ見込みは薄いのだから。

この話題はもう終わったのかと思ったが、少ししてグリフィンは言った。「よかった。場合によっては婚約を解消しようかと考えたわけではないが、あの男はきみにふさわしくない。それに、モントフォードも大尉にすぎない男にきみをくれてやるとは思えない。それでも……やはり安心した」

あとから思いついたというようにつけ加えた。「言うまでもなく、きみのためを思って、ということだ」

ロザムンドは言われたことをよく考えてみた。「両親が別居していたから、娘のわたしもそういう生活を望むと思ったの？」

グリフィンは振り向いた。「ご両親が別居していたとは知らなかった」

安堵を隠し、ロザムンドは口角を上げてにっこりと微笑んだ。「スタイン侯爵夫妻の壮大な諍《いさか》いをご存じなかったの？　驚いたわ、いったいどこで暮らしていたの？　世間のことに疎すぎて、まるで岩陰にでも隠れていたみたいね」

「コーンウォールだ」グリフィンは親指で顎をこすった。「つまり、岩陰と似たり寄ったりだ」

わずかながらにやりとしたグリフィンの表情に気づき、ロザムンドは笑った。けれど、ため息も漏れてしまった。「わたしの父と母はひどく折り合いが悪かったの。もちろん政略結婚だったわ。父は感情をほとんど表わさない冷たい人で、口論が嫌いだった。でも、かっとなると……」身震いし、言葉を濁した。「対する妻は――つまり母は――少しでも気に入らないことがあると、すぐに不機嫌になった。ものを投げる癖があるのよ。癇癪を起こすと、食器を投げたわ。あるとき、金箔貼りの銅の時計を炉棚からつかみあげて、父の頭めがけて投げつけたの。もちろん狙いは大きくはずれた。でも、父がわたしたちを家から追いださなかったら、最後には父母のどちらかがどちらかを殺していたわ」

「そのときにモントフォード公爵に引き取られたのか？」

ロザムンドは首を振った。どうしてこんなに話がそれてしまったのかしら。「いいえ、父が亡くなるまでは、兄のザヴィアとわたしは母と暮らしていたわ。父の死後、公爵が後見人になって、ザヴィアとわたしは公爵の屋敷に引き取られた。新しい生活はそれまでより断然……穏やかだった」

「でも、わが家ではなかった」

「そうね、わが家とは思っていない」ロザムンドは日傘を少し後ろに倒して軸を肩に載せ、太陽に顔を傾けた。「でも、兄もいたし、いとこたちもいた。兄たちが大好きなの。その気持ちは決して変わらないわ」

庭の中央の開けた場所にたどり着いた。「ほら、ここよ。彫像のところまで来たわ」

グリフィンはうめき声を漏らし、首を片側に傾けた。「ちょっと頭でっかちじゃないか？いまにもひっくり返りそうだ」

「そうならないでほしいわ。王の威厳を傷つけてしまうもの。気の毒だわ」

ふたりは哀れを誘う彫像を無言で眺めた。やがてロザムンドは右手に延びる小道を身振りで示した。「べつの道を通って戻りましょう」

ふたたびグリフィンの腕に手をかけた。今度はごく自然に。曲がりくねった小道をふたりは歩いた。急いで馬車に戻ろうとする気配はグリフィンにはなく、それはロザムンドも同じだった。

少し間をおいてから、グリフィンの低い声が沈黙を破った。「きみもそうしたいのかい？つまり、別々に暮らしたいと思っているのか？」

ロザムンドは首を振った。「いいえ、そういう家庭はわたしには向いていないわ。一家そろって仲良く暮らしたい」ふいに感情が高ぶり、声がかすれた。「昔からそれだけを望んでいるの」

「言いあったりしないってことか？」めずらしくかすかに微笑んでグリフィンはロザムンドをちらりと見おろした。「気づいていないかもしれないけれど、ぼくはいささか怒りっぽい」

「気にしないわ」ロザムンドは顎を上げた。グリフィンよりも気難しい相手が引き起こした面倒ごとを解決に導いたこともある。つまるところ、グリフィンは少年のまま大人になったような人であるにすぎない。

少年の心を持ったまま、大柄で、たくましい大人に成長した男性だ。

賞賛とせつなさの入りまじったため息をついた。すぐに結婚してもいいと同意していればよかった。ロザムンドは思わずそう願いそうになった。

けれど、こちらの気持ちを踏みにじるあつかいを許していたら、こうして少しでもわかりあえるようにはならなかっただろう。この野獣のような男性をうまくならすコツは、たとえ相手が荒れ狂っているときでさえ、一歩も引かないことだ。そういうときならなおのこと、怯んではいけない。

ロザムンドは勇気を奮《ふる》い、グリフィンがロンドンに来てからずっと気になっていた疑問をぶつけてみた。「どうして一度もわたしを訪ねてこなかったの?」

しばらく沈黙が流れたあと、グリフィンは長々と息を吐いた。「理由はたくさんあるが、どれもきみとは関係ない」

ロザムンドは黙ったまま、どういうことか考えてみた。自分は彼の答えにほっとしたのだろうか、それとも侮辱された気がした? どちらとも決めかねた。この二日間にいろいろなことが起き、頭が混乱してしまい、気持ちの整理がつかなかった。グリフィンに言われたことはあとでじっくり考えてみることにしよう。ロケットにしまったミニアチュールのように、いったん頭のなかにしまって。

そっと顔を上げてグリフィンの表情を盗み見たかったが、彼は背が高く、ロザムンドはつばの大きなボンネットをかぶっているばかりか、日傘まで差していたので、さりげなく見ることはままならなかった。仕方なく首を伸ばした。

グリフィンはまったくの無表情だった。まるで心の奥の要塞《ようさい》に感情を閉じ込めて、すっかりその扉をしめてしまったかのように。

そんな顔をしているときには何をしてもだめだろう。ロザムンドはそう悟った。「過ぎたことは水に流しましょう。あなたはここにいらしているし、社交シーズンも間もなく始まるわ。少しは求婚期間を楽しみましょう。そう――」片手を上げ、異議の言葉をあらかじめかわした。「わたしは楽しむつもりよ」

またしてもグリフィンの顔色が変わった。グレーの目が自堕落に光った。「そういえば、ぼくも大いに楽しみにしていることがあったな」

ロザムンドは息をのんだ。楽しみにしていることって、まさか――？

とまどいを見て取ったのか、グリフィンは愉快そうに顔をほころばせ、身を寄せてきた。

「今夜から始める」

うなるような低い声が体に振動した。耳もとをかすめた温かな息にロザムンドは思わずぞくりとした。それとなくほのめかされ、頭のなかに火がついて、脈拍が急に速くなった。胸もとがかっと熱くなり、そのほてりは頬までのぼってきた。

約束した親密な触れあい……。

あなたと同じくらい、その親密な触れあいを楽しみにしていると認めるべきかしら？　たぶんだめだわ。少しいやがったほうが彼はもっと求めてくる。ロザムンドは直感でそう思った。

「まあ！　でも、ご褒美をもらえるようなことはまだ何もしていないでしょう」

わずかに顔をしかめ、グリフィンは言い返した。「きみのいとこと新たな近侍のなすがままに一週間を過ごしても、まだきみの味見には早いというのか？　きょうの午後、一時間近くもきみにつきあっていることを思いだしてほしいものだな」周囲をぐるりと指し示すように手を振った。「まったく、そぞろ歩きまでしているんだぞ！」

ロザムンドはこういうやりとりが楽しくて仕方なかった。「それはそうね」思案をめぐらすように首を傾げた。「でも、それはどちらも条件にはいっていなかったでしょう。どういうことをして楽しませてほしいか、条件に挙げたことをはっきりと憶えているわ。たとえば――ちょっと！」グリフィンに手をつかまれ、そのまま引っぱられていくと、ロザムンドは悲鳴をあげた。「何をするの？」

グリフィンはロザムンドの手を引いて小道をはずれ、木の陰にすばやく連れていった。小道からは姿が見えないが、すぐそばを人が通りかかってもおかしくない場所だった。グリフィンは日傘の柄《え》をつかんだかと思うと、ロザムンドの手からもぎ取り、傍らにほうり捨てた。

「あの日傘は二十ギニーもしたのよ！」

「べつのを買ってやる」グリフィンはロザムンドを導き、木の幹に背をつけさせ、頭のわきの幹に手をついた。

身を寄せてこう言った。「いま、公衆の場でキスをされたくないのなら、今夜、屋敷で密会すると約束するんだな」

「まあ！　ずいぶん横暴ね」ロザムンドは嬉しくて顔がほころびそうになるのをなんとかこらえた。「そんな不道徳な誘いはお断わりよ」あたかも火あぶりの刑に処せられた乙女が迫りくる炎から逃れるようなしぐさでグリフィンから顔をそむけた。鼓動が激しく胸を打っていた。

誘いかけたつもりだったがグリフィンが反応しないので、ロザムンドは吐息まじりに言った。「もっと敬意を持って未来の妻をあつかうべきよ」

「敬意を抱いているとも」グリフィンは手を上げて、ロザムンドの唇にそっと指先を走らせた。息づかいが荒くなっていた。ロザムンドは目を閉じて、唇を奪われるのを待った。

恥ずべき振舞いだった。いまのところうまい具合に誰にも見られていないとはいえ、ふたりは公共の場にいるのだ。それでも、どうなってもいいと思えるほど、キスしてほしかった。

――人の声だ。だんだん近づいてくる。とたんにロザムンドはあわててしまい、どうなってもいいという向こう見ずな気持ちは萎《な》えた。「ねえ、誰か来るわ！　放してちょうだい、お願いだから――」

「密会を約束してくれるまではだめだ」

「するわ、約束します！　だから放し――」

ふたりの少年が大きな木の輪をころがしながら走り抜けていったのと同時に、グリフィンはロザムンドから離れた。

ロザムンドはほっとして力なく木にもたれながらも、気分は高揚していた。

グリフィンは腰をかがめて日傘を拾いあげ、ロザムンドに手渡した。グレーの目は依然としていたずらっぽく輝いていた。

「何時に？」小声で尋ねた。「どこで？」

10

「ディアラブ、力を貸してくれないか」こんな言葉を口にしようと思ったためしなどなかった。

この熟練した使用人にいつのまにか生活にはいり込まれ、グリフィンはすっかり当惑していた。ロザムンドのことで頭がいっぱいだったので、新しい近侍のさりげない働きぶりにろくに気づいていなかったのだ。

近侍が風呂に用意したフランス製の石鹸《せっけん》はおそらく密輸品だが、すこぶるいい香りがした。松葉とレモンのようなさわやかな芳香だった。香りにあまり興味はないものの、これは男性向きだ、とグリフィンは思った。

髭を剃らないといけなかったが、密会の時間が差し迫っていたので、肝心なときに手がふるえそうな気がした。物騒な剃刀《かみそり》を自分で喉もとにあてるよりも、ディアラブの手を借りたほうが賢明だろう。

あれよあれよというちに髭を剃ってもらい、入浴と着替えをすませ、新聞と食前酒のシェリーを手もとに置いて、炉端の座り心地のいい肘掛け椅子に腰をおろしていた。

こうやって世話を焼かれることにも慣れてきた。

近侍は頭《こうべ》を垂れた。「力を、ですか？ もちろんお貸ししましょう。どんなことでしょうか？」

「明晩、レディ・バッカムの夜会がある」グリフィンは手に持った堅い招待状をちらりと見てディアラブに手渡した。「出席したいが、夜会服が間に合いそうにない」首を振った。「いや、いいんだ。すぐに仕上がらないことは承知の上だ」

リドゲイトには魔法使いと称されたが、ディアラブとて本物の奇術師ではない。とんでもない寸法の燕尾服《えんびふく》をどこからともなく出してくるのではないかと期待するほうが間違っている。標準的なサイズならばまだしも。

しかし、ディアラブは課せられた仕事に動じた様子はなかった。かすかに笑みを浮かべて言った。「なんとかしましょう」

グリフィンは顔を上げた。「ほんとうか？」

「はい、旦那様。あすの夜会にはご出席いただけます」

グリフィンは短くうなずいた。「助かる」

「どういたしまして」少し間をおいてからディアラブは言った。「旦那様？」

「なんだ？」

「ご結婚されるそうですね。ご多幸をお祈りします、と申しあげてもよろしいでしょうか?」

一週間まえに訊かれていたら、怒鳴りつけていただろう。言うまでもなく、一週間まえなら、ディアラブを身辺に近づけさせていなかっただろうが。

いまは、月明かりの庭でレディ・ロザムンド・ウェストラザーと落ちあい、なんらかの親密な触れあいを行なおうとしている矢先であるので、寛大な気持ちになれた。「ああ、ありがとう、ディアラブ。もうさがっていいぞ」

今夜もまた、ウェストラザー家の人々は、さまざまな催しに招待されて全員出かけていた。グリフィンは社交クラブに顔を出そうかと思ったが、何も手につかない状態なので、人と話をしてもうわの空になるだけだろう。結局、外出は取りやめ、自分の部屋で軽い夕食を取ることにした。

料理をつまみ、屋敷に貯蔵されている極上のボルドーワインを三杯飲んだあと、ロザムンドとの密会まで暇つぶしに読める本を探しに図書室へ向かった。

モントフォードの蔵書は分野が幅広かった。格調高い室内には回廊がめぐらされ、高い天井には格間《ごうま》が施され、床から天井まで本で覆われていた。これほど多くの書物を目にしたのは初めてだった。これという一冊をどう探せばいいのか見当もつかず、書棚からでまかせにひょいと取りだして部屋に持ち帰った本は、排水路を論じた退屈な専門書だった。

おいおい、読書をするふりなどして、どうするつもりだ？　内容がまったく頭にはいらなかった。神経が高ぶって、期待に血が騒いだ。とうとう排水路の知識を得るのはあきらめ、窓辺に行き、夜空に目を凝らした。

ロザムンドとの結婚に同意したのは、祖父ほど歳の離れた老人と結婚させられそうになった妹を救うためだ。あるいは、そう自分に言い聞かせているだけか？　ずっと手に入れたかった女性を妻に娶る言い訳か？　婚約者の意向はさておき。

だが、ロザムンドもこの婚姻に乗り気らしい。縁談が持ちあがった当初からずっと。そこのところはどうにも理解に苦しむので、ひとまずわきに置くことにした。

その代わり、妹のジャックスのことを考えた。ウォリントンに惹かれているというのはほんとうだろうか？　ウォリントンの母親はそう主張している。ジャックスとは何カ月も会っていなかったが、顎なし男を好きになったとはとても思えない。

だが、さしあたり、レディ・ジャクリーン・デヴィアの身は安全だ。まだ未成年であり、大きな影響力を持つデヴィア卿オリヴァーが後見人を務めている。ウォリントンとの結婚をオリヴァーが認めるはずはない。駆け落ちは問題外だ。万が一駆け落ちをした場合、その先に待ち受ける醜聞は問題だが。もしも駆け落ちを目論むのなら、ウォリントンには覚悟が必要だ。兄のぼくに八つ裂きにされる覚悟が。

ロザムンドと結婚したら、ジャックスをロンドンの町屋敷に呼び寄せよう。淑女としての心得をロザムンドに仕込ませ、社交界に登場させる。

あすオリヴァーと会って、有望な独身男性の名簿を受け取ることになっていた。名簿を入手したら、候補者の洗い出しを始める。誰でも務まるわけではない、妹の……独特な性格を理解するには。妹にふさわしい結婚相手をなんとか探しだしてやろう。

ひとつだけたしかなことがある。ジャックスをペンドン館に帰らせはしない。

花婿候補にオリヴァーが提案する男性たちについて、ロザムンドと相談したほうがいいかもしれない。社交シーズンを二年過ごしたロザムンドなら、候補者全員のことを知っているはずだ。少なくとも評判くらいは。

グリフィンは罪悪感に胸が痛んだ。なぜ会いに来なかったのか、ときょうの午後ロザムンドに訊かれた。塔に閉じ込められたお姫様が、白馬の騎士が迎えに来るのを三年間待ち焦がれていたかのように。

そのおとぎ話に登場するなら、こちらは怪物役だと知らないのだろうか？　醜い外見にロザムンドはあえて目をつぶっているようだった。怒りっぽい性格にも、孤独癖にも。欠点を気にしていないのはほんとうだと、グリフィンもいままでは信じていた。ふたりの釣りあいが取れないと思われていないことも、だ。

初めて会ったときの思い込みとはうらはらに、ロザムンドは欲が深いわけでも、伯爵夫人の座を狙っているわけでもなかった。結婚に理想を抱き、自分の家庭を築きたいという願望があるのだ。こちらの真の姿を見ようとはしないが、結婚生活が実際に始まれば、すぐに目から鱗《うろこ》が落ちるだろう。

部屋にじっとしていられなくなり、グリフィンはディアラブに用意させておいた小さな角灯を持って、寝室をあとにした。

ロザムンドは屋敷を抜けだした。温室のフランス窓をそっと動かし、少しだけ隙間を残してしめた。

ひんやりとした夜気が肌をくすぐり、期待に胸がふくらんだ。肩越しに後ろをちらりと振り返り、甘美なふるえをかすかに覚えながら、噴水の傍らに立つ小さな東屋へと急ぎ足で階段をおりた。

いつまでたっても夜が更けないような気がしていた。モントフォード公爵に連れられて退屈な音楽会に足を運び、何時間もじっと椅子に座っていた。帰りたくてたまらなかったが、弦楽四重奏の単調な調べに興味のあるふうを装わなければならなかった。さらにひどいことに、ソプラノ歌手が体調不良のため、主要の演目が中止になってしまったのだ。

女主人はその穴埋めとして自分の娘に歌を披露させたのだが、娘には声量がなく、お粗末なひと幕に終わった。聴くに堪《た》えない出しもののあいだ、聴衆のほとんどはおしゃべりに興じていた。モントフォードは口こそつぐんでいたが、忍の一字という表情で刳形《くりかた》の天井をじっと見あげていた。ロザムンドはかわいそうな令嬢にいたく同情し、じっと耳を傾け、最後には拍手喝采した。

そうしているあいだもずっと、早く帰りたくて神経は悲鳴をあげていた。

そしてようやく屋敷に帰ってきた。ロザムンドはメグに脱衣を手伝わせ、髪にブラシをかけてもらい、ベッドに寝かしつけられたが、メグが部屋からさがるやいなや、寝具をはねのけ、ベッドをおりた。ひとりで服を着るのは楽にはいかなかった。コルセットのひもを締めあげるのはあきらめてシュミーズをつけ、丸みを帯びた簡素な青いドレスと舞踏用の靴を選んだ。身支度を終えると、窓辺の椅子に座り、屋敷のなかが落ちつくのを待った。

アンドルーはまだ帰宅していないし、ザヴィアもそうだったが、ふたりとも夜が明けるまで帰ってこないのかもしれない。グリフィンと会うためにこっそり屋敷を出入りするときにアンドルーかザヴィアに見られてしまう恐れはあるが、それくらいの危険は冒さなければならない。

相手は婚約者なのだから、万が一見つかっても、厳しく非難される心配はない。ただ、今夜ふたりがすることを人に知られたくないだけだ。とくに男性のいとこには。

そしてついに、行動に出た。ロザムンドは小道を急ぎ、噴水をまわり込んでさらに進み、提案した場所にたどり着いた。

グリフィンが東屋の入口にぬっと姿を現わした。たくましい大男はゆったりした白いシャツとズボン姿だった。戦慄《せんりつ》が体を駆け抜け、神経が高ぶり、感覚が研ぎ澄まされた。あらゆる視覚と臭覚と触角と聴覚が耐えがたいほどに強まった。

東屋には藤と忍冬《スイカズラ》がからみついている。優美な花びらがそよ風に揺れ、いまの気分にふさわしく、うっとりと酔わせるような香りが漂っている。あたりに聞こえるのは、穏やかな夜風が木々をさらさらと鳴らす音だけだ。

それから、自分の浅い息づかいだけ。

「来たね」グリフィンは言った。

その声は胸の奥にまで響くようだった。「来ないと思っていたの?」

グリフィンは肩をすくめた。「良心が咎めて、尻ごみするかもしれないとは思った。そうじゃなくてよかった」

期待がふくらんで、最初はこの逢瀬《おうせ》に猛然と抵抗していたことをロザムンドは忘れかけていた。仕方なく応じているふりをなぜ続けているのか、自分でもよくわからなかった。そうしたほうがいい、と女性としての本能に訴えかけられている気がしたのだ。

とりあえずその本能に従い、どうなるか様子を見てみましょう。結局、成り行きにまかせてここまで来たのだから。

「約束は破らない主義なの」ロザムンドは真面目くさった口調で言った。

「そうなのか?」グリフィンは手を伸ばし、彼を仰ぎ見ているロザムンドの顔に触れ、指関節でそっと頬を撫でおろした。「厄介な約束だったとは思わないはずだ」

ロザムンドにしてみれば、いちばん厄介なのは膝から力が抜けているのに立っていなければならないことだった。

「おいで」グリフィンは暗がりのなかへロザムンドを導いた。

ガラス張りの室内は日中の温かさがまだ残っていた。片隅で角灯の炎がほのかに燃えていた。蠟燭《ろうそく》がそこここで灯され、あたりを照らしていた。いっぽうの壁際に長椅子があり、絹のクッションがいくつも並んでいる。部屋の真ん中に錬鉄製のテーブルと椅子が置かれ、鉢植えと吊り花かごが点在し、戸外のような印象を醸していた。

幾度となく来ていたが、いまこの東屋は、月光と闇と甘い香りに満ち、魔法にかけられたようだった。

けれど、ロザムンドの意識はグリフィンだけに向けられていた。とにかくキスをしてほしくてたまらない。

グリフィンは振り返り、その場に佇《たたず》み、夜行性の捕食動物さながらに目を光らせ、ロザムンドを見ていた。

時が刻々と過ぎても、身じろぎひとつせず、口を開きもしなかった。ロザムンドは緊張が高まり、やがて耐えきれなくなった。

きっかけをつくろうとして言った。「始めるまえに決まりを設けるべきだわ」

グリフィンは驚いたように瞬きをした。ややあって、顎をこわばらせて言った。「まさか本気じゃないんだろう」

「もちろん本気よ」ロザムンドは言った。「これは交換条件なのよね？　社交界向けの交際をする見返りに、親密な触れあいを許すという。でも、親密な触れあいは未経験なの。だからあなたが何をするつもりなのか知りたいのよ」

ロザムンドははらはらしながらグリフィンを見つめていた。まるで虎を棒でつついたような心境だった。彼の体は張りつめているようで、いまにも飛びかかってきそうな気配を漂わせていた。

ためらいはもう見せかけではなく、ロザムンドは息を吸い込んだ。「不意打ちは困るわ」

グリフィンは首を振った。「意見はまとめる必要はない。親密な触れあいはぼくの好きなようにする」そう言ってから首を傾けた。「ただし」喉を鳴らすように囁いた。「きみから提案があるならべつだ」

なんですって。ロザムンドはつばをごくりと飲み込んだ。「提案なんてないわ。でも、拒む権利はあるでしょう」

グリフィンは近づいてきた。「そこのドアを通った時点で、きみはすべての権利をぼくにゆだねた」

ロザムンドの全身に視線を走らせ、どこから襲うか値踏みするように、ところどころで視線がとまった。突然、ロザムンドは不安になった。想像をはるかに超える行為を許してしまったのかもしれない。

そんなふうに見つめられていると、まるで巨大な手に持ちあげられて体を揺さぶられたようだった。守りは脆《もろ》くも崩れ、彼の視線の愛撫に無防備にさらされている心地になった。

勇気はどこへ行ったの？　このせめぎあいでさえ、自分のほうが上手《うわて》だと思い込んでいた。それが間違いだったと気づくには遅すぎた。

グリフィンは大胆で、揺るぎなく、何をしているのか自分でちゃんとわかっている態度だった。ロザムンドにわかることといえば、母について囁かれる噂や、ジェインの貴重な打ち明け話から聞きかじったことだけだ。

つまり、理屈はあれやこれやと知っていても、実際の経験は皆無なのだ。

無意識にロザムンドはあとずさりした。グリフィンはその動きを追ってきた。とうとうテーブルの縁にあたり、ロザムンドはそれ以上さがれなくなり、ふたりのあいだはほんの数センチにまで詰まった。

グリフィンは白い歯をのぞかせて微笑み、さらに接近した。ロザムンドの両わきでテーブルに手をつき、体で彼女を封じ込めた。

ロザムンドはのけぞれるだけのけぞってみたが、逃げ場はなかった。グリフィンが目のまえに立ちはだかり、傷跡の走る顔が月光に照らしだされている。

ロザムンドは呼吸が速くなった。グリフィンのにおいを吸い込んだ。夜の森を思わせる神秘的な香りだった。触れてほしいという気持ちが胸の奥で高まったが、闇のような彼の魅力に圧倒されたくはなかった。この人に夢中になって、自分を見失うのはいやだ。

「怖いのか？」からかうような口調だった。グリフィンの息はかすかにワインの甘い香りがした。

「紳士じゃないのね」ロザムンドは囁き声で言った。

「いま頃気づいたか」グリフィンはつぶやいた。そして口もとがおりてきた。

11

驚いたことに、穏やかな感触だった。唇がそっと重なり、やさしく、せがむようなキスだった。

一回、二回。吐息がまじりあい、唇がぴったりと触れあい、対立するようでいて、その実、呼応するように求めあううちに、何回キスをしたのかロザムンドもわからなくなった。そして、誘惑に負けた。不安は消え、暗闇に身をゆだねた。

執拗に舌を押しあてられ、切望を覚えながらもおずおずと口を開いた。グリフィンは喉の奥で賞賛のようなうめきを漏らし、腰に腕をまわしてロザムンドを大きな体に引き寄せた。抱きあげられて、足が床から浮き、ロザムンドはわが身の頼りなさを感じた。

グリフィンは長椅子のところまで歩き、腰をおろし、ロザムンドを膝に載せた。たくましい彼に抱きかかえられ、さらに熱のこもったキスで攻められるうちに、ロザムンドは気持ちが高ぶった。

グリフィンのがっしりとした肩に両手を滑らせ、輪郭をたどり、筋骨たくましい胸へとおろしていった。

もっと体を近づけたくなり、もっとほしくなった。手を上に伸ばし、黒い巻き毛に指を走らせ、さらにしっかりと唇を重ねてほしいと態度で訴えた。

そのしぐさでグリフィンの我慢は限界を超えたようだった。うめき声をあげ、ロザムンドを強く抱き寄せ、唇を斜に重ね、舌をみだらに動かし、キスを深めた。ロザムンドはかき立てられた情熱と切迫感をぶつけ、彼に応えた。

今度はそれに刺激されたのか、グリフィンはロザムンドの下唇を噛んだ。荒々しい反応にロザムンドは身悶《みもだ》えした。一瞬の鋭い痛みが罪深いほどの快感をもたらすとは知りもしなかった。

グリフィンの唇が首すじをおりてくると、新たな興奮が全身を駆け抜けた。ロザムンドは息をのみ、グリフィンの膝の上で身をよじった。喉もとの敏感な素肌に歯を立てられると、またもや息をのんだ。

満足げな声をそっと漏らし、グリフィンは顔を上げ、ロザムンドを見つめながら鎖骨に指先を走らせ、襞を寄せた襟ぐりの下に指をもぐらせた。ぎょっとして、だめだと拒むロザムンドを無視し、グリフィンは襟もとをそっと引きおろし、片方の肩と胸もとをあらわにした。

指はさらに深くもぐった。ロザムンドが漏らした形ばかりの抵抗の声はキスで封じられ、グリフィンは大胆にもドレスの上身頃をさらに引きおろした。片方の乳首があらわになり、かった。
夜の冷気に嬲《なぶ》られた。背徳的な興奮に溺れ、ロザムンドはもはや慎みなど気にしていられな
肩の敏感な部分に歯を立てられるや、悲鳴を漏らして背を弓なりにそらし、グリフィンに
体を押しつけた。抗うべきだとかすかに訴えていた心の声は完全に退《しりぞ》けられた。
グリフィンの深みのある声が耳もとで熱く囁きかけた。「ほかの部分も見ないと。ぼくに
見せてくれ」
自分でもよくわからないみだらな衝動に駆られ、ロザムンドは身頃のまだ引きおろされて
いないほうに手を上げた。ふるえる指で肩から袖を引きさげ、そこでためらった。
「もっとだ」
どうしようもなく欲求が高まり、ロザムンドはシュミーズと素肌のあいだに親指を滑らせ、
ゆっくりと生地を引きさげていった。じわじわと肌をあらわにしていくと、グリフィンの息
づかいが荒くなり、興奮を覚えた。襟ぐりを引きおろしたドレスの身頃が胴のまわりにたぐ
り寄せられ、両の乳房があらわになった。
「きれいだ」グリフィンは囁いた。「さあ、立ちあがってくれ」
畏敬の念を滲ませる賞賛の言葉をかけられ、ロザムンドは大胆になった。膝がふるえたも
のの、言われたとおりにした。なぜそうしてくれと頼まれたのか理由を悟ったとたん、鼓動
が高鳴った。いまやグリフィンの顔は裸の胸とちょうど同じ高さだ。その位置からならとく

と胸もとを眺められる。

こういうことを始めるまえなら、そんなことを考えて、ロザムンドも嫌悪を覚えたり、恥ずかしくなったりしたかもしれないが、いまは違う。興奮しきっていた。箍《たが》をはずしたらあとで後悔するわよ、と頭のなかでもっともらしく小言を言う声も、大波のような熱情に流されてしまった。

グリフィンは目を輝かせながら、クッションにゆったりともたれた。砂利がこすれるような声で命令し、ロザムンドの神経を刺激した。「胸の下に手をあてて、持ちあげてくれ」

こんなことをするなんて信じられない。さすがにロザムンドも心の片隅でそう思ったが、羞恥心《しゅうちしん》も節度もどこかに消えていた。いまの自分は官能的な女性だ。そしてグリフィンはもうすぐ夫になる。彼に命じられたら、従わなければならない。ロザムンドは乳房をすくいあげ、グリフィンに差しだした。

グリフィンの瞳が渇望を宿して輝いた。賞賛のつぶやきを聞かなくても、彼が自分と同じくらい興奮しているのだとロザムンドはわかった。

グリフィンは身を乗りだし、乳房に顔を近づけ、固くすぼまった乳首を口に含んだ。ロザムンドは頭をのけぞらせ、胸を突きだし、甘い責め苦を楽しんだ。腰を両手で押さえられて体勢が安定すると、唇と舌で攻めたてられ、めくるめく愛撫に酔いしれた。

ドレスの裾が持ちあげられた。グリフィンの指がすばやく太腿をかすめたかと思うと、両脚のあいだを罪深くも巧みな手つきで触れられた。

突如として、体にふるえが走った。ロザムンドはとぎれとぎれの悲鳴をあげ、なすすべもなくめまいを覚え、快楽に屈した。

つぎつぎに押し寄せる喜悦の波に打たれ、しまいにはくたくたになった。もはや立っていられなくなり、グリフィンの髪に指を差し入れ、自分のほうに顔を上げさせた。

胸のなかにやさしい気持ちが込みあげていた。「グリフィン。ああ、グリフィン、わたし――」

けれど、そこで言葉はとぎれた。というか、それ以上、言葉が出てこなかった。

話はやめにして、身をかがめ、グリフィンにキスをした。


不埒な行為にふけったあとに清らかなキスをされ、グリフィンは虚を衝《つ》かれた。ゆっくりと正気を取り戻し、頭のなかがふたたび正常に動きだした。

何を考えていたんだ?

ありのままを言うなら、人目につかないこの東屋にロザムンドを引き入れたあと、思考は停止していた。まずは煽った。興奮を覚え、彼女を賛美し、愛撫した……当然ながら、肉欲に流されるままに。

このキスは凌辱《りょうじょく》への導入部ではなく、その終わりだ。真っ赤に熟した苺《いちご》の瑞々しさが舌の上ではじけるように、甘い世界がいっきに広がった。こちらは肉体を陥落させようとしていたのだが、彼女のキスは心に狙いをつけている。

心を奪われるつもりはない。

ロザムンドの手が顔から肩に移り、襟もとが深く開いたシャツのなかに滑り込んできた。グリフィンは身をふるわせ、夢に描いていたようにして奪いたくなる衝動と闘った。ロザムンドに触れられていると、怖じ気づきそうになる。まるで初めての経験にまごまごする初心な若者のように。この上なくすばらしい夜になるんじゃなかったのか？

グリフィンはキスをやめ、体をまさぐるロザムンドの手をつかまえた。制した自分を胸でののしりながら長椅子から立ちあがった。

ロザムンドは即座に抗議の悲鳴をあげた。

目をあけて、グリフィンの顔を見た。「ねえ、どうしたの？」吐息まじりの声で尋ねた。

グリフィンは目のまえに差しだされた薔薇色の頂《いただき》を冠したごちそうに最後の一瞥をくれ、未練を覚えながらもシュミーズとドレスの上身頃を引きあげて胸もとを覆った。

「ぼくはきみの純真さにつけこんでいる」悪漢小説の主人公じみた台詞だと自分でも思った。「これ以上進んだら、ぼくと結婚するか否か、きみには選択肢がなくなる」

何を言われたのか考えているのか、しばらく間があいた。グリフィンが見守っていると、冷たい風が霧を吹き飛ばすように、空色の瞳に現実感が戻ってきた。

「わたしはもう道を選んだって知らないの？」ロザムンドはぽつりと言った。「まだ迷っているならここにはいないわ」

たいした根拠もなく大事な決断をしてしまったのだろうが、グリフィンに口出しはできない。

抜け目ない男なら、つけこめるときにはつけこむだろう。ただちに結婚してもいいという合意を確保するべきなのだ。オリヴァーがお節介を焼いたおかげで婚姻許可証はすでに手もとにある。協力的な司祭が見つかれば、ものの数時間で夫婦になれる。

中断したことを再開し、存分に肉欲にふけるべきだ。朝になって、後悔の苦みをロザムンドが嚙みしめているうちに、既成事実を突きつければいい。

そうすれば、夜会やらなにやらにつきあう茶番に耐えなくてすむ。彼女の一族からの批判にしょっちゅうさらされなくてもすむ。オリヴァーは約束を守らざるをえなくなる。ジャックスが社交界に登場し、みずから選択するまでは誰とも結婚させてはならない。

そしてとうとう、ロザムンドを花嫁に迎える運びとあいなる。

一瞬のあいだに、そう思案をめぐらせた。つぎの瞬間には、そんな理屈は身勝手なたわごとだとして却下した。

悩ましげにため息をつき、グリフィンは言った。「きみはこんな場所でせわしなくことに及んでいい女性じゃない。きみにはわからないかもしれないが、それはたしかだ。ふさわしいときが来るまで待とう」

ロザムンドは眉根を寄せて顔をしかめた。「つまり、あなたがそう決めたから、従わないといけないの？　わたしに発言権はないの？」

「ああ、ないね」

「でも、待つのはいや」ロザムンドははっきりと言った。「さっきしていたことを続けたいの。経験はないけれど、まだ続きがあることは知っているわ」

なんと！　グリフィンはロザムンドに指を突きつけた。「きみは淑女だ。ぼくをとめるのがきみの役目だろうが。続けろとけしかけるのではなく」どうしてぼくが良識を保つ側にまわらないといけないんだ？

ロザムンドは嘲るように笑った。ぞくりとさせるような低くみだらな声だった。「あら、そんなにお堅い人だとは知らなかった」

ロザムンドがいますぐやめなければ、後見人の屋敷内に立つこの東屋で処女を奪ってしまうだろう。そうなったら厄介なことになる。「きみは頭が混乱していて、分別のある判断ができない状態だ。だから、ぼくが代わりに判断する。さあ、引きあげるぞ」

お見通しだというような笑みをちらりと浮かべ、ロザムンドはなまめかしく腰を振って近づいてきた。彼女がこんな歩き方をするのは見たことがない。「わたしに誘惑されるのが怖いの？」ロザムンドはグリフィンの唇にそっと指先を走らせた。「でも、どうやって誘惑しようかしら」

何か思いつくさ！　情熱を求める男としての本能が心のなかで叫んだ。

欲望を刺激された肉体の欲求を抑えるのは簡単ではないものの、取り返しのつかないことをして、いろいろなことを危険にさらすわけにはいかない。

ロザムンドの手首をつかみ、思わせぶりな愛撫をやめさせ、戸口のほうへ引っぱっていった。

「家に戻るぞ」グリフィンはつぶやいた。「さあ」

「ロザムンド、ちょっといいか」

兄の鋭い声が暗闇からふいに聞こえた。ロザムンドはぎょっとして思わず悲鳴を漏らした。

邸内に戻るまえにグリフィンとは別れていた。一緒にいなくてよかった。さもなければ騒ぎになっていた。

ロザムンドは胸を打ち鳴らす鼓動を鎮めるように胸に手をあてた。「お兄様！　びっくりするじゃない」

暗がりに目を凝らしたが、兄の表情は読み取れなかった。

どれくらいまで悟られたかしら？　嘘はつきたくないけれど、兄と婚約者をいがみあわせないためならば、背に腹は替えられない。グリフィンがどこまで前倒しをして結婚初夜の真似ごとをしたか知ったら、ザヴィアはひと悶着《もんちゃく》を起こすだろう。

いざとなればザヴィアは素手で人を殺すこともできるわ、とセシリーが言い張ったことがあるが、そのときはまさかと思った。それでもザヴィアは昔から自分の思うままに振舞ってきた。たしかにグリフィンは大男だけれど、ザヴィアは徹底して情け容赦がない。しかも、ロザムンドを守ろうとする意識が過剰だ。

どちらが勝つにしろ、このふたりが衝突したら、ろくな結果にはならない。

「ついてこい」ザヴィアはひと言そう言って背中を向け、大股で廊下を歩いていった。

ロザムンドは深く息を吸い、あとをついて図書室にはいった。腰をおろすよう身振りで示された。ザヴィア本人はマホガニーの書きもの机の奥の椅子に座った。大胆にもモントフォード公爵の席につこうとするのはザヴィアくらいのものだろう。

ザヴィアが傲慢に顎をしゃくると、黒い巻き毛が額にかかった。「説明しろ」

ロザムンドは平然と視線を返した。「なんの説明をしないといけないのかわからないわ」

兄はどこまで知っていて、どれくらい憶測しているだろう？　ふたりでいるところを実際に見たの？

いいえ、それはない。一緒にいるところを見たのだとしたら、こんな会話はしていない。

ザヴィアはロザムンドとよく似た青い目をじっと向けてきた。色合いはそっくりでも、ザヴィアのほうがはるかに皮肉っぽい目つきだ。「じつはおまえがどういうつもりかよくわからない。ひとつだけ答えが浮かんだが、それはとても容認できない」

「謎めかした言い方はやめてもらえる？」ロザムンドは冷静に言った。「わたしはどういう理由で責められているの？」腰を浮かせた。「もう失礼させてもらうわ、お兄様。疲れているから休みたいの」

「座ってくれ」ザヴィアは気味悪いほどにっこりと微笑んだ。「説明を拒まれたからには、単刀直入に訊くしかない。庭で恋人に会っていたのか？」

「なんですって？」ロザムンドは椅子に座りなおした。「もちろん会っていないわ、恋人になんて」厳密に言うと、これは嘘ではない。「どうしてそんなことを思われるのかしら」

「こんな夜更けに妹が庭からひとりで家にはいってきたら、普通はどう思う？」

ロザムンドは必死に動揺を隠し、眉を吊りあげた。「いやらしい結論に飛びついたのね。そうは思えないでしょうに」

ザヴィアは厳しい表情になった。「ふざけるなよ、ロザムンド、そう思って当然だろう。自分の姿を見てみろ！　髪はおろし、顔は赤い、着衣は乱れている」

「庭に散歩に出たの。歩いたから顔が赤くなったのよ。髪をおろしていて、着衣が乱れているのは自分でドレスを着たからよ」

「よくがんばったな、でも、そんな言い訳は通用しない」ザヴィアは苛立たしげなしぐさをした。「満たされたあとの女性がどんなふうに見えるか、ぼくが知らないと思うのか？」

ロザムンドは言い返した。「相当多くの例を見てきたのでしょうね」

ザヴィアが放った視線は鋼を溶かすようだった。「男は違うんだ。そこをわかろうとしないなら、身をまかせたばかりか、分別も捨てたということだな」

ロザムンドは声をふるわせた。「侮辱だわ」

「彼がよかったのなら、なぜそう言わなかったんだ？　まったく。お願いだから口出ししないでと頼み込んだくせに」ザヴィアは声を荒げた。「ロージー、おまえたちを一緒にさせることだってできたんだ。やろうと思えば、何もかもお膳立てすることだってできたというのに」

ロザムンドは話が見えず、口ごもった。「でも、わたしは――」

ザヴィアはさっと髪をかきあげた。「とんでもないな、モントフォードも、情け容赦なく夫婦を組みあわせるやり方も！」ロザムンドに指を突きつけた。「でも、おまえはみずから身を滅ぼす道に走った、そうだろう？　いまや野獣のような男と愛のない結婚をする運命にあるいっぽうで、夜中にこっそり屋敷を抜けだしている。おめでとう。なんとかやることはやっているというわけだ」

どういうことか、ロザムンドはふいに悟った。ローダデールと東屋で会っていたと兄に思われている。

顔から血の気が引いてくのがわかった。「違うわ。お兄様が考えているようなことじゃないの。誓ってローダデール大尉と一緒じゃなかったわ」

「嘘をつくな」ザヴィアが怒鳴るように言った。「どうしてもトレガースと結婚すると言うのなら、不貞を働くのは、せめて後継ぎを産んでからにしろ」

ロザムンドは頭がずきずきし、泣きたくなった。そんなに身勝手な女だと思われるとは！　どうして容姿に恵まれているからというだけで、思慮が浅いはずだと思われてしまうの？　どうしてわたしのような女性なら、グリフィンではなくローダデールのような派手な見栄っ張りを好むはずだと誰でもみな思い込むの？

ザヴィアに人格を中傷され、ロザムンドは怒りのあまり背すじをこわばらせた。結婚まえにグリフィンと密会して評判を危険にさらすとはなにごとかと注意されたのなら、言い訳をしていただろう。そうなったらグリフィンのこともかばう覚悟でいた。

しかし、こんなふうに兄にがみがみ言われる筋合いはない。低俗な真似をしていたと決めつけられたからには、ひと言も謝るものですか。

「勘違いよ。たとえそういう行ないを毛嫌いしていないとしても、育った環境のおかげで戒《いまし》めになっていると思わない？」口調は穏やかだったが、はっきりと言った。「わたしはお母様とは違うの。あらゆる点で」

ザヴィアの目の色が変わった――おそらく動揺しつつも、少しずつ理解していっているのだろう。まだ怒りもくすぶらせているようだが、それはもうこちらには向けられていない。

ザヴィアは長々と息を吐き、椅子にもたれた。

張りつめた沈黙が流れたあと、彼は言った。「すまない。悪いことはしていないと言うのなら、そのまま信じないとな」いったん口をつぐみ、ロザムンドを見つめた。「もちろん、母親とは違うさ。ぼくの知るかぎり、おまえほどすばらしい人はいない」

だからこそ、婚約者を陰で裏切っていると結論を出したときに、日頃は皮肉屋で、ふてぶてしいザヴィアも心底、動揺したのだろう。

自分たちはたまたま幸運に恵まれて嫡出子《ちゃくしゅつし》として生まれてきただけだ、とロザムンドもザヴィアもわかっていた。あるいは抜け目ない母が思慮を働かせたおかげかもしれないが。ありがたいことに、兄と妹はどちらも父親である亡き侯爵にそっくりだったので、あらぬ疑いを招くことはなかったのだ。

ロザムンドはなんとか明るい声をとりつくろって返答する程度には怒りがおさまっていた。

「わたしほどすばらしい人はいない、ですって？　お兄様が日頃どんな人たちとつきあっているか知らなければ、お褒めの言葉に舞いあがっていたわ」

めずらしくザヴィアは口もとをほころばせた。だが、話の脱線にいつまでもつきあいはしなかった。首を傾げ、あの心の奥を見透かすような目でロザムンドをじっと見た。「となると、さっきは何をしていたのかな」

「お兄様に口出しされたくないわ」

ザヴィアは唇をよじった。「そう言われても仕方ないか」

「ええ、そうよ」

「今夜の行動をモントフォードの耳に入れることもできなくはない」ザヴィアは視線を手もとに落とし、右手の中指にはめた金の印形指輪をすらりとした指でいじった。

「でも、告げ口はしない」ロザムンドはやんわりと言った。ザヴィアはため息をつき、そのとおりだと無言で同意を示した。ほかの人への義務よりもたがいの忠誠心をつねに優先してきたのだ。生きのびていくために兄と妹で結束しなければならなかったからだ。

ロザムンドはにっこりと微笑んで立ちあがった。「さて、取り調べはもう終わりなら、そろそろ休ませていただくわ」


翌朝、寝坊をして浅い眠りから目覚めると、気分はすっかり高揚していた。肉体は満たされ、敏感になり、それでいてどういうわけか、体の奥にせつなさがくすぶっていた。

しばらくぼんやりとしたあと、ようやく頭も目覚めた。

グリフィン。東屋。ゆうべの出来事。

ロザムンドは寝返りを打ち、枕を胸に引き寄せてしっかりと抱きしめながら、ゆうべのことを頭のなかで再現し、いちばん気持ちのよかった場面をじっくりと思い起こした。

そのときの感覚が胸によみがえった。ぼんやりとではあるが、快感を思いだし、ロザムンドはじれるような気持ちになった。

〝親密なふれあい〟というのがどういうことかようやくわかったわ！　そう、まだ少しだけれど。グリフィンを説得して、全貌をあきらかにしてもらわないと。きっと成功するわ、とロザムンドは自信たっぷりに思った。もちろん、ゆうべよりももっとと慎重にならないといけないいけれど——。

「おはよう、お寝坊さん！」セシリーが寝室にはいってきて、これ見よがしに《ラ・ベル・アッサンブレ》の最新号を振りかざした。「きょうはたっぷり買いものをする予定でしょう、準備はできているの？」

「ああ、そうだったわね！　忘れていたわ」ロザムンドは思いきり伸びをして、つま先をもぞもぞと動かした。官能的な夢想から目覚めさせる威力を持つものといえば、ドレスを新調する予定だ。「すぐに支度するわ」

オフィーリアがセシリーのあとに続いて部屋に駆け込んでいた。ため息をつき、老犬は炉端の敷物の上に寝そべり、脚のあいだに頭をもたせかけた。まるで会話に耳をすますように、セシリーとロザムンドに交互に視線を向け、そのたびに眉を上げていた。

母語がデンマーク語でも、オフィーリアは英語も少しはわかるはずよ、とセシリーは言いきった。けれども、グレートデーンにはつまらない話題だったようで、ほどなく居眠りを始め、例によっていびきをかいていた。

つられて出そうになったあくびをロザムンドは噛み殺し、ベッドをおりた。身をかがめ、オフィーリアの耳の後ろをさっと掻いてやり、そのあと洗面台のところに向かった。

「ねえ、まずは嫁入り支度に必要なものを一覧表にしてみましょうよ」セシリーが言った。いたずらっぽくにんまりと笑って、つけ加えた。「特別な寝巻を奥の部屋にそろえている仕立屋がボンド通りにあるのよ」

「どうしてそんなことを知っているのか訊かないわよ」ロザムンドは水差しの中身を盥《たらい》に注いだ。

「ジェインが教えてくれたの」セシリーは言った。「コンスタンティンと出会ってから、男女のお遊びにくわしくなったものね」

「コンスタンティンは、それはそれは悪い殿方ですものね」ロザムンドはくすりと笑った。

「そうね、でも、魅力的な方よね？　ちょっと自己主張が強すぎるけれど」

「だからジェインと恋に落ちてよかったわ」ロザムンドはぬるま湯で顔を洗った。

「あら、これはなあに？」セシリーが言った。「炉棚に手紙があるわ。わかった！　大男さんから愛の詩が届いたんじゃない？」

「手紙？」ロザムンドが振り返ると、セシリーが封印された封筒を炉棚からつかみあげていた。

興奮で胃が締めつけられた。ロザムンドはセシリーから手紙を取りあげ、封を破ってあけた。濡れた手で手紙にしみがついてもおかまいなしに。

内容を読みながら、眉根を寄せた。書き散らされたような無遠慮な文面に頭が麻痺してしまい、わずかに残っていた眠気はすっかり吹き飛ばされた。

何をしているのか自分でもよくわからないまま、手紙をくしゃくしゃに握りつぶし、床にほうり捨てた。

「どうしたの、ロザムンド？」セシリーが言った。「何かあったの？」

ロザムンドは首を振った。目のまえが真っ暗になっていた。

「ロザムンド？」セシリーは鋭い声で呼びかけた。腰をかがめて手紙を拾い、しわを伸ばした。

ロザムンドはふるえる手を胸にあてた。「グリフィンからの手紙だったわ。彼は帰ってしまったの」

12

……ロンドンでいかがお過ごしですか、お兄様？　婚約者に付き添って、注目を集めているのでは？　後見人のオリヴァー・デヴィア卿が何をたくらんでいるのか、よくわかっています。わたしを競《せ》りにかけて、いちばん高値をつけた人に売り飛ばすつもりでしょう、あのひどい人は。

なぜレディ・ウォリントンが急にしつこくなったのか、それで説明がつくもの。わたしをご自分の息子さんと結婚させたがっているんです、デヴィア卿の同意なしにね、あきれたことに！　わたしたちをはるばるスコットランドまで連れだす計画を立てているの！　ウォリントンは小心者で、母親に反抗もできやしない。だからこうなったら、一刻も早くわたしはここを発たないと。

ペンドン館とお兄様と馬たちと海と豚小屋の豚さんたちが恋しいわ（これは順不同よ）。ペギーの無駄話さえなつかしいの。もう古くさいバースの街にも、ウォリントン家の人たちにもこれ以上耐えられない。

怒らないでね。この手紙がお兄様のもとに届く頃には、わたしはうちに戻っているでしょう。

かしこ
ジャクリーン・デヴィア

「家庭内の問題が持ちあがったのですって」ロザムンドはしわくしゃになった手紙をわきに置いた。「くわしい事情は書かれていません」

モントフォード公爵をちらりと見て、また目をそらした。「どうやらわたしは家族とみなされていないみたい」恨みがましい口ぶりにならないように気をつけたが、うまくいったか怪しいものだ。

グリフィンに放置された。またしても。天啓に打たれたような衝撃的な体験をわかちあったあとだけに、今回はなおさら受け入れがたい気持ちがふくらんでいた。短い手紙にはもちろん、愛の言葉も、安心させてくれるような言葉も、ひと言も書かれていなかった。でも、彼から大事にされる期待はとうに捨てているべきだった。

いちばん胸にこたえたのは、どんな騒動が起きてコーンウォールに大急ぎで戻らなければならなかったのか、事情を打ち明けてもくれず、相談もしてくれなかったことだ。そこに、思いがけず深く傷ついた。

バークリースクエアでの午後以来、ある程度わかりあえたと思っていたのに――あるいは、そうであってほしいと願っていたというべきか。わたしが敵ではないとみなしてくれたではないか。

それにもかかわらず、信頼はされていなかった。

結婚にあたってなんの思惑も秘めていないと、どうして信じてもらえないのだろう？　夫に選ばれたのはグリフィンだ。良い時も悪い時も彼のそばにいようと思っている。良妻なら誰でもそうするように。

モントフォード公爵にじろじろと見られていることはロザムンドもわかっていた。厳しい目にさらされていても、失望を隠す気力は湧いてこなかった。

「わたしはあの方の妻になりたいだけです」ロザムンドはお手上げだというようなしぐさで言った。「条件をつけたのはまずかったと思いますか？　すぐに結婚するべきだったのかもしれません、要求どおりに」

自尊心を飼い太らせなければ、いまも彼と一緒にいられたわ。

モントフォードは眉を吊りあげた。「きみが気骨も見せない被後見人なら、見切りをつけていた」

冷淡だが、気の利いた返答にロザムンドは胸が温かくなった。公爵は愛情を表に出す人ではない。こちらはたまらなく求めていても、抱擁などするはずもない。それでも、淡々とした支えに、抱きしめられて慰められるよりもずっと勇気づけられた。

「どうするつもりだ？」

ロザムンドはその問いかけに面食らったが、ふいに悟りが開けた。「グリフィンのあとを追わなくてはいけませんね？ それしかないもの」にわかに怒りがぶり返した。「これ以上ここでじっと待っているだけなんて、ばからしくてやっていられないわ！」

「ぎょっとするような言葉づかいだな」公爵が言った。「でも、その考えには賛成だ」

モントフォードは羽根ペンの羽根をいじりながら、ほんの少しのあいだロザムンドを見つめていたが、やがて目を伏せた。「私はくどくどお世辞を言ったり、心にもないご機嫌取りをするような男ではない。だから、私が褒めたら、言葉どおり信じていい。きみは生まれながらに美しい。けれど、美人だからというだけで、人間的にすぐれているとは言いきれない。美貌が仇になる女性もいる」

母親のことがロザムンドの頭に浮かんだ。母は年を追うごとに、美を保つことに執念を燃やしている。

モントフォードはロザムンドに目を上げた。「だが、ロザムンド、きみには魅惑的な容姿よりもはるかに大切な長所がある。知性、気品、思いやり、芯《しん》の強さ、しとやかさ。そうした美点に気づかないほどトレガースは愚かではないし、未来の妻がそういう女性であることを高く買っているはずだ」

公爵の言葉に圧倒され、ロザムンドは何を言えばいいのかわからなかった。

気持ちはよくわかるという目でモントフォードは見つめていた。「コーンウォールに出向いて、グリフィンにもう一度チャンスをあたえてやるといい」口の両端を上げて、かすかに笑みを浮かべた。「もしグリフィンがきみを傷つけたら、心臓をえぐりだして、オフィーリアの餌《えさ》にくれてやるさ」

最後の言葉に思いがけず笑ったが、ロザムンドは目をしばたたき、なんとか涙をこらえていた。「ありがとうございます、公爵様」

話はすんだので、思いきってモントフォードのほうに進み出た。

モントフォードが椅子から立ちあがった。ロザムンドは彼の腕につかまり、背伸びをして頬にキスをした。「感謝します」そう耳もとでつぶやいた。

体を引き、顔色をうかがった。ずいぶん昔に公爵が引いた、目に見えない境界線を踏み越えたのではないか心配になったのだ。驚きの表情はすぐに覆い隠されたが、口もとはかすかにほころび、黒い目も輝いていた。くっきりした頬骨に赤みが差している。

どうしよう。公爵様にきまり悪い思いをさせてしまった？　ばかげたことだが、ロザムンドは初めてそんなことを思った。

モントフォード公爵は咳払いをした。「そうか。それはそうと、旅の手配をしよう」

「よろしくお願いします」

モントフォードは唇を軽く叩いた。「ティビーに同行させよう。もちろん、女中も一緒だ」

ロザムンドはうなずいた。ひとりで行きたいのは山々だったが、いろいろと取りざたされるのは困る。いざとなれば、ティビーとメグのことはなんとかなる。

「そうだわ、ディアラブにも来てもらわないと」くすりと笑った。「かわいそうに、グリフィンに置いていかれて、すっかりしょげているんですもの」

「そうしよう」モントフォードは少し間をおいて言った。「言うまでもなく、きみは宿屋に泊らないといけない」

「ええ、もちろんです」ロザムンドはもごもご言った。

ペンドン館は基本的に独身男性の住まいだから、グリフィンを訪ねてそのまま逗留するのはしきたりに反する行為だ。ロザムンドとしては、しきたりを気にしておとなしくしていようとは思わなかったが、それをわざわざ公爵に告げるつもりもない。

モントフォード公爵はこの計画を疑わしく思っているかもしれないが、作法にのっとった体裁さえ整えているかぎり、文句は言うまい——公爵の望む結果をもたらすのなら。公爵様のことならよくわかってるわ。ジェインとコンスタンティンの恋愛にどう対処したか見てきたあとだから、なおのことロザムンドはそう思った。

それに、宿屋でいつまでもぐずぐずしている必要はない。ピストルを突きつけてグリフィンを教会に連れていかなければならないのなら、喜んでそうするつもりだ。

ひとつだけたしかなことがある。トレガース伯爵夫人になるまでは、わたしはコーンウォールを離れない。


グリフィンはシャツの袖で額の汗をぬぐい、水筒から水をごくごく飲んだ。溝を掘る作業は体が熱くなるし、喉も渇く。

バースを発ったという妹の便りを受け、全速力で馬を駆って帰郷の途についた。ロンドンから戻る道すがら、ののしっては身を案じ、をくり返した。無鉄砲で、愚かなやつめ！　どうして連絡をよこして、こっちが迎えに行くのを待てなかったんだ？

ジャックスらしいことに、兄に挑戦状をたたきつけたのだろう。迎えに来てほしいという願いを退けてきたのはたしかだ。それについて、グリフィンは少しやましさを覚えていた。だが、それとこれとは話が違うと、妹もわかってもよさそうなものだ。ウォリントン一家に結婚を強いられているのなら、一も二もなく救いに行くに決まっている。

兄にまかせず、勝手な真似をして。いかにもジャックスのやりそうなことだ。まったく、小憎らしいやつめ。

ペンドン館に帰りつき、ジャックスの無事を確認し、元気にしている姿を見て、思わずかっとなった。ジャックスは叱責を素直に受け入れ、こちらの怒りが燃え尽きるのをじっと待った。

　グリフィンの頭には、ひとりで旅をする若い貴婦人の身に降りかかるあらゆる災難が思い浮かんでいたのだ。心配は要らなかったのに、とジャックスは笑い飛ばした。だって、変装して男の子に見せかけていたのだから、と。

　冗談じゃない。そんなことでこっちの気が休まると思うか？

　どうやって家に戻ってきたか道中の様子を説明するジャックスの話を思いだすと、グリフィンはいまでもぞっとした。無鉄砲な愚か者め。無事でつくづくよかった。しかし、妹の心配ごとを思うと、まだ安心はできない。

　ジャックスをすぐにロンドンへ連れていこうかとまずは思ったが、ロザムンドを連れて帰ろうとして彼《か》の地に向かったときには、長く屋敷を留守にするつもりはなかった。社交シーズンをロンドンで過ごすとなれば、ふたたび出発するまえに、領内のいろいろな問題を片づけなければ。

　空になった水筒をわきにほうり、シャベルをしっかりと握り、土に突き入れた。筋肉痛で背中が悲鳴をあげていたが、新しく導入している排水設備にこの溝は不可欠であり、途中で投げだすつもりはない。

　もちろん、溝掘りはもはやグリフィンの仕事ではない。いまやトレガース伯爵となった彼は見渡すかぎりの領地を所有している。こういう力仕事を命じる祖父ももういない。厩の掃除はグリフィンのような大男におあつらえ向きだ、というのが老伯爵の口癖だった。

祖父のいやがらせだったが、グリフィンは肉体労働が好きになった。やればやっただけ成果の出る単純作業に喜びを覚えた。自分の体力を使うことでしか得られない心の安らぎを見出したのだった。

十五歳になる頃には、祖父のいじめが功を奏して筋骨たくましい体に成長していた。祖父は用心し、がっしりとした従僕ふたりを控えさせていないときにはグリフィンを決して呼びつけなかった。

あのご老人が死んで一年以上がたつのに、グリフィンは溝を掘っている。古い習慣はなかなかやめられないものだ。

じつを言えば、考えごとをするためにここに出てきたのだ。こちらを夢中にさせるロザムンドの影響から離れたいま、ものごとがよりはっきりと、客観的に見えるようになっていた。いったい誰を欺こうとしていたのだろう、薄暗い東屋で誘惑して。

要するに、手に余る女性なのだ。目もくらむほど美しく、生き生きとしていて、官能的で、心が広い。ロザムンドとことに及ぶことなどできなかった。引き換えに差しだせるものがこちらにないのに、彼女の差しだすものをもらいつづけるわけにはいかない。

だが、ロザムンドが必要だ、そうだろう？　オリヴァー・デヴィアのせいで難しい立場に身を置く破目になった。不釣りあいな相手との婚姻からジャックスを守る問題はまだ解決していない。妹を結婚させ、コーンウォールから離れさせる必要がある。その件はなんら進展していなかった。

牧草地に延びる小道を駆るひづめの音が聞こえた。グリフィンは顔を上げ、春の日差しに目を細めた。

雑木林から二頭の馬が現われ、乗り手はグリフィンのほうに馬を向かわせていた。他人なら乗り手はふたりとも男だと思うだろうが、グリフィンはだまされなかった。

ジャックスだ。

小声で悪態をつき、グリフィンはシャベルをほうり、馬のほうに大股で近づいた。「ジャックス!」怒鳴り声をあげる。「いったい何をやってるんだ?」

「そんなふうにわめかないで。びっくりしちゃうでしょう」レディ・ジャクリーン・デヴィアは優雅というよりきびきびした動作でおとなしい馬からおりた。着古した半ズボンに灰褐色の上着といういでたちは少しむさくるしいが、若い男性にならお似つかわしい。

だが、ジャックスは若い男性ではない。手の焼ける、おてんばだ。

グリフィンは怒りの目を同行者に向けた。「マドックスか! やっぱりな」

隣人は、もみ皮の半ズボンに青い上着、ぴかぴかの乗馬ブーツ、という運動好きな青年を絵に描いたような洒落たいでたちだった。シャツの白さに負けず劣らず、きれいにそろった白い歯も輝いていた。

「やっぱりな、と思われてもふしぎじゃない」のんびりとした口調で言った。「きみの妹さんは近所に知り合いが少ないから、一緒に乗馬をする相手はほかにはいない」

ばかにしているのか？　ごりっぱな隣人たちに避けられているとしても、自分のせいではない。「妹をそそのかして、おかしな真似をさせた」

濃い色の目が光った。「ずいぶん妙な考え方をするんだな、ぼくのせいだと思うとは」

「家に帰って着換えろ、と妹に忠告するべきだった」グリフィンはぴしゃりと言った。

「まあね。でも、そんな忠告をするのはよほど親しい間柄だ。きみはそこまで許さないだろう」

「ここにいないものとして、わたしのことを話しあわなくてもいいでしょう」ジャックスが言った。「トニーはわたしがズボンをはいても気にしないわ、ねえ、そうでしょう、トニー？　それに彼の言うとおりよ。わたしにとやかく言う筋合いはないもの。どっちみちトニーに何を言われてもわたしは聞く耳を持たないでしょうし。だから、なぜお兄様がわたしのことでトニーに責任を負わせようとするのかわからないわ」

ジャックスがバースから戻ってきてから、マドックスはめずらしくジャックスに興味を示していた。無邪気な妹は、隣人は昔どおりの友だちづきあいをするつもりだと思っているようだが、そうではないとグリフィンはにらんでいた。

マドックスはグリフィンの友人でもあるが、この男にだけは妹の夫になってほしくなかった。

男装も含めて、ジャックスが向こう見ずな行動に走るのをマドックスは止めもしない。おてんばですめばいいが、一歩間違えば妹は中傷される。奇行癖があるという噂がロンドンに流れたら、縁談をまとめるのは無理だ。

かといってマドックスがジャックスに求愛するのはだめだ。デヴィア一族にとって、婚姻は個人の自由にまかされているものではない。グリフィンが誰よりもよくわかっているように。

「屋敷に戻って、ドレスに着替えろ」妹に命じた。「ペギーに髪をなんとかしてもらえ」

「はい、はい、わかりましたよ」ジャックスはぶつぶつ言って、石か何かを踏み台にすることも、誰かの手を借りることもなく、馬の背にまたがった。グリフィンは首を振った。

「彼女は臆病な娘じゃない」マドックスはにやりと笑った。

「どんな娘であろうと、きみには関係ない」グリフィンはかっとなって言った。「妹ときみでは釣りあいが取れない。だから、そういうことはさっさと忘れてくれ」

「でも、本人もしょっちゅう数をかぞえているけれど、あと九百四十九日できみの妹は二十一歳になる」マドックスは声をひそめて言った。「ついでに言えば、ぼくはかなり我慢強い」

遠まわしに言われたことにかっとなり、グリフィンの頭に血がのぼった。「きみと結婚したら、妹はぼくから一ペニーも金はもらえまい」

マドックスの上品ぶった口もとが引き結ばれた。「いやなやつだな。でも、きみが下世話な話をするのは初めて聞いた。言うまでもなく、ぼくはきみの金であれ、彼女の金であれ、興味はない」

そんな言葉にだまされはしない。グリフィンは歯を食いしばるようにして言った。「妹は渡さない、いいな?」いっそ、オリヴァー・デヴィアの言いなりになって、モルビー老人のもとに嫁がせたほうがましだ。

「昔からきみは、むらっ気を起こしやすかった」マドックスは鞍にまたがったまま、わずかに身を乗りだした。「だからきみにまつわる噂が広がるのも当然だ。ぼくでさえ、噂は真《まこと》ではないかと疑いはじめている」鼓動が二、三度打つほどのあいだ、グリフィンの目をじっと見た。

マドックスにも疑われるとは。コーンウォールじゅうの人々に疑われても、噂を否定したグリフィンをマドックスは信じてくれた。悲しいことだ。一緒に育ったのも同然の仲だというのに。

「検死官は事故死と正式に判断した」グリフィンはうなるようにして言った。「もう片はついている」

「ああ、でも、新しい情報が出てきたら、いつでも審問は再開される」マドックスはためらうようにいったん口をつぐんだ。態度は礼儀正しいものの、いつもこちらを見張っていることにグリフィンも気づいていた。マドックスはさらに言った。「目撃者の噂がある」

恐怖が炎のように胸に噴きだした。グリフィンは呼吸を整えてから言った。「目撃者？誰なんだ？」

「それはぼくも知らない。でも、いましばらくは屋敷にこもっていないで、外に出たほうがいい。みんなが思っているような怪物ではないと、世間の人たちに知らしめるべきだ。きみへの風当たりは強いから」険しい顔でマドックスはつけ加えた。「殺人罪の場合、最近は貴族でも裁判にかけられる」

「ああ、そうだな」

マドックスはうなずいて、帽子のつばに鞭で触れ、馬を走らせた。

走り去る後ろ姿をグリフィンは見送った。一瞬頭が混乱し、あらゆる感情が自分の体から消えてしまったような気がした。やがて、うねるような不安とともに感覚が戻ってきた。小声で口汚くののしり、背を返すと、また溝に戻った。

だが、今度ばかりは作業に専念しても、苛立った神経は鎮まらなかった。先送りにしていたせいで、報いを受けようとしている。

ジャックスをコーンウォールから遠ざけ、アンソニー・マドックスでも、祖父が選んだ、あばた面の変態老人でもない男と無事に結婚させる必要がある。それにはジャックスを社交界に出さなければならず――ただちに――成功を望むなら、ロザムンドにそばについていてもらわなければならない。

ジャックスが二十一歳になったら、持参金があろうとなかろうと求婚するつもりだ、とマドックスは遠まわしに言った。

しかし、この縁組はよくない。マドックスの申し出を受け入れたとしたら、ジャックスは頭がおかしいとしか考えられない。そもそも、マドックスとの単なる友だちづきあいだって危険だ。

グリフィンはこういう事柄の大家でもなんでもないが、ジャックスはトニー・マドックスに恋心は抱いていない気がした。だが、マドックスはご婦人のあつかいに慣れている。その気になれば、ジャックスの心を奪ってしまうかもしれない。そして、女性というのは、胸を苛《さいな》む秘密を恋人に洗いざらい打ち明けてしまうものではないか？

そうなったら破滅だ。妹をマドックスに近づかせないようにし、できるだけ早くどこかに嫁がせないと。

時間切れはもう目の前だ。

13

ロザムンドと付添いのティビーがペンドン館に到着したとき、誰も出迎えに現われなかった。従僕のディコンがロザムンドとティビーを馬車からおろし、先に立って玄関まえの階段をのぼり、真っ白な手袋で扉を叩いた。

玄関先で長々と待たされるあいだ、ロザムンドは安心させるようにティビーに微笑み、あたりを見まわした。

目にしたものにどことなく怯んでしまった。手入れを怠っている気配が屋敷の外観にはっきりと表われていた。三年まえの疵《きず》ひとつない荘厳な佇まいを思いだすと、その対比が物悲しく思えた。庭の芝は伸び放題で、砂利敷きの小道はところどころに雑草が生えている。建物自体はといえば、蔦に覆われていない窓はすぐにでも磨かないとだめだ。

住む人もなく、荒れ果てた館という印象だった。

外から見た様子がこうなのだとしたら、なかはどうなっているのか想像し、ロザムンドはぞっとした。

重厚な扉がきしみながら少しだけ開き、丸顔で目つきの鋭い女性が戸口に現われた。頬は林檎《りんご》のように赤く、白髪まじりの髪はうなじのあたりで引っつめにされていた。

女性は早口でなにやら話しかけてきた。何を言っているのか、ロザムンドにはさっぱりわからなかったが、おそらく用向きを訊かれているのだろう。

従僕のディコンが見くだすような目で女性を見た。「こちらはレディ・ロザムンド・ウェストラザーとミス・ティブスです。トレガース卿に面会を賜《たまわ》りたい」

「よそ者だね？」女性はティビーをじろじろと見て、つぎにロザムンドのこともじろじろと見た。「このあたりではよそ者とはつきあわない。旦那様はお会いになりませんよ」

「わたしには会うわ」ロザムンドが言った。「呼びに行って、婚約者が来ていると伝えてちょうだい」にっこりと微笑んだ。「悪いけど、なかに通してもらえる？」

女性の向こうに目を凝らそうとしてみたが、ロザムンドよりも頭ひとつぶん背が高く、ソファのような堂々たる体格だったので、見通すことはできなかった。

女性は、銀器でも盗もうとしているのではないかと疑うようにロザムンドをじっと見た。「旦那様はいませんよ。日が暮れるまで戻らないから、待っていても無駄でしょう。婚約者だって？」

「ええ、そうよ」ロザムンドが言った。名刺を取りだし、女性に手渡した。「あなたはきっと女中頭ね。ミセス……」

「ペギーです」一瞬考え込んだような顔をした。「ということは、例の女性相続人ってわけですか」口をへの字に曲げた。「このあたりでは女性相続人ともつきあいがありませんよ」

ロザムンドは場違いにも笑いたくなったが、その衝動をなんとかこらえた。

ディコンがふんと鼻を鳴らした。「そのようだな。いったいどういうつもりだ、お嬢様をいつまでも玄関先に立たせて？」

ロザムンドはディコンに一瞥を投げ、黙らせた。ふと思いついて、尋ねた。「在宅のご家族は？」

「レディ・ジャクリーン・デヴィアがいらっしゃいます」ペギーはしぶしぶ認めた。

「名刺を渡して、会ってくださるかレディ・ジャクリーンに訊いてもらえる？」

前回の訪問のことをグリフィンの妹が憶えているかわからないが、名前くらいは聞き憶えがあるだろう。

またもやしばらく待たされたあと、ペギーが戻ってきた。「こちらへ」

先に立って屋敷のなかに案内しながら、ちらちらと鋭い視線をロザムンドたちにひっきりなしに送った。

ロザムンドは可笑《おか》しさが込みあげ、思わずティビーと顔を見合わせた。そして前方に向かって声をあげた。「ご主人様はいつ頃お戻りになるの？」

「暗くなるまで戻ってきませんよ、ほとんど毎日」という答えが返ってきた。「毎週木曜の晩は司祭と食事をなさいますから、今夜は普段よりも帰りが遅いでしょうし」

司祭と？　ロザムンドの驚きには気づかず、ペギーは足をとめ、ドアの開いている戸口を手ぶりで示した。「どうぞ」

そうひと言だけ残し、のしのしと歩き去った。

来客の到着を告げもしなかった。ロザムンドとティビーは戸口で躊躇《ちゅうちょ》した。

ロザムンドより一、二歳若そうな貴婦人が窓辺の書きもの机の奥から立ちあがり、出迎えに戸口へ近づいてきた。ドレスはさえない色で、体に合っていない。大股でゆったりとした変わった歩き方のせいか、手足のひょろ長さが強調された。漆黒の髪はもじゃもじゃした巻き毛で、グリフィンとよく似ている。肌の色は上流階級らしからぬ小麦色だ。

服装や身づくろいを整え、上品な淑女に変貌させて社交界に送りだすのは相当骨が折れるだろう。でも、それならそれで悪くないわ。やりがいのある挑戦だ。

明るい面としては、風変わりな外見にもかかわらず、レディ・ジャクリーンにはどことなく人を惹きつける魅力があった。心のなかを素直に映しだすような表情と、ひょろりとした体から発散される活力にロザムンドはたちまち好感を抱いた。

「レディ・ロザムンドでしょう！」少女ははっきりと歓迎を表わすように勢いよく手を差しだした。「どうぞ、はいって。まえにいらしたときのことを憶えているわ。笑われるかもしれないけれど、初めてあなたを見たとき、天使が舞いおりたと思ったの。すごく怖かったわ。

天国のお母様のところに連れていかれるのかと思ったものだから。そんなことを思ったのは楽観的すぎたけれど。兄に言わせれば、わたしは地獄の申し子だから」喉の奥で低く笑った。「あの、ご機嫌いかがですか？」

度肝を抜くような話しぶりをするセシリーとのやりとりに慣れていなかったら、面食らっていただろう。ロザムンドは言った。「かしこまった挨拶はけっこうよ。どうぞ、ロザムンドと呼んで。再会できて嬉しいわ」

ティビーを紹介すると、すばらしいことにジャクリーンは付添いにもわけへだてなく気さくに振舞った。身分の違いを理由に、階層の低い者に平気でぞんざいな口を利く貴族の令嬢たちほど腹に据えかねるものはない。

グリフィンの妹は言った。「そう、じゃあわたしのことはジャックスと呼んでもらわないとね。みんなもそうしているから」

ロザムンドは考えごとをしながら相手を見つめた。「わたしはジャクリーンと呼んでもかまわないかしら？　とても上品なお名前だもの」

「わたしにはちっとも似合わないでしょう？　あなたみたいにきれいじゃないから」

「あなたは魅力的よ」ロザムンドは言った。「お屋敷に戻ってきたばかりなんでしょう？」

「そうなの、ほっとしたわ。ウォリントン家の人たちとバースにいたの。あの一家のことはご存じ？」ジャクリーンは目をぐるりとまわした。「あんなに退屈な人たちっていないわ！

それにバースの街ときたら。馬車で乗り入れられないし、病人と、体の不調を訴えるご婦人ばかりよ。どこがどう悪いのかよくわからない症状をあれこれ勝手に想像しているの。そういうことを全部、事細かく話したがるのよ。病気持ちだと人気者になれると思っているみたいに」

ロザムンドは笑った。「散々な目にあったのね。ロンドンに来たら、バースとくらべものにならないほど楽しめるはずよ」

ジャクリーンの額にしわが寄った。「ロンドン?」

あらまあ。グリフィンからまだ聞いていないのね。ロザムンドはあわてて言った。「たぶん、わたしの勘違いだわ。忘れてちょうだい」

けれど、ジャクリーンは聞いていなかった。「そういう魂胆だったのね! やっぱりね。何か裏がありそうな気がしていたもの」太い眉を引き寄せた。「兄はわたしを嫁に出そうとしている、そうなんでしょう?」

憤慨《ふんがい》したような口調にロザムンドは驚いた。「そんなに悪いことかしら?」謝るようなしぐさをして、話を続けた。「ごめんなさい。でも、若い女性たちはたいてい――」

「たいていの女性たちがどうするかなんて、グリフィンは気にもしていないわ」ジャクリーンははじかれたように立ちあがった。顔が紅潮していたが、ロザムンドの予想に反して怒りが原因ではないようだ。グレーの目に涙が光り、唇をかすかにふるわせている。「兄はわたしを厄介払いしたいのよ。わたしが面倒ばかり引き起こして、何もかもめちゃくちゃにしたから、出ていってほしいと思っている。だからバースに行かされたのよ」

「それは違うわ」ロザムンドも立ちあがった。不用意に少女を動揺させて、自分が愚かな女になった気がした。「お願いだから信じて。違うのはたしかだから」

事情は何ひとつ知らないが、ジャクリーンが取り乱しているのをほうっておくことはできなかった。こんなに動揺させるとは夢にも思わなかった。

「でも……」ジャクリーンは目を見開いた。「わたしのことを兄から聞いたでしょう？」衝撃のほどが滲み出た口調にロザムンドはとまどった。グリフィンから何を聞いていると思っているのだろう？　そういう心配は要らないのに、と少し苦い思いで振り返った。グリフィンは妹のことを何ひとつ打ち明けてくれなかった。

「いいえ、誓ってもいいけれど、お兄さんはどんな秘密も漏らさなかったわ。何も聞いていないけれど、彼があなたをとても大事に思っていることだけはわかるの」

そもそも、こんなに明るくて、率直で、飾り気のない少女を好きにならない人がいるかしら？

ロザムンドは片手を上げた。「お願いだからあわてて結論に飛びついて、婚姻市場にほうり込まれるんじゃないかとグリフィンを責めないで！　わたしの勘違いだったのかもしれないでしょう。たぶんそうだわ。念のために言っておくけれど、あなたのお兄様は人一倍おしゃべり好きな男性というわけじゃないものね。それに、彼はあなたのいやがることを強制するような人じゃないでしょう」

「そうだけど、でも――」ジャクリーンはお手上げというようなしぐさをした。「ほら、グリフィンはわたしの後見人ではないのよ。わたしの身の振り方になんの権限もないの。後見人はオリヴァー・デヴィア卿だから。もしもデヴィア卿が雌の仔牛を品評会に出すように、わたしをロンドンに連れていって、舞踏会で練り歩かせたいと思ったら、グリフィンにはそれをとめることもできないの」肩を落とした。「また逃げなくちゃ。でも、どこへ行けばいいの？」

「ばかなことを言わないで」ロザムンドはジャクリーンの手を取り、ソファに連れていき、そこに座らせ、隣りに腰をおろした。「あなたに対して法的な権限があるのが誰であれ、グリフィンは決してあなたを見捨てないわ。あなたが望まないのなら、無理やり結婚させることは誰にもできないのよ」

ジャクリーンは大きなため息をついた。「それはそうよね。でも、後見人に刃向かうのはいろいろと面倒で、疲れるわ。あなたもわかると思うけど」

「後見人に刃向かうなんて考えてみたこともないわ」ロザムンドはゆっくりと言った。「でも、あなたの言っていることはわかると思う」ふと顔をしかめた。運命に逆らおうとした経験がないというのは、自分でもむしろ哀れに聞こえたが、不遇をかこったというようなことは一度もなかった。「社交シーズンに興味がないと聞いて残念だわ」ロザムンドは言った。「でも、もしかしたらあなたも気が変わるかもしれないでしょう。グリフィンと結婚したら、わたしはあなたを社交の場に連れだせるようになる。あなたはきっと社交界でうまくやっていけるわ」

驚きと喜びがジャクリーンの顔に浮かんだ。「あなたとグリフィンはとうとう結婚することになったのね？　それこそ吉報だわ。ということは、わたしは何もかもぶち壊しにしたわけじゃなかったのね」ティビーをちらりと見ると、針仕事に顔をうつむけていたので、またロザムンドに向きなおり、声をひそめて言った。「兄にやさしくしてくれるのでしょうね」

問いかけているような言い方だったが、警告もそれとなく匂わせているようだ。あきらかに自分の兄を守ろうとしている。ロザムンドはさらにジャクリーンが好きになった。

「ええ」はっきりと言った。「いい妻になるつもりよ」グリフィンが妻にしてくれるのなら。

「それならよかった」ジャクリーンは暗い雰囲気を振り払い、急に話題を変えた。「兄がいまいなくて残念ね。ゆうべは嵐だったから、どこかの家で屋根を直したりしているんだと思うわ。日取りはもう決めたの？」

「いいえ、まだよ」ロザムンドは微笑んだ。「グリフィンはわたしが来たことを知らないの。びっくりさせたかったのだけど、きょうどこかで耳に入ってしまうわね」

「そうね、宿屋に泊っているなら、あなたが到着したという噂はいま頃村じゅうに広まっているわ」ジャクリーンは言った。「兄も帰ってくるまえに誰かから聞くでしょうね」

村の暮らしがどういうものかロザムンドはよく知っていたので、その見通しに疑いは抱かなかった。あとを追ってきたことをグリフィンは喜ぶかしら。来るべき社交シーズンについてジャクリーンに話してしまったことを怒るかもしれない。それに、彼が自分の行動を正当化するのではないかという不安もあった。

将来へのジャクリーンの不安をやわらげられたことを願いながら、暇を告げた。

「またすぐにいらっしゃるでしょう？」ジャクリーンはロザムンドの腕にするりと腕を巻きつけて玄関まで送ってきた。「ねえ、乗馬はする？　よかったら、あした領地をひとまわりしてみない？」

「ええ、乗馬はするわよ。楽しみだわ。子どもの頃の遊び場にぜひ案内してね」

ジャクリーンの顔が曇ったが、ほんの一瞬だったので、見間違えだったのかもしれない。

「ええ、もちろん」ジャクリーンは明るく言った。「宿屋に泊っているんでしょう？　九時に迎えに行くわ」

玄関先でロザムンドたちを見送り、馬車が走りだすと、大きく手を振った。

緊張がほぐれ、ロザムンドはほっと息をついたが、がっかりした気持ちも入りまじっていた。

「変わった娘さんでしたね」走り去る馬車のなかでティビーが言った。

「元気がよくて、素朴で」ロザムンドが言った。「とても好きになったわ」

「きっと手に余るでしょうね」ティビーは穏やかに言った。「でも、お嬢様ならあつかい方をのみ込めますよ」

買いかぶられただけではないのならいいのだけれど。
ジャクリーンのような少女を面倒ごとから遠ざけておくには、つねに何かしら活動させておくことが必要だ。妹を社交界に登場させたいというグリフィンの判断は正しい。たとえ結婚相手が見つからなかったとしても、少しは垢抜けて、しとやかさも身につくだろう。初々《ういうい》しさは失ってほしくないし、はつらつとした性格を押し殺すようなことにもなってほしくない。けれど、社交シーズンの経験は本人のためになる。生涯の友を見つけ、交友関係を広げられるかもしれない。グリフィンと結婚したら、ジャクリーンが輝ける機会を必ず設けてあげよう。

宿屋が見えてくると、ロザムンドはため息をつき、グリフィンの姿はないかと、首を伸ばして市場を見まわさないよう自分を抑えた。きょうの明るいうちは会えないだろう。けれど、夜になれば、どうなるかわからない。

司祭と心温まる夕べを過ごし、その日の苦労はほとんど洗い流された。しかし、階段をのぼって寝室に向かっていると、あらゆる心配ごとがまたグリフィンの胸に押し寄せてきた。

マドックスは正しかった。噂を流しはじめた張本人が誰なのか、それを知る者はいないのだが、マドックスのいとこであるミスター・オールブライトの死について、何者かが情報を提供したと世間では囁かれていた。なんとか探りを入れようとして、グリフィンは地元の治安判事、ウィリアム・ドレーク卿を訪ねたが、新たな情報がはいったという話は聞いていないとだけ言い渡された。

来たときより頭が混乱して、治安判事のもとを辞した。

新たな情報を誰も提供していないのなら、どうしてそんなでたらめな噂が広がったのだろう？　オールブライトが殺された事件の目撃者はほんとうにいるのだろうか？

噂の出どころを追いかけるのは、影をつかまえようとするようなものだ。興味を示せば示すほど、自分が真犯人のように見えてしまう。オールブライトはグリフィンに雇われ、屋敷に出入りしていたわけだが、グリフィンの関心は単に事件を気にかけている一家のあるじのそれではないと誰もが思っていた。グリフィンがオールブライトを殺したのだと考えていた。

事件の真相がほんとうにそうだったらどんなによかったことか。

寝室に続く廊下へと曲がった。ふいに隙間風が吹き、蠟燭の炎がゆらめいた。

まったく、ただ広いだけで住み心地の悪い屋敷だ！　昔からここが嫌いだった。祖父が君臨し、使用人ばかりか家族をも虐《しいた》げた家だ。

死期が迫った頃にも、老伯爵は手下と密告者を配下に置いて、毒蜘蛛《ぐも》のようにその中心でまわりを支配していた。孫息子たちに処罰をあたえる口実を見つけることこそ生きがいだという人物だった。あの老人が知っていたのかわからないが、グリフィンにとって、鞭で打たれることは決して最悪の罰ではなかった。

祖父が死に、グリフィンは幸せな家庭像を思い描いた。祖父の手下どものなかでも性質《たち》の悪い連中を解雇し、新たに使用人を雇い入れた。

しかし、血まみれになったオールブライトの無残な死体が近くの崖の下で発見されると、そうした使用人たちすら去っていった。

ジョシュアとペギー、それにふたりのおとなしい娘であるアリス以外の全員が。

ドアを押してあけると、不気味な音を立ててきしんだ。ジョシュアめ！　油を差してくれと頼んでおいたというのに。こういう面倒なこともいちいち自分でやらないといけないのか？　つぎは台所におりて、自分の夕食をつくる破目になりそうだ。

グリフィンは顎に指をあてた。まあ、ペギーがつくるよりはましだろうな。

ジョシュアは少なくともいつもの用事は言われたとおりにこなしていた。炉端に風呂が用意してあり、暖炉の火も熾《おこ》してあった。松林のような香りのする石鹸のことを思いだし、グリフィンはため息をついた。

それがきっかけになり、さらに心地よい記憶がよみがえった。ロザムンドの白い乳房のなまめかしさ、薄紅色の乳首、うっとりするほど甘い唇、官能を予感させる吐息。

そうした記憶をわきに押しやった。オールブライトの死にまつわる面倒ごとにくり返し悩まされているのだから、ロザムンドはさらに高嶺《たかね》の花になってしまったようだ。

腹立ちまぎれにののしりの言葉を吐き、服を脱いで、特大の風呂桶に身を沈めた。

湯はぬるくなっていたが、気にしなかった。湯船につかれば、一日の疲れが癒される。髪を洗い、体の汚れをこすり落とし、水差しに手を伸ばし、石鹸の泡を洗い流そうとした。

すると、柔らかな女性の声がした。「こんばんは、グリフィン」

14

「おい！」グリフィンは水差しを湯船のなかに取り落とし、あわてて腰を上げ、すばやくタオルをつかんだ。大海原から現われた海の神のようにすっくと立ちあがると、床に敷いた布に水滴が飛び散った。

ロザムンドは口を利こうとしたが、おかしなことに口のなかが乾き、喉が引きつれて息もできなかった。

これほどの肉体美は目にしたことがない。たしかに、男性の裸体を見たのは初めてだが、みんながみんな、息をのむほど均整の取れた体をしているわけではないだろう。

下腹部の男性的な部分にロザムンドは目が惹きつけられ、視線をそらすことができなかった。

残念なことに、グリフィンはタオルを広げ、しっかりと腰に巻きつけた。「いったいここで何をしているんだね」豊かな黒髪に指をもぐらせながら尋ねた。

ロザムンドは視線を上げ、グリフィンの目を見た。「何って、あなたに会いに来たの」

「なるほど、それでずっとぼくを見ていたわけか」グリフィンは風呂桶から出て、どしどしと簞笥《たんす》に歩いていき、抽斗《ひきだし》のなかをかきまわしはじめた。

ロザムンドは唇を嚙んだ。こんなふうに見ていたことをやましく感じるべきだったが、もっと強い感情がこれでもかというほど胸に押し寄せてきたので、やましさを感じる余裕はなかった。

「あなたがいなくなって寂しかった」

グリフィンは手をとめた。駆け寄って、抱きあげてくれるのではないか、とロザムンドは固唾《かたず》をのんだ。

グリフィンは振り返りもせず、さらに力まかせに探しものを続けた。「どうやってなかにはいった？」半ズボンを引っぱりだしながら、肩越しに質問を投げてきた。

「秘密の階段を通って」背中の筋肉の動きに見とれながらロザムンドは答えた。「セシリーが見つけたの、前回こちらに来たときに」

グリフィンは振り向いて、ロザムンドをにらみつけた。

ロザムンドは肩をすくめた。「セシリーは埋蔵された宝物を探していたんだと思うわ。おてんばだから」

「おてんばというなら……」

「あら、わたしのこと？」ゆっくりとかぶりを振った。「おてんばではないわ。ただ――」

必死なだけ。ロザムンドはグリフィンのほうに歩き、手を伸ばせば触れられる距離まで近づいた。「こうと決めたら頑固なだけよ」

グリフィンの肩に手を置いた。素肌はなめらかで温かく、風呂上がりのせいで湿っていた。グリフィンは息をのみ、広い胸がせりだした。

つまり、無関心ではないということね。ふたりのあいだの情熱を彼だって否定できない。さっさと引き取ってくれとは思われていないだろう。

うなじに手をまわし、力の抜けたグリフィンの手から半ズボンを取りあげ、床にほうった。もどかしい思いで顔を見つめた。ぴんと張りつめた、口もとの深いしわ。痛々しく引きつれた白い傷跡。嵐の空を思わせる目は怒りに燃えたぎり、欲望に輝いている。

やがて、ロザムンドはグリフィンを引き寄せた。

すぐさまグリフィンの口もとがおりてきて、荒々しく、飢えたように唇を重ねた。ロザムンドは身をまかせ、グリフィンについていくだけで精いっぱいだった。

グリフィンはざらざらした声で悪態をつき、唇を引き離した。「ここにいてはいけない」

あなたのキスはそうは言っていなかったわ。わたしを求めている。わたしがあなたを求めているように。

緊張と熱気と欲望で息を切らし、ロザムンドは唇を舐めた。「グリフィン」あえぐように言った。「良心の呵責を感じるのはけっこうだけれど、でも――」

「ぼくの家にいるのはまずい」グリフィンは歯ぎしりをして言った。「いや、ここにいてほしくない、ということだ」

自信が揺らいだ。ロザムンドはあとずさり、もう一度勇気をふるい起こそうとした。

グリフィンは頭が爆発しそうになるのを抑えるように、両手のつけ根をこめかみにあてた。

「なぜこっちに戻らないといけないのか、手紙に書いただろう。飛んでくることはなかった。一週間で戻る予定だから」

「すでに一週間たっているわ」

グリフィンはため息をついた。「仕事があった」

「それで、その仕事はあともう一週間かかるの？」ロザムンドは尋ねた。「もう二週間？もしかしたら三年？　グリフィン、どうして信頼してくれないの？」

「信頼するとかしないとか、そういう問題じゃないんだ。これは……」グリフィンは顔をそむけた。

ふたたびロザムンドに顔を向けると、その顔にはあきらめの表情が浮かんでいた。

手紙を読んでからどうしても振り払えなかった不安が、またもや頭をもたげた。「結局、わたしと結婚したくないの？」

グリフィンの顔が険しくなった。

答えが返ってこないので、ロザムンドはさらにもう一歩あとずさった。「いやよ、こんなの！　グリフィン、もうこんな真似はよしてちょうだい。ほったらかしにするのは二度と許さないわ」

　グリフィンは顔をこすり、鼻から深く息を吸った。「どうしようもなかったんだ」

　ロザムンドは首を振った。「わからないの？　選択の余地はあるわ。わたしは三年まえに自分の道を選んだ。信念は曲げないわ、何があろうと」

「何があろうと、か」グリフィンはくり返した。驚いたことに、表情が崩れ、気味の悪い笑みのようなものを浮かべた。「ほんとうのぼくを知ったら、きみは心変わりする」

　ロザムンドは怖くなったが、死んでもそれを顔に出すまいとした。試されているのだろうか。彼はわざとあきらめさせようとしている。決して心変わりはしない、といまはっきり示さなければ、二度と信じてもらえない。

「どっちでもいいわ。いまは話してくれなくてけっこうよ。一緒にいられない理由はあとで聞くわ」ロザムンドは目を伏せた。やがて、深く息を吸い、グリフィンの目をのぞき込んだ。

「いまはベッドに連れていってほしいの」

　あきれるほど率直な願い出に仰天し、グリフィンはガイ・フォークス夜祭で焼き捨てられる人形のように身じろぎひとつせず、無言で突っ立っていた。

　ロザムンドは彼の手を取り、胸もとに導いた。「鼓動がどれだけ速いかわかる？　笑ってしまうほどでしょう」

ロザムンドの瞳には笑みが浮かび、そのおかしな生理現象を一緒に面白がりましょうと誘いかけていた。だが、そこには官能の気配もあった。

たしかにそうだ、とグリフィンは思った。自分たちはおかしな組み合わせだ。そうとしか言いようがない。それでも、激しく鼓動を打っているのがわかった。

手のなかの形よく引き締まったふくらみはすばらしい触り心地だったが、しばらくグリフィンは身動きが取れなかった。

やがて、波に押し流されるように誘惑に溺れた。頭のなかは真っ白になった。反射的に乳房に手をあてがい、やさしくつかんだ。乳首をてのひらで撫で、指先でそっといじり、固くとがらせた。

ロザムンドは頭をのけぞらせ、ため息をついた。「そうよ」

なんてことだ。脚のつけ根が反応し、急場しのぎに腰に巻いたタオルが張りつめた。グリフィンは手をさげてタオルを巻きなおし、さらにしっかりと下腹部を覆った。

「拒絶しないで」ロザムンドは囁き声で言って、グリフィンに体を押しつけた。「今度は拒まないで」

わざと粗野な言葉づかいでグリフィンは言った。「そのいかしたおっぱいに聖人君子もよろめきそうだ」

ロザムンドに口づけ、唇を荒々しく動かし、柔らかな頰を横切り、短い無精髭をこすりつけた。耳もとで、うなるように言った。「聖人君子ではないと、主《しゅ》もご存じだ」

ロザムンドがくすりと笑った。普段の彼女からは想像もつかないなまめかしい笑い声に、グリフィンの下腹部は爆発しそうなほどに張りつめた。

「そう」ロザムンドはグリフィンの頰に息を吹きかけるように囁いた。「世間の評判に反して、わたしも天使ではないみたい」

グリフィンは大きく息を吐くような笑い声を漏らした。ロザムンドへの欲望が高まりに高まり、自分の名前さえ思いだせないほどだった。まして彼女を追い返すべきだという理屈など思いだせるはずもない。

ロザムンドの体の向きを変え、ひもやレースをもどかしい気持ちでほどき、服を脱がせた。ついに一糸まとわぬ姿にすると、その場に立ったまま奪いたくなる強烈な衝動を抑えた。欲求をこらえて待った。

ロザムンドの体に手を伸ばさずにいるのは苦行だった。初めて会ったときから夢想していたあらゆる罪深い行為に走らずに我慢するのは。しかし、彼女の裸身を初めて堪能する機会をあわただしく終わらせたくなかったのだ。

ロザムンドは振り返るようなしぐさをしたが、グリフィンは言った。「だめだ。ベッドに横たわってくれ」

命令に従い、ロザムンドがかすかに腰を振って離れていく後ろ姿を見て、グリフィンは口のなかによだれが溜まった。そそられるような動きで、ふっくらした尻がきゅっと引き締まっては、ほぐれて揺れる。

ロザムンドの動きは優雅で、裸でいることが自然であるように見えた。踏み台を使い、天蓋《てんがい》つきの大きなベッドに上がった。横向きに寝そべり、片手を頭の下に敷き、グリフィンをじっと見つめた。

均整が取れた体はしなやかで、なめらかな肌には艶《つや》がある。こんな姿はぜひ絵に残すべきだ。いや、やっぱりだめだ、とグリフィンは思いなおした。彼女は生きた芸術品であり、内々に鑑賞する資格を有する男は自分ひとりだ。

情欲がさざ波のように全身に広がった。しかし、グリフィンがベッドに向かおうとすると、ロザムンドは言った。「待って」

グリフィンは頭から湯気が出るほど苛立ちながらも足をとめた。やめてほしいといまさら言うつもりじゃないだろうな。

ロザムンドはタオルを指差した。「それをはずして」そう言って微笑んだ。ダイヤモンドをちりばめたような、まばゆいばかりの笑みだった。「お願い」

頭がおかしくなりそうだったが、どうしても我慢できなかった。ちょっとふざけあってもいいだろう。グリフィンは顎を掻き、ゆっくりとした口調で言った。「どうしたものかな。

きみを怖がらせてしまうかもしれないよ、かわいい人」

ロザムンドは顎を上げた。「まさか。あなたの裸はもう見たもの。あなたが入浴しているあいだ、ずっと見ていたのよ」

たしかにそうだが、その段階では下腹部もそそり立ってはいなかった。

肩をすくめ、グリフィンはすばやく腰に手をやり、タオルを床に落とした。ロザムンドのあえぎが聞こえると、抑えきれずににやりと笑った。「そんな」ロザムンドはつぶやいた。

「ここのことはあまり考えないほうがいい」グリフィンはそう助言して、ようやくロザムンドのほうに近づいた。

ベッドに上がると、ロザムンドが体の向きを変えた。マットレスが深く沈み、彼女は寝返りを打って、グリフィンのほうを向いた。

左右の二の腕にそれぞれ手を置き、冷静な瞳で彼の目をのぞき込んできた。きびきびした口調で言った。「痛くなるんでしょう？　そう聞いたことがあるの」

「ああ、残念ながら」強がっているが、じつは不安なのだな、とグリフィンは気づいた。大事にしてやりたいという気持ちがいつになく胸に湧いた。

身をかがめ、ロザムンドの喉もとに鼻をこすりつけた。「まずはきみを気持ちよくしてあげるよ。そうすれば、つぎがどうなるか、あまり心配じゃなくなる。それに、痛いのは最初だけだ。つぎからは……」

ロザムンドはグリフィンの髪を撫でながら囁いた。「頼りにしているわ」

そう言われ、気分が高揚した。心からの言葉なのだとグリフィンにはわかった。頼りがいのある男だと証明してみせよう。どんなに大変であろうと、とすぐさま胸に誓った。

大変は大変だ。

やるべきことをやり遂げるまでは身勝手な欲望を抑えられるよう神に願うしかない。

女性経験は豊富とは言えないが、本能に従い、ロザムンドの反応に注意を払った。ロザムンドを悦ばせれば、自分の悦びも倍増する。それはこれまでに気づかなかったことだ。前戯に時間をかけるのがもどかしく、すぐに行為そのものを求めてしまうのが常だった。だが、妻にしたいと思う女性とことに及ぶのは初めてだ。ロザムンドとベッドをともにするのは。

ロザムンドが感じる場所をすべて見つけようと、全身に唇を這わせ、乳房の先端はとくにじっくりと口づけた。感じやすい場所だとすでに知っていたのだ。

ここぞという場所に触れたときにロザムンドが漏らす、困ったようなかすかな声がたまらない。耳の後ろ、臍《へそ》のくぼみ、膝の裏、太腿の内側……。

ロザムンドの体が目覚め、麝香のような香りが漂うと、グリフィンはいささか自己満足を覚え、さらに欲望をつのらせた。ふるえる指で襞を分け、秘所を開いた。

薄紅色をした、複雑な形状の神秘的な部分はまるで貝殻の内側のようだ。だが、ロザムンドは生身の女性だ。温かな肉が湿り、輝いている。

そう。

急《せ》き立てるかのように、グリフィンの手の下でロザムンドはもぞもぞと身をよじった。グリフィンは身をかがめ、舌で彼女を味わった。

ロザムンドは小さく悲鳴をあげたが、太腿をつかまれても抵抗はしなかった。グリフィンはロザムンドが動かないように体を押さえ、さらに強く舌を押しあて、口で愛撫を続けると、やがてロザムンドは何かを懇願した。何を求めているのか自分ではわからないようだった。

グリフィンはわかった。だが、わざと間をおき、欲求をさらに引きだし、期待を持たせると、ロザムンドはついに身悶えし、頭を左右に振った。レディ・スタインの客間で再会した日以来、こちらは興奮させられどおしだったのだから、甘い責め苦を受けて当然だ。

指をそっと内側にもぐらせながら、グリフィンは舌を平らにして悦びの芯をぐるりとなぞった。ロザムンドの腰が跳ねあがり、グリフィンはさらに奥へと指を滑らせた。ロザムンドの反応に共鳴するように、体にふるえが走った。ロザムンドをものにしたくてたまらない気持ちがますますつのった。

こんなふうにしてロザムンドに悦びをあたえることは、想像以上の興奮だった。そろそろ終わりにしないと、みっともない結末を迎えてしまいそうだ。

口でしていたことを親指で引き継ぎ、蕾《つぼみ》に指を押しあて、さすっていると、やがてロザムンドは驚いたように叫び、ふいに体を大きくひねった。グリフィンはまたもや身をかがめ、円を描くように舌をそっと動かし、解き放たれた悦びを引き延ばし、緊張をほぐした。

グリフィンが移動し、高ぶりの先端を入口につけたときも、ロザムンドはまだ快感の極みに悶えていた。荒々しく息をのみ、少しだけなかにはいった。

ロザムンドが叫んだ。今度は喜悦の叫びではなかった。グリフィンは動きをとめ、苛立ちに顎をこわばらせた。いまさらだが、とてもおさまりそうにない。処女を奪った経験はなく、かなり痛い思いをさせてしまうのではないかという不安から、いっそやめてしまおうかという気になった。

しかし、それは身勝手すぎて、できなかった。それに、避けて通れないことをいつまでも先延ばしにはできない。

それでも、グリフィンはためらいを捨てられなかった。

ロザムンドが小さくうめいた。「さっとすませてしまったほうがいいわ」吐息まじりに言って、グリフィンの下で体をもぞもぞさせた。「我慢できるわ。ただ……早くすませて」

「わかった」

グリフィンはロザムンドの腰を自分のほうに持ちあげ、歯を食いしばり、差し入れた。なかに身を沈めたとたん、動物的な衝動に理性を奪われた。ロザムンドが苦しげにあえぐ声がかすかに聞こえ、内側に力がはいったのを感じたが、何度も突きたくなる激しい欲求を押しとどめることはできなかった。ロザムンドに痛みをあたえていたものの、あっという間に快感が高まり、絶頂の淵にまでのぼりつめた。

さらにひと突きしたとたん爆発が起こり、体がぴんと張りつめ、視界がぼやけた。しわがれたうめきをあげ、精を放った。

身をふるわせ、ロザムンドの上にくず折れ、彼女を押しつぶした。快感の波がようやく鎮まると、どうにか気力をかき集めてロザムンドの上から体を離し、ごろりと横向きに寝そべった。

どっと疲れが出て、口を利くのもままならなかった。「それで——？　痛かったか？」

ばかな質問だ。

「ええ」

ためらいがちな口調にグリフィンはたじろいだ。ああ、なんたることだ。なんという人でなしだろう。ベッドでの営みを一生嫌いにさせてしまった。だが、あまりにも疲れ果て、安心させる言葉は何も出てこなかった。いまはだめだ。いまはただ眠りたい。

「でも、あなたの言うとおりだったわ」疲れて靄《もや》のかかった頭にロザムンドの柔らかな声が届いた。「先にちゃんとしてくれたあとだったから、ほら、あまり——心配じゃなかった」

そうか。それならよかった。すばらしい。「ああ」グリフィンはもごもごと枕につぶやいた。

「グリフィン？」ロザムンドに肩をそっと撫でられたが、グリフィンはどうがんばっても、頭をめぐらして彼女を見ることすらできなかった。

これが女性の厄介なところだ。ことが終わったあと、女性たちは話をしたがる。相手をしてやれないと、気持ちを傷つけてしまうのだ。筋の通った話をする気力を失うまえに、男性が激しく果てたあとは眠気に襲われるものだとロザムンドに説明しておくべきだった。

「ん？」とつぶやくのが精いっぱいだった。

「わたしたち、結婚しないとね。できれば、あした」

「ああ」グリフィンは意識が遠のいていった。

「よかった」ロザムンドはグリフィンの頰にすばやくキスをした。「じゃあ、これで決まりね」

15

ロザムンドがペンドン館から戻ってくると、宿屋の厩の向こうの暗がりでディコンが待っていた。

「お帰りなさいませ、お嬢様」従僕はほっとしたように言った。

「ただいま、ディコン」ロザムンドは食いしばった歯のあいだからなんとか言葉を発した。

グリフィンとひとときを過ごしたあとで馬に乗ったせいで、敏感な部分に激しい痛みがもたらされていた。意識したこともなかった場所がずきずきと疼き、馬を駆る動きがその痛みを悪化させていた。

ディコンの手を借りて馬からおりると、膝から力が抜けそうになったが、なんとか踏みとどまった。どうすれば普通の歩き方で宿屋に戻れるのかわからない。

幸いにもあたりは暗かったので、赤面している顔はディコンに見られずにすんだ。遠乗りに出かけてくるという口実はもっともらしく聞こえるはずだ、とロザムンドは自信を持っていたが、はたしてディコンはどう思っただろうか。

あまり考えたくない可能性は頭から追いだし、心づけをはずんだ。ディコンは心づけが高額だったことに気づかなかったようだったが、とにかくそそくさとポケットにしまい込んだ。「裏口の掛け金をはずしておきました」声をひそめて言った。「宿屋と洗濯屋のあいだに小道があります。裏手の階段を使えば、いまぐらいの時分には誰にも行きあわないでしょう」

「ありがとう、ディコン。あなたは従僕の鑑《かがみ》だわ」ロザムンドは言った。馬を馬房に戻すのはディコンにまかせ、教えられた方向へ足を引きずりながら歩いていった。

旅のお供にディコンが選ばれてほんとうに幸運だった。そうでなければ、どうやって部屋を抜けだせたかわからない。あの若い従僕は数年まえにモントフォード公爵の屋敷に雇われてすぐ、セシリーにそそのかされた。それからというもの、あきれるほどいろいろな場面でセシリーが悪さをするときの相棒役を務めている。

ディコンを冒険に巻き込むのはずるいのかもしれないが、ディコン自身も危ない橋を渡ることを楽しんでいるようだった。とはいえ、ウェストラザー家の婦人たちが無茶をする片棒をかつぐのは、ディコンにとってかなり危険な賭けだ。向こう見ずな冒険に加担していると公爵に知られたら、即刻、くびにされるのだから。

ロザムンドは良心の呵責を覚えながら、宿屋のわきをよろよろした足取りで進んだ。そうだわ、今夜の冒険でディコンが果たした役割がモントフォード公爵にばれてしまったら、グリフィンの屋敷で働かないか、とディコンに声をかければいい。

ペンドン館でグリフィンと暮らすことを考えてロザムンドは嬉しくなった。とうとう、ほしいものをすべて手に入れた。いいえ、ほとんどすべて、と言うべきか。

粘り強さをまたもや発揮して、グリフィンが目覚めるのを隣りでそわそわしながら待っていたのだった。やがて目覚めた彼と結婚式について話しあった。ロザムンドが寝室をあとにするまえに、友人の司祭に頼んであすにでも結婚式を執《と》り行なってもらおうとグリフィンは約束してくれた。

あと数時間でわたしは伯爵夫人になる。

生まれたときから定められていた役目をついに果たせるのだ。そう思うと、痛みを覚えながらも体に歓喜が満ちあふれた。ジェインとセシリーがここにいればよかった。そうすれば、誰よりも理解のあるふたりと喜びをわかちあえたのに。

ふとザヴィアのことが頭によぎり、ロザムンドは怯んだ。兄は例によって冷笑を浮かべ、思い違いをしていると言うだけだろう。何も知りもしないくせに！

水が地面に飛び散る音がして、ロザムンドはぴたりと足をとめた。同じ方向から酔ってご機嫌になったような声が響いてきて、いましがた聞こえてきた水音がなんだったのか気づいた。ふたりの男がこちらに背中を向けて立ち、宿屋の壁に放尿していた。

うわっ。ロザムンドは身を隠そうと、近くの戸口に駆け込んだ。灰汁《あく》のにおいからすると、洗濯屋だろう。

耳をすまし、男たちが用を足して酒場に戻るのを待った。男たちの会話にとくに注意は払っていなかったが、トレガースの名前がふと耳に飛び込んできた。そこで洗濯屋の出入り口の戸を少しだけさらに開き、聞き耳を立てた。

しかし、男たちはあきらかに酔っていて、呂律《ろれつ》がまわっていなかった。しかも、コーンウォール地方の訛《なま》りがきつかったので、何を言っているのかちんぷんかんぷんだ。けれども、男たちがズボンを引っぱりあげて立ち去るまえに、ロザムンドはひと言だけ聞き取った。その言葉が弔鐘《ちょうしょう》のように頭に鳴り響いた。

人殺し。

グリフィンは早朝の乗馬から戻り、広々とした玄関広間の騒がしさに驚いた。見たことのない従僕ふたりとジョシュアがふたつの大きな旅行鞄《かばん》を二階に運び、グリフィンの寝室のほうに消えていった。グリフィンは三人のあとを追った。

寝室には旅行鞄や箱があふれ返り、その真ん中にディアラブが立ち、作業の指示を出していた。

「なんなんだ、これは？」グリフィンはぴしゃりと言ったが、なんなのかよくわかっていた。

ディアラブは失笑した。「旦那様が置き去りにしたものです」

そこにはディアラブ自身も含まれているのか、グリフィンにはわからなかった。近侍の表情に非難の色は浮かんでいない。ふと、そんなことを気にしている自分を訝しく思った。この男を連れてこなかったことをうしろめたく思っているのか？

「ロンドンで注文した品物はほとんどが完成しました。旦那様に目下必要なものを考えて、田舎でお召しになるのに適したものを少しお持ちしました」

「これで全部ではないということか？」グリフィンはぞっとして、成り行きとはいえ、自分の浪費ぶりにいささか恐れをなした。

「ええ、もちろんですよ。残りはモントフォード館の部屋に置いてあります」

グリフィンはディアラブのまわりに目をやった。なんてこった。「こういうものをいつ着るんだ？」

「お言葉ですが、それはこちらの仕事です」ディアラブは手を広げた。「近侍を置く利点は、服装に頭を悩ませずにすむことですよ」

グリフィンは顎をいじった。着るものについてはとくにこだわりもない。だから、まあ、一理あるかもしれない。ディアラブはこっちに来たわけだから、頼りにすればいい。

「きょう結婚式を挙げることになった」そう宣言し、いつもは無表情なディアラブが驚いた顔をしたのを見て、グリフィンは内心喜んだ。

「では、特別な衣装を選びましょう。まずは髭を剃りましょうか。それから髪も切ったほうがいいですね。ジョシュア！」ディアラブはグリフィンのただひとりの使用人を呼んだ。

「熱い湯とタオルを持ってきてくれ。ただちに」

グリフィンは身づくろいを使用人の手にゆだねながら、ゆうべのことに思いをめぐらせた。ロザムンドにいともたやすく誘惑された。すっかり言いなりになってしまった。今度は向こうにその代償を支払ってもらわないといけない。

たしかにもう手遅れで、結婚からは逃れられない。ロザムンドが情熱的にこちらを罠にかけようとしたように、こちらも彼女を罠にかけたいと思っていた気もするけれど。

ついにロザムンドを妻に娶る。そう思っただけで、熱い血潮がたぎった。

だが、ロザムンドの究極の幸せをだしにして彼女をほしがるのは身勝手だ。妻になったら直面する難題について知らせないうちに、あろうことか肌を重ねてしまった。

脅威があるのかないのか、はっきりわかればいいのだが。

サイモン・オールブライトが殺害された事件で新たな証拠が見つかったという噂の出どころを探っていたが、いまだに突きとめられないままだ。治安判事のウィリアム・ドレーク卿が、そんな証拠は持ち込まれていないと断言したのなら、グリフィンもその答えに一応満足していただろう。いますぐ逮捕されるわけではないのだから。

だが、自分が殺人犯だとドレーク卿に思われている事実は依然として変わらない。どうやら世間の人々にいつまでもそう思わせたがっている者がいるようだった。

ロザムンドは彼女自身にかかわること以外は何も言っていなかった。何があってもあなたと結婚したいということ以外は。結婚式のまえに真実をロザムンドに話すべきではないか？せっかくの晴れの日を台無しにするかもしれないが――当然そうなるだろう。しかし、ロザムンドは選択の余地をあたえられるべきだ。人殺しだと隣人たちに後ろ指をさされている男との結婚を望む女性はまずいない。身の潔白を証明できない男と結婚したいと思う女性は。すでにロザムンドが子を宿したかもしれないと思うと、あたかも冷たい波にさらわれるように、グリフィンの胸に動揺が走った。ロザムンドなら庶子《しょし》を産んで醜聞にさらされるよりも、人殺しと結婚するほうを選ぶのではないだろうか。

あるいは、第三の道を選ぶかもしれない――べつの男との電撃的な結婚。そんな選択肢を思いつき、グリフィンは胃がよじれた。またたく間にローダデールにさらわれるだろう。ローダデールでなくとも、ロザムンドと結婚したがる男はいくらでもいる。それは間違いない。

ちくしょう！　平凡な暮らしを望んできたというのに、いまの自分の立場を見ろ。思考は堂々巡りで、どっちの道を選ぼうとろくな結果にはならない窮地に立たされている。

ロザムンドに軽蔑されたら、自分がいやになりそうだ。どうやら彼女によく思われたいと願うようになっていた。ペンドン館で暮らしはじめたら、ロザムンドはすぐに事情に気づくだろう。

そう、やはり話しておくべきだ。ロザムンドのためにも自分のためにも、誓いを立てるまえに打ち明けよう。

グリフィンは悪い予感に苛まれながら椅子に腰をおろし、ディアラブに顎を差し向け、髭を剃らせた。


乗馬の約束を取りやめたほんとうの理由を、ロザムンドはとてもではないがジャクリーンに言えなかった。

初めてのときの痛みはくり返されないと知ってほっとした。焼けつくような痛みに襲われたときは、恐怖で押しつぶされそうだった。グリフィンを押しやり、二度と近づかないで、と叫びたくなったのだ。

けれど、ことはすぐに終わった。それに、ベッドで思いやりがある夫なら、営みはすばらしいものになる、とジェインから心強い話も聞いていた。グリフィンはじつに思いやりがあった。手と口でしてくれたことで、いまでも体が悦びに疼いた。

朝の乗馬はやめて、崖まで散歩に出かけないかと持ちかけると、ジャクリーンは快く賛同してくれた。乗馬服のスカートをそよ風に揺らしながら、崖の上までのぼった。ジャクリーンは大きな枝を見つけ、それを杖代わりに使っていた。

崖の頂上でロザムンドが切りだした。「ミスター・オールブライトが殺された事件のことを教えて」

ジャクリーンは日焼けした顔を蒼《あお》ざめさせた。「誰があなたに？」

「男の人たちが話しているのをたまたま耳にしたのよ」ロザムンドは言った。「じつは、朝食を食べながら三度も聞こえてきたの。どうやら、このあたりの人たちはその話題で持ちきりのようね」

グリフィンがゆうべ話そうとしていたのはこのことだったのだろう。

「兄がやったんじゃないわ」ジャクリーンは力のこもった声で言った。

「もちろんそうでしょう」ロザムンドは賛同した。「いいから、説明してちょうだい」

ジャクリーンは海に目を向けた。口をぎゅっと閉じたまま、ロザムンドに振り向いた。風に煽られてピンからはずれた髪が顔のまわりになびいている。

口の端にかかったほつれ毛を払い、ジャクリーンは言った。「移動しましょう」

ふたりは坂道をくだり、丘に続く小道に折れ、吹きさらしの崖から逃れた。

「ミスター・オールブライトは音楽の先生だったの」ジャクリーンは風に目を細めた。「ピアノのお稽古《けいこ》なんて無駄づかいだったわ。わたしの腕前がどれほどのものか、想像できるでしょう？」目をぐるりとまわした。「なぜ祖父が雇ったのかふしぎなのよ。わたしと教師に毎週惨めな思いをさせるためという理由以外は思いつかないわ。オールブライトは友人のトニー・マドックスのいとこだかなんだか、とにかく親戚の人だったの。トニーにはあなたもそのうち会えるわ。トレノウェス館に住んでいるの。向こうにあるのよ」ジャクリーンは東のほうに手を振った。

「とにかく、祖父が亡くなったあと、ある日グリフィンとミスター・オールブライトは口論になったの。グリフィンはミスター・オールブライトをくびにした。そうしたらオールブライトはグリフィンに脅迫されたと村じゅうに言いふらしたの。このあたりでおまえの姿をふたたび見かけたら殺してやる、と脅しをかけられた、とね。それっきりになると思ったのだけれど、オールブライトは戻ってきた」

ジャクリーンは虚《うつ》ろな目で言った。「その後、崖の下でオールブライトの死体が発見された」

ロザムンドははっと息をのんだ。「あなたもグリフィンも大変な思いをしたのね」

「ええ、そうだったわ……ほんとうに。でも、もっとひどいことが起きた。グリフィンが連行されて、取り調べを受けたの。誰も兄の潔白を信じなかったわ。わたしとトニーと司祭以外は。でも、兄がやったという証拠は何もなかった。だから取り調べはそれで終わりになった」

「でも、このあたりの人たちは終わりにさせようとしないのでしょう?」ロザムンドが言った。

ジャクリーンはつらそうにうなずいた。「グリフィンはわたしにいやな思いをさせまいとしてコーンウォールから追いやったの。でも、兄はわかっていないのよ。わたしは兄を支えたいの。世間の人たちに何を言われようと気にしないわ。兄の仕業じゃないってわかってるんだもの！」

ロザムンドはジャクリーンに腕をまわした。「あなたの気持ちはりっぱよ。でも、グリフィンはあなたを守りたいと思っているのだから責めたらいけないわ」ジャクリーンの肩をぎゅっと抱きしめた。「さあ、戻って、レモネードでも飲みましょう。それともお茶がいいかしら？」

ひと休みしたら、結婚式の準備だ。

16

グリフィンは村のなかを大股で横切り、ロザムンドの逗留する宿屋へ向かい、行き先々で背後から聞こえる、風が木々を揺らすような囁き声は無視した。

玄関のなかにはいり、客室に続く階段に目をやった。急に臆病風に吹かれ、方向を転じると、酒場に立ち寄った。

景気づけに一杯やらないとやっていられないときがあるとしたら、いまこそそうだ。

酒場はがらんとし、火のはいっていない暖炉のまえで毛むくじゃらの老犬が寝そべっているだけだった。これなら好都合だ。

入口に背を向けて埃を払っていた女給が振り向いた。口をあんぐりとあけて、雑巾《ぞうきん》を取り落とした。

「ベッシー、いちばん上等のエールをジョッキでもらえるかな」グリフィンは言った。もちろんここにエールは一種類しかない。女給はぽかんとした顔でグリフィンをまじまじと見た。

グリフィンは首を振った。「いや、やっぱりブランデーをくれ。カウンターの奥に隠しているやつだ」

まだ早い時間だったが、強いアルコールが必要だった。午《ひる》まえに酒を飲む習慣はなかったが、婚礼の日くらいは普段と違うことをしても罰はあたるまい。

物珍しそうにベッシーの濃い瞳が見開かれたが、なぜ公園をそぞろ歩きするような恰好をしているのか、わざわざ説明する気はない。結婚式の噂はすぐに流れるだろう。打ち明け話をしたあともロザムンドにまだ結婚の意思があれば、の話だが。

「これはこれは、グリフィン坊ちゃんじゃないですか」

グリフィンはぎょっとして、うなじの産毛が総毛立った。あの憎々しげなしわがれ声にうなされなくなって何年もたつ。それでも、いまこうして耳にすると、またたく間に過去がよみがえった。

クレーンめ。

グリフィンは聞こえないふりをした。しかし、彼を苦しめてきたあの男は当然ながら、よそよそしくされてもくじけなかった。

「ご機嫌いかがかな、旦那様？」クレーンはグリフィンの隣りに来て、バーカウンターに片肘を突き、派手な胴着から鎖で垂らした上等な金時計を揺らしていた。大柄な男で、歳はグリフィンより十五ほど上だ。老伯爵が死去するまでペンドン館で管財人の地位に就いていた。だが、クレーンの役目はそれだけではなかった。

「もう私のような者など相手にしないご身分か？」クレーンが言った。

顔を寄せ、グリフィンの耳もとで声をひそめた。「でも、坊ちゃんが私に踏みつけられた虫けらにすぎなかった日のことは憶えている」

グリフィンは顎をこわばらせ、体のわきでこぶしを固めたが、クレーンがわざと煽っているのだとわかっていた。「失せろ」

クレーンの緑色の目が異様に光った。舌なめずりし、女給のほうに振り向き、大声で言った。「伯爵にすてきな傷跡があるだろう、ほら、見てみろよ、かわいいベッシー。あれは私の仕事だ。大の自慢でね。へまをして、目玉をだめにしちまうやつもいる。でも、バーナバス・クレーンは違う。やりすぎて孫を失明させたら、先代にくびにされていただろう。だが、背中を血まみれにするのはかまわなかった」

火山の溶岩のごとく怒りが熱くたぎった。グリフィンは反射的に手が伸び、クレーンの胸ぐらをつかみ、目と目を合わせた。

女給は怯え、悲鳴をあげた。「どうか、お願いですから！　この人を殺さないで！」

グリフィンは歯を剝いた。「おまえにはブーツを舐めて磨かせる価値もない。昔からそうだ」

クレーンの顔から自己満足にひたる表情が消えていった。オールブライト殺しの容疑が晴れていないからこちらは手を出してこないものとろくでなしは計算したのだろう。仕返しをされる心配がないからクレーンは公共の場で攻撃してきた。かっとなると見境なく暴力を振るってしまう気性についてこれ以上憶測を招きたくない、とグリフィンが思っていることを、見透かしているのだ。

クレーンは舌打ちした。「それは脅しですかね、グリフィン坊ちゃん？　オールブライトを脅したように」

グリフィンはこぶしにさらに力を込めた。「なぜ訊くんだ？　崖から突き落とされる予定でもあるのか？　それならシャンパンを注文しないとな」

クレーンは首すじを紅潮させた。襟もとを窮屈そうにさせ、心穏やかならぬ様子だったが、せせら笑いをなおも浮かべていた。「坊ちゃんとあのまぬけな判事はうまく事件をまとめた。無難に。でも、坊ちゃんがしたことはわれわれも知っているんですよ。このあたりの者はみな、真実を知っている」

クレーンは首を傾げた。「ブロンドの恋人もすでにご存じですかね。きっとまだでしょうが……いずれは耳にはいる」

ロザムンドのことを持ちだされ、赤い靄がかかったように視界がかすんだ。グリフィンはこぶしを引いたが、背後からその手をがっしりと押さえ込まれた。

後ろを振り向き、邪魔にはいった者を殴りつけようとしたところで、誰に制止されたのか気づいた。

「おやおや、どうしたんだね？」司祭はグリフィンの肘を両手でしっかりとつかまえたまま、静まり返った酒場に元気な声を響かせた。「トレガース！　なあ、放してやったらどうだ？手袋が汚れるぞ」

ほんの少しして、グリフィンは口が利けるほどまでに気持ちが落ちついた。ふっと笑いを漏らして言った。「そのとおりだ。上着にしわが寄ってもつまらない」クレーンの胸ぐらから手を離し、後ろにさがった。

「さあ、出ていくといい、ミスター・クレーン」司祭が言った。「ここのようなまっとうな店で騒ぎを起こされたら迷惑だ」

追い出される恰好になったとはいえ、クレーンはここに立ち寄った目的をすでに果たしていた。グリフィンを挑発して暴力に走らせたのだから。ベッシーにウィンクし、ほくそ笑みながら酒場をあとにした。

グリフィンは女給のほうを見た。バーカウンターの奥で縮こまり、こん棒を握るようにワインの空き壜《びん》を握りしめていた。グリフィンが近づくと、ベッシーはたじろいだ。

「ブランデーをくれないか、ベッシー」穏やかに言った。

若い女給は武器をおろし、ぴかぴかに磨きあげられたカウンターの下にしまってあるコニャックを手探りした。蓋をあけ、おぼつかない手つきでグラスに注いだ。

ベッシーの手はふるえていた。グリフィンは喧嘩を吹っかけてきたクレーンに無言で毒づき、挑発に乗ってしまった自分のことも心のなかでののしった。

礼を言ってブランデーを受け取り、心づけをはずみ、ようやく女給の目から恐怖を消し去った。

司祭のほうを振り向いた。「早いな」

オリファント司祭は肩をすくめた。「向かいの通りで教区の用事があったんだ。クレーンがきみのあとを追って酒場にはいるのを偶然見かけてね。ごたごたが起きるかもしれないと思ったら、案の定だったというわけだ」手をこすり合わせ、グリフィンの飲みものをじっと見た。「景気づけか？　名案だな」

りっぱな司祭は何時であろうと、飲みものをおごってもらう機会を逃さない。グリフィンはにやりと笑って、友人にもブランデーを頼んだ。ふたりは飲みものを持って隅のテーブルに移り、ベッシーに盗み聞きされないよう、カウンターからじゅうぶんに距離を置いた。

「ほほう」オリファントはグリフィンをしげしげと見た。「ずいぶん洒落た服装だ。愛の力でこうも変わるとは」

グリフィンは肩をすぼめた。ロンドン流はここコーンウォールではなじまない、と近侍に訴えることは訴えた。だが、ディアラブに押しきられ、伊達《だて》男が気取って街を練り歩くような恰好になったのだった。

カウンターのほうに頭を振って言った。「仲裁してくれて助かった」

「あの男はどうしても好きになれない」オリファントは言った。「若者たちを片っぱしから密輸稼業に誘い込んでいる。全員縛り首になってもふしぎじゃない。このあたりに誰かクレーン一味に立ち向かう度胸のある者がいるとしたら」ふと言いよどんだ。「なあ、トレガース、きみならなんとか——」

「さあ、飲みほしたほうがいい」グリフィンは話の腰を折った。「ぼくと一緒にいるところを見られたら、あなたの評判に差し障る」

「まあ、そうか」司祭は話をそらされても、文句はつけなかった。「だが、これからきみたちの結婚式を執り行なうという口実がある。それで、どんな女性なのかね？」

グリフィンはブランデーをすすった。喉がかっと焼けつき、食いしばった歯のあいだから息を漏らした。アルコールで全身がじわじわと温まり、少し緊張がほどけた。いまのグリフィンにはそれが必要だった。

そう、ブランデーを飲みたくなって正解だった。クレーンと出くわしたあとで、神経はまだ逆撫でされていた。それにロザムンドにもまだ会っていない。そもそも酒を飲みたくなったのも、彼女に会うための景気づけだった。

「レディ・ロザムンドのことか？」グリフィンはグラスをまわし、手のぬくもりでブランデーを温めた。「これまでに会ったどの女性よりも美しい。間違いなく」

グリフィンの陰気な口ぶりを聞いてオリファントは笑った。「それがまずいのか？」

「花婿がぼくのような外見だったらそうだ」グリフィンは言った。「性格は気立てがよくて、思いやりがある。しかも、愚かではない。ウィットがあって、知的で、頭の回転が速い」

最初からロザムンドの意のままに操られている、そうだろう？　それは華やかな容姿にはあまり関係ない。どちらかというと、彼女ならではの勇気で正面からぶつかってくるのだ。こちらの短気で無礼な振舞いを笑い、交換条件を定め、そうかと思うと、野生の仔馬をならす経験豊かな調教師さながらにこちらをなだめすかし、思惑どおりに体を重ねた。

「文句のつけようがないようだな」オリファントは言った。

「愛らしくて、屈託がない女性だ」天使のように純真で聡明だけれど、みだらな一面もある。オリファントにそこまで話すつもりはないが。親密さを醸しだす、ロザムンドのかすれた笑い声を思いだし、グリフィンは血が騒いだ。

司祭は目を伏せたが、やがて上目づかいにグリフィンを見た。「婚約者に話したのか？」

ロザムンドのことで頭がいっぱいになっていたので、何を言われているのかグリフィンは一瞬わからなかった。ややあってグラスを掲げた。「なぜ一杯引っかけずにはいられないと思う？」

司祭はめずらしく困惑したような表情を浮かべた。「よかったら私から――」

「けっこうだ」グリフィンは有無を言わさぬ勢いで司祭をじっと見た。「せっかくだが、ほうっておいてほしい。口を出されたら、かえって面倒なことになるだけだ」

「おやまあ、すっかりそわそわなさってますね」ティビーが言った。「そんなにうろうろ歩きまわらず、少しはじっとしてください。さもなければ、ためになるような書物でも読んでいただかないといけませんね」

ロザムンドは足をぴたりととめた。「メアリ・ウルスタンクラフト？　彼女の著作ならもう読んだわ。セシリーに勧められて。セシリーから聞かなかった？」

「いいえ、メアリ・ウルスタンクラフトじゃありません」ティビーは傍らのテーブルから小冊子を手に取って、掲げて見せた。「ハンナ・モアです」

ティビーがわざと怖がらせるような抑揚で言ったので、ロザムンドは思わず笑ってしまった。「そういうものを読めると思うの、こんなときに？」

ティビーは小冊子をおろした。「言づてを送ったからといって、トレガース卿が一も二もなく駆けつけるとはかぎりませんよ。ほら、きのうのように、一日留守かもしれないですしね」

必ず来るとロザムンドは知っていた。なぜならゆうべ、裸でベッドに横たわりながらふたりで取り決めておいたのだから。でも、それをティビーに話すわけにはいかない。

「メグを連れて、散歩でもしてきたらどうですか？」ティビーはそう提案した。

「ううん、散歩なんてしたって落ちつかないわ」ロザムンドはいらいらしたようにそう言って、炉棚の上の鏡で自分の姿を確認した。

言うまでもなく、昨夜の冒険のことはティビーに何ひとつ漏らしていなかった。ティビーの知るかぎり、ロザムンドは宿の部屋で寝かしつけられ、朝まで寝ていたことになっている。グリフィンのベッドで処女を失ったのではなく。

見た目はどこか変わっただろうか。しわがないか目を皿のようにして顔を眺める母のように、ゆうべの背徳行為を示す痕跡は残っていないかと、鏡に映った自分の顔をとっくりと眺めた。

そして顔をしかめた。頬は少し赤いかもしれないし、目も輝いているかもしれない。でも、それ以外に変化はない。別人になった気分なのに、どうして顔には表われていないのだろう。

ドアを引っかくような音がして、ロザムンドはどきりとした。できるだけ落ちついた声で呼びかけた。「どうぞ」

ドアが開き、戸口にグリフィンが立っていた。

ロザムンドはその場で立ちどまり、口をぽかんとあけて彼を見つめた。

きちんと髪を整えた頭から、艶のある黒いブーツの足もとまで一分の隙もない装いだった。ゆうべはグリフィンのたくましい体つきを惚《ほ》れぼれと眺める幸運に浴したが、大柄な彼が服を身にまとって、これほど引き立つとは夢にも思わなかった。

それに、彼の顔ときたら！　なにしろ、髭がきれいに剃り落とされている。けれど、髪は鋭い頬骨があらわになるように短く刈り込まれ、時化雲《しけ》を思わせる目が強調されたようだった。たしかに、もじゃもじゃした長い髪で隠されなくなったので、痛ましい傷跡ははっきり見えるようになったが、もうすっかり見慣れていたので、ロザムンドは気にも留めなかった。

グリフィンと目が合うと、幾重にも心を守っていたものにひびがはいり、崩れ去った。心許《もと》ないような未知の感情が込みあげ、ロザムンドは体がわななないた。

ゆうべ差しだしたのは純潔だけではなかった、とふいに気づいた。

グリフィンは少しだけ首を傾げ、熱を帯びているのに冷静にも見えるまなざしをじっと向けてきた。そんなふうに見つめられ、ロザムンドは顔がかっと熱くなった。ふたりがベッドでしたことを何から何まで思いださずにはいられなかった。

「ロザムンドお嬢様」ティビーが促《うなが》した。

「あら、いけない」ロザムンドは普段の落ちつきを取り戻そうとしたが、どこかへ消えてしまったようだ。「うっかり——うっかりしていたわ。どうぞおはいりになって、グリフィン」

ティビーはひもを引いて呼び鈴を鳴らした。「お茶を用意させましょう」

「お、お掛けになりませんこと？」いやだわ、他人行儀な話し方だ。昼日中なら考えもしないことをして親密な時を過ごしたのに、こういう服装のグリフィンにはまったくなじみがない。まるで馬から振り落とされたかのようにロザムンドは頭のなかが混乱し、方向感覚さえ失ってしまったかのようだ。

グリフィンは安心させようともしてくれない。それどころか、心ここにあらずといった様子だった。宿屋にいるわたしに驚いてみせるという段取りを思いだせないの？

ロザムンドは話の口火を切った。「なぜわたしがここにいるのか、ふしぎに思っているのでしょうね」

グリフィンの顔にとまどいがよぎった。「なんだって？」

ロザムンドはグリフィンをにらみつけ、ティビーをちらりと見た。「ほら、まさかあなたを追いかけてくるとは思わなかったでしょう、ということよ」

「ああ！　そう、そうだった。そのまさかだ」

「それで……」話を進めさせようとした。

ロザムンドは待ったが、グリフィンは途方に暮れたように見つめてくるだけだった。

「とにかく、わたしはここにいるわけだから……」

グリフィンはわれに返ったようにはっとした。「ああ」そしてティビーを横目で見た。「そうだな。ことによると、われわれとしては……」咳払いをした。「ロザムンド、ふたりだけで話せないか？」

ロザムンドは顔をしかめてグリフィンを見た。昨晩、彼の部屋をあとにするまえに打ち合わせた筋書きとは違う。

目配せしてもグリフィンは提案を撤回しなかったので、ロザムンドはかすかに肩をすくめ、ティビーに微笑んだ。「席をはずしてもらえる、ティビー？　ほんの少しだけ」

「わかりました」ティビーは本を手に取った。「しばらくしたら戻ってきます。十五分後に」

ロザムンドはティビーが部屋を出てドアをしめるまで待った。そしてグリフィンに振り向き、声をひそめて言った。「どういうことなの？　どうかしたの？　まさか心変わりをしたわけじゃないでしょうね。深入りしたあとで――」

「心変わりなんかしていない」グリフィンは目を怒らせた。「どんなろくで――」

「しーっ！　大きな声を出さないで」ロザムンドはドアのほうに視線を投げかけた。

グリフィンは声を落として言った。「ぼくをどれだけ卑劣な男だと思ったんだ？　心変わりなどするわけがないだろうが。でも、きみに大事な話がある」

真剣な表情を見たとたん、ロザムンドは不安になった。けれど、グリフィンの妹から聞いたことを思いだした。

ジャクリーンが打ち明けてくれたことは黙っておくことにした。グリフィンの口から説明してほしかったのだ。

グリフィンが話を始めるより先に女中がお茶を運んできた。

ふたりとも口をつぐみ、女中が部屋を出ていくまで待った。かちゃかちゃと食器がぶつかる音を立てながら女中は部屋を横切り、グリフィンとロザムンドのあいだのテーブルに盆を置いた。

茶器を並べるあいだ、若い女中は恐怖にこわばった表情を室内帽《モブキャップ》の下からのぞかせていた。ひっきりなしにグリフィンをちらちらと見て、手もとから注意がそれ、しまいに砂糖壺をひっくり返しそうになった。

「そのままでけっこうよ」ロザムンドはぴしゃりと言った。「まったく、あきれたものね、取って食われるとでも思っているの？」

女中はすすり泣くような声を漏らし、恐怖で冷や汗をかいたのか、エプロンで手を拭いた。

「さがってちょうだい。お茶はわたしが注ぐわ」ロザムンドが手を振って退室を命じると、女中は逃げるようにして部屋から出ていった。

ロザムンドはグリフィンに向きなおった。「ひどいものね。この界隈にいたらこういうことに耐えないといけないのなら、あなたが怒りっぽい性格になっても仕方ないわ」

「べつに怒りっぽい性格じゃない」グリフィンはうなるように言った。

「怒りっぽいわ。でも、あなたの性格のことでいま押し問答するつもりはないの。話があるのでしょう、聞かせてちょうだい。知りたくてうずうずしているの」

冗談めかした口調にグリフィンは少しほっとしたようだった。やれやれだ。

グリフィンは身を乗りだし、ロザムンドからカップを受け取った。うわの空という顔で紅茶をひと口飲んだ。そして目を落とし、眉を吊りあげた。「どういう飲み方が好きか、どうして知ってるんだ？」

濃いお茶にミルクを少々、砂糖は山盛り三杯。

「こういう飲み方が好きなの？」ロザムンドは何食わぬ顔で言った。「たまたま好みに合ってよかったわ」

ペンドン館を最初に訪ねた折に収集したグリフィンの好き嫌いを細かく憶えていたことを明かそうとは思わない。ひどい出迎えを受けたにもかかわらず、それほど彼に夢中になっていたということだ。完璧な妻になろうと固く決心していたのだ。

ロザムンドはロケットに手を伸ばしたが、すばやくその手を離した。ロケットをいじる癖はやめないと。

「そうか」グリフィンは言った。

「ねえ、聞かせて」ロザムンドは首を傾けた。

そしてグリフィンは話した。オールブライトを脅しつけたこと。そのあと、崖の下の岩場で死体が発見されたこと。

「そう」ロザムンドはゆっくりと言った。事件当日のことを話しながらグリフィンは何かと葛藤しているようだった。この話を誰かに打ち明けたことはあるのだろうか？

「でも、それで終わりじゃない。もっと面倒なことになった」グリフィンは感情を抑えきれなくなったのか、椅子から立ちあがった。窓辺に向かい、外を見た。「新たな証拠が出てきたという噂がある。おそらく目撃者が現われたのだろう。ぼくはまだ有力な容疑者だから、捜査が再開されたらかかわらざるをえない」

「でも、あなたは無実なのに」ロザムンドは指摘した。「では、きみはぼくを信じているんだね」

グリフィンは妙な目つきでロザムンドを見た。

そう言って、ふうっと息を吐いた。

「そうよ、あたりまえでしょう！　だからふしぎなのよ、どうしてあなたが目撃者の存在について不安に思うのか。だって、目撃者がいるなら、あなたが着せられた濡れ衣をその人が晴らしてくれるわ」

グリフィンは腕を組み、顔をこわばらせた。「目撃者とやらが嘘をつくとしたら？　目撃者なんておらず、誰かがぼくを犯人に仕立てあげようとしているのだったらどうなる？　これまで表立って非難してくる者はいなかった。だが、いつまでも噂が立ち消えず、そのせいで捜査が続いたら、ペンドン館は住み心地の悪い場所になる。ぼくの妻として、きみはいろいろな苦労を背負い込む」

ふいに悟りが開けた。ジャクリーンから事情を聞いたときになぜ気づかなかったのだろう？「だからわたしを迎えに来なかった。そうなのね？　まずはお祖父様が亡くなった。そのあと、この事件が起きて、あなたは疑いをかけられた」

グリフィンはなんとも返事をしなかったが、図星だったのだとわかった。安堵が胸に広がり、ロザムンドはすっきりした——彼が苦しんでいるときに爽快《そうかい》な気分にひたるとは身勝手なものだが、そんな気持ちをどうしても抑えきれなかった。グリフィンはわたしを守るために距離を置いていたのだ。

「まだぼくと結婚する気はあるか?」グリフィンはかすれた声で言った。打ち明け話を始めてから、ようやく心に希望が芽生えた。

「もちろん結婚したいわ!」

当然のことでしょう、と言わんばかりの口ぶりだった。物思いにふけるような顔で唇をいじっているロザムンドを、グリフィンは言葉もなく見つめるばかりだった。

あの唇を味わいたい。無条件に信頼してくれた彼女に口づけたくてたまらなかったが、いまはそんなことをしている場合ではない。それに、ひとたび唇を重ねたら、あの邪魔な付添いが部屋に戻ってきたときに、微笑ましいとは言いがたい濃厚なキスになっていることだろう。

「唯一あなたに不利な点は、殺されるまえにその人を脅したことだわ」ロザムンドが言った。

「どうしてそんなことをしたの、グリフィン?」

グリフィンは口ごもった。そのときのことを思いだすと、いまでも腸《はらわた》が煮えくり返った。

「オールブライトは妹に下心を抱いていた。妹の音楽教師で、家族ぐるみの友人のいとこだった」

もちろんマドックスを責めてはいない。オールブライトの性癖を知る由もなかったのだ。知っていたら、ジャックスの音楽教師に推薦するはずはない。

とぎれとぎれに息を吸った。「ぼくはあの男を信用し、ふたりきりにさせていた。やがて気づいたときには……」オールブライトと自分自身への怒りで、話を続けられなくなった。こぶしを叩きつけて壁を破りたい衝動に駆られた。

ロザムンドは顔を蒼ざめさせた。「音楽教師は度を超えてなれなれしかったということ？」

グリフィンは頭を振った。「妹は世間知らずだった。教師が自分に何をしようとしているのかもわからなかった」ジャックスを守ってやれなかった。思慮深い付添いでもつけていれば、その手の危険があることを妹に教えていたかもしれない。「妹はたしかにいやがっていた。なぜなら争うような物音を聞きつけて、ぼくは部屋にはいったのだから」

「その場で音楽教師を殺さなかったのがふしぎだわ」ロザムンドは憤慨したように言った。「それどころか、たとえ殺したとしても、あなたを責めないわ。もっと言えば」目が細くなり、彼女は言いつのった。「わたしがあなただったら、その教師を自分で殺したはずよ。少女につけこむなんて、卑劣きわまりないわ」

もう我慢できなかった。グリフィンは大股でロザムンドのところに歩み寄り、手を引っぱってソファから立ちあがらせると、抱き寄せてキスをした。

さまざまな感情が胸で渦巻いていた。妹に手を出そうとし、死んだあともいつまでも迷惑をかけてくるオールブライトへの怒り、ただひとり理解を示してくれた相手への感謝。たしかにジャックスも理解してくれているが、つらい思いをさせた妹に慰めを求めるのは筋違いだ。

またたく間に安堵の念に満たされた。グリフィンは平衡感覚を失い、めまいさえ覚えた。ロザムンドもたっぷりとキスを返してきた。むさぼるように唇を奪うグリフィンに一歩も引けを取らなかった。信じてくれてほんとうによかった。彼女なしでは生きていけないのだから。

ようやくグリフィンが顔を上げると、ふたりとも長い距離を走ったあとの猟犬さながらに息を切らしていた。ロザムンドは愛おしそうにグリフィンの髪を指で梳き、頭を抱きかかえた。そのやさしいしぐさでグリフィンは骨抜きにされそうだった。自分を理解してくれ、味方になってくれた安堵感に包まれ、膝から力が抜けそうになった。

「あなたの汚名をそそぐ方法を見つけないとね」あのどこまでも青い瞳が決意を秘めてきらりと光った。「グリフィン、わたしたちで真犯人を探さないといけないわ」

グリフィンはロザムンドの腰から手をおろし、さっと後ろに身を引いた。「なんだって？ばかなことは言わないでくれ！」

「ばかなことじゃないわ。問題を解決するにはそれしかないでしょう」

グリフィンが返事をするより早く、ドアが開き、ティビーが部屋に戻ってきた。

「それで、話は終わりましたか？」ティビーは言った。

ロザムンドは顔を輝かせた。「ええ、ティビー、たぶん真っ先に祝福してもらえるわね。グリフィンとわたしは、きょう結婚するの」

17

ロザムンドは客間に駆け込み、炉棚の上の鏡で自分の姿を確かめた。

グリフィンが司祭を呼びに行ったので、結婚式によりふさわしいドレスに着替える時間ができた。選んだのは、勿忘草《わすれなぐさ》の模様をあしらった白いモスリンのドレスだった。

「少し性急なのではありませんか?」ティビーは手もとの刺繍《ししゅう》枠から顔を上げ、人並みはずれて洞察力にすぐれた穏やかな目でロザムンドを見た。「せめてレディ・セシリーに参列してもらいたいでしょう。それに公爵様とスタイン卿にも。せっかくのおめでたい日に――」

「理想的な状況ではないわね」ロザムンドは素直に認め、興奮でふるえる指で金のイヤリングをつけた。「でもね、ティビー、わかってもらわないと、わたしがどれほど既婚女性として新しい人生を始めたくてたまらないか。長いあいだ売れ残っていたのだもの」

「たかだか二年ぶんの社交シーズンでしょう!」ティビーは鼻を鳴らした。「わたしが何社交シーズンを過ごしたかご存じなら、わたしのことは行かず後家《ごけ》と呼ばないと、ですよ」

ロザムンドは面白がるような目でティビーを眺めた。「あなたなら結婚のお申し込みに事欠かなかったはずよ」

「それについてはなんともお答えできかねます」ティビーはしかつめらしい口調で言ったが、目は輝いていた。「でも、仮に申し込みに応じていたとしたら、相手のことをよくよく知るまでは好きにさせなかったでしょうよ」

ロザムンドは目を見開いた。「男性たちは怪物だとでも言わんばかりの口ぶりね、ティビー。わたしの婚約者はその例にあてはまらないわ」

「怪物のような男性もいるんですよ。お嬢様はいろいろな意味で守られた生活を送ってきたので、夫が——簡単に言えば、妻を虐げる場合もあることはたぶんご存じないでしょう。そういうことは誰も口にしませんから、ごく近しい間柄の人の身に降りかからないかぎり、お耳にはいることもないでしょうしね。でも、夢見がちな目で花嫁になった若いご婦人が、目のまわりに痣をこしらえて結婚に破れた例を、ひとりならず知っていますよ」ティビーは身をふるわせた。「もっと悲惨な結果になった例もね」

「グリフィンは決してわたしに手を上げたりしないわ」ロザムンドはそれとなくほのめかされたことにショックを受けた。あの巨体をまえにしたら、見過ごされがちだが、グリフィンは気立てのやさしい人なのだ。

「肉体的な暴力は、妻が夫から受ける恐怖の一面にすぎません」ティビーは朱色の糸を鋏《はさみ》で切った。「もうこれ以上は申しませんが、結婚式を挙げてしまうまえに、お相手にすべてを捧げる覚悟ができているか、ご自分の胸に問いかけてみるといいでしょう。そこまであの方を信頼していますか、お嬢様？」

「ええ、もちろんよ」ロザムンドはイヤリングの片割れを手に取って、留め金をいじりながら顔をしかめた。「うまくやっていけるわよ、ティビー。あの人に威張らせたりしないわ。それに居心地をよくしてあげられると思うしね」

「ええ、できますとも」ティビーが言った。「でも、お嬢様の気持ちはどうなんです？　結婚したいお相手はほんとうにあの方ですか？　求愛してくるほかの殿方たちではなく」

ほかの殿方たち、と言葉を濁しているが、フィリップ・ローダデールのことをティビーは訊いているのだろう。「ええ、そうよ」ロザムンドは言った。

ティビーは息を詰まらせたとも鼻を鳴らしたともつかぬ声を小さく漏らした。「あれについては、いつか気が変わるかもしれませんね」

ロザムンドは鋭い目でティビーを見た。「あれというのは愛のことかしら、ティビー？　本気で言っているの？　てっきりもうわかっていると思ったのだけれどね、わたしたちウェストラザー家の者たちは結婚するときに愛にこだわらないのよ。わたしは十七のときに自分の務めを受け入れたわ。そしていま、その務めを果たすの。トレガース卿でいいのよ。子を授かれば、ともに幸せな家庭を築いていくわ。わたしは子どもたちを愛する母親になるの――一所懸命に子育てをするつもりよ」

そう口にしながら涙が込みあげ、喉が詰まりそうになった。ロザムンドはなんとか涙をこらえた。ティビーのまえで泣いて、やはり取り越し苦労ではなかったと思われるのはなんとしても避けたい。

結婚を邪魔しようとして、ティビーはとんだお節介焼きだ。こっちはこの日が来るのをずっと待っていたのに。

「なるほど」ティビーはとうとうそう言った。「それで、トレガース卿はどうなんです？　お嬢様の〝愛〟には値しないお方ですか？」

ロザムンドは胸に差し込むような痛みを覚えた。どう答えればいいの？

「もしもトレガース卿がほかの女性を愛したら、お嬢様はどう思うでしょう？」ティビーはさらに食いさがった。「そういうことは起きるものですよ。聞くところによれば、便宜上の結婚の場合は往々にして」

幸せな結婚生活を思い描いていたロザムンドは、グリフィンが浮気をする可能性を考えもしなかった。どうしてそこに考えが及ばなかったのだろう？　ティビーに言われたように、上流社会では不倫はよくあることだ。両親も……。

残忍な冷たい手で心臓をつかまれたようで、思わず戦慄が走った。嗚咽《おえつ》が込みあげてくる。顎を上げ、ロザムンドは言った。「浮気されないように気をつけるわ」

わざわざ目を向けなくても、ティビーが疑わしそうな表情をしているのはわかった。

いまにも漏らしそうな嗚咽をのみ込んだ。「さて」ロザムンドはぎこちなく言った。「ちょっと失礼して、部屋に戻って支度の仕上げをするわ」

貸し切った客間のドアをしめるかしめないかするうちに、ロザムンドの目から涙があふれた。

その日の午前中いっぱい、ロザムンドは抵抗しようとしたが、崩れた土砂の上で踏んばっているようなものだった。ただの悪あがきだ。グリフィン・デヴィアにどうしようもなく心を奪われていた。もはや真実を打ち消すことはできない。

花婿に恋焦がれている。

ロザムンドは衝撃で頭がぼんやりしたまま、短い結婚式をなんとか切り抜けた。ジャクリーンも立ちあってくれた。元気いっぱいで、式に参列して喜んでいるようだった。端正な顔立ちの紳士を同伴し、ミスター・マドックスだと紹介してくれた。ペギーとジョシュアと無口な娘も列席した。もちろんティビーもいた。先ほどの異論は撤回したようで、いまはにこやかな表情で、レースの縁飾りのハンカチーフを握りしめ、嬉し涙を目に浮かべていた。

司祭は気さくで、明るい人柄のようだった。グリフィンに敬意を払っていることがはっきりと見て取れ、ロザムンドは嬉しく思った。けれど、あいまいな言葉や恥ずかしいほど陳腐《ちんぷ》な言葉しか思い浮かばず、司祭のミスター・オリファントにどう声をかければいいのかわからなかった。ふいに気づいた自分の気持ちのことで、頭のなかがいっぱいだったのだ。

グリフィンは体にぴったり合った優雅な装いでとても魅力的だったが、ロザムンドが彼から目が離せない理由はそれではなかった。実際、新しい衣装とていねいな身づくろいのおかげでいつになく強面《こわもて》には見えなかったが、かえって近寄りがたい気がして、それを恨みがましく思わないでもなかった。自分しか彼の魅力を見抜けなかった頃の粗野で垢抜けしない外見に戻ってほしい気がしたのだ。

でも、そう思うのは身勝手だ。とても褒められたものではない気の迷いをすぐに押し殺した。

世間の人たちの見方が変われば、グリフィンは丁重にあつかわれるようになるかもしれない。コーンウォールに来てまだ間もないが、領民にグリフィンがどう思われているのか見聞きしてロザムンドはショックを受けたのだった。宿屋のあの哀れな女中は、茶器を載せた盆を取り落としそうなほどふるえていた。

にっこりと微笑んだ司祭に、新婦にキスをするよう促されると、グリフィンにためらいはなかった。それでも、場をわきまえた慎み深い口づけだった。唇が触れあい、ぬくもりを感じたと思ったら、もう離れていた。ふたりの唇がしっかりと重なった瞬間、愛情が込みあげ、あたかもグリフィンを出迎えたような気持ちになった。なんて感傷的なの!

ロザムンドは目を上げて、グリフィンの顔をのぞき込んだ。知り合ってから初めて、グリフィンは幸せそうに見えた。

ロザムンドも微笑み返したが、それはつくり笑いだった。グリフィンと結婚する喜びをもう一度嚙みしめることができたらよかったが、胸のなかは深い絶望感に取って代わられていた。

どういうことなの？　ロザムンドは自分を責めた。この婚姻で心の平安が乱される恐れが大いにある、といまさら気づいたのはなぜだろう。自分には縁がなかったからこそ、円満な家庭を築くことだけを願っていた。

それにもかかわらず、冷えきった便宜上の結婚をして、どうやってグリフィンとの暮らしに耐えられるというの？　そんなことにいままで気づかなかったなんて、どこまで愚かだったのだろうか。

もちろん、グリフィンの態度を考えれば、冷えきった結婚生活にはならないとはっきりとわかる。けれど、激しい情熱のせいでかえってまずいことになるのではないだろうか。熱いひとときを過ごしても、彼に愛されていると言えるかしら？　未練も残さず母のもとを去っていく男性を何人も見てきたから、情熱と愛は別物だと考えるようになっていた。心はなかなかそれを認めることができないとしても、頭ではちゃんとわかっていた。

ロザムンドは手を上げて、ロケットをいじった。これまでは慰めになるしぐさだった。ロケットはお守りだったのだ。それがいまでは、報われない愛を耐え忍ぶ前途の象徴になってしまった。

そうこうするうちに、ティビーにキスをし、ジャクリーンにきれいなブーケをゆずり、ほかの列席者から祝福の言葉をかけられ、グリフィンの古びた幌つきの四輪馬車《ランドー》に乗って、教会をあとにした。

グリフィンは向かい側に座り、長い脚をまえに伸ばしていた。「その婦人帽《ボンネット》はとてもすてきだね。それを脱いで、こっちにおいで」

ロザムンドは目を見開いた。「なんですって？　ここで？」

「ボンネットを脱いでも問題ないだろう？」グリフィンは何食わぬ顔で尋ねた。「邪魔なものはなしで、妻の顔を眺めたいと思うのは悪いことか？」

「どういう意味か、よくわかっているでしょうに」ロザムンドは笑いながらそう言ったが、リボンをほどき、手の込んだ帽子を頭から持ちあげた。傍らに置き、腰を上げ、向かいの座席に移動しようとした。

すると、グリフィンのブーツに足をひっかけ、つんのめった。手足を広げて倒れかかったところを抱きとめられた。驚いて叫びそうになったが、荒々しく唇を重ねられ、悲鳴はかき消された。グリフィンに抱きしめられ、キスをされているうちに、不適切な状況だという意識は頭のなかから消えていった。

太腿の裏側にグリフィンの手が伸び、体が持ちあげられ、彼の膝の上に横向きで座らされた。そのあいだもキスは続き、グリフィンの唇は首すじをおりていった。

退廃的な行為にロザムンドは体がほてり、すぐに恥ずかしさを覚えたが、やめてほしいとは思わなかった。

身勝手なほど強引に唇を奪われながらも、ロザムンドの胸には温かな気持ちが広がっていた。グリフィンの豊かな黒髪に手を伸ばし、指を差し入れた。前回こうして手を触れたときよりも髪は短くなっていた。もじゃもじゃに伸びた長い髪をなつかしく思っている自分に気づき、ロザムンドは驚いた。

肌身を許してからまだ一夜明けただけでしょう？　それなのに、あれから一生を過ごしたような気がしていた。

馬車が停止し、ロザムンドはわれに返った。体を起こし、あわてて元の席に戻り、夢中でキスをしていたあいだに床にころがっていたボンネットをすばやく拾いあげた。

従僕は心持ち、時間をかけてドアをあけたようだった。ロザムンドがボンネットをかぶりなおし、リボンを結びおえたところで、ちょうどディコンが現われ、踏み段をおろした。

首を振って言った。「すみません。玄関にお連れしろと御者に怒鳴ったのですが、御者は耳が聞こえないようで、勝手にこっちまで来てしまいました」

ほの暗い馬車のなかから外に出てみると、そこは厩の庭だった。数年まえに初めてグリフィンと対面した場所だ。

ロザムンドは笑い飛ばした。「いいのよ、ディコン。大丈夫よ。大丈夫どころか、こっちでよかったわ」

馬車からおりてきたグリフィンに、笑みを浮かべたまま振り向いた。「わたしたちの悪名高き出会いの場所ね、伯爵様。あのときのあなたって、ほとほと無礼だったわ」

グリフィンはちらりと視線をさげて、ロザムンドを見た。「自分のことを棚に上げて何を言う。ぼくを馬丁あつかいして命令したくせに」

ロザムンドはふんと鼻を鳴らした。「懲《こ》らしめようとしてわざとそうしたのよ。いずれにしても、あなたはほんとうに馬丁のような恰好をしていたものね」りゅうとした身なりをしたグリフィンに目をやって、胸が疼いた。馬車のなかで抱き合ったあとだから、少しは身なりも乱れてしまったかもしれない。

「あの日、ぼくが何をしていたか知りたいか?」グリフィンは尋ねた。

興味を惹かれ、ロザムンドはうなずいた。

グリフィンは頭を振った。「こっちだ」

牧草地に案内されると、艶のある黒い牝馬が草を食《は》んでいた。

「まあ、美しい馬ね」ロザムンドは言った。「なんていう名前なの?」

グリフィンに目をやった。彼は馬ではなく、ロザムンドを見つめていた。物思いにふけっていて、はっとわれに返ったようだった。

かすかに声をふるわせて言った。「ブラック・ロージーだ」

驚いて跳びあがり、思わず笑いが出た。「わたしにちなんで？」

グリフィンは目を輝かせてうなずいた。「きみの名前と、あのときぼくに見せたむっとした《ブラック・》表情《ルックス》にちなんで」

「むっとした表情ですって？　ほんとうに？」ロザムンドは目をぱちくりさせた。「いつもはそんなんじゃないのよ」

「悪くなかったよ」グリフィンは言った。「ぼくに立ち向かってきた女性は何人もいなかったからね」

柵に肘をついてもたれ、手を握りあわせた。「あの馬はきみがここに来た前日か前々日あたりに生まれたが、母馬が死んでしまった。ほかの牝馬をどうにかして仔馬に乳を飲ませるように仕向けていたときに、きみが到着したという知らせを祖父から受けた」肩をすくめた。「仔馬のそばを離れるわけにいかなかったんだ」

「もちろんそうよ」ロザムンドはあの日の自分の振舞いを思い返し、信じられないといった気持ちで首を振った。「甘やかされた幼稚な娘だとあなたには思われたでしょうね」

グリフィンは笑って、首を振った。ロザムンドのほうを向いた彼の目はいつになくにこやかだった。「きみのことは……とてもきれいだと思った。魔法にかけられたように魅力的だとね。おとぎ話に出てくるお姫様のようで、ぼくのような人種とはまるで違うと思った」

グリフィンはロザムンドのそばまで来て、唇をじっと見つめた。ロザムンドは彼のほうに顔を仰向けた。

唇が触れあい、ロザムンドは魂がふるえた。ふたりでキスは何度もしたけれど、それまでとはまったく違うキスだった。じつにためらいがちで、それでいてとても甘く、新鮮なキスだった。

反応をそっと引きだすように、グリフィンはあたかも大切な贈りものをかかえるようなしぐさで、ロザムンドの顔を両手で包んだ。ふたりの唇はぴったりと重なり、軽くこすれあい、たがいに唇を吸った。慎み深く、抑制の効いた、汚れを知らないようなキスであり、思いがあふれ、将来を約束するような気配を孕んでいた。

やさしさに満ちたキスに、ロザムンドは胸が張り裂けそうになった。

グリフィンが顔を上げ、目をのぞき込んできた。彼の瞳には痛みが映しだされていた。いったいどうしたのだろう？

「ロザムンド、ぼくは――」グリフィンが何か言いかけたところで、いつのまにか忍び寄っていた牝馬が彼の肩に勢いよく頭をぶつけてきた。「おい、こら！」グリフィンは振り向いて、牝馬の鼻の白い斑を撫でてやった。「そんなに暴れるな」

「焼きもちを焼いたのね」ロザムンドはくすりと笑った。

手袋をはずし、グリフィンと一緒に美しい馬をなだめた。少しして、砂糖も林檎ももらえないようだと察したのか、牝馬は長い尾をゆらし、ゆっくりと走り去り、また草を食みはじめた。

グリフィンはちらりと空を仰ぎ見た。「というわけで、ぼくたちは結婚した」

「そうね」ロザムンドはふるえるような笑い声を漏らした。「結婚したわ」

「これからどうしようか？」グリフィンはあたりにさっと手を振った。「よかったら、領地を案内してもいい」

ロザムンドは小首を傾げ、上目づかいにグリフィンを見つめた。「それはあすにしたらどうかしら。そのほうがいいと思うの」

「じゃあ、ペギーに頼んで屋敷のなかを案内させようか」

屋敷のなかはある程度見たことがあるから、いまはひとまわりして気が滅入る思いは味わいたくなかった。「ありがとう。でも、それもあとでいいと思うの」

「そうか」グリフィンは顎を軽く叩いた。「馬に乗って海まで出かけてみるか？」

べつのときなら、その提案に飛びついていただろう。けれど、いまはぶつぶつと文句を言った。「ここにはわたしが乗れる馬はない、とまえに言われた気がするのだけれど」

「あのときはいやがらせで言っただけだ」

「そう、じゃあ、あの日のあなたは無礼だったと認めるのね」ロザムンドはにやりと笑ってグリフィンを見た。「一歩前進ね」

グリフィンはロザムンドに手を伸ばした。「いいかい、奥さん、これ以上生意気な口を利くなら、どうなっても知らないぞ」

ロザムンドはいかにも無邪気そうに目をぱちぱちさせた。「どうなるの？」

グリフィンは荒い息を吐き、ほんの数センチのところまでロザムンドの口もとに唇を寄せた。

そこで動きをとめ、ロザムンドの手をつかんだ。「おいで」

18

厩は新しい干し草の甘い香りがした。なかには誰もいなかった。なぜここに連れてこられたのだろうか。ロザムンドはふしぎに思った。

疑問はすぐに解けた。

藁《わら》のベッドに押し倒され、ひざまずいたグリフィンに脚を広げられた。

彼が覆いかぶさってくると、鼓動が速くなり、息も浅くなった。ふざけあうような気配が消えた目が口もとに釘づけになっている。顔には決意が表われていた。ロザムンドの顔の両わきに手をつき、グリフィンは身をかがめ、唇を重ねた。

そのキスで理性が吹き飛んだ。ロザムンドは上質な毛織りの上着越しにグリフィンの肩を撫でた。生地の厚さにもかかわらず、手触りで筋肉を感じた。

グリフィンは舌をからめながら、ドレスとシュミーズとペティコートをたくしあげた。脚が空気にさらされた。

もちろん靴下ははいていた。靴下を留めているガーターより上の素肌を撫でられ、ロザムンドは息をのんだ。愛撫は続き、グリフィンの視線がおりてきた。その飢えた表情に、全身がかっと熱くなる。

グリフィンはさらに大きくロザムンドの脚を広げさせ、両脚のあいだにひざまずき、柔らかく、感じやすい部分に指をあてた。指を動かし、興奮を煽り、やがてロザムンドは甘いうめきを漏らし、懇願した。そしてあっという間に激しく絶頂を迎えた。

グリフィンは体を起こし、ふたたびロザムンドにのしかかるような姿勢になった。肘をつき、ロザムンドの顔を見おろした。「やめてほしいなら、そう言ってくれ。きのうのきょうで、まだ痛みがあるかもしれない」

ロザムンドは首を振った。授けられた悦びに報いることができるなら、痛みに耐えてもかまわない。けれど、結局のところ、痛みはなかった。体の向きを変えて受け入れ、ゆっくりと差し入れられた硬いものを締めつけたとき、ふしぎな刺激を覚えただけだった。グリフィンはしわがれたうめきをあげ、奥まで身を沈めた。

そこで動きがとまった。ロザムンドが目をあけると、グリフィンの顔には張りつめた表情が浮かんでいた。自制するのが苦しいのだろうか。

「わたしは大丈夫よ」ロザムンドが吐息まじりに言った。「やめなくていいわ」

グリフィンは目をぎゅっとつぶり、ゆっくりと、ごくゆっくりと腰を動かした。

ロザムンドはその動きに合わせようとした。ところが、グリフィンはロザムンドの体を押さえ、自分の望みどおりにロザムンドを奪った。ただ藁の上に横たわり、感じているだけでふしぎなほど自由だった。

ふたりの体がひとつにつながった場所に、もっと激しい痛みが生じるのではないかと覚悟していたが、予想を裏切り、最初にグリフィンがはいってきたときにひりひりした痛みをかすかに感じただけで、あとはなんの痛みもなかった。

予想を裏切ったのは、しだいに高まる興奮もそうだった。すでに体の奥で編成された悦びがこだまするように、興奮はまだ手の届かないところにあった。グリフィンが腰を動かすうちに、こだまはしだいに力強く、大きく響いていった。

グリフィンはロザムンドの太腿の下に手を滑らせ、脚を持ちあげ、自分の腰にからみつかせた。身を深く沈めながら、ロザムンドの踵《かかと》の下でグリフィンの尻は収縮した。角度が変わり、さらに奥まで届くと、勝利を叫ぶ喜悦がすさまじい勢いで全身に鳴り響いた。

居ても立ってもいられなくなり、ロザムンドは訴えるようなうめきを漏らした。何がほしいのかもわからず、何を期待しているのかもわからなかったが、一定のリズムでグリフィンに突かれるうちに、何かを求めて頭がおかしくなりそうだった。

「ロザムンド」グリフィンはあえぎながら言った。彼に何かを求められているのだけれど、どうすればいいのかロザムンドはわからなかった。

やがてグリフィンはロザムンドの脚をさらに高く押しあげ、深く、激しく突きをくり返し、彼女をさらに高みへと引きあげた。ロザムンドの体はバイオリンの弦のごとくぴんと張りつめ、心は甘くとろけ、ぱっくりと割れたようだった。グリフィンを包んだ内側は小刻みにふるえた。悦びの波が何度も押し寄せ、全身にさざ波が広がった。

中のグリフィンは依然として硬いまま、絶頂から徐々にかすかな疼きと刺激がまじりあった穏やかな心地よさに落ちついていった。

ロザムンドが何度か瞬きをして目をあけると、苦しげに顔をしかめていたグリフィンはいまや勝ち誇ったかのような得意げな表情を浮かべていた。ロザムンドは満たされてぐったりとし、口を利くこともできなかった。けれど、グリフィンの悦に入った顔を見て、つぎは受け身のまま抱かれはしない、と心に決めた。

とりあえず、いまは楽しめばいい。

グリフィンの欲望が解き放たれた瞬間は、うねるようなふるえとともに訪れた。体が張りつめ、グリフィンは息をはずませた。ロザムンドの上からおりて、ごろりと横になり、たくましい胸を上下させた。ロザムンドは甘い香りの柔らかな干し草に横たわったまま、満たされた思いで微笑んでいた。まるで自分の体も藁になったかのように力が抜け、身動きも取れなかった。

少しして、グリフィンに見つめられていることに気づいた。何かを期待するような目つきだった。じょうずなのね、とでも言われたいのだろうか。そんなことを口にするのはわざとらしい気がした。それに、どうだといわんばかりの表情から察するに、わざわざ言葉にして安心させる必要はないだろう。

そこで褒める代わりにロザムンドはこう言った。「すっかりご満悦ね」

グリフィンは首を傾げ、考えるような表情をした。「そうだな。たしかに不満はない」

ロザムンドは笑った。「わたしもあなたに満足したわ」

グリフィンが屈託のない、まるで無防備な表情を見せたので、ロザムンドはいとしさに胸がときめいた。身をかがめ、彼にキスをした。

やがてグリフィンは言った。「そろそろ屋敷のなかにはいらないとな」にやりと笑い、ロザムンドの髪にからまった藁を引き抜いた。「うまくいけば、つぎはベッドにたどり着ける」


続く数週間のあいだ、夜ともなれば官能の探索にいそしんだが、日中はグリフィンの姿を目にすることはほとんどなかった。所領に関する仕事をグリフィンは山ほどかかえていたのだ。

ロザムンドはロザムンドで、屋敷のなかの片づけに追われた。女性三人で取り組むにはあまりにも膨大な量の仕事だった。外働きの使用人は大勢残っていたが、グリフィンは祖父の死後、家事を切り盛りする使用人の半数を解雇したという。残りの半数は、ミスター・オールブライトの事件の影響でみずからやめていった。厩や屋敷の外でなら働くのは厭《いと》わないだろうが、グリフィン・デヴィアのような怪物と同じ家で寝起きしたいと思う者は誰もいない。「くだらないわ」村のなかを歩きながらジャクリーンに言った。「そういう偏見に満ちた思い込みにはうんざりする」

「大きな声で言わないほうがいいわよ、ロージー」ジャクリーンは声をひそめた。「ほら、あの人はミセス・シンプキンスよ。友人のミスター・マドックスの隣人なの。このあたりでいちばんの噂好きよ」

「ほんとうに?」ロザムンドの好奇心が刺激された。「ねえ、一緒に来て。いいことを思いついたわ」

ロザムンドはジャクリーンの腕を取り、ミセス・シンプキンスのあとを追って、小間物屋にはいっていった。ありとあらゆる種類の生地やボタン、糸やリボンをそろえた高級店だった。ロザムンドはすでに何度もここで買いものをしていたので、店にはいって、ミセス・ソーンににっこりと微笑み、挨拶代わりにうなずいた。

ほかにふたりの客が声の届く範囲にいると気づき、ロザムンドはよく通る声ではっきりと言った。「そうなの、ジャクリーン、こうなったらロンドンの使用人しかいないかもしれないの。すごく残念だけど、仕方ないわ。宿屋で声をかけた通いの女中がふたりいるだけで、ほかに働き手がいないのだもの」

幸い、ジャクリーンはすぐに察しをつけて、話を合わせた。「そうね、お義姉《ねえ》様。ほんとにそのとおりだわ」

「こんな遠くまで呼び寄せたら、もちろんお給金は倍払わないといけないわ」ロザムンドは言った。少ししかめ面をして続けた。「ロンドンの使用人をこっちで働かせるのはいやなのよ。使用人本人だって不満に思うだろうし、地元の人にも不評を買うわ」

「見目麗《みめうるわ》しい従僕にかわいい娘を奪われたら困るものね」ジャクリーンは話をつなげた。

「そうよね。田舎の純朴な人たちを見くだすような態度も癪に障るでしょうし」ロザムンドは賛同し、ため息をついた。「じつはね、腕に覚えがあって正直な使用人を雇えるなら、地元の人であっても倍のお給金を払ってもいいと思っているの。でも、仕方ないわ。いくらいやでもロンドンの仲介業者に頼まないとね。ほうっておいてもペンドン館はまわっていくわけじゃないもの」

　店主と村いちばんの噂好きのあいだでひそひそ話が交わされているのを聞きつけ、ロザムンドは喜んだ。うまくいけば、週末までにじゅうぶんな数の使用人を雇い入れられるだろう。ラズベリー色のリボンを手に取り、てのひらに載せた。「すてきじゃない？　わたしには色が濃すぎるかもしれないけれど、あなたなら大丈夫ね」ロザムンドはリボンをジャクリーンの素肌にあててみた。「うーん。色白だったら似合ったでしょうね」今度は空色のリボンを手に取った。こっちのほうが義妹の目を際立たせ、肌をきれいに見せた。

「どの色を選べばいいか大騒ぎする気持ちがわからないわ」つまらない虚飾と呼んでいるも

のに、ジャクリーンはいつものように苛立っていた。

「あなたの言葉は聞かなかったことにする」ロザムンドは穏やかに言った。「ねえ、ジャクリーン、いらいらするのはやめて。こまごましたことにも真剣に取り組んだほうがためになるのよ。労力を割《さ》いたら楽しめることっていろいろあるのだから」

ジャクリーンは肩をすぼめ、自嘲とも愚痴とも取れる口調で言った。「でも、ダンスは大嫌いなのよ。どれだけ毛嫌いしているか、見当もつかないでしょうけど。わたしはひどく不器用なの――グリフィンに言わせると、酔っぱらったキリンみたいなんですって。かわいそうなディアラブは何度もわたしにダンスを教えようとするけれど、ぜんぜんだめなの。このまえなんて、ディアラブは髪をかきむしったのよ。文字どおりに！　あのかわいそうな男性の頭がつるつるになったら、ひとえにわたしの責任だわ」

「そんなことにはならないわよ」ロザムンドは言った。「いとこのリドゲイトがここにいなくて残念だわ。ダンスがじょうずで、人に教えるときも根気強いの」

家族に手紙で近況を知らせたところ、返事がどっと返ってきたのだった。セシリーからの手紙は下線と感嘆符だらけで、モントフォード公爵からの手紙には控えめながら賞賛の言葉が並んでいた。

けれど、兄のザヴィアからは便りが届かなかった。

屋敷のなかが落ちつくまでは訪ねてこないでほしいと家族には手紙で頼んでおいた。片づけの作業が終わらないうちは、ロザムンドとグリフィンもジャクリーンを連れてロンドンに戻ることはない。

ずいぶん先の話だ。ロザムンドはため息をついた。たしかにグリフィンは領地の仕事を速やかに片づけてしまわないといけない。ジャクリーンを今年、社交界にデビューさせるのなら、シーズンの始まりまでに準備が間に合わないかもしれない。ロザムンドは家族に再会して幸せをわかちあいたくてたまらなかった。ザヴィアの沈黙が心の奥で引っかかったが、できるだけ気にしないことにした。

ジャクリーンの強情な態度はさておき、ロザムンドは時間をかけてレースやリボン、絹織物や絹糸をせっせと選んだ。ロンドンの品物にくらべるとかなり質は落ちるので、買ったものをどうするか想像もつかなかったが、それはまたべつの問題だ。

店主に気に入られることを当て込んで気前よく買いものをした。支払いをしながら、荷物運びにディコンを連れてくればよかったといまさらながら気づいた。仕方がないので、ペンドン館に届けるようミセス・ソーンに指示をした。

つけではなく、現金で支払ったときにミセス・ソーンが丸い顔を輝かせた様子を見て、ロザムンドはあることを思いついた。翌週も、そのまた翌週も同じように買いものをして、あらゆる種類の雑多な品をため込んだ。

「説明してくれないか、なぜぼくの手もとには頭文字の刺繍入りのハンカチーフが三十枚以上あるのか」グリフィンは尋ねた。

「村のご婦人が刺繍をしているのよ」ロザムンドは言った。

「ほう」グリフィンは顎をこすり、首を振った。「いや、そういうことじゃない」

地元でのあなたの評判を回復させようとしているのよと話したらグリフィンを怒らせると わかっていたので、ロザムンドはこう言った。「おかしな癖がわたしにはあるの。三十枚買えるなら、どうして三枚しか買わないの？　と思ってしまうのよ」

グリフィンの額にキスをして、さらにいろいろと質問されるまえにロザムンドは退散した。あす、使用人志望者たちの面接を行なうことになっていた。うまくいけば面接をしているあいだ、グリフィンは邪魔をしないだろうが、それでもロザムンドは気がかりだった。

当然ながら、給金を倍増する件はグリフィンの承諾を得る必要がある。嘆かわしいことだが、必要な措置だ。それに金銭的に余裕がないわけではない。

割増金を払う価値のあることもある、そうでしょう？

どういうわけか、グリフィンはそういう考え方をしないような気がした。けれども、新婚生活を始めてすぐにロザムンドは気づいたのだが、ふたりで快楽を享受した翌朝のグリフィンは割合に融通が利きやすい。

やっぱり、あすの朝、話をつけなければ。なにしろ、屋敷のなかがこんな状態で暮らすのはあと一週間が限度だ。そもそもペギー一家は仕事が特別できるわけでも、働き者でもない。

その事実をさしおいても、ペンドン館ほどの大邸宅を切り盛りする負担をペギーたちだけに押しつけるのは理不尽だ。

そう、満足すれば、グリフィンは異を唱えないだろう。そのためにロザムンドはできるだけのことをするつもりだった。グリフィンもいまは認めないかもしれないが、管理の行き届いた家に住めば、ずっと快適に過ごせるはずだ。そうなれば、こちらとしても子どもの頃からの夢の実現にぐっと近づくことになる。

少しのあいだ、ロザムンドは平らなお腹に手をあてた。グリフィンをたびたび果敢に誘惑する理由はほかにもある。赤ちゃんがほしいのだ。歯のない口で微笑む、柔らかな肌をしたわが子を抱きしめたくてたまらなかった。

住み心地のよいりっぱな屋敷、気持ちよく働く使用人と領民、心を許しあえる隣人、春の社交シーズンが来るたびに楽しむ華やかなロンドン。のびのびと育つわんぱくな子どもたち。妻を大事にし、思いがけない技と情熱で体を満たしてくれる夫。

そうしたことがすべて、手の届くところにある。

あとはただ……じゅうぶんであれば言うことなしだ。

19

ロザムンドがどこにもいない。広すぎて不便きわまりない屋敷のなかをグリフィンは探しまわったが、見つからなかった。

コーンウォールを引き払って、東部のリンカーンシャーの領地に住まいをかまえようかと漠然と考えることもたびたびあったが、もちろん、現実的には無理だった。亡き祖父のことも、祖父がよしとしてきたこともすべて気に入らなかったが、骨身にはしみていた。ペンドン館は何世紀にもわたり、一族の本邸だった。その伝統を破ろうとは思わない。管理するべき所領もある。それに、ますます強くなる世間の風当たりをよそに、意地でもここに残ってやるという気持ちになっていた。

廊下に音楽が聞こえてきて、ロザムンドの居場所に気づいた。古い音楽室だ。そういえばあそこにはしばらく足を踏み入れていなかった。

ピアノを調律したのだろう。ロザムンドがワルツを奏《かな》でているようだったが、音に狂いがなかった。音楽は好きだが、グリフィン自身もきょうだいたちもピアノをうまく弾《ひ》けなかったし、音楽会に誘われることもなかったので、長いあいだピアノの音色を耳にしていなかった。

最後にちゃんとした演奏を聴いたのは、お茶の時間に育児室から子守に連れられて音楽室に行き、母がピアノを弾きながらグリフィンたちに歌って聞かせたときかもしれない。母のことを思いだすといつもそうなるように、いまもまた胸が疼いた。

音楽のない暮らしが何年も続くなんて考えられない、とあの頃なら思っただろう。それを言うなら、母のいない暮らしも考えられなかった。

そんなことが頭によぎっていたが、考えごとはわきに追いやり、グリフィンは音楽室にはいっていった。

男の腕のなかにいるジャックスの姿が目に飛び込んできた。

「妹に何をしている?」グリフィンは怒鳴り声をあげた。

ピアノの音がとまった。ジャックスとマドックスが振り向き、にらみつけてきた。

マドックスは眉を片方、吊りあげた。「何をしているも何も、きみの妹に足を踏まれている、といったところだ。反対するなら、お役目を喜んでゆずろう」

「ぜひそうしてほしいわ」ジャックスはむすっとして、マドックスの肩から手をおろした。

「グリフィンなら文句ばかりは言わないでしょうし」頭を傾げ、ワルツの相手をしげしげと見つめた。「きょうは虫の居どころが悪いみたいね、トニー。まったく、なんなのよ?」

「〝なんなのよ〟はやめてね、ジャクリーン」ロザムンドはおもむろにピアノのまえから腰を上げ、グリフィンのほうにやってきて、片手を差しだした。「怒らなくてもいいでしょう。わたしが同席しているのだから、しきたりにかなっているわ。あなたの妹は社交シーズンが始まるまえにいろいろなダンスを身につけておかないといけないの。いま練習しなかったら、舞踏場でどれだけつらい思いをするか考えてみて」

「つらい思いといえば、お相手の足がどうなるか考えてみればいいさ」マドックスはぼそりとつぶやき、グリフィンのほうを見た。「社交シーズンってなんの話だ、トレガース？　ぼくに隠れて、不意を突くつもりか？」

「そんな必要はないさ、マドックス」グリフィンは言った。「どっちみち、きみに見込みはない」

「いったいなんの話をしているの？」ジャックスが尋ねた。

マドックスはジャックスをちらりと見た。「べつの機会に説明するよ」

「べつの機会は来ない」グリフィンは食いしばった歯のあいだから言った。「もう妹に近づくな」

「さもなければ、なんだ？」マドックスが冷ややかに言った。「崖から突き落とすのか？」

ジャックスは息をのんだ。衝撃で部屋のなかは静まり返った。

「ミスター・マドックス、ひと言よけいでしたわね」ロザムンドが静かに言った。「お引き取りください」

ロザムンドに咎められ、マドックスは傲慢な態度を少しだけ引っ込めた。グリフィンにはそう見えたが、気のせいだろうか。

「トニー！」ジャックスは声をふるわせて言った。「本気で言ってるの？　本気で兄が……」声を詰まらせ、助けを求めるようにグリフィンのほうをちらりと見た。

ごくかすかに、グリフィンは首を振った。

マドックスはグリフィンの目をしばらくじっと見ていた。ややあって言った。「もちろん本気じゃない。ほんとうにそう思っていたら、屋敷を訪ねると思うか？　オールブライトはぼくのいとこだったのだから」こわばった口調でつけ加えた。「トレガース、すまなかった」

妹の目に涙が湧いてきた。そのつらそうな目をマドックスにちらりと向けた。いつもは元気な妹が悲しそうな顔をし、ひょろりとした体がやけに小さく見えて、グリフィンはいたたまれない気持ちになった。大変な時期は乗り越えたと胸を撫でおろしていたのだが、ここにきてマドックスに蒸し返された。

結局、終わりは来ないのだ。コーンウォールにいるかぎりは。平穏な暮らしを送ろうとするなら、ジャックスをこの土地から立ち去らせないといけない。

グリフィンはマドックスに言った。「奥方の言葉を聞いただろう。いますぐ失せろ」

「グリフィン」ロザムンドはなだめるように言った。マドックスのほうに優雅に手を振った。

「ミスター・マドックスは謝罪してくださったわ。貴重な友人を遠ざけないで」

怒りと不安がグリフィンの胸中に渦巻いていた。妻には理不尽に聞こえるとわかっていたが、ジャックスからマドックスを引き離さなければならない。

「きみの謝罪は受け入れた」マドックスに言った。「だが、もう一度警告する。妹に近づくな」

ジャックスはいまや泣き叫んでいた。「トニーと会うのを禁止しないで！　いちばんの――たったひとりの友だちなんだから！」

「われわれはあす、ロンドンに発つ。だから、いずれにしても、彼と会うことはもうない」グリフィンはがなり立てた。危険だとわからないのか？　なぜいちいち言わせるんだ？

マドックスはジャックスに近づき、指一本で彼女の顎を上げた。「ほら」穏やかそうな口調で言ったが、声には物騒な気配が浮かんでいた。「意地悪をされて泣かされたか。でも、泣いたらだめだ」

ハンカチーフを取りだして、ジャックスの涙をていねいに拭いた。

マドックスの表情を見逃していたら、やめろとグリフィンも抗議していただろう……やれやれ。これはややこしいことになってきた。

ロザムンドに目をやると、はっとした顔をしていた。一瞬だけ浮かべた愛情のこもった表情を見逃さなかったのだろう。

「どうやら丸くおさまったようね」ロザムンドは言った。「ミスター・マドックス、失礼させていただいていいかしら。出発までに準備がいろいろありますので」

「もちろんです」マドックスは会釈をして、ジャックスにかすかに微笑み、立ち去った。

ジャックスは非難の目でグリフィンをにらみつけた。「どうしてあんなふうにあつかうの？　あの人は友人よ。こっちが困っているときには避けていたくせに、お兄様が名家の女性相続人と結婚したとたん、押しかけてくるようになった近隣の人たちとは違うの。終始わたしたちの味方だったのに！」

「あの男がさっき言ったことをよく考えてみろ」グリフィンは言った。

「本気で言ったわけじゃないわ。お兄様もわかっているでしょう」ジャックスは言った。「ミスター・オールブライトが亡くなってから、ここでの暮らしはつらかったわ。なぜたったひとりだけ残ったほんとうの友人を遠ざけようとするの？」

なぜなら、あの男は友情以上のことを求めているからだ、世間知らずの妹よ。一緒にいたら大変なことになるからだ。

グリフィンは腕を組んだ。「なぜなのかわからないなら、愚か者だ」

「違うわ。愚か者はお兄様よ。世間の噂は間違っていなかった。人でなしで、野蛮だわ。お兄様なんて大嫌い！」

最後は声を上擦《うわず》らせ、ジャックスは音楽室から足早に立ち去った。

そのあと部屋には沈黙が流れたが、感情的なやりとりの余韻が色濃く残っていた。

「ミスター・マドックスのことを聞かせて」ロザムンドが水を向けた。

グリフィンは大きくため息をついた。「あの男との結婚は決して許さない。ジャックスの後見人であるオリヴァー・デヴィア卿が花婿候補の名簿を用意してくれた。言っておくが、名簿の作成を頼み込むのはひと苦労だった。オリヴァーの好きにさせていたら、ジャックスはモルビー卿と結婚させられていた」

ロザムンドは息をのんだ。「モルビー卿ですって！　あの好色なお年寄り？」

「ああ、そうだ。祖父の友人だったんだ。ずいぶん昔に取り交わされた約束だった」

これはまた厄介なことだわ。ロザムンドが見守るなか、ジャクリーンとマドックスはダンスの稽古をしながら言い争ったり、軽口をたたきあったり、気心の知れた者同士らしくからかいあったりしていた。世間の娘たちが自分は大恋愛の真っ最中だと得意になっているときによく見せる浮ついた態度をジャクリーンはいっさい見せなかった。義妹はマドックスを愛しているのかもしれないが、自覚はしていないのだろう。ロザムンドの目にはそう映っていた。

そして、マドックスの目に浮かんでいた感情はまぎれもなく……。

「でも、ふたりが恋仲なら、引き離すべきではないわ。残酷でしょう」

グリフィンはふんと鼻を鳴らした。「恋仲？　ジャックスは恋なんかしていない。恋にときめくような乙女心のある性格じゃないんだ」

「たしかにそうね」ロザムンドは目を上に向けた。「乙女らしさを身につけさせようとしているけれど、期待したようにはうまくいかないもの。でも、じつを言えば、それほど熱を入れているわけじゃないの」ため息をついた。「いまのままの彼女がとても好きだから」

ロザムンドは少し間をおき、唇を舐め、額にしわを寄せた。「マドックスもそう思っているのではないかしら。もっと言えば、ジャクリーンの気持ちはどうなのかわからないけれど、マドックスのほうは彼女を愛していると思うわ」

「それでも妹との結婚はあきらめてもらう」グリフィンは言った。

「家柄が問題なの？」

「いや、家柄は申し分ない。旧家の分家だ、マドックス家は」

「でも、伯爵の妹の嫁ぎ先としては格式が劣るということかしら？」

なぜジャクリーンの結婚相手がお膳立てされると聞くと、とたんに心配になり……怒りさえ込みあげるのだろう。自分自身の境遇となんら変わりないというのに。自分と同じどころか、はるかに恵まれている。ジャクリーンは選《え》りすぐられた多くの候補者のなかから選べるのだから。

自分が結婚相手を愛しているから、まわりの人たちにも愛のある結婚をしてほしいと思うのだろうか。

「マドックスと一緒になれば、ジャクリーンは幸せになるわ。きっとそうよ、グリフィン」

「だめだ。無理だとわからないのか？」グリフィンは髪を手で梳いた。

「正直なところ、わからないわ。デヴィア卿にかけあえば――」

「問題はそこではない」グリフィンは声を荒げて言った。「とにかく妹をマドックスと結婚させたくないんだ！」

「でも、なぜなの？」ロザムンドは言った。「さっき自分で言っていたけれど、マドックスは名家の出身なのでしょう。だから財産目当てではないはずよ。それにあのふたりが結婚すれば、ジャクリーンは近所に住むことになるのよ、グリフィン。わたしたちみんなにとってすばらしいことだと思わない？」

「いや、まったく思わない。妹はここからできるだけ遠い場所へ嫁がせたい」

ロザムンドは息をのんだ。「ジャクリーンの言うとおりだったのね。バースに行かせたのは、彼女を家から追いだすためだった」

「そのとおりだ」

「そして、恋心のようなものを抱いている相手がいるのに、べつの男性と結婚させて、妹の人生を台無しにさせようとしている。両思いなのに。残酷すぎるわ、グリフィン」

グリフィンは笑った。「残酷だって？　きみをぼくと結婚させた人たちも残酷だったのか？」

怒りを抑えてロザムンドは言った。「まったくべつの話でしょう」

わたしは最初からあなたを愛しているのよ、鈍感な野獣さん！

「そうか？」グリフィンは敵意を見せて囁いた。ディアラブの手にかかり、身づくろいを整えたクマのような風貌だが、洗練されたいでたちの内側にはまだ野性味が隠されていた。

グリフィンが言った。「生まれたときから、決められた相手と結婚する以外の道はないときみは信じ込まされてきた。十八のときにさえ、ほかの娘たちがすてきな王子様に連れ去られることを夢見ていても、きみは怪物と結婚しろという義務をなんのためらいもなく受け入れた。おぞましい相手との縁談だったのに」

「わたしがいやがったら、公爵様は無理やり結婚させようとしなかったはずよ」ロザムンドはなんとか冷静さを失わないように努めた。根拠のない自己嫌悪からこういう話をされるのはごめんだった。惜しみなく体を差しだせば、歯止めをかけられるのではないかと期待していたが、どうやら思惑どおりにはいかなかったようだ。

グリフィンは人差し指でロザムンドの顎を上げ、目と目を合わせた。「でも、美男の将校との結婚をモントフォードは許そうとしなかったのだろう？」砂利道を踏み進むような声で静かに言った。「わざわざ否定しなくてもいい。顔を赤らめたのがいい証拠だ」

うしろめたさからではなく、怒りで顔がほてっていたのだが、ひどく誤解されてしまった。

「喧嘩腰なのね」ロザムンドは顔を引いて、グリフィンの手を振りほどいた。

グリフィンは疑うように眉を吊りあげた。けれども、グレーの目は怒気を孕んで光り、大きな体は飛びかからんばかりに身構えていた。「じつはしょっちゅう喧嘩腰になるんだ。気づかなかったのか？」

「じつはどうなのか、あなたは知らないくせに」ロザムンドはぴしゃりと言った。「勝手にでっちあげているだけだわ。嫉妬なんかしなくていいのよ。嫉妬させるようなことは何もしていないのだから」

「嫉妬などしていない！」

「してるわ！　嫉妬していなかったら、些細なことでいらいらしないはずよ。わたしはあなたを怒らせたり、傷つけたりすることをしようとは思わなかった。ローダデール大尉のことはなんとも思っていないのよ。二度と会えなくてもかまわないわ。これで納得してもらえる？」

グリフィンはロザムンドの首からさがるロケットに視線をおろした。彼女がいつも身につけているもので、このときもまた指でいじっていた。

「そのロケットのことは憶えている」グリフィンが言った。「初めて会ったときにつけていた。そしていまも、いつ見ても首からぶらさがっている」耳触りな音を立てて、深く息を吸った。「なかを見せてくれ」

ロザムンドは凍りついた。ロケットに入れているのはグリフィンの肖像画だが、恋に夢中の愚かな小娘のように彼の絵を持ち歩いていると認めるなんてとんでもない。いつかは打ち明けるかもしれないが、いまのグリフィンに秘密を話したくはない。不実だと非難されているときには無理だ。

「いやよ」ロザムンドは言った。「あなたには見せないわ」

グリフィンの顔に激しい怒りがよぎり、思わずあとずさりした。

決して危害を加えられたりしない。グリフィンに乱暴をされないとわかっていたが、それでも、体が熱くなり、全身に血が駆けめぐった。彼にロケットの中身を見せるなんてできない。

グリフィンが迫ってきて、ロザムンドは守るようにロケットに手をあててあとずさりした。グリフィンはそれ以上はしかめられないというほど深く顔をしかめた。「夫として命令する。ロケットのなかを見せたまえ」

ロザムンドは唇を舐めた。「断わるわ。これはローダデールの形見とか、そういうものではないの。だから安心して」

「だったらなぜぼくに見られたくないんだ?」

「個人的なものだから」とうとう壁に背中がつき、ロザムンドは足をとめた。顎を上げて言った。「わたしの希望は尊重してほしいわ。真の紳士なら、そうするでしょう」

最後のひと言でグリフィンはさらに荒れた。ロザムンドの体とロケットを狙って突進してきた。腕をすばやく腰にまわし、ロケットをつかんで引っぱった。

ロザムンドは悲鳴をあげた。鎖が切れ、彼の大きな手にロケットを奪われた。

「ろくでなし！」もっとひどい呼び方を知っていればよかった。これほどまでに怒り狂ったことは一度もなかったからだ。実際、怒りに駆られるあまり、爆発してしまうのではないかと思うほどだ。

グリフィンが後ろにさがってロケットを開くより早く、ロザムンドは平手で彼の頬を叩いた。

ロケットは鈍い音を立てて床に落ちた。グリフィンはロケットがどこに落ちたのか目で追いもしなかった。その代わり、ロザムンドを引き寄せ、激しくキスをした。

最初はロザムンドも抵抗し、肩にこぶしを何度も打ちつけ、足を踏みつけた。けれど、彼女のこぶしは蝶の羽がはためく程度の効果しかなく、足もとは薄い室内履きだった。グリフィンはキスをやめず、ばたばたと動かしている手を押さえ、顔のわきの壁にその手を押しつけた。

顔を起こし、無言のまま目をのぞき込んできた。その刹那《せつな》、隠しきれない痛みにロザムンドは気づいた。飢えも、どうしようもないほどの願望も、グリフィンの瞳に浮かんでいた。決して口に入れることができないごちそうを窓越しに見つめる、お腹を空かせた男性という表情だった。

仲直りしよう、とロザムンドはふいに思った。やさしい気持ちが胸に湧きあがり、怒りと苦痛はからめ取られた。そうした感情は心のなかでたがいに結びつき、自己主張しようと、まるで生きもののようにせめぎあっていた。苦しげな悲鳴を小さく漏らし、ロザムンドはグリフィンにキスをした。熱く、激しく、甘いキスを。

和解に心が動いたにもかかわらず、怒りはまだくすぶっていた。ロザムンドは怒りを解き放ち、グリフィンの下唇に歯を立てた。

グリフィンはうめいた。肉体的な快楽を孕んだ声が体の芯まで響き渡った。

硬貨を裏返すように、相反する思いが純然たる激しい欲望へと切り替わった。ロザムンドは歯で痛めつけた唇を舐め、舌をグリフィンの舌にからめ、あたえられたことをすべて返した。両手は依然としてグリフィンに押さえつけられていた。捕らえられ、大柄でたくましい男性のなすがままにされていると思うと、欲求がますます高ぶるようだった。

ざらざらした顎に頬をこすられ、やがてグリフィンの唇が口もとを離れ、喉もとへとおりた。なんの前触れもなく、首と肩の境い目にグリフィンは歯を立てた。最高潮に高まった悦びと痛みがまじりあい、全身にふるえが走った。脚のあいだが熱くなり、湿り気を帯びてきた。ロザムンドは恥も外聞もなく、グリフィンに体をこすりつけた。

グリフィンはズボンを手探りでいじり、ロザムンドの体を持ちあげて壁にぴったりと背をつけさせ、目の高さを合わせた。ひと突きで、深々と身を沈め、あの嵐の空を思わせる目でロザムンドの目を見つめた。

「ああ、なんてこと」ロザムンドはあえいだ。

太腿をつかまれ、脚をグリフィンに巻きつけた。グリフィンは腰を引いては突きあげ、ロザムンドを満たし、広げ、快感をもたらす秘められた場所を愛撫した。

ふたりは何度も愛を交わしていたが、今回は性急で、みだらで、荒々しく、武骨ともいえる交わりだった。双方の怒りが情熱に火をつけ、燃えあがる炎にふたりは焼きつくされた。

グリフィンの当初の怒りが鎮まっていくのをロザムンドは察した。愛の行為がしだいにゆるやかに、落ちついていった。動きは小さくなったが、内側はさらに脈打ち、奥深くにまで、何度も触れられた。

ああ、これは最高にして最悪の責め苦だわ。

「もっと激しく」ロザムンドは耳もとで囁いた。グリフィンは息をのみ、首を振った。

ロザムンドの体を痛めつけたくないようだった。けれど、ロザムンドは何がほしいのか自分でわかっていた。ほしいのはグリフィンだ。グリフィンにもっと激しく、もっと深くはいってきてほしい。試しにグリフィンの耳たぶを舐め、歯をこすりつけてみた。

グリフィンは息を吸い、自制心を失い、腰を打ちつけてきた。やがてロザムンドは熱と光に満たされ、輝くばかりの絶頂を迎えた。みだらなまでに奔放に口づけ、ありのままの情熱をぶつけた。ほどなく、グリフィンの体が弓なりに反り、硬直した。勝利と解放の叫びを発し、グリフィンはロザムンドのなかで果てた。

心のなかで毒づき、ロザムンドを抱きかかえていた力をゆるめ、ゆっくりと床に足をつけさせた。ズボンをきちんとはきなおしているあいだ、ロザムンドは少し姿勢を崩して壁にもたれ、とろんとした目でグリフィンを見つめていた。傷のついた唇は半開きになり、頬をまた赤らめていたが、もはやうしろめたさや怒りに駆られてではなく、情熱を燃えあがらせたためだった。

ローダデール大尉のことでかっとなるとは、いったい何を考えていたのだろう。ロザムンドが大尉ときれいさっぱり縁を切ったことは知っている。たとえひそかに思いを寄せているのだとしても、それはどうしようもないのだ。トレガース伯爵夫妻は愛しあって婚姻関係を結んだわけではない。妻としての義務を果たすかぎり、心まで縛る権利はない。ロザムンドが大尉に未練を残し、なんらかの行動に走っているわけではないのなら、グリフィンとて文句を言う筋合いはない。

それでも、そうした理屈はもっともらしく聞こえるだけだ。憤怒に駆られる謂われはないと頭ではわかっているものの、理屈では気がすまなかった。グリフィンはひどく独占欲が強い。妻には自分のことだけを考えていてほしかった。そうでなければ困る、とまで思っていた。

いいだろう、ぼくは嫉妬深い男だ。グリフィンは認めた。だが、それは自分の問題であって、ロザムンドの問題ではない。そこのところは忘れないようにしないと。婚姻の条件に愛情は含まれていなかった。ローダデールを心から締めだせとロザムンドに命じることはできない。

「すまない」グリフィンはぶっきらぼうに言った。「どうしてこんなことになったか、自分でもわからない」

とろんとした表情が消え、ロザムンドはにらみつけてきた。「こんなふうに抱いたことを謝るつもりなら――」

「いや、違うさ、そのことじゃない」グリフィンは言った。「それどころか、もっと喧嘩を吹っかけようかと思っている。そうすれば、こういうことをまた一からくり返せる」ロザムンドを穏やかに見つめた。「あるいは、少し変化をつけてもいい」

ロザムンドはさらに顔を赤らめた。青よりも青い瞳が欲望に燃えている。そして、好奇心で輝いてもいた。

「その気になったらほかにどんなことをするか知りたいか?」グリフィンはつぶやいた。顎を軽く叩きながら、ゆっくりとロザムンドの全身に目を走らせた。「うーん、ちょっと考えさせてくれ」

思案するかのように口をつぐんだ。ロザムンドのことをいろいろと思い描き、変化に富んだあらゆる愛の営みなど想像したこともないふりをして。

ロザムンドはふっくらした薄紅色の唇を舐めた。グリフィンは急に口の渇きを覚えた。だめだ、あんな空想はロザムンドに話せない。ゆくゆくはわからないが、いまは無理だ。

「それで?」ロザムンドは吐息まじりに言った。まだ同じ場所で壁にもたれたままだった。

グリフィンはにやりと笑った。「いずれわかるさ」

それを聞いてロザムンドは眉根を寄せ、下唇を突きだした。

グリフィンはさらににやにやした。「天国へ戻ることを許されなくなって拗《す》ねた天使みたいな顔だな」

ロザムンドは笑った。「こんなことをしたあとだから、ふしぎじゃないわね」

グリフィンはロケットを拾いあげ、躊躇することなくロザムンドに差しだした。ロザムンドは受け取ったが、仲直りをしたにもかかわらず、ロケットのなかを見せようとはしなかった。

「鎖を修理させよう」グリフィンはうなるように言った。

「大丈夫よ」ロザムンドは言った。「自分で直すから。装身具をいじるのは得意なの」ロケットはドレスの襞のなかに消えた。内側にポケットがついているのだろう。

「グリフィン?」

「なんだ?」

「わかっていると思うけれど、さっき話したローダデールのことはほんとうよ。あの人を愛してはいなかった。いまもそうよ。最後に会ってから一度だって思いだしもしなかったわ」

おそらくロザムンドはそう思い込んでいるのだろう。どういうことか、グリフィンにはまだ判断がつかなかったが。彼女の言っていることは事実なのか、それとも彼女自身の描く理想の結婚にそぐわないからローダデールへの思いを否定しただけなのか。

やれやれ、考えすぎだ。ロザムンドが自分に身を捧げ、ともに家庭を築こうとしているのだから、それで満足するべきなのだ。ふいに金髪の幼い少女の姿が浮かび、グリフィンは息をのみ、畏敬の念を覚えた。

ロザムンドの頬に手を触れ、身をかがめてキスをした。「激昂してすまなかった。二度としない」

「許すわ」ロザムンドは顔を上げてグリフィンの目を見つめた。「ねえ、ローダデールのことは二度と話題にしないでくれたらほんとうに嬉しいわ。あとのことは……あなたがかっとなっても怖くないわ、グリフィン。むしろ、おかしなものだけど……興奮するの」

たしかに、おかしなものだ。グリフィンは眉を片方上げた。「そうなのかい？」

ロザムンドはうなずいた。「両親は口論になると、最後には母がものを投げたわ。そうなると、父は心を閉ざして、家を出ていったものよ。ときには何週間も帰ってこなかった。わたしはどうかと言うと、喧嘩は喧嘩でも正直に話しあうのならいいと思う」

さっきは包み隠さずに話したわけではない。すっかり腹を割って話しあってはいない。だが、いま揚げ足を取らなくてもいいだろう、とグリフィンは思った。「興味深い形で終わるのならとくに」

ロザムンドは笑って、壁から体を起こした。グリフィンは手を貸して乱れた着衣を直してやった。夢中で抱きあっていたあいだに床に散らばったピンを拾い、ロザムンドに手渡した。

ロザムンドはピンを受け取り、炉棚の上の鏡のまえに行き、艶のあるほつれ毛をピンで留めなおした。ロザムンドが炉棚に置いたピンをグリフィンも手に取り、身づくろいを手伝った。手伝うというより邪魔をしているとわかっていたが、なめらかな髪が指をすり抜ける感触が気に入っていたのだ。

ロザムンドは後ろに立つグリフィンの姿を鏡越しに見た。「ジャクリーンのことはどうするの？」グリフィンの気が変わったかもしれないといわんばかりに尋ねた。

グリフィンは口もとをこわばらせた。「われわれはすぐにロンドンに発つ」

20

オールブライトを殺した犯人ではないことを知っている。

グリフィンは短い手紙をくしゃくしゃに丸め、窓の外に目をやり、眼下のひな壇式庭園を見つめた。ここ一年で荒れ放題になっていた。手入れをする庭師がいなくなり、グリフィンも仕事に追われ、庭仕事の時間を割《さ》けなかったからだ。

いまは庭師の一団が花壇の世話などにかかり、庭園の修復にあたっていた。じきに庭には色とりどりの花が咲き乱れることだろう。以前の美しさを完全に取り戻すことはできないにしても、かなり近づけるはずだ。

妻はどう手をまわしたのか？

グリフィンは首を振った。あえて訊かないほうがいい。まるで魔法にかけられたかのように、邸内にも必要な場所に必要なだけ、使用人が戻ってきていた。徐々に家庭らしい住み心地になり、広いだけで古くさいお屋敷といった様相は消えはじめていた。

使用人がそろってよかったと表立っては認めたくなかった。給金を倍にするから戻ってこないかとロザムンドが元の使用人たちに声をかけたことは知らないふりをしておくのがいちばんだ。

丸めた手紙を恐る恐る広げ、じっくりと眺めた。

見憶えのある筆跡だろうか。

オールブライトの事件が発覚してから、誹謗《ひぼう》中傷の匿名《とくめい》の手紙が何通も送りつけられてきたが、大半は意味の通る文面ですらなかった。しかし、領民たちの好奇心をそそる新たな醜聞が発生し、鬱憤《うっぷん》を晴らす対象がほかに見つかると、そうした手紙はめったに舞い込まなくなっていた。

オールブライト殺しを目撃した者がいるという執拗《しつよう》な噂がグリフィンの頭を悩ませていた。鎖につながれて引き立てられていく自分の姿を夢で見た。夢のなかでロザムンドが嫌悪と恥辱を顔に浮かべ、グリフィンに背を向けた。

夢から覚めると、ロザムンドの華奢《きゃしゃ》な手に胸をそっと撫でられ、顔に触れられていた。彼女は小声でそっと話しかけてきた。悪夢にうなされたわが子を安心させてやろうと母親がかける言葉のようだった。

グリフィンはロザムンドを抱き寄せ、熱に浮かされたように性急に愛を交わし、彼女のぬくもりでしか得られない慰めをしゃにむに求めた。

ことが終わったあと、夢のことは訊かれなかった。もしかしたらうわごとを聞きつけて、どんな夢なのかロザムンドは察したのかもしれない。

そう思いあたり、グリフィンは不安に襲われた。無防備に寝入っているときに、よけいなことまで口走ったのだろうか。

いや、それはないだろう。真実を知ったのなら、たとえロザムンドでも黙っているはずはない。

ロザムンドと愛を交わせば、しばらくは悩みを忘れていられるのだが、今回にかぎって寝つけなかった。ロザムンドの頭を肩に載せてベッドに横たわっていた。彼女の腕が胸にまわされ、ほっそりした脚がグリフィンの脚にからみついていた。

夜明けまえの静寂のなかで、グリフィンはロザムンドの髪を一定の調子で撫でながら、こういうことができなくなるのではないかということはなるべく考えないようにした。彼女を失うのではないかということは。

オールブライト殺しを疑われているが、立証することは誰もできない。だが、無実ならそれが楯《たて》になるのかと思いきや、そううまくはいかなかった。地元の人間は信用できない。偽証するほどの悪意があって、旦那様がオールブライトを殺したのを見た、と言いだす者がいないと誰にわかる？

目撃者の噂が広がりはじめた裏にそういう目論見が隠されているのだとすれば、ひと安心だ。裁判沙汰になっても、優秀な弁護士なら虚偽の目撃証言など徹底的に論破してくれる。

ほかの可能性は恐ろしすぎて考える気にもなれない。

薄暗がりのなかでグリフィンが思い悩んでいるあいだ、ロザムンドはうつらうつらしていた。いまははっきりと目覚め、深いため息をついた。

「グリフィン？」体を起こし、グリフィンを見おろした。黄金色の髪がカーテンのようにグリフィンの腕に垂れさがった。

「なんだい？」

「まだ起きているの？」ロザムンドはかすかに微笑んだ。「あなたらしくないわ」

グリフィンはロザムンドの背中に手をまわした。「じつは……眠れなくてね」

「わたしにできることはあるかしら」かすれた低い声で発せられた言葉は寝室でロザムンドが言うと自然に聞こえたが、グリフィンの体はそそられた。

「やるだけやってみるわね、くつろがせてあげられるか」

ロザムンドにそれとなく体をまさぐられ、グリフィンは息を詰めた。柔らかな指先をかすめさせ、やさしくキスをし、舌をそっと這わせた。

くつろがせてあげられるかだって？　グリフィンはうめいた。嬲られて、早死にさせられそうだ。

こちらのもどかしさを正確に汲み取ったに違いない。ロザムンドは動いた。グリフィンに跨《またが》り、身をかがめて裸の乳房を胸板にかすめさせた。喉もとに口づけ、肩に両手をつき、筋肉を揉むように手を動かした。

グリフィンは息を吸った。一度ことを終えて、すぐにまた股間が張りつめるのはありえないことだが、ほかの女性とは違い、ロザムンドには興奮させられてしまうのだ。

ロザムンドのなめらかな背中に手を走らせた。

「だめよ」ロザムンドはグリフィンの左右の手首をつかみ、押しさげた。グリフィンの頭のわきでその手を押さえつけ、まえに体を倒し、またキスをした。

貪欲《どんよく》で、糸を引くようなみだらなキスだった。ロザムンドは乳房をグリフィンに押しつけ、唇を重ねたまま囁いた。「横になって楽しんで」

グリフィンは返事の代わりにとぎれとぎれのうめきを漏らすのが精いっぱいだった。お楽しみがあるのはたしかだ。熱気も、情熱もある。人間に姿を変えた女神にキスをされ、体に手を触れられると、責め苦も加わった。そのあいだずっと、濡れたきつい鞘《さや》が昂《たかぶ》りの上に漂い、グリフィンを焦らしていた。

ロザムンドのなかに突き入れたいとしか考えられなくなり、その衝動は抑えきれないほどに高まった。

「なかに入れさせてくれ」グリフィンはあえぐように言った。「もう我慢できない」

一瞬間があいた。やがてロザムンドは体を起こし、グリフィンの上に跨って、肋骨のあたりに手をついた。しっとりとした部分がこすりつけられ、グリフィンは懇願の声を漏らした。ロザムンドは体勢を整え、昂りをつかみ、湿り気を帯びたぬくもりのなかに導いた。腰を徐々に落としていき、やがて奥までのみ込んだ。

グリフィンは尻をつかみ、ロザムンドの体をしっかりと支えたが、今度の動きは彼女にまかせた。ロザムンドは愛の営み術の優秀な生徒だった。創意に富み、官能的で、ときに驚くほど気取りを捨て去る。あのみだらな低い笑い声を聞くと、グリフィンは決まって血が沸いた。

ロザムンドは腰を動かしていた。グリフィンは乳房に手を伸ばし、乳首を親指でこすった。ロザムンドはあえぎ、グリフィンは乳房をそっとつかんだ。

「もっと強く」ロザムンドは息を切らし、さらに動きを速めていた。激しく腰を動かし、背中を弓なりにそらしている。臆することのない姿は美しく、グリフィンを悦ばせながら、みずからも悦びを享受している。これほど見事な光景をグリフィンは目にしたことがなかった。

「どれだけほしいのか見せてくれ」グリフィンはロザムンドの手をつかみ、乳房のふくらみにあてがった。

激しい情熱に身をゆだねたロザムンドはグリフィンの要求にためらいもしなかった。べつのときにになら抗うのか、よくわからなかったが。ロザムンドがグリフィンにも自分自身にも快楽をあたえようとする度合いの強さには驚かされっぱなしだった。

乳房を自分で弄《もてあそ》ぶ姿を見て、グリフィンはこれ以上硬くなれないほどまでに硬くなった。ロザムンドの尻をつかみ、何度も腰を突きあげ、ロザムンドに悦びのうめきを苦しげにあげさせた。

突然、尻がびくりと動いた。ロザムンドの体がふるえ、グリフィンの手の下で尻が小刻みにふるえた。グリフィンは歯を食いしばり、我慢できるところまで我慢した。背中をそらし、奥深くまで突きに突き、届くかぎりの場所に触れた。

そして極みに達するまえのあのすばらしい瞬間に、はっきりと悟った。この女性を死ぬまで離さない。

やっとこで親指をはさんだ。これで三度めだ。「もう、むかつくわ！」ロザムンドは手を引っ込め、ずきずきする親指を口に含んだ。

「あら、〝むかつく〟はだめでしょう、ロザムンド」ちょうど居間にはいってきたジャクリーンがロザムンドの貴婦人らしからぬ叫びを聞きつけて、黒い眉を片方吊りあげた。

「じゃあ、むかっ腹が立つ、と言い換えるわ」ロザムンドは痛む親指をくわえたまま言った。痛みをやわらげようとして親指の腹を吸い、口から離し、けがの具合を確かめた。血は出ていないが、しわが寄り、薄紫色に変色していた。

「過激ね」ジャクリーンはにやりと笑った。ロザムンドのそばに近づいてきて肩越しにのぞき込んだ。「何をしているの?」

「ロケットを直しているのよ」ロザムンドは言った。「いつも使っている道具を持ってこなかったから、ディコンが代わりの道具を見つけてきてくれたのだけれど、大きさが少し違ったの。鎖の輪を曲げて元の形に戻すのは面倒な作業なのよ。この輪はほんとうははんだ付けしないといけないのだけれど、しばらくは……」

まえかがみになり、手もとの作業に戻った。「たぶんこれで……いいでしょう。できたわ!」ロザムンドは体を起こし、達成感に顔を輝かせた。

そして顔を上げてジャクリーンを見た。「出発はあすだけれど、覚悟はできた?」

グリフィンには急かされたが、出発の準備が万端整うまでに一週間以上かかった。ディコンを執事に昇格させた。自分の立場を危うくしてまで、場合によっては身の安全さえ危険にさらし、一度ならずロザムンドやセシリーのために働いた褒美として。

さらに、女中頭も雇った。かなり有能な女性だった。ミセス・フェイスフルは前任の司祭の未亡人で、裕福な親戚のために家事をして、寝食と引き換えに日々恩を着せられるより、給金をもらって屋敷の切り盛りをする道を選んだ。

ロザムンドはひと目で気に入って、即座に女中頭として雇い入れた。恐るべきディコンとミセス・フェイスフルにまかせれば、安心してペンドン館を留守にしてロンドンに戻れる。

ジャクリーンの精神状態はそれほど安心できなかった。義妹には笑いや冗談で感情を隠す癖がある。人柄を知れば知るほど、明るい振舞いの陰に苦悩を隠しているとロザムンドは確信を深めていた。

　結局のところ、義妹はアンソニー・マドックスに恋しているのだろうか。

　ロザムンドの先ほどの問いかけにジャクリーンは答えた。「そうね、覚悟はできていると思うわ。ほら、愚痴をこぼしても始まらないものね。それに、いつまでも拗ねていたってうんざりするだけでしょう?」ジャクリーンはふうっと大きくため息をついた。「茶番かもしれないけれど、泣いても笑っても参加しないといけないもの」

「見あげたものね!」ロザムンドは鎖を修理したロケットを手に取り、ジャクリーンに差しだした。「これをつけたいから、手を貸してもらえる?」

　首にまわされたひんやりした鎖の留め金を後ろで留めてもらうあいだ、じっと椅子に腰かけていた。ロケットがデコルテに、あるべき場所に無事におさまった。「ありがとう」

　ジャクリーンはふたたびため息をつき、落ちつかない様子で部屋のなかを歩きまわった。まるで檻《おり》に閉じ込められた動物のようだ。突風をともなう大雨に見舞われたので、恐れを知らぬ乗馬好きなジャクリーンでさえ外に出ていくのはためらったのだ。義妹は家のなかでくすぶって退屈しているようだった。

「こっちに来て、しばらく腰をおろしたら?」ロザムンドはやりかけの刺繡を手に取って、そう勧めた。「ロンドンでどう過ごすか、何も計画を立てていないでしょう。あなたが見物して楽しめそうなものはたくさんあるはずよ。ロンドンには娯楽や面白いことが山ほどあるの。パーティや舞踏会だけではなくてね」

「ロンドン塔には行ってみたいわ」ジャクリーンがしぶしぶ認め、窓辺の椅子に腰かけて外の雨を見つめた。

「アストリー演芸劇場もあるわ」ロザムンドは義妹が喜びそうなことを思いついた。「子どもの頃に行ったきりだけど、馬の曲乗りは見ごたえがあるはずよ」

ジャクリーンは鼻にしわを寄せた。「馬は気高くて繊細な動物なのよ。見世物にするために毛並みを整えたり、曲芸をやらせたりするべきじゃない」ロザムンドを横目で見て、さらにこう言った。「整えるといえば、最近の兄は華やかになったと言ってもいいくらいだわ。お義姉様《ねえ》の影響でずいぶん変わったわね」

ロザムンドは刺繍を刺す手をとめた。ジャクリーンはわざとグリフィンをサーカスの馬になぞらえているの？

「グリフィンは新調した衣装を気に入っていると思うわ」穏やかに言った。「そうでなければ黙っていないでしょう」

疑うような笑みをちらりと浮かべ、ジャクリーンは首をめぐらせ、その話題にもう興味はないといわんばかりに窓の外にまた目をやった。

ジャクリーンがほのめかした言葉に幾ばくかの真実がひそんでいるかもしれない。そんなことを思って、気まずい気持ちになりながらもまた針を持つ手を動かしはじめ、ロザムンドは話題を変えた。「ミスター・マドックスもロンドンに逗留する準備をしているそうね」

「ほんとうに？　知らなかったわ。でも、わたしが知るわけはないでしょう。会うことを禁じられているのだから。しかも彼はばか正直にグリフィンの言いつけを守っている。どうでもいいけれど」

だが、友人とやらが自分たちを追ってロンドンに来るという話を聞いてジャクリーンの目が輝いたのをロザムンドは見逃さなかった。

「許してあげたらどうかとグリフィンを説得しようとしたのよ。でも、あの人は頑として折れないの。どうしてミスター・マドックスがあなたに求愛することに反対しているのかしら。理由は知っている？　あのふたりは友人同士なのかと思っていたわ」

「わたしに求愛する？　トニーが？　冗談はやめて」ジャクリーンは野暮ったく鼻を鳴らして笑った。「トニーに結婚願望はないわ」

ロザムンドは目を丸くした。義妹はそんなに世間知らずなの？　まるでわかっていないの？

唇を噛んだ。花婿候補の忌まわしい名簿のなかから妹に結婚相手を選ばせたいとグリフィンが思っているなら、アンソニー・マドックスのことを吹き込むのはよくない。

「あなたは結婚したくないの、ジャクリーン？」義妹をじっと見つめながら尋ねた。

　ジャクリーンの顔がほんの一瞬こわばった。やがて言った。「あなたがここに来るまで結婚についてあまり考えたことがなかったの」ふっと笑って先を続けた。「母のことはほとんど憶えていないわ。妻の役割というものも何も知らないしね」首を傾げた。「きっとふしぎに思っているでしょうね、わたしがなぜここの家事を引き受けず、住みやすくする努力をしなかったのか」

「考えもしなかったわ」ロザムンドは言った。実際にそうだった。どうして考えなかったのだろう。ペンドン館をどうするか、自分の計画で頭がいっぱいだったから？

「家事ではなく、厩の世話のほうが好きだったからよ。人間は少しくらい埃があったって生きていけるけれど、馬は世話をしてあげないとだめでしょう？」ジャクリーンは膝をかかえた。「でも、もしわたしがここの住み心地をよくしようとあくせく働いたら、しまいにはいつも不機嫌な口やかましい女になっていたでしょうし、兄は兄で隠遁《いんとん》生活をあらためるつもりもなかったでしょうね」

　ロザムンドは言われたことをじっくりと考えてみた。「でも、あなたの計画はうまくいったわけじゃないのでしょう？」

「さあ、どうかしら」ジャクリーンはにやりと笑った。「兄はあなたと結婚したものね」

21

グリフィンの町屋敷についたロザムンドは旅で疲れていたが、胸は希望に満ちていた。旅に随行した使用人に挨拶したあと、玄関にはいり、あたりを見まわした。「まあ、なんてりっぱなお屋敷なの！」

ペンドン館と違い、メイフェアの屋敷は並みはずれて管理の行き届いた邸宅のようだった。主人一家が戻ってくる日取りをあらかじめ知らせ、臨時で人を雇う権限もあたえておいたので、元から仕えている使用人たちは旦那様に満足してもらえるようはりきったのだった。屋敷じゅうの表面という表面の埃が払い落とされ、掃き清められ、磨きあげられ、光り輝いていた。蜂蜜とラベンダーの香りがあたりに広がっている。絨毯《じゅうたん》は美しく、部屋はきちんと整頓され、趣味のよい調度品が並んでいる。そう、こちらの屋敷のほうがずっといいわ！

賛辞を受けて女中頭は嬉しそうに顔を輝かせた。ロザムンドを階上《うえ》の寝室に案内し、ジャクリーンはそのあとをついてきた。

ミセス・ミンチンがお茶を用意させるために部屋から出ていくと、ロザムンドはジャクリーンに振り向いた。「あす、いとこのレディ・セシリーを迎えに行って、買いものをしましょう、力尽きて倒れるまで」

ジャクリーンのびっくりした顔を見て笑い、ボンネットのひもをほどき、マントも脱いだ。いつもの癖でロケットに触れようと喉もとに手を上げた。けれど、ロケットはなかった。

とたんにロザムンドはうろたえた。「ロケットが。わたしのロケットがないわ!」

「まあ、大変! 床に落ちたんじゃないかしら」

ジャクリーンがそう言って、床に両手と両膝をついた。ロザムンドは脱いだばかりのマントをつかんで振ってみたが、襞のあいだから何も落ちてこなかった。

「どこにも見当たらないわ」ロザムンドが言った。「とにかく見つけないと!」

「見つけないと」ロザムンドが言った。ジャクリーンが言った。

あのロケットをなくしてしまうなんて、とても耐えられない。グリフィンの肖像画を忍ばせているのだから。目に涙を浮かべ、寝室をあとにして、先ほどのぼってきた階段をあと戻りした。いっぽうジャクリーンは、馬車のなかを探してきて、と使用人に命じた。女中のメグとミセス・ミンチンも捜索に加わった。玄関広間でみな、四つん這いになり、血眼《ちまなこ》になってロケットを探していると、グリフィンが玄関にはいってきた。

「なんの騒ぎだ?」

「ロザムンドのロケットよ。なくしてしまったんですって」ジャクリーンが言った。「ここにあるはずなのに！　グリフィン、あなたも一緒に探してちょうだい」

なんの返事も返ってこなかった。やけに沈黙が続いたので、ロザムンドは探しものから顔を上げた。「どうかした――？」ああ。ロケットをめぐって喧嘩をしたことを忘れていた。

グリフィンの目は怒りに燃えていたが、口を開くと、抑制の効いた口調だった。「仕事があるから失礼する」

ロザムンドはなすすべもなくグリフィンの後ろ姿を見送った。怒らせてしまった。ローダデールへの嫉妬は解消させられたと思ったのは浅はかだった。

ふと気づくと、ジャクリーンに話しかけられていた。

ロザムンドは顔をしかめた。「ごめんなさい。いまなんて？」

「今朝ロケットをつけた憶えはある？」ジャクリーンは質問をくり返した。

ロザムンドはおもむろに首を振った。そうだわ。今朝は早かった。宿屋で身支度をしたときもまだ眠くて頭はぼんやりとしていた。「いいえ。でも、ロケットをはずした憶えもないの。それどころか、旅のあいだはつけていなかったのかもしれない。おととい十字架のペンダントをつけていたから」

「じゃあ、もしかしたらペンドン館に置いてきたのかもしれないわね」ジャクリーンが言った。

「それはないと思うわ。出発するときにつけていなかったら、宝石箱にしまったはずよ」ロザムンドは首をめぐらせた。「メグ？　宝石箱を持ってきてくれない？」

女中はすばやく命令に従った。ロザムンドは優美なビロード張りの抽斗のなかと仕切りのついた場所を熱を持った指でくまなく探したが、宝石箱のなかにロケットはなかった。

「ミセス・フェイスフルに手紙を書いて、徹底的に探すよう頼んでおくわ」ペンドン館に飛んで帰って、自分でロケットを探したくてたまらなかったが、そこまでするのはばかげている。それに、グリフィンには理解してもらえないだろう。

そう、これは当然の報いだ。喧嘩の種になったロケットのなかに何を入れているのか、そもそもグリフィンに打ち明けなかったのだから。そうでしょう？

探しものを手伝ってくれた礼を使用人たちに言って、ロザムンドは不機嫌なクマを探しに行った。

「ねえ、思ったのだけれど」クマはねぐらにいた。「ジャクリーンを社交界に送りだすためにパーティを開くべきじゃないかしら」

「くだらない舞踏会にぼくを駆りださないのなら、好きにすればいい」グリフィンはロザムンドのほうを見なかった。けれど、張りつめた胸のうちをロザムンドは察した。もっと気を配るべきだった。グリフィンの気持ちをもっと考えるべきだったのに、ロケットのことで動転してしまったのだ。

実際、まだ気が動転していた。けれど、いまはそれを表に出さない程度の自制心を取り戻していた。

「じゃあ」ロザムンドは穏やかに言って、書きもの机をまわり込んだ。「わたしの大きなクマさんはわたしと踊ってくれないのかしら？」

肩に指を走らせた。ところがグリフィンはいつものように反応を示さず、ロザムンドの手をつかんだ。愛情表現の一種ではなく、誘惑して機嫌を直させようとする魂胆を阻止するためのようだった。

グリフィンとうまくやっていくには誘惑しか方法はないの？　そんなことを思って、ロザムンドはうしろめたくなった。

グリフィンの手にもう片方の手を重ねた。「どうして舞踏会が嫌いなの？　あなたは成年に達する頃、お祖父様の手引きで社交界にデビューしたのでしょう？　ダンスも身につけて、その当時、舞踏会にも参加したはずよ」

グリフィンは一瞬、ロザムンドを見た。「なあ、ぼくはじゅうぶん、きみの言いなりになっただろう。舞踏会には行かない。ダンスもしない。これは最後通牒《つうちょう》だ」

意外にも、ジャクリーンは豪勢な買いものを楽しんだ。ジャクリーンとセシリーは、服飾の趣味は正反対だったが、気が合った。ほどなく、セシリーは、社交界に出るといろいろな恩恵があるのだとジャクリーンに言って聞かせた。

「あなたがものすごく羨ましい」セシリーが言った。「公爵様は厳しすぎるの。わたしにももう少し常識が備わるまで社交界にデビューさせられないんですって。信じられる？」

「それなら、来年の春にお披露目《ひろめ》が許されたら驚きだわね、セシリー」ロザムンドはつぶやいた。

ジャクリーンは新たな友人をむきになってかばったが、セシリーは笑いころげた。「いいの、いいのよ。ロザムンドの言うとおりなんだから。わたしが社交界の人々を仰天させるんじゃないかって、家族はびくびくしているのよ。もちろんその不安は的中するでしょうね、かわいそうなことに。大暴れするわ。もちろん、なるべく上品にね」

社交界の人々を嵐に巻き込むというセシリーの目論見も、口で言っているだけならたわいないおしゃべりだ。独演会が終わる頃には、ジャクリーンでさえ、社交シーズンを楽しめるかもしれないと思いはじめていた。

なだめたりすかしたり、ときには脅したりして、ジャクリーンにドレスや装身具を注文させ、乏しい手持ちの衣装を補うことに成功した。

ジャクリーンがとりわけ気に入ったのは鮮紅色の乗馬服で、瞳の色を引き立て、黒髪によく映えた。

「そんなに似合うなら、もうズボン姿で馬に跨らなくてもいいわね」ロザムンドはジャクリーンに耳打ちした。

「あら、それはどうかしら」セシリーが大真面目に言った。「用心しなさいと言われるでしょう、ズボン《ブリーチズ》を燃やすのは危ないって」

お尻《ブリーチズ》がひりひりするという意味にかけた駄洒落《だじゃれ》をジャクリーンは鼻で笑い、ロザムンドは目をぐるりとまわした。

ふと、セシリーに話があったことを思いだした。「きっとわたしに腹を立てるでしょうね、セシリー」馬車に乗り込みながら言った。「じつはディコンを奪ってしまったの」

「戻ってこなかったことには気づいていたわ」セシリーは言った。「ディコンはどうなったの？」

「ペンドン館の執事に任命したの。執事になるのがディコンの長年の夢だったのですって。だから、あなたも喜んであげて」

セシリーはため息をついた。「あなたにしてやられたという気もするけれど、ディコンは念願が叶ってよかったわね。もちろん嬉しいわ。それに、わたしたちの悪さにつきあわされて、ディコンもさすがに神経がすり減ってきたようだものね」

「そうでしょうとも」ロザムンドは皮肉っぽく言った。「それにあなたのことだから、すぐにまたべつの不運な使用人を言いくるめて、冒険の手伝いをさせることでしょう」

「冒険？」ジャクリーンが尋ねた。

「あなたがバースから逃げてきた件なんて、ものの数にはいらないわ」ロザムンドはわがままないとこをどういうわけか誇らしく思った。

「もう少しで逮捕されそうになったときのことはもう話したかしら？」セシリーが言った。

「なんですって？」ロザムンドは金切り声をあげた。

セシリーは乙《おつ》にすました笑みを浮かべ、座席の背もたれに寄りかかった。「やっぱりまだ話していなかったわね」


デヴィア家の婦人たちはほどなく気づくことになったのだが、ジャクリーンを社交界に送りだすためにロザムンドがパーティを主催する必要はなくなった。独身男女の仲を取り持ちたがるロンドンの世話好きな女性たちは、どういうわけか女性相続人の存在を嗅ぎつけた。そのにおいのもとをたどるまで時間はいくらもかからなかった。

そうした婦人たちの筆頭であるレディ・アーデンにお茶に招かれるのは栄誉なことだった。レディ・アーデンは長年にわたってモントフォード公爵と友情――と呼べばいいだろうか――を育《はぐく》んでいたので、ロザムンドとも親しかった。

ブラック家に頼まれて婚姻の仲介役を務めていて、ロザムンドのいとこのジェインをロクスデール卿、コンスタンティン・ブラックと結婚させるべくモントフォード公爵に手を貸したのは去年のことだった。

ロザムンドは、許容範囲だとオリヴァー・デヴィア卿がみなした花婿候補者の名簿を思いだしてみた。いささか驚いたことに、ブラック一族はひとりも名を連ねていなかった。

いいえ、当然だわ。両家のあいだには何世紀にも渡って確執があるのだ。

だからこそ、レディ・アーデンがジャクリーンに目をかけようとしていることがますます興味深く思えるのだ。

女主人はジャクリーンをじっと見つめた。「彼女はまったく甘やかされていないわね」

そう、妙なほど無愛想な態度にもかかわらず、レディ・アーデンはジャクリーンを好ましく思っていた。売春か人殺しでもしないかぎり、義妹は社交界で幅を利かせる婦人から反感を買わないだろう。口数の少なさは知的な表われだと解釈され、ときとしてぎこちない動きになるのは初々しくて、気取りがないからだと受けとめられた。

ジャクリーンの前途がめっきりと明るくなったのは、グリフィンが妹のために多額の持参金を用意しているという噂が流れたからだろう。

義妹のためを思ってロザムンドも喜んだ。ジャクリーンは自分を褒めそやす人々には目もくれない。それでも、レディ・アーデンのような高貴な女性たちに温かく受け入れられて、自信がついたはずだ。

ドアが開き、ほかの訪問客が現われた。

「まあ!」レディ・アーデンが言った。「ようこそ。さあ、はいってちょうだい」

ロザムンドは戸口に背を向けていたので誰が部屋にはいってきたのか見えなかったが、ジャクリーンには見えた。義妹の目は見開かれ、手を広げようとしているけれど、ぎこちなく動いただけだった。

紳士——紳士だとして——はソファをまわり込んできたので、しっかりと顔が見えた。

「ミスター・マドックス!」ロザムンドは立ちあがっておじぎをした。「こちらで会えるなんて、とても嬉しいわ」

あなたもロンドンに出てきたらどうかと勧める手紙など書いていないかのように言った。そう、驚いたことは驚いた。まさかマドックスがレディ・アーデンと知り合いだったとは。

ジャクリーンにちらりと視線を投げかけると、ジャクリーンはあわてて立ちあがり、ひょいと頭をさげた。

マドックスは微笑んでいたのだが、ジャクリーンを見たとたん、顔をこわばらせた。

「ずいぶん変わったでしょう?」ロザムンドは穏やかな声で言った。

ジャクリーンが身につけているドレスは白いモスリンで、菫《すみれ》の柄の刺繍が一面に施されていた。深みのあるはっきりとした色の刺繍で、どういうわけかジャクリーンの瞳をグレーというよりもブルーに見せている。髪は切って、流行りの髪型に整えられ、それがとてもよく似合っていた。頬をほのかに染めている。ジャクリーンはほんとうにきれいになった、とロザムンドは思った。

マドックスはすぐにわれに返ったようだった。ロザムンドとジャクリーンに会釈をし、まえに進み出て、レディ・アーデンの頰にキスをした。ひとりひとりにまんべんなく微笑みかけた。

「かけてちょうだい、アンソニー」レディ・アーデンは言った。「あなたたち、おたがいに知り合いのようね」

「ええ」マドックスが答えた。「あるいは、かつては知り合いだったと言いましょうか」

ジャクリーンはとまどい、傷ついた表情をした。すがるような目でロザムンドを見た。

「わたしたちが友だち同士だったのはそれほど昔のことではないでしょう、ミスター・マドックス。それは変わりないと思いたいわ」

ロンドンに来てからの二週間でジャクリーンは徐々に社交界に慣れ、外見も変わった。感情を抑えることも少しは身についてきた。だから、ロザムンドがさりげなく口をはさみ、あたりさわりのない話題に変えたときも、ジャクリーンは暴言を吐いたりせず、ロザムンドに話を合わせてきた。

とりとめのない雑談で半時間が過ぎた。そのあいだ、マドックスは誰が話してもきちんと耳を傾け、反応しているようだったが、目はほとんどジャクリーンから離そうとしなかった。そう気づいてロザムンドは喜んだ。ジャクリーンはおとなしくしていたが、頰は赤らめたままだった。そろそろお暇しましょうとロザムンドが合図を送ると、ジャクリーンは礼儀も忘れてそそくさと腰を上げた。

ロザムンドも立ちあがって言った。「ミスター・マドックス、二週間後に舞踏会を開こうと思っているの。その頃もまだロンドンにいらっしゃるのでしょう？　招待状をお送りするわ」

マドックスはかすかに眉根を寄せた。「いいのですか、そんなことをして？」

ロザムンドは微笑んだ。「判断はおまかせするわ」

馬車に乗り、ほかの人に話を聞かれる心配がなくなると、ジャクリーンはロザムンドの腕に手を置いた。「ねえ、ロージー、グリフィンに殺されるわよ！　舞踏会を開いて、しかもミスター・マドックスを誘うだなんて！　怖いもの知らずにもほどがあるわ」

「グリフィンは激怒するでしょうね」ロザムンドは認めた。今度は激しい愛の行為に発展することはないだろう。「あの人が気づく頃にはもう手遅れだけれど」

〝うまくやっていけるわよ、ティビー〟まえにそんなことをほんとうに言ったのかしら？今度の件はうまくやれる自信はまったくなかった。少なくとも、こそこそと根回しをしなければ無理だが、そんなのはウェストラザー家の者らしからぬ行為だ。

けれど、ジャクリーンを見つめていたマドックスの目にはただならぬ表情が浮かんでいた。ロザムンドはぞくりと身をふるわせ、目を閉じた。苦しいほどの憧れが胸に込みあげた。もちろんマドックスからそんな目を向けられたわけではない。グリフィンからあんなふうに見つめられたいのだ。

ジャクリーンが言った。「トニーは変わったと思う？　なんだか……やけに慎重で、態度も堅苦しかったわ」

「故郷にいたときと同じ調子であなたをからかったりするわけないでしょう。レディ・アーデンのまえだったのだから」

「そうね」ジャクリーンは少し明るい顔になって言った。「きっとそのせいだわ」

ロザムンドは一瞬ためらったが、結局言った。「もしかしたら変わったのはあなたのほうかもしれないわ。その変化はミスター・マドックスにとって嬉しくないことだったのかもしれない」

ジャクリーンは眉をひそめた。「どういう意味なの？　お義姉様は言ってくれたじゃない、新しい服を着たわたしはまえよりもずっときれいになったって。自分のことだからよくわからないけれど、きれいになったような気分にはなってるの」

「あなたはもともととても魅力的よ」ロザムンドはきっぱりと言った。「ドレスや髪型はその魅力を引き立てているだけなんだから。そうね、たぶんこういうことじゃないかしら」さらにつけ加えた。「ミスター・マドックスにしてみたら、あなたが故郷のペンドン館にいて、外の世界に羽ばたいたりしないから安心していた。向こうではあなたを独り占めしていたんでしょう？　それがいまはあなたに取り入ろうとするほかの青年たちと張りあわないといけない」

「みんな、ただのお金目当てよ」ジャクリーンは言った。

「求愛してくる紳士のなかには、あなたのお金には興味がない人も大勢いるわ」それは事実だった。「舞踏会に来たら、ミスター・マドックスも気づくでしょうね」

疑わしげにジャクリーンは言った。「つまり、トニーを嫉妬させるためにお膳立てするということ?」不愉快そうに鼻にしわを寄せた。

「もちろん違うわ。でも、あなたがいかに好かれているか、彼にわからせることができるでしょう。ミスター・マドックスはあなたを憎からず思っているようだけれど、時々男性のようなあつかいをするわ。もっと大事にしないとだめだと思い知るきっかけになると思うの」

ジャクリーンは言われたことをじっくりと考えた。「なんの意味もないことにあなたただって骨を折るわけがない。もしかしたらわたしとミスター・マドックスを結婚させようとしているの? やめ——やめてほしいの、そういうことなら」最後は声をふるわせ、グレーの瞳には涙が光っていた。

「ねえ、何がいけないの?」

ジャクリーンは手の甲で目もとをこすり、涙をぬぐった。「あなたはわかっていない。ぜったいに無理なのよ。トニーを見るたびに忘れてしまうけれど。あとになって思いだして、気分が悪くなるのよ、ロージー。ねえ、トニーとは結婚できないわ。グリフィンの判断は少しも間違っていない」

心底驚いて、ロザムンドはジャクリーンに腕をまわし、たがいのボンネットに邪魔されながらもしっかりと抱きしめた。「でも、どうしてなの？　わたしに話せないこと？」

ジャクリーンは首を振り、わっと泣きだした。ロザムンドは安心させるような言葉をかけ、なんとかなだめようとした。

馬車がとまり、ジャクリーンは健気《けなげ》にも冷静さを取り戻した。

「部屋にお戻りなさい」ロザムンドは言った。「わたしもすぐに行くわ」

「ううん、けっこうよ」ジャクリーンは無理をして微笑もうとした。「ほんとうに。わたしは大丈夫だから。でき――できれば、しばらくひとりになりたいの」

グリフィンが屋敷に戻ってきたときはもう夜更けだった。リドゲイトの社交クラブで、お仲間たちも交えてリドゲイトとブランデーを飲み、上機嫌で帰館した。酩酊《めいてい》はしていないが、ほろ酔い気分だった。

控えの間にはいると、近侍が待機していた。「ああ、ここにいたのか、ディアラブ」

「はい、旦那様」ディアラブは手を伸ばし、体にぴったりと合った黒の上着を脱がせにかかった。「楽しい夕べだったようですね」

「ああ」グリフィンは言った。「じつに楽しかった」

リドゲイトの友人たちは予想以上に話しやすかった。ロザムンドへの配慮からか、好かれているからなのか、グリフィンはよくわからなかったが、リドゲイトは紹介の労をとって、社交界の人々に引き合わせてくれ、できるかぎりのお膳立てをしてくれた。

そう、たしかに楽しい夕べだった。そしてこれからは妻の腕のなかでさらに楽しいひとときを過ごすつもりだ。「レディ・ロザムンドはもう帰っているかい？」

「奥方様とレディ・ジャクリーンは一時間ほどまえに戻られたかと存じます」

「それならよかった」グリフィンは袖つき安楽椅子に腰をおろし、脚を伸ばした。ディアラブは手袋をはめて、グリフィンのブーツを脱がせた。履物というよりも赤ん坊でも取りあつかうような気のつかいようだった。しかし、グリフィンはディアラブの性癖に慣れていたので、冷やかしはしなかった。

すばやく体を拭き清め、歯を丹念に磨き、近侍をさがらせた。ガウンをはおり、ロザムンドと共有している寝室に向かった。もちろんロザムンドにも自分の部屋があったが、グリフィンのベッドで寝ない夜はめったになかった。

けれど、今夜は上掛けにくるまってグリフィンを待っている情熱的な女性はいなかった。グリフィンは肩をすくめた。たぶんまだドレスを脱ぎ終えていないのだろう。

待ちきれず、寝室を横切り、続き部屋の反対側に向かった。居間をふた部屋突っ切り、ロザムンド用の寝室にはいった。

そこにロザムンドがいた。姿見のまえに立ち、自分の姿を物思わしげに眺めている。おのれの姿に見とれるのもうなずける。グリフィンは音を立てて息を吐いた。

ギリシャ風のあっさりとしたガウンは、何年かまえに流行っていたスタイルだ。胸もとが深くくれ、ウエストの位置が高い、簡素なデザインだった。目を見張るような華やかな衣装ではない。

それでも、生地はごく薄く、すっかり透けてしまいそうだ。

ガウンの下には何もつけていない。きゅっと引き締まった尻も長い脚も、このけしからぬ部屋着越しにはっきりと見えた。欲望のうねりを感じながら鏡のなかのロザムンドを見つめた。乳首の陰、乳房と尻の曲線、かすかに色の濃い三角形を成す秘所を覆う茂み。

美しい女神のようだ。アフロディーテとでもいおうか。とにかく、官能的な女神だ。ロザムンドの姿には、威厳と純真さ、そして興奮させられるのは必至である罪深さがまじりあっている。

「なあ、奥さん」グリフィンはしわがれた声で言った。「心臓発作を起こさせるつもりか？夫を早死にさせる気かい？」

ロザムンドが振り返った。そしていつものように妖艶な笑みを浮かべた。そのとたん、グリフィンはわれを失った。

これまでで一、二を争う激しさで愛を交わし、ことが終わったとたん、眠りに落ちた。翌朝、目が覚めると、ベッドに横向きに寝そべり、ロザムンドの体がぴったりと重なり、尻が股間に押しあてられていた。

岩のように硬くなったものは欲望を解き放ちたくてうずうずしている。

グリフィンは手をまわし、ロザムンドに触れ、声を押し殺した長い絶頂にすばやく導いた。

「ううん」ロザムンドは眠たそうに微笑んだ。「すてきな目覚め方ね」

そしてわざと尻をグリフィンにこすりつけた。「ほかにもわたしの気に入りそうな方法はある？」

「どうかな、ちょっとやってみようか」

22

ひと晩じゅう頭の片隅に置いていた話題をロザムンドがようやく切りだしたとき、ふたりはまだベッドのなかだった。

グリフィンが部屋に来たらすぐに持ちだすつもりだった。けれど、ジェインからセシリーが聞いたという、商才に長《た》けた仕立屋の奥の部屋で注文した下着のなかから、あのガウンを試着してみたところを見られてしまったのだ。

そこからは成り行きに身をまかせるしかなかった。少なくとも、愛の行為にはじゅうぶんすぎるほど満足したのだが、マドックスのことは持ちだせなかった。ジャクリーンの求愛者について話しあうのにちょうどいい機会ではなかった。寝物語に相談したら、グリフィンは手玉に取られていると感じて、さらに頑固になるかもしれない。

そうはいっても、いつかはマドックスのことを持ちかけないといけない。もしかしたらわたしはほんとうに手玉に取ろうとしているのかもしれない。でも、義妹のためだ。グリフィンがくつろいでいるときを狙って、やるだけやってみるしかない。

今夜のグリフィンはかなり満足したようであるし。

「一週間は足腰が立たない気がする」ロザムンドは伸びをしながらつぶやいた。

グリフィンは乳房に手を伸ばしてきた。「それはかわいそうだな。つきっきりで世話をしないと」

「ふたりして倒れてしまうわ」

グリフィンが身をかがめて乳首を舐めると、ロザムンドは吐息を漏らした。グリフィンの髪を撫で、快感にひたった。しかし、すぐにグリフィンに顔を上げさせ、目を見つめた。

「グリフィン、話があるの」

グリフィンの目の焦点が合うまでに一瞬、間があった。悪態のような言葉をつぶやき、ごろりと仰向けに寝そべった。「やっぱりそうか。いいことはいつまでも続くものじゃない。さあ、話したいなら話してくれ」

「ジャクリーンのことをお尋ねしたいの。ミスター・マドックスのことも」

グリフィンはまた悪態をつぶやいたが、ロザムンドは片手を上げて制した。「マドックスがジャクリーンに求愛しているという話題を蒸し返すつもりはないわ――反対するつもりもやっぱりないけれど――でもね、グリフィン、きのうジャクリーンは泣いていたのよ。どういう事情があるのか聞かせてほしいの」

グリフィンはてのひらのつけ根でこめかみを揉んだ。「知るわけがないだろう。女性はちょっとしたことですぐに泣くものだ」

「ジャクリーンは違うわ」ロザムンドは静かに言った。「きのうはべつとして、彼女が涙ぐんだのを見たのはあなたに――」グリフィンの気分を滅入らせる話題だったと気づき、言いよどんだ。

「ぼくになんだって？　人でなしだと思われることには慣れているから、遠慮しなくてもいい」

「じゃあ、話すわね。ジャクリーンは、自分が厄介者で、迷惑がられているから、あなたにバースに追いやられたと思っているの」

グリフィンはまるで誰かに腹を殴られたかのように激しく息を吐いた。「まさか！　そんなはずはない」

「理屈に合わないのかもしれないけれど、彼女はそう思っている」ロザムンドは言った。「慰めようとしたけれど、あのときはまだジャクリーンのことをよく知らなかったから、あまり慰めにはならなかったでしょうね」

「困ったものだ」グリフィンは虚ろな声で言って、頭上の青い絹の天蓋を見あげた。

「でも、尋ねたいのはそのことじゃないの」ロザムンドは言った。「ジャクリーンから聞いたのだけれど、ミスター・マドックスと結婚してはいけないというあなたの言いつけに納得しているそうよ」

　グリフィンはいくぶん体から力を抜いたようだった。「妹も少しは分別があるようでよかった」

「でも、なぜなの？」ロザムンドは言った。「結婚相手として申し分ないわ。なんといっても彼の住まいはペンドン館のご近所よ。わたしたちはジャクリーンと離ればなれにならずにすむでしょうに」

　グリフィンはそれを聞いて頭をめぐらせた。「妹が遠くに嫁いだら寂しいか？」

「もちろんよ。ジャクリーンは大切な義妹だもの。だから彼女が不幸せになるのは見ていられない。ミスター・マドックスと結婚しなかったら、幸せになれないわ。どうしてふたりは一緒になれないの？」

「オリヴァー・デヴィア卿が許さない」

「そんな。遠慮することないでしょう。デヴィア卿のことはわたしがなんとかするわ。モントフォード公爵は昔からデヴィア卿より力があるの。公爵様ならデヴィア卿の同意を取りつける策をあっという間に思いつくはずよ。ほかからも異論が出るかもしれないわ。だとすれば、ジャクリーンだって納得しないでしょうし」

「ほうっておいてくれ」グリフィンは言った。ベッドから脚を振りおろし、体を起こした。ロザムンドに振り向いた。「とにかくぼくを信じればいい」

「あなたを信じればいい、ですって？」ロザムンドも体を起こし、シーツを胸もとに引きあげた。いまさら体を隠しても意味はないが。「あなたにまったく信用されていないのに、どうして信じないといけないの？」

グリフィンは口もとをこわばらせた。「きみに打ち明けるわけにいかないのは、ぼくの秘密じゃないからだ。それに、話せば危険を招くとわかっている。でも、後ろ暗い隠しごとをしているわけじゃない。妹もそう思っている。ぼくを信じられないなら、せめて妹の判断を尊重したらいい」

「愛に勝るほどのことなの？」ロザムンドはつぶやくように言った。「でも、そんなはずはないわ。愛よりも大切で力強いものなんてないに決まっている」

「そうかな？」グリフィンはズボンを引っぱりあげ、ボタンを留めた。そしてシャツに手を伸ばした。「ぼくと結婚したとき、自分の務めよりも愛を優先したのか？」

ああ、困ったわ。みすみす罠にはまってしまった。

「いいえ」ロザムンドは静かに言った。「違うわ」

グリフィンはロザムンドを見た。苦悩がありありと浮かんだ表情に、ロザムンドは胸が締めつけられた。

その瞬間、どうとでもなれというような捨て鉢な気持ちになった。でも、わかってもらうために打ち明けよう、とロザムンドは思った。ふたりの関係がどう変わるのかわからないが、グリフィンには正直になって、彼を悩ませている疑いを払拭《ふっしょく》しなければ。

ロザムンドは声に力を込めて続けた。「愛より務めを優先させてもいないわ。なぜならわたしの場合、どちらも同じことだったから」グリフィンの目を見た。自分の目を見れば、すべてわかってくれる、という希望を捨てられなかった。「愛しているわ、グリフィン。まえからずっと愛していたのよ」

言われたことの重大さに呆然としてしまい、グリフィンはよく意味がわからなかった。あたかもロザムンドの言葉はグリフィンの頭を迂回《うかい》して、まっすぐ心に飛び込んできたかのようだった。

だが、その感触はキューピッドの矢がちくりと刺さったようではなく、むしろナイフを突き立てられたかのようだった。

愛している、と誰にも言われたことがなかった。

どういう気持ちがするのかわからなかったが、ようやくわかった。母には愛されていたはずだが、口に出して言われた憶えはない。母を亡くしてからどれだけ愛に飢えていたのか、グリフィンはいままで気づきもしなかった。

そして、初めて愛の言葉をかけてくれた相手が思い違いをしているというのは、あまりにも残酷だった。ロザムンドはおのれを欺き、グリフィンを苦しめている。

ベッドの上で身を起こし、シーツを胸もとまで引きあげているロザムンドを、グリフィンは見つめた。ロザムンドはグリフィンを見あげ、あきらかに反応を待っている。愛しているという気持ちをわかってくれて当然だといわんばかりに。

「どう言えばいいかな」返事に困った。ただの思い込みに違いないが、ロザムンドは自分の言ったことを信じ込んでいる。結婚相手を愛したいという願望にとりつかれている。その相手がたまたまグリフィンだったというだけの話だ。

もしもオリヴァーとモントフォード公爵が策を弄し、べつの花婿候補を選んでいたら、ロザムンドはいま頃、そっちの男に同じ言葉をかけていたはずだ。

グリフィンの反応に対し、ロザムンドは必死になって落胆の色を隠しているが、ほんとうはがっかりしているのだとグリフィンにはわかった。がっかりしない女性などいないだろう？　それをいうなら、男も同じだ。もしも無謀にもロザムンドへの気持ちを口にしていたら……。グリフィンは顔のわきを撫でおろした。

ロザムンドは声をわななかせて言った。「何も言わなくていいわ、グリフィン。わたしの言葉を信じてくれればいいのだから」

涙があふれ、頬に流れた。グリフィンはロザムンドのそばに行って、腕に抱きしめ、キスで涙をぬぐってやりたかった。しかし、自分自身の苦悩があまりにも深く、このまま立ち去らなければ、さらにロザムンドを傷つける言葉を口走りそうだった。

自分にできることは何もない。ロザムンドの気持ちが晴れるような気の利いた言葉を吐けるわけでもない。ロザムンドの愛を信じて満足させてやることさえできない。ましてや自分も愛しているとお返しに言うなどもってのほかだ。

嘘ならつける。喉をふさぐ心の痛みをのみくだし、無理やり言葉を口にすればいい。きみを信じていると、その気になれば口にできたかもしれない。

けれど、きみを愛しているとは言えなかった。ロザムンドの涙をとめるやさしい嘘であっても。

愛しているという言葉を返すことはできなかった。なぜなら、それは真実だからだ。


その晩、ふたりはモントフォード館で一家と食事をともにした。ロザムンドはなるべく明るく振舞おうとしたが、婦人たちが退席し、紳士だけで飲酒や喫煙を楽しむ段になると、努力も限界に近づいていた。

最大の不安が今朝、的中してしまった。グリフィンは愛の言葉を返してこなかった。自分の思いを告白したいという衝動に屈しなければよかった。以前は幸せな結末をふたりで迎える夢を自由に思い描いていたけれど、いまはもうグリフィンの心情をはっきりと思い知らされた。常識には目をつぶり、ベッドでやさしくされるのはグリフィンに思われている証拠だと期待していた。男性というのは愛してもいない女性に思いやりを示し、情熱的になれるものだろうか。よくわからない。グリフィンの自分に対する気持ちに変化が芽生えることを期待するしかない。

察しがよすぎる家族と、よりにもよって今夜食事する破目になるとは。婦人たちと客間に逃げ込むと、ロザムンドはいくらかほっとした。セシリーもジャクリーンも、ティビーのまえでは質問攻めにしないはずだ。

けれど、紅茶のカップを手に持ちもしないうちに、ザヴィアが現われ、ちょっといいか、と誘いだされた。

「どうかしたの？」図書室に連れてこられると、ロザムンドは尋ねた。ザヴィアは書きもの机の奥のモントフォード公爵の椅子に座りはせず、炉端にこじんまりと並んだ椅子のほうにロザムンドを導いた。

なるほど、ちょっとした取り調べが始まるのね。

ロザムンドは頭が痛くなった。

ザヴィアは部屋を横切って食器棚のところに向かい、クリスタルガラスのデカンターの蓋を引き抜いた。めずらしいことに、グラスをふたつ取りだし、指の幅ひとつぶんのブランデーをそれぞれに注いだ。

「一杯やったほうがよさそうな顔をしている」グラスをロザムンドに手渡した。「それともシェリーを持ってこさせようか？」

ロザムンドはひと口飲み、強い酒に喉を焼かれ、むせてしまった。「よくこういうものを飲めるわね」

ほどなく、ひりひりした痛みは心地よいぬくもりに変わり、首すじからいくぶん緊張がほどけた。

もうひと口飲んでいると、ザヴィアは笑みを浮かべ、こちらを見ていた。

ペンドン館やコーンウォールの様子やロンドンに戻ってきた道中のことを訊かれた。ロザムンドはそれぞれの質問に慎重に答えた。兄は言葉巧みにこちらを油断させようとしている。いつなんどき、言葉尻をとらえて非難されてもおかしくない。

やがて、そのときが来た。「やけにばたばたと結婚したものだな」ザヴィアは言った。「事前に知らせてくれれば、コーンウォールに出向いて式に参列したのに。でも、おまえがなぜ待とうとしなかったか、わかっている」

ロザムンドは額にしわを寄せた。何を言いたいの？

「愛しあうふたりは居ても立ってもいられなかった」ザヴィアは解説するような口ぶりでつぶやいた。

「嫌みを言うなんてお兄様らしくないわ」ロザムンドはさらりと言った。

「いや、むしろぼくらしい」ザヴィアは言い返した。「でも、嫌みで言ったわけじゃない。おまえたちが呆《ほう》けたように見つめあっている姿をさっき見た。と同時に、ただならぬ気配も漂っていた。楽園で何かあったのか？」

ロザムンドは無理やり笑った。「いやだわ、先走りすぎね。結婚まえには婚約者を裏切っているのではないかとわたしを責めたかと思えば、今度はわたしたちが痴話喧嘩をしていると決めつけるなんて」最後のほうは恥ずかしいほど声が上擦った。

ザヴィアは立ちあがり、ロザムンドが座っているソファまで歩いてきて、肩に手を置いた。

「何もかも話してごらん」

状況が違えば、冷淡で同情もしてくれない兄に秘密を打ち明けようとは夢にも思わなかっただろう。だが、いまはひどく落ち込んでいた。それにいつもは冷ややかでとげとげしい兄の声音はやさしく、理解を示すように温かな響きがした。

「ああ、お兄様！」ロザムンドはすすり泣きながら言った。「どうしたらいいかわからないの」

ザヴィアは隣りに腰をおろして肩に腕をまわし、気がすむまで泣かせてくれた。ロザムンドは兄の上着に顔をうずめ、込み入った話を長々と打ち明けた。兄に抱きしめられ、ロザムンドは大いに慰められた。

「あの薄汚いローダデールと出会わなければよかった」ロザムンドは涙を拭いて言った。

「わたしはばかだわ」

「そんなことは気にするな」ザヴィアは眉をひそめた。「ローダデールに侮辱されたのか？」

「ううん、違うわ」ロザムンドはできるだけきっぱりと言った。あのおぞましい申し出のことをザヴィアが知ったら、ローダデール大尉は二度殺されてもふしぎではない。

「ふうん」ザヴィアはソファに背をもたれ、公爵を思わせるしぐさで、両手の指を合わせて塔のような形をつくった。

遅まきながら、秘密を打ち明けたのは失敗だったとロザムンドは気づいた。ザヴィアは昔から妹のためにひと肌脱ぎたがる癖がある。けれど、これは自分で解決するべき問題だ。

「ごめんなさい。自分の悩みでお兄様に負担をかけるべきじゃなかったわ。お願いだから口出しはしないでね。こういうことは、第三者が介入すると、よけいにこじれるものだから。いっさいお耳に入れるべきじゃなかったわ」

ザヴィアは話を聞いていなかった。「なんとかしよう。間の悪いことに、あすから一週間ほど、町を離れないといけない。約束があって、破るわけにはいかないんだ」

「それなら来週お母様が開く夜会は大手を振って欠席できるわね」

「ああ、それもあった」ザヴィアは顔をしかめた。「ローダデールのことでおまえに話しておきたいことがある。母があの男を夜会に招待したんだ」

ロザムンドは息をのんだ。「でも、いま頃はもうヨーロッパのはずよ」

「そうじゃないらしい。聞くところによると、ローダデールは退役してロンドンに戻ってきたようだ。なんのためだか解《げ》せないが」ザヴィアはブランデーをすすり、ロザムンドをじっと見た。ローダデールに思いを寄せていると、お兄様はまだ疑っているの？

ただでさえグリフィンとのいざこざをかかえているのだから、もうこれ以上は手に負えない。「困ったわ。わたしはどうすればいいの?」

「当然、夜会には行かないとな。欠席したら、噂の種にされるだけだ。とりわけ母が吹聴《ふいちょう》するだろう。グリフィンを連れて、夫婦円満であると世間に——ローダデールにも——知らしめないと」

「ああ、もういやだわ。どうしてローダデールは戻ってきたのかしら」自分に関係があると思って自惚れるわけではないが。きっと母がよけいなことをしたのだろう。母のいやがらせに間違いない。引き合わせるだけで、娘はローダデールの腕に飛び込むと思っているのだろうか。

「お母様はわたしに居心地の悪い思いをさせれば気が晴れるのでしょう」ロザムンドは苦笑いを浮かべた。「行かずにすむならそれに越したことはないけれど、お兄様の言うとおりだわ。参加しないとね。欠席した理由について根も葉もない噂を広められないように」

「ぼくたちの母親は性根が腐っている」ザヴィアは険しい顔で言った。「娘のおまえを妬《ねた》んで頭がおかしくなっているのさ」

ロザムンドは息をのんだ。ザヴィアは不敵な笑みを浮かべ、ロザムンドを見おろした。

「驚いたか? 少しは頭を使って考えてみろ。おまえがこの世に生まれた日から、母はおまえを男性からの愛情を競いあう相手とみなしてきた。ほんの少しでもおまえのようなやさしさが母にあったら、誘惑した男たちを侍《はべ》らせておけるだろうに、そこがどうしてもわからないんだろう。男たちは体目当てで、母とのあいだに心の通いあいなんてものはない。都合のいい相手との欲望が満たされたら、去っていくだけだ」

「あるいは、お母様が癇癪を起こして男性を追い払うか。悲しい人だわ」ロザムンドはためらったが、尋ねてみた。「お父様ともそういう関係だったの？」

ザヴィアはため息をついた。「妙な話だが、父は母を愛していたと思う。そうでなければ、曲がりなりにも添い遂げようとしなかっただろう」一瞬黙り込んでから先を続けた。「父はおまえを溺愛《できあい》していた」

それならなぜわたしたちを追いだしたの？

ロザムンドは兄の肩に頭をもたれた。「お父様の記憶がどんどん薄れているの。思いだせるのは夫婦喧嘩のことだけのようだわ」

「父は感情を表に出さない性質《たち》だった。幼いおまえに理解できる形で愛情を示したりしなかった。でも、ぼくも大人になって、父のことが理解できるようになった。母よりも、息子のぼくのほうが父のことを理解できるんじゃないかな。父はおまえが大好きだった」ザヴィアはロザムンドのこめかみにキスをした。「ぼくもそうさ」

喜びがロザムンドの胸にじわじわと広がった。ザヴィアも感情を表に出さない人だ。でも、兄に愛されているとちゃんとわかっていた。たぶんわかっているのはわたしだけだろう。そう思うと、ロザムンドはひどく孤独な気持ちになった。

「約束してほしいことがある」ザヴィアはそう言って、ほっそりした指をロザムンドの指に重ねた。

「ええ。どんなことを？」

「母の夜会ではくれぐれも用心すると約束してくれ」ザヴィアは言った。「いやな予感がするんだ」

ロザムンドはぞっとした。同じようにいやな予感を覚えていた。

23

「聞いていないぞ」ロザムンドに付き添って階段をおりながらグリフィンはぼやいた。「舞踏会はお断わりだと言ったはずだ」

「二、三組がピアノの伴奏で踊る程度だもの、舞踏会ではないわ」ロザムンドは知り合いに微笑んだりうなずいたりしながら小声で言った。「これは夜会なのよ、グリフィン。お願いだからにこやかにしてちょうだい。母のお客様たちを取って食べようとしているような顔はしないで」

夜会はとうに始まっていた。その夜、ロザムンドはわざとほかの招待にも応じ、遅れて到着した。ジャクリーンとふたりでレディ・バーカーの屋敷で食事を取り、ミセス・アシュトンの舞踏会で何曲か踊ってからグリフィンを馬車で迎えに行き、スタイン邸に向かったのだった。

いつまでも母を避けるわけにはいかなかった。娘はしみったれた結婚をしたのだと母は街じゅうで愚痴をこぼしてまわっていた。コーンウォールのような片田舎で。親族も友人も立ち会わずに。そして、いかにも悲しげな顔でこう疑問を呈する。ハノーヴァースクエアの聖ジョージ教会の何がいけないの？

客間の奥まで進んでいった。グリフィンは口をあまり開かずに言った。「ちょっと教えてくれ。なぜわれわれはここにいるんだ？」

「欠席したら変に思われるでしょう」ロザムンドは言った。「いつまでも母にとやかく言われるわ」

なぜ今夜ローダデールも招待したのか、母の真意が測りかねた。とりあえず娘と同席させてやろうというだけかもしれないが、それ以上のことを目論んでいるのではないだろうか。とにかく、今夜はグリフィンのそばから離れないようにしよう。

ふいにローダデールの姿が目に飛び込み、不安と恐れでロザムンドはぎょっとした。「長居はしないほうがいいわね」

グリフィンがきわめて口汚く悪態を小声でついた。ロザムンドが振り返ると、ミスター・マドックスがまっすぐにこちらに歩いてきた。ジャクリーンはまだ気づいていない。マドックスに背を向けて立ち、社交界にお披露目されたばかりのほかの令嬢たちに気を取られていた。ここ数週間で友だちになっていたのだ。

マドックスが近づいてくると、ジャクリーンはあたかも彼の気配を感じ取ったかのように振り返った。ジャクリーンを見た瞬間、マドックスの顔には飢えたような表情が浮かんだ。

濃い色の瞳にいとしさがあふれ、傍《はた》で見ているロザムンドでさえ胸がときめいた。ジャクリーンの胸にはどう響いたかしら？

今夜のジャクリーンは濃いローズピンクの夜会服に白い長手袋をつけ、とりわけ愛らしく見えた。髪は高く結いあげられ、小さな真珠のピンがちりばめられている。ほっそりした首もとには髪飾りと同じく真珠の首飾りがあしらわれていた。

ドレスと同じ色にジャクリーンの顔が染められていく。

マドックスはおじぎをして挨拶し、グリフィンににらみつけられていることには気づきもしなかった。ジャクリーンにすっかり見とれているのだ。

「踊りませんか？」マドックスの声からいつもの超然とした気配が消えていた。熱意が滲み、感情を押し殺した声はかすれていた。

ジャクリーンはさらに顔を赤らめ、ちらりとグリフィンを見あげた。グリフィンはいまや石のように無表情だった。ジャクリーンは首を振った。「残念ですけれど、ミスター・マドックス、今夜は遠慮します」

いつまでも頑《かたく》なに拒絶するなら、グリフィンを殺してやりたい！

「ばかばかしい」ロザムンドは言った。「さあ、踊っていらっしゃい。グリフィンとわたしに合わせてあなたまでダンスを控える必要はないのよ」

「妹は踊りたくないんだ。ほうっておいてやれ」グリフィンは言った。「マドックス、妹の返事は聞こえたろう」

隣人はジャクリーンから一瞬も目を離さなかった。「ええ」冷静な声で言った。「聞こえました。はっきりと」

さっと頭をさげて背を返し、娯楽室のほうに歩いていった。

癇癪を起こしたようにロザムンドをにらみつけ、グリフィンは言った。「飲みものを取ってくる」

ロザムンドはジャクリーンに向きなおった。上気していた顔からは血の気が引き、打ちひしがれた様子だった。

「ほんとうにごめんなさいね。がんばってはみたのだけれど」

「ねえ、もうがんばらないで」ジャクリーンは声をふるわせてつぶやいた。「助けてもらわなくてけっこうよ。お義姉様《ねえ》のせいでよけいこじれているってわからない？　いいから……もういいから、わたしのことはほうっておいて！」

反応する間もなく、ジャクリーンは足早に立ち去り、ロザムンドは混雑する会場でぽつんと取り残された。

体がふるえ、胃も少しむかむかする。さらに、背後から深みのある声が聞こえ、ぎょっとした。

「レディ・ロザムンド」

ロザムンドはすばやく振り返り、ローダデールの端正な顔を見あげた。そしてその視線を、彼の腕にしがみついている婦人に移した。

母だった。

「おっと、いまはレディ・トレガースでしたね？」ローダデールは鼻持ちならない気取った笑みを浮かべ、ロザムンドの手を取り、おじぎをした。口もとに引きあげられないうちに、ロザムンドは手を引っ込めた。

胃のむかつきはさらにひどくなり、本格的な吐き気を催した。「こんばんは、お母様。こんばんは、大尉」軍服姿ではないローダデールをしげしげと見て、やがてロザムンドは目を見開いた。「そういえば退役したんですってね。もう階級名ではなく、ただ単にミスターをつけてお呼びするべきかしら？」

ローダデールは鷹揚《おうよう》に笑っただけだったが、レディ・スタインは咎めるような口調でロザムンドに言った。「一度大尉になられたら、退役されたあとも生涯、大尉なのよ」

「ああ」ロザムンドは言った。「そうでしたね」

どういうわけか、ローダデールはかつてのように美男子には見えなかった。けれど、魅力が色褪せたのは軍服を脱いだせいではない。目つきが悪くなったせいだろう。

「失礼してよろしいですか？」ロザムンドは言った。「公爵様にご挨拶しないと」グリフィンが守ってくれなくても、モントフォード公爵なら守ってくれるだろう。

「あら、公爵様ならなにやら国政の緊急事態とかで呼びだされたわ」レディ・スタインはどうでもいいといわんばかりに手を振った。「今夜はもう戻ってこないでしょう」

「残念だ」ローダデールが言った。「公爵閣下と旧交を温めるのを楽しみにしていたが、仕方ない。さあ、ご婦人がた、画廊をひとまわりして気分転換でもしましょう。ここはじつに込みあってきた」

ロザムンドは、母とローダデールと画廊でぶらぶらしたいとは思わなかった。どう考えても……そういえば、このふたりはいま……関係を結んでいるの？　そう考えただけでロザムンドはぞっとしたが、母ならやりかねない。ローダデールを愛人にしてもおかしくはない。母自身、ローダデールの好みの女性なのだから。

ローダデールから気のあるそぶりをされて得意になっていた自分が信じられない。彼の気持ちを傷つけてしまったのではないかと悩んでいたなんて。

「ロザムンド、さっさと階上《うえ》にいらっしゃい。あなたの意見を聞かせてもらいたいことがあるの」レディ・スタインはローダデールに意味ありげに目配せした。それを見て、ロザムンドは先が思いやられた。

「ほんとうに失礼します、お母様。来たばかりなので、知人たちにもご挨拶しないと」ロザムンドは首を伸ばした。「ほら！　レディ・アーデンがあちらで手招きしているわ」

「何を言ってるの」レディ・スタインは鉤爪《かぎづめ》のような指で腕をつかみ、ロザムンドを引き留めた。「そんな見え透いた言い訳は聞いたことがないわ。レディ・アーデンなんてどうでもいいでしょう？　聞きわけのない子ね、四の五の言わずに一緒に来るのよ。ねえ、ローダデール、あなたからもこの子に言って聞かせて！」

レディ・スタインの声はいまや金切り声になっていた。母に騒がれるのがロザムンドはなにより苦手だった。この押し問答が人目を引かずにすむのなら、なんでもする。

あわただしく同意して、ふたりとともに移動しながら、アンドルーかグリフィンはいないかと、人だかりに目を凝らした。あるいは、助け舟を出してくれそうな友人が近くにいないかと。

誰もいなかった。かつて自分を崇拝してくれた男性と母親のあとから階段をのぼり、長い画廊に向かった。一歩ごとに、みぞおちのあたりに不安が広がった。

画廊には人気《ひとけ》がなかった。喜ぶべきか、残念に思うべきか、ロザムンドはわからなかった。昔からよく感じていた無力感に襲われた。母の気まぐれに振りまわされると決まって気持ちが萎縮《いしゅく》するのは子どもの頃からのことだ。そして、母が交際していた男性たちの存在にも動揺させられたものだった。もしも兄がいなかったら……。

けれど、ザヴィアはいまここにいない。娘の自信を打ち砕こうとする母から、自分で自分の身を守るしかない。ふとロザムンドは足をとめた。どっちにころんだら、より厄介だろうか。兄の屋敷で開かれた母の夜会で騒ぎが起きること？　自分の心がさらに傷つくこと？

不愉快な騒ぎを避けたいがために、母の要求に屈してしまう癖がついていた。けれど、もう屈したりしない。これをかぎりに。

「もうたくさんだわ」ロザムンドはレディ・スタインに振り返った。「お母様の言いなりにはなりません。二度と。金輪際」

母の手を振りほどき、身を翻して立ち去ろうとした。

そのとき目にはいった。

あの絵が。

だが、ロザムンドの体と母の顔を合体させた肖像画ではなかった。全身がロザムンドの姿だった。体つきも、顔の造作も、そして恍惚《こうこつ》とした表情も。あれは夫婦の寝室で、グリフィンと過ごすベッドで見せる顔つきで、人目に触れさせるものではない。

それなのに、兄の屋敷の画廊に飾られ、世間の目にさらされている。

「天才的な作品だな」ローダデールがつぶやいた。「自分の家に飾るのが待ちきれない。どこか私的な場所にかけようと思っている。ぼくたちのことを誰にも彼にも知られるのはまずいから」

「あなたとはなんの関係もないわ」ロザムンドは顔を紅潮させた。そして母に向きなおった。

「お母様、これはひどすぎるわ。いくらお母様でも」

レディ・スタインは鈴の音《ね》のような声で笑った。「あら、てっきり感謝されると思ったのよ、再会のお膳立てをしてあげたんだから。さて、そろそろお先に失礼して、ふたりっきりにしてあげる。そうすれば、いろいろと相談できるでしょう」

いろいろと、という部分をかすかに強調して言った。

悪夢の暗闇のなかをどうにか進むような思いでロザムンドは言葉を発した。「もうお気づきかしら、レディ・スタイン？　わたしはいま、お母様をお祖母《ばあ》様にして差しあげるのが楽しみでならないの」

母の目に怒りが燃えあがったのを見て、ロザムンドはいくばくか溜飲《りゅういん》がさがった。レディ・スタインは踵を返して歩き去り、ロザムンドは大尉と取り残された。

ローダデールのほうを見た。「ひと言警告しておくわ。あなたのような男性から身を守る方法を兄からあれこれ仕込まれているの。相手にかなりの痛みをあたえる方法をね」

ローダデールはふっと笑った。「力ずくできみを奪うようなみっともない真似をすると思うか？　それはない。ぼくは購入した絵を自宅で鑑賞したいだけだ」

「そんなことをしたら、あなたは夫に殺されるわ」ロザムンドは軽蔑したように言った。「亡骸《なきがら》はいとこたちに切り刻まれて、最後は犬の餌になるでしょうよ」

ローダデールは苦しげな表情を見せた。つくり笑いを浮かべ、肩をすくめると、腕を広げた。「いいか、ロザムンド？　そうなってもぼくはかまわない」

何が起きているのか、ロザムンドはようやくうすうす感づいた。

「きみはわかっていない」ローダデールは言った。「ぼくはきみを愛しているんだ、ロザムンド。望みがないことは最初からわかっていた――というか、わかっているつもりだった。でも、きみと婚約したあの田舎者の伯爵は……いっこうにきみを迎えに来なかった、そうだっただろう？　それでぼくは思い違いをした……」頭をのけぞらせ、自虐的な笑い声を響かせた。「今度の軍事作戦で運試しをしよう、と自分に言い聞かせた。戦地で手柄を立て、英雄として帰郷したら、石頭の公爵もぼくたちの結婚を認めてくれるかもしれない、と」

ロザムンドはほてった頬にてのひらをあてがった。最初からずっと気がかりだったのは、ローダデール大尉に好意を寄せられているのではないかということだった。グリフィンと結婚したら、その好意を踏みにじってしまうかもしれない。ところが、大尉がならず者のような暴挙に出て、そうした不安に悩まされることはなくなった。

「そう思っていた矢先、きみの婚約者がロンドンに来た」ローダデールは鋭い声で囁いた。「きみは満面の笑みを浮かべて婚約者を見つめていた。それでぼくの望みはついえた」

「望みなんて……ローダデール大尉、あなたと出会ったとき、わたしはすでに婚約していたわ。友人としてしかつきあえないと何度も念を押したはずよ。たしかに公爵様はわたしたちの結婚を認めようとはしなかったでしょう。でも、それより肝心な理由があるの。わたしはあなたを愛していない。夫を愛しているの」ロザムンドは唇をわななかせた。「あなたと出会うまえから」

「違う」ローダデールは叫んだ。「そう思い込んでいるだけだ。なぜならきみは善良で生真面目だから、配偶者を愛する以外の選択肢は考えられないからだ。でも、トレガース伯爵のような怪物を愛せるわけがないだろう？　ぼくは信じない。あのおぞましい手がきみに触れると思っただけで耐えられない」

「あなたが何を信じようと関係ないわ、大尉。あなたに気持ちが傾くことは決してない。もしもあなたがほんとうにわたしを愛しているのなら、こんなあつかいをするはずないわ。身勝手な振舞いをして、わたしを侮辱することもなかったでしょう」

この人は腹立ちまぎれにやったのだ。わたしに傷つけられたから、わたしを傷つけずにはいられなかった。そういう心理にロザムンドはたったいま気づいた。

「ぼくはきみのために戻ってきた」ローダデールは言った。「人は死に直面すると、婚姻のような慣習など取るに足りないことだと悟る。ほんとうに大事なのはぼくたちの愛なんだよ、ロザムンド！　わからないのか？」

あらんかぎりの力をかき集め、ロザムンドは言った。「わたしはあなたを愛していないのよ、ローダデール大尉。今後も愛することは決してないわ」

けれど、ローダデールはもはや理性的にものごとを考えられないようだった。ロザムンドに抱いていた情熱がどういうわけかゆがみ、正気を失った。ゆくゆくは悲惨な末路をたどるとわかりそうなものなのに、脅しを実行してしまうかもしれない。

この絵を所有しているとローダデールがあきらかにしたら、グリフィンは妻の潔白を信じないだろう。ロザムンドの言うことが真実だと納得するはずがない。母親であるレディ・スタインが今夜犯したような悪事を犯せると誰が信じる？　実の娘に対して！

さらにローダデールが絵を友人たちに見せたら、刺激的な肖像画を男性たちに回覧されたら……。ロザムンドはぞっとした。こちらを見おろすあの肖像画は破滅のもとだ。

言葉が喉につかえてしまいそうだったが、なんとか声を振りしぼった。「何と引き換えにすれば、その絵を手離してくれるの？」

リドゲイトが不安そうな面持ちでグリフィンに近づいてきた。「ロザムンドを見かけたか？」

グリフィンは首を振り、義兄が個人的に貯蔵している酒をもう一杯グラスに注いだ。図書室は邪魔がはいるまで恰好の隠れ家だった。

リドゲイトが眉をひそめた。「ロザムンドが彼女の母親とローダデールと話をしている姿は見た。そのあと見失って、三人ともそれから見かけていないんだ」

グリフィンは叩きつけるようにグラスをテーブルに置いた。「なんだって！　どうしてそれをもっと早く教えてくれなかった？」

ずいぶん時間がたっていたので、三人がどこに行ったのかわからなかった。レディ・スタインが一緒ならローダデールがロザムンドに言い寄ることはないとグリフィンは希望を持ったが、考えてみればレディ・スタインのことだから何をしでかすか、まったく信用できない。

とうとう、ある従僕の話から、三人が階段をのぼって画廊へ向かったとわかった。

「こっちだ」リドゲイトが言った。

ふたりは一段飛ばしで階段をのぼった。グリフィンは心臓が激しく鼓動を打っていた。ロザムンドに手を出していたら、あのろくでなしの腸《はらわた》を引きずりだしてやる。

画廊にたどり着くと、ロザムンドはひとりだった。

「これはいったい」グリフィンは動きをぴたりととめた。

ロザムンドは細長い脚の椅子の上にしっかりと立ち、光り輝く剣を高く持ちあげていた。夜会用の靴は片方が脱げ、きれいに結いあげられた髪は乱れていた。

リドゲイトとグリフィンが呆然と立ちすくんでいると、ロザムンドは声をからして叫び、壁にかかった等身大の肖像画に剣を振りおろした。肖像画のモデルはロザムンドだ、とグリフィンは気づいた。自分の顔と体が描かれた絵を、悲痛なほどに泣きじゃくりながら切り裂いていた。

グリフィンは大股でまえに進み出て、頭をかすめそうになった剣をよけた。

剣の柄《つか》をつかみ、ロザムンドの手からもぎ取った。剣をリドゲイトに渡し、ロザムンドを椅子からおろし、しっかりと抱き寄せた。

息を切らし、苦しげにしゃくりあげながら、ロザムンドは事情をすっかり打ち明けた。ローダデールの要求に話が及ぶと、グリフィンはロザムンドの頭越しにリドゲイトとすばやく視線を交わした。

ロザムンドは身をふるわせた。「やるべきことはきちんとしましょうと言ったの、彼のところで。要求に応じるふりをしたの。それで、すぐにここから出ないとだめよ、と言い張ったの。彼は馬車をまわすよう命じに行ったわ。彼を――彼を追い払わないといけなかったの、こうするために」ずたずたに切り裂いた肖像画に手を振った。ヒステリーを引き起こしたようなとぎれとぎれの笑い声を立てた。「肖像画はだめにしたわ。あの人はもうわたしに手を出せない」

グリフィンは激しい怒りに駆られた。ひと思いに殺すなど、あのろくでなしには手ぬるい仕打ちだ。卑劣にもロザムンドにつけこもうとしたことも許せなかったが、あの男から逃れるために美しい肖像画を破壊するという行為にロザムンドを追い込んだことも腹立たしかった。無理やりベッドに連れ込もうとした愚行よりも、はるかに心を乱された。

絵に描かれた自分の顔や体を、逆上してめった切りにするロザムンドを見たとき、破壊行為の理由を知らなかったグリフィンは胸が悪くなったのだった。

「あの野郎を殺す」グリフィンはリドゲイトにぼそりと言った。

リドゲイトの青い目は期待を孕み、不穏な光を帯びた。どうやら自分もローダデールを痛めつけてやりたいと思っているようだ。

「ぼくが始末をつける」グリフィンは牽制《けんせい》した。

「どうぞ」リドゲイトがつぶやいた。お手並み拝見、と暗にほのめかしたのだろう。

そのあとすぐ、グリフィンたちの目は階段のおり口に向けられた。ローダデール大尉が姿を現わしたのだ。

卑劣な男なりにりっぱだったのは、大尉はそそくさと逃げ出しもせず、言い逃れをしようともしなかった。胸を張ってグリフィンのところに進み、不遜《ふそん》な態度で顎を上げた。ほほう。男らしく罰を受けるつもりか。

ローダデールは眉を吊りあげ、長く垂れさがった黄金色の髪の下から傲慢そうな顔をのぞかせていた。「決闘を申し込むつもりか？　どんな――」

それ以上は続かなかった。グリフィンがこぶしで黙らせたのだ。

「いいや」ローダデールを壁まで殴り飛ばし、グリフィンはまえに進み出た。「決闘は紳士同士が行なうものだ。おまえは紳士じゃない」

ローダデールは壁から体を起こし、なんとか両足で立ったが、グリフィンは待ちかまえていた。腎臓のあたりにパンチを叩きつけ、腹を殴り、電光石火の反応で顎にこぶしを突きあげ、殴り倒した。

この男はヤワではない。グリフィンもそれだけは認めようと思った。ローダデールは床から起きあがり、ゆっくりと立ちあがった。酔っぱらいのように足をふらつかせたが、もう一度身構えた。

「止《とど》めを刺せ」リドゲイトの歯切れのよい声が緊迫した空気を切り裂くように響いた。「さっさと止めを刺せよ、トレガース。さもなければ、ぼくが代わりに止めを刺す」

グリフィンは大きく首を振った。怒りで血が全身を駆けめぐり、耳のなかでうなりをあげていた。いいだろう、止めを刺そう。完膚《かんぷ》無きまで打ちのめさなければ気がすまない。ロザムンドを苦しませたローダデールを殺してやる。

グリフィンはこめかみに思いきりパンチを食らわし、ローダデールを後ろによろめかせた。歯を剥いて、ローダデールを追った。あのきれいな顔を血まみれになるまでめった打ちにしてやりたかった。

しかし、どういうわけかリドゲイトが戦いに乱入してきた。それとも、リドゲイトの足が、といおうか。ローダデールはリドゲイトの足につまずき、その拍子に足を踏みはずし、階段からころがり落ちていった。

獲物を逃してしまった。グリフィンは相手が視界から消えていく姿を呆然と見送るしかなかった。

階下からは驚いたように息をのむ声が聞こえ、ローダデールのあとからゆったりと階段をおりていったリドゲイトの落ちついた話し声も聞こえてきた。「みなさん、どうも。じつに残念なことだが、酒に飲まれたらいけませんね。おい、きみ、大尉に馬車を呼んでやってくれ。まったく、みっともないもんだ、ご婦人がたもいるまえで」

グリフィンは階下の招待客たちから姿を見られないよう後ろにさがった。両のこぶしをまだ握りしめ、胸を波打たせている。リドゲイトのやつめ、邪魔しやがって！　きっぱりと決着をつけ、ローダデールを始末するつもりでいたというのに。

だが、血に飢えた欲求が引くにつれ、感謝の念が湧いてきた。リドゲイトが冷静に判断したおかげで、取り返しがつかない行動に走らずにすみ、ロザムンドをスキャンダルに巻き込むこともなかった。夫が逮捕されたり、国外へ逃亡する憂き目にあわせずにすんだ。

階下の騒ぎはリドゲイトがうまくおさめたようだった。その手並みに満足し、グリフィンはロザムンドに向きなおった。

ロザムンドはがたがたと体をふるわせていた。壁際のソファに連れていき、ふたりでそこに腰をおろした。グリフィンはロザムンドに腕をまわし、なだめるような言葉を囁きながら、髪を撫でた。

ロザムンドは身をすくめてグリフィンの胸にしがみつき、上着の襟の折り返しを握りしめた。「あの人のことは愛していなかったのよ。最初からずっと！」

「わかっているよ、いとしい人。疑っていたぼくはばかだった。たしかにぼくはしばらくのあいだ、きみの言葉を信じていなかった」

ロザムンドはグリフィンの言葉を受け入れたようだった。ロザムンドを無事に抱きしめている安堵感がゆっくりと胸に広がった。

ブロンドの髪の頭のてっぺんを見おろした。剣を振りまわした大立ち回りで髪は乱れ、巻き毛がほつれていた。あの剣はどこで見つけてきたのだろう？ あたりにさっと目をやると、画廊の奥の壁に飾られた何本もの剣に気づき、謎が解けた。

ロザムンドの勇気と機知に舌を巻き、なだめるように肩を撫でた。

やがて体をもぞもぞと動かし、ロザムンドは身を離した。照れたような笑みをかすかに浮かべ、髪に手をあてた。「きっと目もあてられないありさまでしょうね」

「ぼくは気にしない」

「そう、でもわたしは気にするわ」ロザムンドは沈んだ口調で言った。「評判に傷がついてしまう」

立ちあがり、背すじをぴんと伸ばすと、髪や着衣が乱れていても、本来の優雅さをすぐに取り戻した。「階上《うえ》の部屋に行って、女中を呼んで身支度を整えるわ。そうしたらすぐにあなたと合流する」

「ぼくも付き添うよ」グリフィンも腰を上げた。彼女をひとりにするのが心配だった。

ロザムンドが浮かべた笑みは先ほどよりも長く続いたが、無理をして微笑んでいるのだとグリフィンは気づいた。「いいえ、けっこうよ。でも、馬車をまわしておいてくれたら助かるわ。身なりが整ったらすぐに帰りたいから」

立ち去るまえにロザムンドはグリフィンの腕に手を置いて、柔らかな声で言った。「ありがとう、グリフィン」

そしてつま先立ちをして、グリフィンの頬にそっとキスをした。

24

グリフィンは眠れなかった。隣りに横たわるロザムンドが眠れずにいるとわかっていたからだ。今夜は相手をしてくれなくていいと念を押されていたけれど。

そうはいっても、ほうっておくわけにはいかない。ロザムンドと話をしないと。女性はこういうとき、そういうことを求めるのだろう？　取りとめもないおしゃべりを。

ただ、何を話せばいいのかグリフィンには見当もつかなかった。いやな出来事をまた思いださせるのはだめだ。今夜のことを話しあっても、なおさら不愉快な気持ちになるだけだろう？　むしろ心のなかから追いだしたほうがいいんじゃないか？

よくわからない。だが、ロザムンドには必要なものをあたえてやらないと。隣りにいながら、ひとりで苦しんでいると思うと、いたたまれなかった。

グリフィンは横向きに寝そべり、暗闇に向かって話しはじめた。「ぼくも眠れないんだ。よかったら、ふたりで……」

張りつめた声でロザムンドは言った。「グリフィン、ほんとうにごめんなさい。でも、今夜はその気になれないの」

あ然としてグリフィンは言った。「いや、そういう意味じゃない――どういう意味かというと、ほら、よかったら、その――」おいおい。「そう、話だ。あれやこれや、話したらどうだい？」

グリフィンは顔をしかめながら、どうせ嘲笑《ちょうしょう》されて拒まれるのだろうと覚悟を決めた。だが、ロザムンドは鼻の先でせせら笑ったりしなかった。結局、うんともすんとも返事をしなかった。

一、二度、つばを飲み込む音が聞こえた。ぎこちなく響き、あたかも必死に涙をこらえているようだった。

「いとしい人」グリフィンは恐るおそるロザムンドを抱き寄せた。

ロザムンドは肩に頭をあずけた。どうにかして感情を抑えようとしているのか、蚊の鳴くような声をふるわせていた。「もしもわたしの母にあの肖像画を勧められたら、グリフィン、あなたはあの絵を買った？」

部屋は暗く、表情は読み取れない。しかし、ロザムンドは腕のなかで体をこわばらせている。実際には身じろぎひとつしなかったが、かすかに身を引いたような気配をグリフィンは感じた。

「肖像画だって？」その問いかけに対する答えはきわめて重要だ。それははっきりしている。

「うーん。考えもしなかった」

「そう、じゃあ、いいの。この質問は忘れて」

その言葉を真に受けたいと思う安易な衝動はきっぱりと捨てた。「もちろん、打診されたら買っていただろうな、きみにいやな思いをさせないためにというか……」

「でも、事情が違ったら？」ロザムンドは尋ねた。「あの絵をほしいと思う？」

絵は見ていない――無傷の状態では。ロザムンドの兄の屋敷を初めて訪ねたときは、描きかけの画布をろくに見もしなかった。だが、ポーズを取っている姿は見ていた。そしてあの日、ロザムンドの容姿に惚れぼれしたのはたしかだ。

しかし、なんというか……半裸のロザムンドの肖像画をじろじろと眺めるのはどこか間違っている。本人の同意も取りつけずに完成させた作品である場合、なおのこと。版画店でみだらな風刺画をいやらしい目で見ている好色な男と変わりないだろう。

「いや、ほしくない」グリフィンは最後にそう言った。「これだけははっきり言えるが、きみの母上からは買いたくない」ロザムンドの絹のように柔らかな肩を撫でた。「それにだ、生身のきみがすぐそばにいるのに、どうして絵が要るんだ？」

ロザムンドが言葉にならない声を漏らし、グリフィンをあわてさせた。なんてことだ、まずいことを言ってしまった！

「きみをいつも見ていたくないわけじゃない」すぐさま断言した。「もちろん見たいさ。だが……ぼくはきみがほしいんだ、きみの美貌だけではなく。きみと話をしたいし、ともに笑いあいたい。きみにはきみの考えを持っていてほしい。ぼくを怒らせてほしいし、きみらしくしていてほしい。ぼくの腕のなかにいてほしいし、ぼくのベッドにいてほしい」グリフィンは言いよどんだ。自分の言葉に感極まり、胸が苦しくなった。「そういうことだ」最後はつっけんどんに言った。「説明がうまくないが」

「伝わってきたわ」ロザムンドは言った。晴れやかな声を聞き、グリフィンは安堵のあまりうめきそうになった。

ロザムンドはグリフィンの腕のなかで体の向きを変え、鷲鼻にキスをした。「ありがとう、グリフィン」

グリフィンはとめていた息を吐いた。「満足のいく答えだったかい?」

「完璧な答えだわ。ううん、完璧以上よ」ロザムンドはまたグリフィンの腕のなかに戻った。

グリフィンはさらにしっかりとロザムンドを抱き寄せた。ロザムンドをひどい目にあわせたロードデールを殺すべきだった。

ロザムンドは顔を仰向け、唇を重ねた。

おそらく感謝の気持ちをこめた、控えめなキスのつもりだったのだろう。そんな真面目なキスはどうでもいい！　グリフィンはロザムンドの体をぎゅっと抱きしめ、唇をむさぼり、ロザムンドに溺れた。

押し殺したような悲鳴を漏らし、ロザムンドは反応した。唇を開き、舌をからめた。ふたりのキスは欲望を剝きだしにしたようであり、少し不器用でもあった。しかし、嘘偽りない感情で彩られていた。キスでこれほど気持ちを伝えあえるものだと、グリフィンはいままで知らなかった。見えなかったものまで見えるものだということも。

グリフィンは顔を起こし、信じられない思いでロザムンドを見おろした。類い稀なる美しさの陰にひそむ脆さに今夜まで気づかなかったとは。

あえて見ようとしなかったのだろうか。

いままでロザムンドをちゃんと見ていたのだろうか。これではローダデールと変わりないのではないか？　きれいな顔とすばらしい肉体にのぼせていただけで、心の奥までは理解しようとしなかったのでは？

そう思った瞬間、グリフィンの心境も変化した。ロザムンドは完璧な女性でも天使でもない。希有《けう》な美貌の持ち主にして由緒正しき名家の生まれであり、裕福で、魅力にもあふれている。それにもかかわらず、レディ・ロザムンド・ウェストラザーは完全無欠ではなかった。人並みに悩んだり、裏切られたり、喪失感を味わったりしてきた。容姿に恵まれても、そうしたことを避けられるわけではない。

どうしてこれまで気づいてやれなかったのだろう？　おそらく自分の悩みから身を守ることで頭がいっぱいだったからだ。グリフィンは自分の見てくれが嫌いで、外見で人から判断されることもいやでたまらなかった。それなのに、ロザムンドに同じことをしていた。自覚もないままに。

ロザムンドの美しさにいつでもよろめいた。いまでもそうだ。だが、たとえあす、どこかの意地の悪い妖精に美貌を奪われても、ロザムンドへの思いは変わらないと、いまならわかる。

そして、ロザムンドを愛しているということもちゃんとわかっている。一片の疑いもなく。あなたを愛している、とロザムンドにはすでに告白されていた。たしかにロザムンドはグリフィンの顔を見て怯んだことは一度もない。初めて顔を合わせたときでさえそうだった。傷跡の残る顔は衝撃的であるはずなのに。

ロザムンドも内面を見ているのだろうか？　きっとそうなのだろうとグリフィンは思いはじめていた。そう思うと、恐ろしい気もするが、嬉しくもあった。

ロザムンドが首に腕を巻きつけ、グリフィンを引き寄せた。「グリフィン、やっぱりあなたがほしい。わたしを抱いて。お願いだから」

ついにグリフィンがはいってくると、ロザムンドは長いため息をそっと漏らした。

グリフィンの愛の行為はゆったりとしているけれど情熱的で、慎重で――たいていはそうであるように――途方もない快楽を授けてくれる。いつもと違うことは何もしなかったけれど、ふたりのあいだで何もかもが変わった。

今夜のグリフィンは安心感をあたえてくれた。愛されていると感じさせてくれ、心配することは何もないと思わせてくれた。

けれど、それだけではなかった。グリフィンへの愛はどういうわけか深まっていた。グリフィンに触れられ、ひとつになったとき、悦びが心と体の両面に存在しているような気がしたのだ。双方が高めあい、充実させあい、やがて一体感を覚え、すべてを超越するようなきらきらした輝きに包まれ、グリフィンとともに高みへ昇った。

感じたことを言い表わす言葉はなかった。この無類の至福を、わずかでもいいからグリフィンも味わっていてほしい、と願うしかなかった。

「愛している」グリフィンが囁いた。

感謝の涙が静かにあふれ、ロザムンドは目をぎゅっとつぶった。ついに！　胸いっぱいに広がる幸せな気持ちを抑えきれなかった。グリフィンの言葉を耳にした喜びはあまりにも強烈で、痛みさえ覚えるほどだった。

「ああ、グリフィン！　わたしの大切な人」ロザムンドはたくましい顎を撫で、泣き笑いした。「わたしもあなたを愛しているわ」

スタイン邸の客間で待っていると、レディ・スタインが部屋にはいってきた。

グリフィンは立ちあがった。礼儀としてというよりも、威圧したいという思いからだった。レディ・スタインはボンネットを脱ごうとしていたが、グリフィンを見て、ためらうように手をとめ、体のわきにおろした。

やがて顎を上げ、冷ややかに目を光らせてグリフィンをにらみつけた。「どうやってここにはいり込んだんですの？」

「そんなに難しいことじゃありませんよ」

レディ・スタインは身を翻し、戸口に寄りかかっている息子に目を留めた。彼女の息子、ザヴィアは後ろ手にドアをしめ、そのドアにもたれ、無言のまま母親をしばらく眺めていた。

やがて獲物に忍び寄る豹《ひょう》さながら、ゆっくりと母親のほうに近づいた。

義母が身をすくめ、見るからに萎縮した様子を見て、グリフィンはにやりと笑った。

「て――てっきり町を離れているのかと」レディ・スタインは口ごもった。顔をこわばらせ、先を続けた。「でも、パーティから逃れる口実だったようね」

「やむをえない事情があったんですよ。そうでなければ出席しました。出席していれば、妹が辱《はずかし》めを受けないように守ることもできたでしょう。よりにもよって実の母親から」

レディ・スタインは背すじをぴんと伸ばした。「まあ！　あのことなの？　はっきり言わせてもらうけれど、あの子は神経質すぎるのよ。こっちに悪意はなかったのよ。あの子があんなに反対するとわかっていたら……」澄まして口角を上げ、目を伏せた。「それにしても」

声をひそめて言った。「まさかあんなことを自分の兄に打ち明けるとはね。それを言うなら、夫に打ち明けたのも驚きだけれど」

「そんな屁理屈は通用しませんよ。だから言い訳をしても無駄だ」グリフィンが言った。もはやローダデールに一片の嫉妬も覚えていなかった。そういう弱みにつけこもうとしたレディ・スタインはたしかに抜け目ない。二、三週間まえなら成功していただろう。

ザヴィアが冷ややかに言った。「母上のつまらぬたくらみに妹が喜んで加担したとほのめかして、恥の上塗りをするつもりはないでしょうね?」

レディ・スタインは口をあけて何か言おうとしたが、ザヴィアは遮った。「なぜなら、もしもほんとうにそういうことをほのめかすのなら、母上をこの屋敷から追いだし、気前よく支払ってきた手当てを打ち切るだけではなく、それ相応の罰も考えないといけませんから」

息子に言われたことの重大性に気づくと、レディ・スタインは目を見開いた。

「なんですって?」金切り声をあげた。「この身勝手な親不孝者! おまえなんか堕《お》ろせるときに堕ろしていればよかった」レディ・スタインはたまたま手近にあった中国の磁器をつかみ、ザヴィアの頭に叩きつけようとした。

ザヴィアはクリケットの試合で守備についているかのように、器用に磁器をつかんだ。くるりと横を向き、炉棚に磁器を置いた。

いかにも貴族らしく冷笑を浮かべて言った。「恨みつらみや癇癪はべつの場所で発散させるといいですよ。虚栄に満ちた浅はかな母上と関係を結んだ男性たちと同じく、ぼくももう母上とかかわるのはごめんだ」

ザヴィアはドアをあけ、部屋の外に控えていた従僕に命じた。「侯爵夫人の荷物をまとめて、旅行用の馬車をまわしてくれ」

「そんなことできるわけないわ！」レディ・スタインは早口で言った。「とんでもないでしょう、こんなこと！　非常識だわ！　ザヴィア、実の母親にこんな仕打ちはできないでしょう。世間の人たちにどう言われると思うの？」

「大きな噂になるでしょうね」ザヴィアは認めて言った。「でも、あの夜の話を母上があちこちでしゃべったり、ロザムンドのことで嘘を広めたりしたら、ぼくの耳にもはいることは忘れないほうがいい。そうなったら、母上を破滅させますよ」

「わたしの取り分を要求するわ！　あなたの父上が去って、わたしはひとりでふたりの子どもたちを育てたのよ。犠牲を払ったと思わないの？」

ザヴィアは口もとをゆがめた。「狼の群れに育てられたほうがましだった」

一瞬、間があいて、ザヴィアは首を振った。「やっぱりだめだ。母上、あなたは財産も自分のことに浪費した。宝石や高価なドレスや賭けごとにつかってしまったのでしょう。でも、寡婦《かふ》給与があるから――」

「あんなの雀の涙だわ！」

「とんでもない」息子は言い返した。「母上がしてきたことを考えたら、あれだけもらえれば御《おん》の字でしょう」

レディ・スタインは唇を舐め、態度を変えた。「ロザムンドのことを黙っていてあげる代わりに何をくれるかしら？」

ザヴィアが母親に向けた表情にグリフィンは背すじが凍った。「黙っていなかったらどうするか教えましょうか？」猫が喉を鳴らすような声で言った。「昨今われわれが送っている暮らしは危険に満ちている、そうでしょう？　馬車の事故もあれば、森を歩けば密猟者の流れ弾にあたるかもしれないし、夜、アヘンチンキの量をうっかり間違えて大量に投与されてしまうこともある」両手を広げた。「可能性はいくらでもありますよ」

とうとうレディ・スタインは怯えて、しくしくと泣きはじめた。グリフィンでさえいささかぞっとした。

ザヴィアはため息をついた。「やれやれ、勘弁してくれ」もう一度ドアをあけ、控えていた従僕に言った。「レディ・スタインをお連れしろ。出発の準備が整ったら馬車に送り届けろ。もし面倒を起こしたら、通りにほうりだしてかまわない」

従僕はザヴィアについている召使いのようで、そうした命令を見事なほど冷静に受けとめた。

敗北した侯爵夫人は意地になったように顎を上げ、部屋をあとにした。ザヴィアはグリフィンに向きなおった。

「せいせいしたよ。何年も口実を探していたんだ」

「こっちも爽快な気分だ」グリフィンは認め、片手を差しだした。ほんの一瞬だけためらったが、ザヴィアは握手を受け入れた。

ザヴィアの顔は少し血色が悪く、目は興奮したように輝いていた。レディ・スタインに対する仕打ちには憎悪が滲んでいたが、ひとりしかいない親との縁を切るというのは並大抵のことではなかったはずだ。

うなるような声でグリフィンは言った。「最初にぼくがとめていれば、こんなことにはならなかった。ぼくに自覚があれば――」

ザヴィアは流線形の眉を引き寄せた。「きみのせいじゃない。母がどんなことをしでかすか知りようがなかったのだから。正直な話、ぼくにもわからなかった」唇をいったん引き結んだ。「ぼくも夜会に居合わせるべきだった。そうすれば、騒ぎを阻止することだってできたはずだ」

「義母の行動はきみに責任はない」

ザヴィアは肩をすくめ、背中を向けた。やがてこう言った。「たぶん、きみに謝らないといけないことがある」

「なんだって？　そんなことは何もないだろう」

「きみは妹を愛している」ザヴィアは穏やかな声で言った。「妹もきみを愛している。それなのに、ぼくはふたりを誤解していた」

ロザムンドに認めた気持ちは自分でも最近気づいたばかりであり、あまりにも生々しいので、誰にも認めることができなかった。そういうわけで、グリフィンはなんとも言葉を返さなかった。

窓の外をちらりと見ると、レディ・スタインが旅行用の馬車へと連れられて行くところだった。顔はしっかりと上げていたが、頬は真っ赤に染めていた。

もう二度と会うことがなければいい、と神に願った。

25

オールブライトを殺した犯人を見た。

ペンドン館でまえに受け取った手紙と同じ筆跡だった。ただし今回、筆者はわざわざロンドンの屋敷宛てに送りつけてきた。

グリフィンは手紙をじっと見つめた。単なるいやがらせ以上の目的があるのか、とあれこれ考えていたのだが、いま答えが出た。

強請《ゆす》りだ。どう考えても手紙の書き手は金目当てで、いずれなんらかの要求を突きつけてくる。だが、一度金を払えば、一生払いつづける破目になる。オールブライトの死をネタに骨の髄までしゃぶられるつもりはない。

誰が手紙を送りつけてくるのか見つけだす方法はあるはずだ。ペンドン館の周辺で噂を流しはじめた者と同じ人物だろう。読み書きができて……恨みを抱いていて……。

そういえば、クレーンの筆跡か、見くらべられるものがペンドン館にある。グリフィンは突然、それに気づいた。祖父が保管していた領地に関する書類を調べていたとき、一度か二度、クレーンの書いたものを見たことがあったが、どういう筆跡だったか憶えていなかった。最初の手紙が来たとき、祖父の管財人だった男をすぐに疑った。しかし、偏見があるからこそ何につけてもクレーンを疑ってしまうのではないか、と自分に言い聞かせた。密輸（クレーンはおそらくクロだ）から牛泥棒や農作物の不作にいたるまで何もかも。

論理的に考えれば、まえの手紙のような決定的でない文面ならクレーンが手紙を書く意味がない。クレーンは行動力のある男であり、これといった目的もなく、椅子にじっと座って、悪意に満ちた手紙を書くような真似はしない。

しかし、気を揉ませて、口止め料としていくらでも払おうという心境になるまでこちらを追いつめるつもりだったら？

いや、クレーンにしてはやり方が中途半端だ。真相を知っているなら、グリフィンの一生を左右できるとわかっている。ぐずぐずしていないで、できるだけ甘い汁を吸うべく、その情報を利用するはずだ。

「グリフィン、オリヴァー・デヴィア卿が午後またいらして――あら、ごめんなさい、お邪魔しちゃったかしら」ロザムンドはぴたりと足をとめた。ややあって、心配そうに顔をゆがめ、足早にグリフィンに近づいた。「そのお手紙は？　よくない知らせなの？」

「よくない知らせ？」グリフィンは手紙を胸ポケットに押し込んだ。「いや、そうじゃない。

オリヴァーはなんの用事だったんだ？」

ロザムンドは不安を目に浮かべ、グリフィンをなおも見つめていた。怪訝《けげん》そうにしていたが、何かべつの表情も孕んでいた。

心の痛みだ、とグリフィンは気づいた。自分に隠れて夫が何かをしているとロザムンドは知っていて、それが何なのか知りたいと思っている。グリフィンが打ち明けようとしないという事実がのしかかり、夫婦のあいだにわずかながら溝が生まれていた。

突如として、自責の念と苛立ちが胸に込みあげた。ロザムンドに話したいのは山々だが、真実は誰にも漏らさないと誓いを立てていた。話そうにも自分の秘密ではないのだ。

気づくと、ロザムンドは舞踏会のことを話していた。グリフィンに秘密があろうがなかろうが気にしないといわんばかりにまくしたてている。

グリフィンは顔をしかめた。「舞踏会だって？　ここで？　冗談だろう」

「ロンドンに来てひと月がたって、ジャクリーンも社交界に少しずつ慣れてきたわ」ロザムンドが言った。「そろそろきちんとお披露目する頃合いでしょう。いまのジャクリーンは社交界でうまくやっていく自信もついたようだわ。それにロンドンで知り合いもたくさんできたから、筏《いかだ》もなしに鮫の群れにほうり込むことにはならないでしょうしね」

ロザムンドはくすりと笑った。「われながらひどい喩《たと》えね。でも、家族や友人たちの支えがなかったら、社交パーティは鮫が出没する海のようになることもあるから」

グリフィンはうなずいた。身につまされる話だ。

「それに」ロザムンドの話は続いた。「デヴィア卿の作成したあの不愉快な名簿に載っている有望な独身男性を集めれば、あなたも花婿候補者たちをじかに見定められるわ」

大勢の青二才を審査できるという話を餌にしてロザムンドはこっちを納得させようとしている。グリフィンはため息をついた。こうなるだろうと、ある程度予想はしていた。社交シーズンが終わるまでに妹を誰かとくっつけなければならない。ロザムンドはマドックスに固執しているから、グリフィンとしてはキューピッド役を演じるしかない。

「舞踏会じゃないとだめなのか？　夜会や音楽会でもいいんじゃないか？」

「そうね。でも、舞踏会とは別物だわ！」ロザムンドが言った。「紳士の腕に抱かれてダンスをすれば、なによりも結婚を意識しやすいもの」

きらきらした瞳がふいに翳《かげ》り、ロザムンドは目を伏せた。

一度も一緒にダンスをしなかったことを残念に思っているのだろう。グリフィンはそう気づき、心苦しくなった。

「夜会でもいいけど」ロザムンドは熱のはいらない声で言った。

グリフィンは心のなかで毒づいた。だが、ロザムンドが舞踏会を開きたいとあんなに嬉しそうに話していたのだから、どうして無下《むげ》に断われる？

「わかったよ、舞踏会を開けばいい」ぼやくように言った。「ただし、どういう状況になろうと、ぼくはダンスをしない」

ロザムンドはグリフィンに飛びついて、あらんかぎりの力で抱きしめ、自分のほうに引き寄せて何度もキスをした。「ありがとう、グリフィン。決して後悔させないわ。ロンドンきっての豪華な舞踏会になるはずよ。社交界の人々が一堂に会するの」

やれやれ、なんということだ。

だが、譲歩の見返りがすばらしいのなら、拒めるわけがない。グリフィンはロザムンドに顔を近づけた。

心地よい中断のあと、ロザムンドはあのかすれた官能的な声でグリフィンの耳もとに囁きかけた。「あなたとワルツを踊ったらきっと楽しいわ。あなたは知らないのね……どんなに胸が高鳴るか」温かな息を吹きかけられ、グリフィンは背すじがぞくりとした。「胸が高鳴るどころか」ロザムンドは耳の後ろに舌を這わせながら言った。「きっと頭がおかしくなってしまうわ。あなたのすぐそばにいるのに、人まえのためにこんな……ことが……できないなんて……」

華奢な手で巧みに体をまさぐられ、グリフィンはうめき声を漏らした。

「でも、舞踏会が終われば一緒にいられるものね」ロザムンドは柔らかな声で言った。「あるいは、舞踏会の最中でもほんのひとときなら、会場をこっそり抜けだして……」

血が頭から下へと流れていった。

「ワルツの踊り方は知っているでしょう、グリフィン？」誘うような声が吐息まじりに言う。

グリフィンはうなずいた。

「あなたとワルツを踊ってみたいの」

なんてこった！　生身の人間が耐えられる責め苦には限界がある。「いいだろう。きみの勝ちだ。ワルツを一度だけつきあう」

ロザムンドは瞼《まぶた》を半ば閉じていたが、あのサファイア色の目をきらりと光らせて、グリフィンを見あげた。「約束よ？」

「紳士として約束する」グリフィンはうなるように言って、ロザムンドを書きもの机に抱きあげた。


ジャクリーンは目を丸くした。「兄を説得してダンスの約束を取りつけたですって？　いったいどうやって？」

顔を赤らめるくらいのたしなみはあった。ロザムンドが使った手口は罪深く、それでいて満足のいく結果をもたらしたばかりか、ずる賢くもあり、実行しながらもちゃんとそれを自覚していたからだった。

それでも目的は崇高だ。どうしてグリフィンは人目を避け、ダンスがもたらす喜びをあきらめないといけないの？　上等な衣装や社交パーティに慣れてきたら、グリフィンの自己嫌悪も薄れていくのではないか、とロザムンドは期待していた。

クマのような大男が輪のなかにまじっていることに社交界の人々も慣れてきていた。トレガース伯爵はしばらくのあいだロンドンで噂の種になっていたが、電撃的にロザムンドと結婚したことによる噂がほとんどだった。ロザムンドは行く先々でグリフィンを褒め称えるよう心掛けていた。夫がみずから多くの友人をつくったことも嬉しく思っていた。

ジャクリーンに言った。「どうしてグリフィンはダンスをしないの？ もっと言えば、グリフィンはダンスがじょうずなんじゃないかしら？ だって拳闘が得意なのよ。アンディの話によればね。だから足捌《さば》きが軽やかなはずでしょう」

セシリーは疑わしそうな顔をした。「コティヨンを踊りながら、われを忘れてお相手の顔面にパンチを浴びせなければね」

三人の貴婦人はその様子をそれぞれ頭に思い浮かべた。そして、どっと笑った。

「もう」ロザムンドは目を拭きながら言った。「どんな醜聞になるか想像できる？ でも、ワルツを一度だけ、という条件なの。わたしとだけ。グリフィンが暴れたりしないことを願わないとね」

「頑丈な靴を履いたほうがいいわ」ジャクリーンが助言した。

ロザムンドは顎を上げた。「履かないわ。グリフィンを信頼してるもの。大丈夫よ」

「それこそ愛の力ね」セシリーは目をくるりとまわした。「女性は顔の両側に目隠しが生えてきちゃうのよね、遮眼帯をつけた馬のように」

「愛？」ジャクリーンとロザムンドは声をそろえて言った。

ジャクリーンは背すじをまっすぐにして、ロザムンドをまじまじと見つめた。

ロザムンドは顔を赤らめ、手もとの刺繡にかがみ込んだ。「よくもそんなばかげたことを言えるわね、セシリー？」

「ほんとうなの？　グリフィンを愛しているっていうこと？」ジャクリーンはセシリーに尋ねた。その質問が自分に向けられていないことにロザムンドは気づいた。

「もちろんよ」セシリーは言った。そして、有名な自然科学者の鼻にかかった口調をまねた。

王立協会での講演会を、セシリーたちもときどき聞きに行っていたのだ。「きみも気づくだろう、ジャクリーンくん、目のまえにいるこの標本は顔を伏せ、われわれと目を合わせようとしない。イヌ科の動物の場合、これは上位の動物に対する服従を示すものだ。しかしながら、ロザムンダス属の場合、この姿勢はうしろめたさや当惑を示す傾向にある」

ジャクリーンはくすくす笑った。ロザムンドは顔を上げ、挑戦的に眉を片方吊りあげて、セシリーに視線を返した。

「つぎに」セシリーは抑揚をつけて言った。「この動物の皮膚の色合いが鮮やかな紅色に変わったことにも着目しよう。カメレオンの場合、こうした色の変化は擬態《ぎたい》を目的とした行動と結論づけられる。だが、ここにいるロザムンダス属はわれわれに気づかれないよう、ソファのクッションにまぎれて姿を消したいのかもしれないが、悲しいかな、そこまでの能力は持ちあわせていない。さらに表面に表われている特徴として――数週間のあいだ表われていた特徴であるとつけ加えておこう――爛々《らんらん》とした目の輝きがある。イヌ科の場合は健康のしるしだが、ヒト科のメスの場合――」

「もうやめて！　その気味の悪い声色をやめてくれるなら、認めるわ」ロザムンドは言った。「そうよ、わたしは彼を愛している。ほら！　言ったわよ」

セシリーは芝居がかった手つきでロザムンドを指差した。「裏切り者！」

「なんですって？」ロザムンドは言った。

「なんですってじゃないでしょう？」セシリーはため息をついた。「モントフォード公爵はわたしたちそれぞれに、とうてい恋に落ちそうにない殿方を選ぶのよ。それで、どうなった？　ジェインは最愛の人を見つけてわたしたちを置き去りにした。そしていま、悪夢しかあたえないはずだった男性とあなたは結ばれて、幸せに暮らしている。どうやら分別を働かせるのはわたしひとりのようね。わたしは決して恋なんてしないから」セシリーはいたずらっぽく笑った。「そう、とにかく結婚相手とはね」

「まあ！」ジャクリーンは言った。「どうして屈服したくないの、いとこたちのように？　もしかしたら公爵様はすぐれたキューピッドなのかもしれないわね。あなたたちにはあまり感謝されていないようだけれど」

ロザムンドとセシリーは顔を見合わせた。セシリーは紅茶をひと口飲んだ。「わたしの婚約者のことを知っていたら、そんな質問は出ないでしょうね。それに、公爵様が選んだわけじゃないの。わたしの両親が生前に、わたしとその人を婚約させたの」

ジャクリーンは鼻にしわを寄せた。「不道徳なひどい人なの？」

「違うわ」ロザムンドは言った。

「じゃあ、モルビー卿のような歯のないお年寄り？」

セシリーは首を振った。「ううん、そういうんじゃないの。でも、不道徳な人だったら、そのほうがずっと面白いかもしれない」セシリーは微笑んだ。「わたしの婚約者はわが国でめずらしい、五十歳以下の独身の公爵よ。彼のことは昔から知っているわ。物静かで穏やかな人よ。彼との結婚には満足すると思う」

「尻に敷けるからでしょう？」ロザムンドは言った。

セシリーは満面の笑みを浮かべた。「そのとおり」

ジャクリーンは顔をしかめた。「でも、ほんとうのところは誰にもわからないわ。知り合いだったある紳士はそれは物静かで、控えめな人に見えたの。不器用な感じにさえ見えたわ。だからてっきり羊のようにおとなしい人だと思った」ジャクリーンは眉根を寄せ、かすかに身をふるわせた。「でも、その正体は、羊の皮をかぶった汚らわしいドブネズミだった」

ジャクリーンは何かを思い返しているかのようだった。それ以上話すつもりはないのはあきらかだった。ロザムンドはジャクリーンの手に自分の手を重ね、ぎゅっと握りしめた。オールブライトの話をしたかったが、セシリーのまえではまずい。

深く息を吸った。「ねえ、セシリー、あなたの婚約者も舞踏会にはいらっしゃるでしょうから、羊毛の下に齧歯目の生きものが隠れていないか、ジャクリーンに見てもらえるかもしれないわね」

セシリーは笑った。「だとしたら、きっとハツカネズミね」

26

夢のような舞踏会になるわ。舞踏場を眺めながらロザムンドは思った。春の草花をふんだんに集め、淡緑色の壁際を東屋のように美しく飾り立てた。シャンデリアがきらめき、磨きあげられた床はつややかに輝いている。奏者たちは一流で、新たに雇ったフランス人コックのつくる料理もそうだった。

この三年間、モントフォード公爵の主催する舞踏会などのパーティで女主人役を務めてきたので、どういう手配をすればいいのかロザムンドはきちんと心得ていた。けれど、今夜は特別だ――ジャクリーンを正式に社交界にお披露目する催しであるのはもちろんのこと、トレガース伯爵夫人としての初めての舞踏会なのだから。

招待客を出迎えるために、グリフィンとジャクリーンとともに最初の客が来るのを待っていると、だんだん緊張が高まってきた。

晩餐は内輪ですませていた。家族と親しい友人たち、そしてジャクリーンの社交界入りに際して後ろ楯になってくれそうな二名ほどの既婚婦人とで。

ミスター・マドックスも晩餐会に招きたかったが、表立ってマドックスの肩を持つことでグリフィンを刺激したり、ジャクリーンを戸惑わせたりしないほうがいいとロザムンドは判断したのだった。とはいえ、マドックスは舞踏会に来るだろう。招待しなかったら失礼になる。少なくとも、グリフィンが怒りだしたらそれを言い訳にするつもりだ。

モントフォード公爵がそばに来て話しかけてきた。「ここ数週間、きみとほとんど顔を合わせていない」グリフィンをちらりと見た。「どうしてかな」

元後見人を避けていたのはロザムンドの意図的な作戦だった。公爵本人もそれをわかっているようだ。理由もうすうす気づいているのかしら？　こともあろうに、ロザムンドが夫に恋をしてしまったからだと？

そう、もちろん気づいたに決まっている。公爵様はなんでもお見通しだ。

ロザムンドは笑い、お手上げというようにかすかに肩をすくめた。「わたしたちウェストラザー家の婦人は嘆かわしい事例になってしまいましたわね？」

色の濃い知的な瞳に気づかわしげな表情が浮かんだので、ロザムンドは公爵の手を取り、両手でしっかりと握った。「綿菓子のように見えるかもしれませんが、わたしはしっかりしていますから、公爵様」

モントフォードは表情をやわらげた。「そこに疑いを抱いたことはない」そう言って話題を変えたが、何かをたくらむような目でグリフィンを観察していた。やがてグリフィンがたまたまロザムンドのほうに目をやった。

　グリフィンの顔に愛情のこもった表情が浮かんだのがはっきりとわかり、ロザムンドは心が温まる思いがした。どうしても抑えきれず、あきれるほどにっこりとグリフィンに微笑み返した。

　モントフォードは短く息を吸った。顔を赤らめたロザムンドをまじまじと見つめ、そっけなく言った。「めまいがしそうだ」

「まあ！　召しあがった料理のせいじゃないならいいのですけれど、公爵様」ロザムンドは同情するように言った。「コックが聞いたら取り乱すわ」

　薄い唇が引きつり、ロザムンドにうまく切り返されたと公爵は思ったようだったが、何も言い返してこなかった。

　両開きの扉のあいだからはいってくる招待客を眺めていた。招待客たちはいったん足をとめ、到着を告げられてからロザムンドや公爵たちの出迎えの列に進み出る。

「これは聞き間違えじゃないのだろうね」モントフォードは小声で言った。「セシリーから聞いたのだが、今夜、母親を招待したそうだね」

「ええ」ロザムンドは言った。

　モントフォードは口もとをこわばらせた。「あの女がしでかしたことを考えると、親子の縁を切ってもいいと思う。私は全面的にきみの味方だ。言うまでもないが」口の両端を大きく広げ、これ以上ないほど薄い笑みを浮かべた。「ザヴィアは屋敷から母親を追いだしたそうだ」

ロザムンドももちろんその話は耳にしていた。避けられない事態とはいえ、残念なことだ。グリフィンがその場に居合わせたことも知っているが、彼の口からその話題はいっさい出なかったし、ロザムンドから尋ねることもなかった。

「てっきりきみは母親ともうかかわりたくないのかと思っていた」モントフォードはさらに続けた。「もう片方の頰を差しだせという教えを実践するのもいいが、律義に守りすぎてはいないか?」

「いいえ、違うんです、公爵様。聖書のべつのくだりに近いと思いますわ。目には目を、という。今夜、復讐をしようと思っています」

モントフォードは眉根を寄せた。先ほどよりもさらに心配そうな顔をした。「報復を仕掛けるのはきみらしくない」

「まさか! わざわざそんなことはしませんわ。それどころか、母がここに来たことにも気づかないかもしれません。こういう催しの主催者は忙しいものでしょう?」

公爵はいささかぽかんとしてロザムンドを見ていた。ほんのいっときでも公爵をとまどわせたことにロザムンドはほくそ笑みそうになったが、真顔のまま言った。「陰謀にも負けず、とても幸せに暮らしている姿をスタイン侯爵夫人に見せつけることがわたしの復讐です。陰謀のおかげで、かもしれませんね」感慨深げにつけ加えた。「そういう現実を知らしめたら、侯爵夫人を嫉妬で蒼ざめさせることができるんじゃありません?」

モントフォードは声を出さずに笑って肩をすくめた。「いったいどこで憶えたんだ、そんな巧妙な手口を?」

ロザムンドは公爵ににっこりと微笑んだ。「だって最高の先生がいましたもの」

グリフィンはレディ・スタインが自分の屋敷に足を踏み入れていることに、妻ほど平気ではいられなかった。その侯爵夫人は少し遅れて到着したので出迎えには間に合わなかった。おそらくわざと遅刻したのだろう。こっちとしてはそれでかまわなかったが。

そういうわけで、レディ・スタインが付添いのへいへいした男を遠ざけて自分に話しかけてきたときにはぎょっとして、不愉快な気持ちにもなった。「トレガース卿、わたしが今夜ここに顔を出したことを驚いているでしょうね」

「いいえ」母親を招待する、とロザムンドから知らされていた。だから招待に応じてのこのこやってきても驚かなかったのだ。ザヴィアの言っていたとおり、どんなことをしでかすかわからない女性だ。

「招待されたから来たんです」レディ・スタインは言った。「わたしは許されたのかしら?」

「許された?」グリフィンは当惑したようなふりをしてくり返した。「肖像画事件のことをですか、それとも過去二十年以上のことを?」

レディ・スタインは顔色《がんしょく》を失った。「あなたはわたしの家族のことを何もご存じないのです。わたしの苦労も、つらい体験も」

「あなたの苦労とやらがどんなものだったか、べつに知りたくありません」グリフィンは言った。「ロザムンドがあなたを許したのかどうかも知りません。ロザムンドなら許すような気がしますが。ぼくにわかるのは、自分だったら決して許さないということだけです」

グリフィンはおじぎをし、別れを告げた。なにごともなければレディ・スタインをその場に残して立ち去っていただろう。しかし、両手で腕をつかまれた。がっちりとつかまれてしまったので、振り払おうとすれば騒ぎを引き起こしてしまいかねない。

紅を引いた唇がかすかによじれた。「あの子の人生をめちゃくちゃにしたのはまるでわたしだというようなあつかいをよくもできるものだわ。あの子と結婚した日にあなたがめちゃくちゃにしたくせに」

「そういう話はけっこうです」

「お聞きなさい。さもないと、屋敷じゅうに響くくらい大声で悲鳴をあげるわよ」レディ・スタインは語気を強めて囁いた。「そうしてほしい? ロザムンドの初めての舞踏会を台無しにしてほしい? いい、トレガース卿、いまのわたしには失うものなんてないも同然なのよ!」

グリフィンは反射的に拳を握りしめた。女性を殴りたいと思ったことは生まれてこの方一度もない。いまのいままでは。

それでも、心の奥ではまるで臆病者のようにこの女性に萎縮していた。体つきは小柄だが、武器を持たせたら周囲を破壊しつくすほど強烈だ。グリフィンの胸にひそむ少年がその残虐性を察知した。そういうことはいやというほど知っていた。

岩のように顎をこわばらせ、グリフィンはその場に立ちつくした。レディ・スタインが手を離したら、妻になんと言われようと、お帰りいただこう。

なぜロザムンドにはわからないんだ？　この女性をおとなしくさせる方法などありはしない。純然たる毒そのものだ。ロザムンドは自分の世界からレディ・スタインを追放するべきだ。きっぱりと。

レディ・スタインの批判から意識をそらそうとした。祖父から受けた度重なる暴力をやり過ごそうとしたように。そう、暴力といっても体を痛めつけられたわけではなかった。あの野蛮な鞭打ちの罰も、言葉の暴力による容赦ない攻撃にくらべれば子どもだましだった。

「あの子をご覧なさい」レディ・スタインはロザムンドが立っているほうに手を向けた。金色の飾りをちりばめた絹のドレスをまとったロザムンドは天使のように輝いている。「わたしの娘は若い女性が憧れるすべてを備えているのよ。あの子と結婚できるなら自分は幸せ者だと男性なら誰しも思うでしょう。それなのにモントフォードはあなたを選んだ」

レディ・スタインは線になるほど目を細くした。「紳士のような身なりをすれば、わが家の敷居を初めてまたいだときのような田舎者には見えないと思っているの？　うちの娘は端正で洗練された殿方とベッドをともにするべきなのよ。どこかの育ちすぎた無様な猿とではなく！」

声が少し大きくなり、近くにいる招待客の耳に届いたようだった。数人がこちらに振り向いた。忍び笑いが混雑した会場のあちこちから聞こえた。池に波紋が広がるように、囁き声と忍び笑いが周囲に広がった。

突然、グリフィンの全身が熱くなり、やがて寒けに襲われた。頭のなかで過ぎ去った歳月がよみがえった。いつのまにか過去の舞踏会に舞い戻っていた。ぎくしゃくした動きの十七歳の少年は同伴の祖父によって世間の笑いものにされていた。

恥をかかされた怒りが高まり、顔が赤らむのがわかった。くるりと振り返り、自分を嘲笑おうとしている人々を怒鳴りつけずにいるには、あらんかぎりの精神力が必要だった。ひとり残らず責め立ててやりたかった。

レディ・スタインを軽蔑しているにもかかわらず、浴びせかけられた辛辣な言葉に、最近になってようやく癒えはじめた傷が切り裂かれ、ふたたび傷口が開いてしまった。磨けば光るとばかりに、ロザムンドは精いっぱい力をつくしてくれた。なんとぼくを説得して、舞踏会でワルツを踊る約束さえ取りつけた。

しかし、義母はすべてお見通しだった。ほかの人々もみなそのようだ。洗練された世界に仲間入りしたものと自分は思い違いをしていた。そしてロザムンドは……ぼくをのせて、その気にさせていたのだ。

レディ・スタインの顔が悪意でゆがんだ。「ほんとうに信じられないわ、わたしの娘は夜ともなればあなたと寝なければならないなんて。獣《けだもの》のように汗だくになったあなたにのしかかられ、早く終わらせてと懇願するしか――」

グリフィンは話を遮った。「もういいでしょう、あなたの心が溝《どぶ》並みに汚れていることはじゅうぶんわかりました。もうこれ以上耳を貸すつもりはありません。騒ぎたければ騒げばいい。屋敷じゅうに響くほど悲鳴をあげても、ぼくの知ったことではない。獣《けだもの》のようなぼくにしてみれば、がみがみ女に騒ぎを起こされても、痛くもかゆくもない」身をかがめ、目の高さを合わせた。「だが、妻は傷つくでしょう。もしも妻を傷つけたら、あなたの首をこの獣のような手ではさみ、ふたつにへし折ってやりますよ。さあ、選ぶのはあなただ、お義母さん」

グリフィンはレディ・スタインの手を振り払い、大股で立ち去った。ふたりの様子を見物していた者たちのあいだを突っ切ると、誰もがあとずさりした。

背後から悲鳴は聞こえなかった。しかし、ワルツの出だしの調べが聞こえると、胃がよじれ、足もとがよろめいた。

やがて頭をさげ、そのまま舞踏場をあとにした。

ロザムンドがようやくグリフィンを探しあてた場所は夫婦の寝室だった。こともあろうに舞踏会の最中に。

状況に気づき、足をとめた。ディアラブがシャツの山をかかえ、ベッドの横で開いた旅行鞄と控えの間のあいだを動きまわっていた。荷造りをしているのだ。

近侍はシャツをおろした。無言のまま、ロザムンドのほうに視線をやりもせず、部屋を出て、扉をしめた。

「グリフィン？」衣擦れの音をかき消すオービュソン織りの絨毯の上を進み、ロザムンドはグリフィンのほうに向かった。「どうしたの？　何かあったの？　領地で？」

グリフィンは振り返った。その瞳は陰鬱に翳り、活気も希望の光もなく、ロザムンドは思わず驚きの声を漏らした。

かすれた声でグリフィンは言った。「べつに何もない。少なくともペンドン館では。ぼくは帰るよ、ロザムンド。ここはぼくのいるところではない」

「でも、あなたは……。だって、わたしたちは……」主人として招待客をもてなすべきである舞踏会の最中に出ていこうとしているグリフィンの突拍子もない行動に驚き、ロザムンドは目もとに手を走らせた。「でも、あなたは今夜、幸せそうだったわ。友人たちと談笑していた。ミス・ポーターはあなたの気を引こうとさえしたわ。わたし、見ていたのよ！」

険しい顔でグリフィンは頭《こうべ》を垂れた。

「グリフィン、今夜はジャクリーンにとって特別な夜なのよ」ロザムンドはなだめるように言った。

「そして、きみは見事に妹を社交界にデビューさせた」言葉そのものは賛辞だったが、それを発したグリフィンの声にはなんの感情も込められていなかった。「妹は何人にも求愛され、そのなかから相手を選べるだろう。ぼくから……ぼくからも礼を言う」

一緒になりたい相手じゃないけれど、とロザムンドは思った。

それは口にしなかった。マドックスがうまくジャクリーンを口説いてワルツを踊ったこともグリフィンには伏せておいた。

今夜わたしがグリフィンと踊るはずだったワルツを。

初めて主催する舞踏会で、グリフィンの腕に抱かれて軽やかに踊ることをどれほど夢見たことか。ワルツの曲も慎重に選んであった。ふたりのあいだのちょっとした冗談にちなんで、《天使のワルツ》を選曲したのだ。この曲はきっとふたりの曲になる、とロザムンドは思い描いていた。たとえグリフィンが自分と同じようには舞踏会を楽しめないとしても、ふたりのワルツが奏でられたら、グリフィンはきっと一緒に踊るのを拒まないわ、と。

けれど、ダンスのせいで逃げられてしまうかもしれないとわかっていたら、今夜の舞踏会で踊ってほしいとグリフィンに迫ったりしなかった。

彼はわたしから逃げようとしている。

ロザムンドは膝から力が抜けてしまった。ベッドの支柱につかまらなければ立っていられない。心がくじけそうだった。これほど心細く、無力感を覚えたのは、自分と兄と母を追いだした父が決して迎えに来るつもりはないと気づいた日以来だった。

信じられない事態に思わず漏れた、笑いともすすり泣きともつかない声で言った。「まさかワルツのせいじゃないのでしょう?」

グリフィンはベッドに腰をおろし、両手を膝のあいだにだらりとおろした。「ワルツなんて些細なことだと言わんばかりだな」目を上げた。石板のようにその瞳は無表情だった。

「きみにとってはそうなんだろうが」

ロザムンドは声をふるわせた。「違うわ。あのワルツは些細なことなんかじゃないの。わたしにとってとても大事なことだったのよ、グリフィン。あなたの腕に抱かれてダンスをして、ロマンティックなひとときを楽しみたかったの。あなたとわたしがお似合いの夫婦だと、世間の人たちに知らしめたかった」

「いや」耳をすまさなければ聞き取れないほど小さな声でグリフィンは言った。「きみは別人になることをぼくに求めた。決してなれるはずのない別人に」

声を張りあげて否定するロザムンドの言葉を無視し、グリフィンは話しつづけた。「きみはレディ・ロザムンド・ウェストラザー、社交界の頂点に君臨する、最高級のダイヤモンドのような存在だ。きみは社交界に属している。属しているだけでなく、社交界の花形だ」グリフィンは唇をゆがめた。「驚くことに、きみにあやかって婦人帽《ボンネット》にきみの名前がつけられている。髪型やリボンにも、だ。ほかにもどれだけあるのやら」

「わたしが自分でしているわけじゃないわ」

「つまり、なんの苦もなく、というわけだろう？　舞踏場に目を向ければ、きみの目には歓迎と賞賛と喜びしか映らない」

もし本気でそうだと思うなら、わたしのことをあまりよく知らないのだろう。ロザムンドはそう思ったが、グリフィンの言いたいことはわかる。わたしには社交界に居場所があるが、彼にはないのだ。

「それで、あなたはどうなの？」ロザムンドは静かな声で尋ねた。

「わからないか？」グリフィンは深々と息を吸った。「ぼくの目に映るのは、図体ばかり大きくて、ぎこちない動きしかできない十七歳の少年が、優雅で残酷な見知らぬ人々が大勢集まった舞踏場で苦しんでいる姿だ。彼らはみな、忍び笑いを漏らし、口もとをゆがめ、ぼくのぎこちなさをあげつらった。そして、実の祖父は彼らを煽って、みんなでぼくを笑いものにした」

可笑しくもなさそうに笑った。「その舞踏会はぼくのために開かれたんだ。ジャクリーンのために今夜舞踏会を開いたように。どんな紹介をされたかって？　社交界の笑い草、グリフィン・デヴィアをよろしく」

ロザムンドはまるで自分の痛みのようにグリフィンの心の痛みを感じた。ああ、人まえで恥をかかされたことなど一度もなかった。たとえ母でさえ、社交の場ではそこまではしなかった。けれど、悪意に満ちた冷やかしや、人を小ばかにするからかいがあたえうる心の傷ならわかる。身近な相手から、本来ならなによりも子や孫の幸せを大事にするべき相手から傷つけられることなら、とくによくわかる。そうしたとげのある言葉で少しずつ人は自信をなくし、やがてはすっかり自信喪失に陥る。

それがグリフィンの身に起きたことだった。そして、彼には最悪の事態から守ってくれる兄もいなかった。モントフォード公爵が舞いおりてきて、取り返しがつかないほど魂が損なわれてしまうまえに、ひどい環境から救いだしてくれることもなかった。老伯爵が亡くなってやっと、そうした過酷な生活からグリフィンは解放された。そのときにはもう手遅れだったのだろう。

「ありのままのあなたを愛しているのよ、グリフィン」ロザムンドは言った。「べつの人になってほしいなんて願っていないわ。ねえ、あなたはきっと笑うでしょうけど、じつは、あなたが髪を切って、新調した服を初めて身に着けて、とてもすてきな紳士に見えたとき、わたしはちっとも嬉しくなかったの」

　グリフィンはそれを聞いて顔を上げた。興味を惹かれたように彼の瞳が輝くのを見て、ロザムンドは励まされた。

「ううん、もちろんあなたは颯爽《さっそう》としていたわ。颯爽としすぎているくらいだった。これからはほかの淑女たちも、わたしが最初からそうしていたように、あなたに目が行くようになる。それがいやだったの。今夜だって、あなたの気を引こうとしていたミス・ポーターを、ヘアピンで刺してやりたくなったわ」

　熱弁にグリフィンは微笑んでくれたが、あまり共感は得られなかった。

　ロザムンドは必死になってがんばった。だからといって、恩着せがましく持ちあげたりはしなかった。口にしたことはどれもこれも嘘ではない。けれど、相当自信をなくしてしまった相手にしてみたら、おだてているだけだというふうに聞こえてもふしぎではない。嘘をついて機嫌を取ろうとしていると聞こえても。

　修復できないような亀裂が走り、ロザムンドは現実を突きつけられた。グリフィンはすっかり意気消沈し、いまさらどう説得しようが、思いなおさせることはできない。

「わかったわ」気を取りなおして言った。「わたしもペンドン館に一緒に行く」

「招いた客をほうりだして？　いや、それはだめだ。それに、今夜はジャックスの舞踏会だ。火急の用事ができたときみから話してくれれば、妹もぼくの出発に納得する。きみまで見捨てたら、あの子をとまどわせ、傷つけてしまう」

「それなら、あとでジャクリーンを連れてきてもいいわね、短期間だけ滞在させるの」藁《わら》にもすがる思いでロザムンドは食いさがった。

グリフィンは両手を握りあわせた。険しい表情に変わっていた。「ジャックスをペンドン館に帰らせたくない」

「でも――」

「頼む、ロザムンド」グリフィンの声には、反論を黙らせる気配があった。

領地に帰るというグリフィンの決意は乗り越えられない障害ではないでしょう？　ロザムンドは捨て鉢になって言った。「社交シーズンが終わるまで、ほかのご婦人にジャクリーンの付添いを頼めばいいわ。わたしは数日中にあなたのあとを追う。あなたがそんなにロンドンが苦手なら、コーンウォールで一緒に暮らせばいいんだもの」

グリフィンは黙り込んだ。やがて言った。「きみは生まれながらにこういう暮らしが似合っているんだ、ロザムンド。きみを田舎に埋もれさせるわけにはいかない。ぼくが茶筒で蝶をつかまえられないのと同じように」

蝶？　ロザムンドは苛立ちを覚えた。「わたしのことをそんなに儚い生きものだと思っているの？　いっときだけ楽しめばいい存在だと？」

「きみのことをどう思っているかといえば――」グリフィンはため息をついた。「あまりにも魅力的で、りっぱで、何かにたとえようがない。でも、とにかくきみはペンドン館ではなく、ロンドンにいるべきだ。社交シーズンが終わるまでは」

「あなたと一緒じゃないなら、こっちにいるべきじゃないわ」

「ロンドンの暮らしのほうがきみの性に合っているんだよ、ロザムンド」

「あなたとの暮らしのほうが性に合っているわ。わからず屋なんだから！　どうしてあなたを差し置いて、こういう浮ついた暮らしを優先すると思うの？　ねえ、グリフィン、あなたを愛しているのよ。あなただってわたしを愛していると言ってくれたじゃない！」

ふいにロザムンドは気づいた。わたしは彼を選ぶ。でも、彼はわたしを選ばないのだ。

すとんと背後の椅子に腰をおろした。そこに椅子があってよかった。さもなければ床に尻もちをついていただろう。

「でも、選ぶのはわたしではない」ロザムンドは囁き声で言った。「そうなのね？」

グリフィンはゆっくりと首を振って、ロザムンドに選ぶ権利はないと知らしめた。

27

絶望を覚えたのは久しぶりのことだった。グリフィンが一年たっても二年たっても迎えに来なかったときでさえ、ロザムンドは絶望しなかった。舞踏会はなんとか最後までやり通せた。心のうちを見透かされないように、周囲の人々をうまくごまかせたのかどうかはわからなかったが。

けれど、平静を保つことは習慣として身についているのだからうまくいったはずだ。ロザムンドはしっかりと顔を上げ、グリフィンが急に中座したことについて、本人に指示されたとおりに説明した。

火急の用事で呼びだされたんです。残念なことに。ええ、わたしはロンドンに残ります。義妹の付添い《シャペロン》としての務めがありますから。社交界入りした大事な義妹が初めてのシーズンを楽しんでいるのですから、誰にも邪魔はできませんわ。

舞踏会が始まる頃にモントフォード公爵にうそぶいた言葉を思いだし、ロザムンドは笑ってしまいそうだった。自分がいかに幸せか母に見せつけて復讐を果たすつもりだ、とは。笑う余裕があったら、きっと笑っていただろう。

恥を忍んで認めるが、その夜最も惨めな気持ちに襲われたのは、招待客らが全員帰ったあと、図書室にはいっていって、アンソニー・マドックスの腕に抱かれているジャクリーンの姿を目にしたときだった。

もちろんふたりはロザムンドにまったく気づかなかった。ロザムンドが驚いてその場に立ちすくんでいると、マドックスの黒髪の頭が斜に傾き、ジャクリーンのほうにうつむけられた。絵になるふたりだわ。胸を痛め、涙をこらえていたロザムンドはしみじみとそう思った。ジャクリーンのシャペロンとして、すぐにやめさせるべきだった。グリフィンの妻として、どういうつもりか問い質《ただ》さないといけない。

とはいえ、グリフィンはこの縁組に断固反対しているのだから、へたに騒ぎ立てて、マドックスに花婿候補に名乗り出られても困るだろう。

とにかく傷心のロザムンドはふたりをほうっておくことにした。真の喜びは人生にそうそう訪れるものではない。いま目の当たりにしたような情熱はとても貴重だ。ふたりは愛しあっている。ふたりの愛は婚姻の神聖さのなかでは存在しないかもしれない。今夜は好きにさせておこう。

ロザムンドは気づかれないようにそっと図書室をあとにし、決然と唇を引き結んだ。後見人や兄が決めつける良縁に甘んじて、ジャクリーンにマドックスとの愛をあきらめさせてはならない。

マドックスとジャクリーンの婚姻は既成事実だとグリフィンに告げよう。あとはオリヴァー・デヴィア卿の同意さえ取りつければいいのだ。レディ・アーデンを味方につければ、デヴィア卿の反対を押しきれるのではないだろうか。それがうまくいかなかったら、モントフォード公爵に助けを求めよう。

そう決意して、ロザムンドは階段をのぼり、独りぼっちの冷たいベッドに疲れた体を横たえた。


「でも、彼とは結婚できないわ。無理なの!」ジャクリーンはいまにも泣きだしそうな顔で手を揉みあわせた。

「だったら、それを思いだすべきだったわね、図書室でミスター・マドックスとキスをするまえに」ロザムンドは厳しい口調で言った。マドックスに目をやると、顔から血の気が引いていた。

朝食のあと、ロザムンドはマドックスを呼びつけたのだった。マドックスがいつ帰ったのかは知らなかったし、なぜ図書室でマドックスを追いださなかったか、分別を欠いた行動にわれながら疑問を覚えはした。ゆうべここで一線を超えるような真似をマドックスがするはずはないと信じていたが、間違いが起きないよう、目を配っていなければいけなかった。

いったいわたしは何を考えていたのかしら。

当然ながらマドックスは即座にジャクリーンとの結婚を申し入れたので、ロザムンドはよけいな話題を出さずにすんだ。マドックスの行動には概《おおむ》ね好感が持てた。

ジャクリーンの態度は楽観視できない。評判に傷をつけられたから結婚から逃れられない、と義妹は思っている。

また頭に痛みが走り、ロザムンドは顔をしかめた。シャンパンを飲みすぎたような気分だったが、実際にはほとんど口にしていなかった。

「どうして彼と結婚できないの?」ロザムンドは尋ねた。「ほんとうのことを話しなさい、ジャクリーン。話す義務があるんじゃないかしら?」

「えっ! そう、そうね、でも……でも、込み入った話なの。それに……」ジャクリーンは苦しげな目をマドックスに向けた。「ああ、きっとあなたに嫌われるわ、トニー、ほんとうのことを話したら。誰にも話さないとグリフィンに約束したのよ。それなのに、もう何もかも台無しだわ」

そう言って、ジャクリーンはわっと泣きだした。

マドックスは頑固そうに顔をこわばらせ、ジャクリーンに腕をまわし、しっかりと胸に抱き寄せた。「きみを嫌いになんてならないさ、ジャクリーン」

うなだれたジャクリーンにやさしいまなざしを向けた。その光景にロザムンドももらい泣きをしそうになった。マドックスは穏やかな声で言った。「その恐ろしい秘密がなんなのか、ぼくは知っていると思うよ。グリフィンがぼくのいとこのオールブライトを殺したんだろう？」

ロザムンドは息をのみ、いきなり椅子に腰をおろした。驚きでめまいがしたが、義妹から目を離さなかった。「まさか」囁き声で言った。「彼じゃないわ。彼が殺したんじゃない」

ジャクリーンは体をふるわせた。激しく首を振って言った。「すべてわたしのせいなの。もう音楽のお稽古はいやだと兄に言って、そのまま習うのをやめていれば何も起きなかったのだから」

手の甲を目にあてて涙をぬぐった。

マドックスはジャクリーンをソファに座らせた。「何があったんだ？」しわがれた声で尋ねた。「いとこはきみに何をしたんだ？」

「最初はごくさりげなかったの。彼が何をしているのか、ぜんぜんわからなかった」ジャクリーンはつばを飲み込み、涙をためた目で天井を仰いだ。「ほら、手に触れたりとか、腕に触れたりとか。胸もとに軽く手があたったり。どれも偶然であってもおかしくなかった」

マドックスはジャクリーンの腰にまわしていた腕をおろした。その目を見て、唇を一文字に引き結び、小鼻をふくらませた。目は殺気立ったように光っている。オールブライトはすでに死んでいてよかった、とロザムンドは思わずにいられなかった。

「それで？」マドックスは続きを促した。

ジャクリーンは声が上擦らないように必死でこらえていた。「ある日、キスをされたの。でも、それは上品なキスではなかった。彼はわたしの体を撫でまわし、服を破り、きみはずっとこうされたがっていた、とわたしに言ったの。自分では気づいていないだけで、と。ああ、わたしはすごく恥ずかしくなった。いつのまにか彼の気を引いていたなんて。関係は……肉体関係はなかったの。いま思うと、彼はそういう関係に持ち込もうとしていたようだった。たぶん、ことを急いだら、わたしが泣き叫ぶか、グリフィンに告げ口するんじゃないかと思ったのでしょうね。そんなことをされて、毎週のお稽古が怖くなった」

ロザムンドはこの話を聞いて、ぞっとした。ジャクリーンに腕をまわして、しっかりと抱きしめてやりたかった。どうしてマドックスはジャクリーンとのあいだに几帳面《きちょうめん》に距離を置いているのかしら。礼儀作法を心配して？　それとも、ジャクリーンに怒っているから？まさか怒っていることはないだろう。ほかの男性に襲われた話をしているときに自分に触れられるのはジャクリーンがいやがると思ったのかもしれない。

「やがてグリフィンがことの最中に踏み込んだのね」ロザムンドは静かに言った。

「ええ、兄は……ミスター・オールブライトをわたしから引き離して、半殺しになるまで殴ったの。わたしは席をはずすべきだったけれど、その場に残っていた」ジャクリーンは顔を曇らせた。「彼が兄に殴られるのを見て、それで気がすんだの。もし稽古がもっと長く続いていたら、わたしは頭がおかしくなっていたと思う」

「トレガースが、殺すとぼくのいとこに脅迫したのはその頃だったのか」マドックスが言った。

ジャクリーンはうなずいた。「オールブライトは脅されたことをあのあたり一帯にふれまわった。そして姿を消したの。それっきりになると思っていたのに、一週間ほどしたら、ふらりと戻ってきた」

ふるえる手を髪に上げた。「ある場所があってね。崖に洞窟のようなところがあるの」ロザムンドにちらりと目をやった。「あの日、あなたを案内した場所の近くよ、ロージー。よくひとりでそこに行って、考えごとをしていたの」

深く息を吸った。ようやくマドックスはジャクリーンの手に自分の手を重ね、ぎゅっと握りしめた。

「ある夜——たしか、木曜日だった——わたしはそこに向かっていた。か、彼はあとを追ってきて、崖の上でわたしをつかまえて、おまえを……犯すと言ったの。おまえの兄さんにいい教訓になるだろう、とね」ジャクリーンは小刻みに瞬きした。「わたしは抵抗したわ。噛みついたり、引っかいたりして。すっかり逆上していたの。想像がつくでしょうけれど。それまでに抵抗する勇気が一度も湧かなかった自分に無性に腹が立ったのね」

マドックスは顔をしかめた。「グリフィンはどこにいたんだ?」

「一緒にはいなかった。そして、揉みあっているうちにオールブライトはよろめいて、わたしから手を離したの。わたしは彼がその後どうなったのか確かめもせず、走ってその場から逃げたわ」

マドックスは目をぎゅっとつぶった。ふたたび目をあけると、息を吸った。「そしてきみはグリフィンに話し、グリフィンはオールブライトを探しに行って、崖の下で死んでいるのを見つけた」

ジャクリーンはうなずいた。「兄はいままでずっとわたしをかばってくれたわ。わたしの噂が流れて、恥をさらさないように矢面《やおもて》に立ってくれたの。屋敷のなかで働いていた使用人たちはやめていき、近隣の人たちに兄をののしられた。あなたと司祭だけがわたしたちの味方だったのよ、トニー」

ジャクリーンは健気《けなげ》にも微笑もうとした。マドックスに握られた手の向きをおずおずと変え、自分から手を握った。マドックスも手を握り返した。

驚いたようにジャクリーンはマドックスを見あげた。「怒らないの？　オールブライトはあなたのいとこなのよ。てっきり――」

「怒る？」マドックスは首を振った。「まさか！　怒ってなんかいないよ。ぼくはオールブライトに腹を立てているんだ。彼をきみに勧めた自分自身にも。少しでもおかしいと思ったら、決して推薦しなかった」

「あなたに打ち明けてはならないと兄に口止めされていたの。あなたはわたしたちの味方になってくれるとほんとうは兄も信じたかったんじゃないかしら。でも、周囲の人たちの反応に兄はかなり傷ついたわ。だから、誰を信用したらいいのかわからなかったのだと思う。オールブライトはとても感じがよくて、魅力的な人だった。それで、みんなも丸め込まれてしまったのでしょうね」

ロザムンドはゆっくりと言った。「つまり、グリフィンはこれまでずっと、自分に向けられた疑いを甘んじて受け入れたのね。あなたから注意をそらすために」

「ええ、わたしはいたたまれなかった。でも、誤解を正すことを兄は許してくれなかったの。祖父が無慈悲な人だったから、わたしたち一家への世間の風当たりは強かった。だから、わたしが真実を告白したらどうなるか、成り行きを兄は恐れていたわ。やがて兄は尋問を受けたけれど、事件当夜、兄が崖の付近にいたという証拠はなかった。殺してやるとオールブライトを脅迫したという噂があるだけだった。兄がそういう脅しをかけたのを自分の耳で聞いた人も誰もいなかった。検死官の調べで、オールブライトは事故死だと判明した。兄が尋問を受けてからずいぶん時間がたったわ。でも、最近になって、なんらかの事情で、兄はまた不安に陥っている。それははっきりわかるの」

マドックスが説明した。「目撃者が現われたという噂が村に広まった。これでひと安心だろう、ジャクリーン、目撃者がほんとうにいるなら、おそらくきみの潔白は証明される。きみの説明によれば、殺人とは言えない。あの男はきみを凌辱しようとした。きみはただ自分の身を守っただけだ。相手を押してさえいない」

「でも、目撃者にしてみたら、わたしが押したように見えたのかもしれないわ」ジャクリーンが言った。「だいたい、どうしていま頃になって名乗り出たのかしら。それに、すべて噂や憶測なのよ。目撃者が誰であれ、地元の治安判事に正式な陳述さえしていない。どこかの暇を持て余した、悪意に満ちた人物がわたしたちをかつごうとしているんじゃないかしら」

ロザムンドは不安になって椅子の肘をつかんだ。「グリフィンはその目撃者の証言がどんな内容か知っているのかしら。早まったことをすると思う？」

「つまり、嘘の自白をするということですか？」マドックスは首を振った。「そんなことをするほどグリフィンもばかじゃない。もしぼくだったら、ジャックスが殺人罪で逮捕されそうになるまで待ちますね。それまではあらゆる可能性を試すでしょう」

長々と息を吐き、ロザムンドは言った。「向こうに行かないと。一刻もぐずぐずしていられないわ。でも、ジャクリーン、あなたはここに残ったほうがいいわ。モントフォード館に身を寄せて――」

「今回はどこにも追いやらないで」ジャクリーンは顎をこわばらせ、突っぱねるように言った。その強情さはロザムンドにもすっかりおなじみになっていた。ジャクリーンはさらに言った。「それに、トニーがわたしを守ってくれるわ、そうでしょう、トニー？　厄介なことになったら、密輸船に乗ってフランスに逃げればいいもの」

ジャクリーンは冗談で場をなごませようとしたが、誰も笑う気にはなれなかった。

「密輸船?」ロザムンドは言った。「入り江に密輸商人が出入りしているの?」

「ええ、そうなんですよ。あのあたりは密輸業がはびこっていて、クレーンという男が密輸業者を束ねている」マドックスが言った。「戦争まえは、そういう稼業は黙認されていましたが、いまは事情が違う。情報が海峡を渡って、敵の手に落ちてしまいますからね。でも、クレーン一味は村人たちを威嚇《いかく》しているんです。だから、仕返しを恐れて誰も通報しやしない。地元の治安判事でさえ見て見ぬふりをする体《てい》たらくだ」

ロザムンドは言った。「ねえ、ジャクリーン、あなたとオールブライトのことを目撃したのは、密輸にかかわっている人かもしれないわね」

「夕暮れ時で、密輸業者が活動するにはちょっと早い時間帯だったわ。でも、なんとも言えない。そういう可能性はあるでしょうね」

ロザムンドは立ちあがり、ドレスの裾を振って広げた。「おふたりには悪いけれど、結婚式は待ってもらわないとね。旅の準備があるから。わたしたちの護衛をお願いできるかしら、ミスター・マドックス?」

マドックスは頭をさげた。「もちろんです、奥様」

ロザムンドが足早に部屋を出ていこうとすると、マドックスの声が聞こえてきた。「では、あらためてきみに結婚を……」

不安で心身ともに疲れていたけれど、ロザムンドはうっすらと笑みを浮かべた。

階段にたどり着きもしないうちに、マドックスの動転したような叫び声が聞こえた。

28

冷たい潮風が吹きつけ、黒い雲が月を覆い隠していた。密輸業者が積荷を運びだすにはもってこいの夜だ。というか、グリフィンはそう期待していた。

断崖の窪《くぼ》みで、司祭のオリファントとうつ伏せになっていた。見晴らしがよく、そこからは、眼下の浜辺で行なわれる不法行為をひそかに見張るのに最適だった。ふたりとも、それぞれショットガン一挺とピストル二挺を持参していた。周辺には何人もの男たちが持ち場についていた。司祭が力になってくれ、隣人たちをこの作戦に呼び集めることができたのだ。治安判事が密輸商人の不法行為を放置しているので、ペンドンの領民たちが立ちあがることになったのだった。

クレーンを排除すれば、悪質な脅迫状も二度と届かなくなるだろう。

「クレーンがいなかったら？」司祭が声をひそめて言った。

「出直す。クレーンが来るまで何度でも。あいつのせいで道を踏み誤った、まっとうな若者たちをつかまえたくはない。雑魚《ざこ》もお呼びじゃない。黒幕はクレーンだ。それは誰もが知っている。だから、ぼくの狙いはクレーンひとりだ」

待てども何も起きなかったが、しばらくしてグリフィンは動きに気づいた。大きな人影が運搬用のポニーの列を先導し、断崖に沿ってうねうねと続く小道をゆっくりと静かにおりてきた。グリフィンは夜間でも視力が衰えなかったが、それでも双眼鏡がなければ、見逃していたかもしれない。

「行くぞ」

グリフィンとオリファントは足音を立てずにごつごつした崖をおりていった。おりきると、湿った砂がブーツにまとわりついた。波しぶきが顔を叩いた。海の低いうなりしか聞こえなかったが、ポニーの列が向かった方角はわかっていた。

崖の側面に洞窟があるのだ。昔よくジャックスとティモシーと遊んだ場所だ。

ブーツの靴底で何かをバリバリと踏みつぶした——貝殻か？

そう思ったつぎの瞬間、鳥が鳴いた。いや、もちろん鳥ではない。見張りの合図だ。

「くそ」グリフィンはつぶやいた。

洞窟のほうから銃声が響いた。

「さあ、始めるぞ！」オリファントに言った。そして口笛で仲間に合図を送り、行動に出るよう命じた。

洞窟のほうからぬっと人影が現われ、近づいてきた。

グリフィンの仲間たちとクレーンの一味が、まるで潮流がぶつかりあうように浜辺で衝突した。グリフィンは入り江の反対側の洞窟を目指したが、それにはクレーンの手下どもの横をすり抜けなければならない。とはいえ、この乱闘の最中に銃を撃つわけにはいかない。死人は出したくなかった。自分に加勢している者に流れ弾が当たることだけは避けたい。ライフルをほうり捨て、取っ組み合いに参戦した。

湿って、でこぼこした砂の上で、ほとんど誰も口を利かないまま戦いがくり広げられた。聞こえてくるのは海のうなりと、男たちが相手に襲いかかりながら発する叫びやうめきだけだった。

腕力を活かしてグリフィンは相手を殴り倒し、先に進んだ。目の端で、洞窟付近の動きをとらえた。すぐさま、ぴんときた。何者かが浜辺の格闘を隠れ蓑《みの》に使い、ポニーの背に荷物を積んで逃げようとしている。

クレーンだろう。いかにも悪党がやりそうなことだ。

グリフィンはオリファントに大声で知らせ、首謀者のあとを追い、ポケットからピストルを取りだし、撃鉄を起こした。

近づくにつれ、疑念は裏づけられた。暗闇のなかではっきりとは見えないものの、あの不格好な図体はどこで見てもわかる。あれはたしかに、子どもの頃に苦しめられた相手だ。

グリフィンはピストルをしっかりと握った。クレーンを撃ちたくはないが、向こうの出方によって、撃たざるをえない状況になったら……。

音もなく小道を進み、クレーンのほうに向かった。道連れがいた。クレーンの隣りに女がいて、遅れを取らないよう、必死で歩いていた。

宿屋で働いているベッシーだ。ここで何をしているんだ?

グリフィンが驚いて足をとめると、クレーンが振り返り、角灯をグリフィンの目にまっすぐにかざした。

急に強い光を浴びて目がくらみ、グリフィンは横ざまに地面をころがった。と同時に、銃声が轟《とどろ》いた。頭上に振ってきた岩のかけらから判断するに、銃弾は十数センチしかはずれていない。

ふたたび発砲されるまえに、グリフィンは大きな石をつかみ、クレーンのほうに投げつけた。二発めは大きくそれた。

二発の銃声。クレーンが携行しているピストルは二挺だろう、とグリフィンはヤマを張った。ほかに武器があるとしたら、おそらくナイフだ。

グリフィンは体を起こし、ろくでなしに飛びかかった。ふたりは小道に倒れ、砂浜までころがり落ちた。

クレーンはグリフィンの腹部を肘で突いた。衝撃でグリフィンは息ができなくなったが、痛みをこらえ、クレーンの喉に両手をまわした。

するとナイフが振りおろされた。グリフィンはクレーンの手首をつかみ、ナイフを寄せつけないように押さえ、もう片方の手で気管を押しつぶそうとした。

「てっきり密輸には関心がないのかと思っていた」クレーンが息を切らしながら言った。

「もっと個人的なことで用がある」グリフィンはうなるように言った。力まかせにクレーンの腕を後ろに引き、ナイフを握っている手を岩に叩きつけた。

指が広がり、ナイフが落ちた。

揉みあいながらもグリフィンはクレーンを仰向けに押し倒し、顔面を殴りつけた。「くだらない手紙で脅そうとしただろうが。こっちがおとなしくしていると思ったか？　一生、脅迫されつづけると？」

グリフィンに殴られて口もとは血まみれになっていたが、クレーンは音もなく笑った。

「手紙なんか書いていない。どうしてそんなことをしなくちゃいけない？　言いたいことがあるなら、面と向かって言えばいいだろうが、ええ？」

グリフィンはもう一度クレーンを殴った。「目撃者は誰なんだ？　オールブライト殺しを見ていたというのは？」

笑って振動していたクレーンの胸はじっと動かなくなった。「目撃者」鸚鵡返しに言った。

「目撃者の話は聞いたことがない。誰かにおちょくられているんだろ」

「嘘をつくな」グリフィンはもう一度クレーンを殴った。さらにもう一度。そして、子どもの頃に血に飢えたクレーンに鞭で打たれたことへの報復としてもう一度殴った。クレーンにつけられた傷跡の分としてもう一度。顔にも心にも傷をつけられた。

だが、こうして罰をあたえても、ちっとも気が晴れなかった。それがふたりの違いだ。どちらも大男で、腕力もある。しかし、グリフィンは好き好んで暴力を振るいたいとは思わない。

血まみれの顔でクレーンはにたりと笑いかけてきた。最後までふてぶてしい男だ。「さあ、続けろよ。止めを刺せばいい」だみ声で言った。「どうせ縛り首だ」声はか細くなっていったが、うんざりしたように言った。「まあ、坊ちゃんはそこまで腹が据わっていないか」

「ああ」グリフィンは腰を上げた。「そんな趣味はない」

クレーンの体は動かなくなった。虚勢を張っていたが、意識を失いかけていたに違いない。あたりを見まわすと、浜辺のあちこちに人が倒れていた。ほとんどはまだいくらか身動きをして、うめいている者も多かった。そして加勢してくれた村人の多くが司祭に連れられて、ゆっくりと近づいてきた。

誰かが治安判事を呼びに行った。治安判事はおそらく、自分抜きでこの騒動が進行しているあいだ、自宅で縮みあがっていたことだろう。検挙を行なうべく治安官が呼びだされ、密輸品はポニーの背からおろされ、くわしく調べられることになる。

グリフィンは最後にもう一度、宿敵に目をくれ、首を振った。そして、従順なポニーたちがベッシーと一緒にじっと佇んでいるほうに小道を進んだ。

「あの人、死んだんですか?」ベッシーが尋ねた。

「いいや。でも、縛り首になるだろう」グリフィンは言った。手綱《たづな》を取り、ポニーを引いていった。ベッシーがついてくるかどうかは気にも留めなかった。それを言うなら、ほかのこともすべてどうでもよかった。

ふたりは無言のまま村に引き返した。グリフィンはふと、ポニーは誰のものか気になった。

「ポニーはどこに返せばいいのかな?」

「宿屋です」ベッシーが言った。グリフィンの腕に手を置いた。「酒場に寄ってください、旦那様」おずおずと笑みを浮かべてグリフィンを見あげた。「店のおごりです」

煌々《こうこう》と明かりが灯り、陽気な物音が聞こえてくる酒場のほうをちらりと見て、グリフィンは首を振った。「せっかくだが、けっこうだ」

「そうですか、じゃあ、ここで」ベッシーはポニーの手綱を受け取り、ぎこちなく頭をさげた。

グリフィンは背中を向けて立ち去ろうとしたが、歩きだすまえにベッシーがむせぶように息を詰まらせ、グリフィンの手をつかみ、皮膚が裂けて血まみれになった指関節にキスをした。「ああ、旦那様! ありがとうございます。わたしたちはやっと自由になれました」

「クレーンから自由になれた、ということか?」

「ええ」ベッシーは少しのあいだ黙りこくったが、また口を開いた。「旦那様？　あの手紙は」声をひそめて言った。「わたしが書いたんです」

グリフィンは動きをぴたりととめ、暗がりのなかでベッシーをまじまじと見た。「きみが書いた？」

ベッシーは肩越しに後ろをちらりと見た。もうクレーンを恐れなくてもいいとは信じられないとばかりに。「オールブライトは旦那様の妹さんのせいで死んだんじゃありません。あれはクレーンの仕業です」

「なんだと？」

グリフィンの語気にベッシーは縮みあがった。グリフィンは咳払いをして、穏やかな声になって言った。「クレーンがオールブライトを殺したのか？　いったいどういうわけだ？」

ベッシーはつばを飲み込んだ。「わ、わたしは、妹さんがミスター・オールブライトと揉みあっているのをたまたま見かけました。大声をあげてやめさせたかったけれど、クレーンが一緒にいて、そうさせてくれなかったんです。レディ・ジャクリーンが逃げたときはほっとしました。妹さんが抵抗した拍子にオールブライトはよろめいて、足首を捻ったようで、転倒しました。頭を打って、少しころがったけれど、崖っぷちにいたわけじゃないんです。それに息もしていました。それはたしかです。なぜかって言うと、わたしたちはオールブライトの様子を見にいったからです。お医者様を呼んでくる、とわたしは言いました」

ベッシーは両手に顔をうずめた。「どうしてそんなことをする気になったのかわからないけれど、ふと振り返ったら、クレーンは片足を伸ばして、ブーツのつま先でミスター・オールブライトを蹴って、崖から落としていたんです」

ベッシーはすすり泣いていた。グリフィンはベッシーの両肩をつかみ、気を鎮めさせた。

「クレーンがオールブライトを殺したということか？　きみはその事実を最初から知っていたんだね？」

ベッシーはつらそうなまなざしをグリフィンに向けた。「すごく怖かったんです。誰かにしゃべったら殺す、とクレーンに口止めされていました。それにあのとき、わたしだってクレーンに殺されていたかもしれないんです。あの人ならやりかねないと、旦那様もご存じでしょう？」

ああ、そうだ、知っている。黙っていたベッシーを責められない。しかし、なんという悪夢だろうか。クレーンがしでかしたことの重大性はとうてい理解できるものではない。妹も自分も多大な迷惑をこうむった。ベッシーもそうだ。

「いま話してくれた内容の供述書に署名をしてくれないか？」グリフィンは言った。「どうしても必要になったときにしか使わないと約束する。おそらくそういうことにはならない。どっちみちクレーンは縛り首だ。ぼくが不利になる証拠がなければ、殺人事件の捜査が再開されることはないはずだから」

「ええ」ベッシーはか細い声で言ったが、やがて、もっとしっかりとした声になって言った。「わかりました。仰せのとおりにします、旦那様」

大きな手にグリフィンは肩をつかまれた。「エールを一杯やりに行こう」司祭が言った。「それとも、もっと強い酒がいいかね?」グリフィンと話をしていた相手をじっと見つめた。「ちょうどいいところにいたな、ベッシー。さあ、さあ、喉の渇いた男たちが大勢押しかけてきたぞ。みんなとことん飲む気でいる」

いつのまにかグリフィンは人波にのみ込まれていた。けっこうだと断わる間もなく、酒場の敷居をまたいだ。

来るたびに冷たくあしらわれ、いやな顔をされていたので、グリフィンは身構え、顎を突きだして店内にはいっていった。

すると、耳をつんざくような歓声に迎えられた。

密輸業者を襲撃したという噂も、グリフィンがクレーンと血みどろの殴りあいをしたという噂もあっという間に広まっていたのだった。クレーン一味への村人たちの憎悪と恐怖は、村に住む人食い鬼への恐怖をはるかに凌《しの》いでいたようだ。

当惑するグリフィンをよそに、以前は疑うような目を向けていた人々が親しげに背中を叩いたり、祝いの言葉をかけたりしてきた。知り合いの男たちだけでなく、会ったこともなければ、話をしたこともない男たちからも、グリフィンはエールのジョッキを手に押しつけられた。いたるところで笑顔を向けられた。

その夜、グリフィンの抵抗も空《むな》しく、積もり積もっていた恨みや憤りのわだかまりは跡形もなく消え去った。

「お世辞は適当に聞き流しておくといい」日頃は教区民に向ける慈愛に満ちた笑みを浮かべながら司祭は助言した。「あすになれば、地代のことでぶつぶつ言うのだから」

グリフィンはにやりと笑ってジョッキを口もとに上げた。たぶんそうだろう。

いくらかおぼつかない足取りで村から戻る道すがら、飲みすぎたせいか頭がふらつき、道に迷いそうになった。けれど、胸には安堵が広がっていた。

これで何もかも大丈夫だ。

少なくとも、妹のことは。

「義妹を置いていけないわ」ロザムンドはマドックスのほうを見た。マドックスはジャクリーンが伏せっている部屋の入口でうろうろし、手にはきれいな雛菊《ひなぎく》の花束を持っていた。

ジャクリーンは結婚の申し込みを受けたとたん、マドックスの腕のなかで気を失ったのだった。仮にジャクリーンが恋に恋する乙女なら、紳士に求婚されて気絶するとは、いかにも感動的で、思い出に残る反応だったといえよう。残念ながら、わざと芝居がかった振舞いをしたわけではなく、ほんとうに卒倒してしまったのだ。

ロザムンドはマドックスから花束を受け取り、ジャクリーンが寝ているベッドの横にある花瓶に生けた。唇に指を立て、マドックスの横を通って廊下に出た。

「お医者様の話では、熱病だそうよ。絶対安静とのことなの」ロザムンドは手を握りあわせた。「社交シーズンの過度な緊張で倒れてしまったのだろう、とお医者様はおっしゃっていたけれど、ほんとうの原因はあなたもわかるでしょう」

義妹を裏切るような気がして唇をすぼめた。けれど、コーンウォールで何が起きているのか知りたくてたまらず、叫びだしたい衝動を払拭できなかったのだ。「ジャクリーンを残して行けないわ。でも、あなたにコーンウォールへ急いで行ってきてもらえたら助かるわ、ミスター・マドックス」

マドックスは心配そうな目で、開け放された戸口のほうをちらりと見た。そして、唇をねじり、苦笑を浮かべた。「ここにいても、ぼくはまったく役に立ちませんしね。彼女が少しは元気になって、ベッドから起き上がって、トランプでもできるようになるまでは」

ふうっと息を吐いた。「向こうに行ってきます。でも、グリフィンがぼくに秘密を打ち明けてくれるとは思えない」

「友情を示して、支えになると伝えれば、夫はあなたに心を開くんじゃないかしら」とはいえ、ほんとうのところはわからないわ。ロザムンドは内心でそう思った。なにしろグリフィンはとても頑固な人なのだから。

ああ、あの人が恋しい。それに心配でたまらない。

マドックスはロザムンドが黙っていた不安を口にした。「グリフィンが早まって、ジャクリーンを守るために嘘の自白をしていたらどうします？　彼なら崇高にして愚かなことをやりかねない」

「そうならないようにしてほしいの、ミスター・マドックス。頼りにしているわ」

ロザムンドは視線をそらした。「それから、グリフィンに伝えてほしいの——」

愛している、と。そして、わたしのもとに戻ってくるよう説得して。

つくり笑いを浮かべて言った。「ジャクリーンはそれほど危険な状態じゃない、と。無理をしてまでロンドンに急いで戻ってくる必要はない、ということもね」

29

オリファント司祭がほがらかにミセス・フェイスフルに挨拶する声が聞こえ、グリフィンは心のなかでうめいた。しっかりとした足音が図書室の戸口へ近づいてくる。

司祭は、グリフィンを堕落から守ることをみずからの使命としていた。せっかく崇高な冒険に乗りだしているのにどうして干渉しようとするのか、グリフィンにはわからなかったが、司祭連中は得てしてこういうことをするものだ。

もちろん、オリファントはブランデー目当てに立ち寄っただけかもしれない。グリフィンは空《から》のグラスを見ながら、そんなことを思った。

素手でクレーンを半殺しの目にあわせたあの夜、がらんとした屋敷に戻った。いや、屋敷を管理する使用人たちがそろっているのだから、誰もいないわけではなかったが、ロザムンドがいないと空っぽに感じられるのだ。

感傷的な愚か者だ。ロザムンドにここに戻ってきてほしくてたまらない。グリフィンはつくづくそう思った。だが、妹のために開催した舞踏会の夜以来、何も変わっていない。変わったと自分自身を偽ることはできない。

マドックスが会いに来たが、面会は断わった。オリファントだけは、グリフィンにますます足蹴《あしげ》にされても、なんとか元気づけようとして懲りずに訪ねてきた。

「朝だ、起きる時間だぞ！」司祭は窓辺に近づき、重いカーテンをあけ、フランス窓から日の光を部屋にたっぷりと注ぎ入れた。

グリフィンは顔をしかめた。しつこい頭痛と吐き気にふたたび襲われた。人体の構造上はありえない内容の幼稚なののしりの言葉を司祭に浴びせた。その場で教会から破門されてもおかしくない悪態だった。

オリファント司祭はののしられたことは軽く受け流し、グリフィンに言った。「そんな椅子で眠れたのか？　きのうの服のままか？　ディアラブが見たら卒倒する」

「正直なところ、彼がまだぼくに仕えているのがふしぎだ」グリフィンは言った。「ここではやることなんかないのに」顎を掻いた。この一週間、ディアラブに髭も剃らせなかった。

「わかるか、オリー、神経過敏な召使いを持つと、難儀するって？　ディアラブは四六時中、何かしらに腹を立てている。まるで口うるさい女と暮らしているみたいなものだ。なんの恩恵も得られずに」

司祭は自分で飲みものを用意し、脚の長い体を椅子に沈めた。「いや、わからないな」

グリフィンは手を振った。「たとえば、きのうのことだ。『ディアラブ』とぼくは言った。

『あの緑の上着を出してくれ』『でも、旦那様！　あれは上着と呼べる代物ではございません。ただのぼろ布で、旦那様のブーツを磨くにもふさわしくありません。あれをお召しになることは罷《まか》りなりません』とこう来た。『罷りなりませんだと？』とぼくは言った。『いったい、誰が主人なんだ？』ディアラブは自分の評判についてたわごとを並べたけど、ぼくはそんなのおかまいなしに、問題の上着を着てやった。そうしたら、ディアラブはどうしたと思う？」

オリファントは目を輝かせてグリフィンを見つめた。「想像もつかないな」

「わっと泣きだしたんだ。わっと！」うまく言葉にならないほどの驚きだった。

「あきれたな」司祭は言った。

「まさに」グリフィンはブランデーグラスをにらみつけた。

しばらく沈黙が流れた。やがてオリファントが言った。「そういえば緑の上着は着ていないんだな」

グリフィンは白目を剝いた。「ぼくに何ができる？　女性に泣かれたって災難だ。それなのに、相手は男だぞ」身をふるわせて言った。

「それはともかく、ちゃんと着替えをして、乗馬に行かないとな。いや、こっちも折れないぞ」オリファントは手を上げて、グリフィンの反論を退けた。

グリフィンは先刻の罵倒《ばとう》をくり返し、椅子にふんぞり返った。

ものを食べることも眠ることもできなかった。そんな状態で、乗馬などできるはずがない。何を見ても、どこに行っても、ロザムンドを思いだした。ロザムンドが一度も行ったことのない場所でさえ、そうだった。

ロザムンドのいない暮らしがつらすぎて、ブランデーグラスを口もとに運ぶ気力さえ失いかけていた。どういうわけか酔っぱらうことさえできなかった。少なくとも、痛みを麻痺させるほどには酔えなかった。

そしていま、領地を馬でまわれば気も晴れる、とオリファントは考えているのか？ いろいろと責任があることはグリフィンも自覚している。いずれは元気になる。いまのところはだらだらと気ままに過ごしたかった。邪魔しようとする者は地獄に落ちればいい。うっとうしい司祭ともども。

ふたりの言い争いは白熱しそうになったが、ミセス・フェイスフルがドアを叩き、嬉しそうに顔を輝かせて図書室にはいってきた。「レディ・ロザムンドのロケットを女中が見つけたんですよ、旦那様。ソファの後ろに落ちていました。ほんとうによかったわ、奥様はいつもこのロケットを身につけていらして、なくしたときはがっかりなさっていたようですから」

装身具を手渡されたのではなく、まるで殴られたような気がして、グリフィンは女中頭にろくに礼も言えなかった。ロケットを握った手はふるえていた。

目をつぶり、このロケットをめぐって口論になったことを思いだした。ロザムンドの華奢な首もとからロケットを引きちぎったことを。壁際で激しく愛を交わしたことを。

ロケットをあけないでほしいと、ロザムンドに懇願された。だが、いまならもうあけてもかまわないだろう？

グリフィンは小さな楕円形の金のロケットをじっと見つめた。意識を集中させれば、金属を透視し、なかにしまってある肖像画か形見が見えるのではないかというように。表面に指を滑らせ、留め金の背をいじった。

だめだ。ロザムンドの秘密を勝手に暴くことになる。高潔な男なら、ロケットをあけてはならない。

あの日、音楽室で、ロケットのなかを見ないでほしいと懇願された。それでも、ロザムンドから無理やりロケットを奪い取った。名誉を重んじて、ロケットをあけるのを踏みとどまったわけではない。結局のところ、ロザムンドを抱きたくてたまらない欲求が嫉妬を凌駕《りょうが》しただけのことだ。

それに、ロケットをあけたら、どうせローダデールの肖像画が現われると、あのときは思い込んでいた。金髪の髪の束やらなにやら、見目麗しい大尉への愛を物語る形見の品が出てくるのだろう、と。いまはあのときと同じくらいはっきりと確信している。ロケットのなかにローダデールの肖像画も形見の品もはいっていない。最初からそうだったのだ、と。

ふるえる指で小さな留め金をはずした。そこで手をとめ、きらきらと輝く、ひんやりとしたロケットをふたたび閉じた。

突如として、ロケットをあける必要がなくなった。なかに誰の肖像画がはいっているのか、見なくてもわかったのだ。

そして、鍵をまわしたときにかちりと錠がかかるように、すべてのことがふいに、落ちつくべきところに落ちついた。

ロザムンドはおまえを変えようとしたわけではなかった。本来送るべき人生を送らせようとしていたのだ。祖父がどうしようもない暴君ではなく、もっとまともな人間だったら、両親が若くして亡くならなかったら、グリフィンもロザムンドのようにロンドンの社交界に溶け込んでいただろう。

ロザムンドは理想の夫像の型にはめようとしていたわけではなかった。恐れを払拭《ふっしょく》させるべく、知り得る方法を片っぱしから試みていたのだ。恐れ。大柄で、たくましい、野獣のようなぼくが怯えていた？　だが、ロザムンドは最初から察していたのではないか？　粗野な立ち居振舞いにまどわされず、本質を見抜いた美しい娘にぼくが恐れをなしていたことを。

恐れのせいでロザムンドの愛を受け入れられなかった。そしてその恐れはこの土地で自分の役割を果たす妨げともなり、クレーン一味をのさばらせてしまった。

拒絶されるまえから隣人たちを遠ざけてしまったのも恐れを抱いていたからだ。自分の殻に閉じこもり、祖父が見せ掛けていたような怪物ではないと領民にわからせる努力もせず、偏見を持たれていることを恨みに思っていた。オールブライト殺しの疑いをかけられたとき、世間の風当たりが強かったのは孤立が招いた結果だ。

祖父にばかにされたように、世間の人々からもばかにされるのではないか、という不安に押しつぶされて、誰にも歩み寄らなかったせいだ。

ロザムンドはすべてお見通しだったのではないか？　そして、そんな状況を改善するために、懸命に努力してくれた。成功まであと一歩のところまで来ていた。だが、最後の一歩は他人まかせにはできない。グリフィンが自分でやるしかないのだ。

「奥さんに送るのか？」オリファントは長い沈黙を破った。

「うん？」

「ロケットを」

「いや」グリフィンは立ちあがった。「自分で妻に届ける」

二週間つきっきりで義妹の看病をしたあとで行く気になれない場所があるとしたら、モントフォード公爵が年に一度開く舞踏会を置いてほかにはない。

しかし、セシリーが強情に言い張ったのだ。「とにかく家から出ないとだめよ。いますぐ控えの間に連れていってちょうだい。何を着るかわたしに見せて」

セシリーに叱られるやら、不在の夫に傷心しているように見られたくないという意地やらで、ロザムンドは舞踏会に出かけることにしたのだ。

わざと裾の長いドレスを選んだ。ダンスを断わる口実になるからだ。まだダンスをする気持ちにはなれなかった。いまは音楽を聴く気にもなれないのだから、ワルツに参加したり、スコットランドの舞踏曲《リール》で軽快に踊るなどとても無理だった。

アンドルーから一曲めのダンスに誘われると、先を見越しておいてよかったと思った。

ロザムンドが断わると、アンドルーは怪訝な目をした。「おめでたじゃないんだろう？ きみがダンスを断わるなんて初めてだ」

ロザムンドは顔をあからめた。涙が込みあげ、そっぽを向いた。「ぶしつけなことを言わないで。もちろん、赤ちゃんを身ごもったわけじゃないわ。やつれて見えたとしたら、ジャクリーンの看病疲れかもしれない。今夜はダンスをする元気はないみたい」

「トレガースはまだ戻ってこないのか？」アンドルーはさりげない口調で言った。

「ええ、まだよ」

「いつ頃こっちに戻ってくるのかな？　いや、来週、ジャクソンのところに一緒に行く約束をしていたんでね」

「さあね」ロザムンドは噛みつくように言った。「あの人はあてにならないわ」

「それは残念だな。あの醜い顔の造作を変えてやるのを楽しみにしていたのに」

冷淡な声音にロザムンドはアンドルーに視線を戻した。アンディの鋭い勘を見くびってはいけないわ。

「トレガースに傷つけられたんだね」アンドルーはため息をついた。「そうじゃないかとうすうす感じていた」

その話題は気が進まない。ロザムンドは輝くばかりの笑みを顔に貼りつけた。「ちょっと、失礼させていただくわ」ご挨拶しないといけない方を見かけたの」

皮肉たっぷりに頭をさげ、

自由になったロザムンドはいろいろな知人たちに挨拶をしてまわり、グリフィンが来ていないことをしつこく尋ねられないように、ひとつのところには長く留まらないようにした。最後にモントフォード公爵とレディ・アーデンの話の輪に加わった。

しばらく雑談をしたあとで、レディ・アーデンに切りだしたいと思っていた話題をそれとなく持ちだした。ジャクリーンとミスター・マドックスのことだ。

扇をひらりと動かして、レディ・アーデンは言った。「心配ご無用よ。すべて手を打ってあるわ。ミスター・マドックスはすでに助けを求めに来たのよ。オリヴァー・デヴィア卿とはすっかり話をつけたわ。あの人は足にとげが刺さったライオンのようにいつも不機嫌だけれど、マドックスとジャクリーンの結婚を許してくれるなら、あることを譲歩してもいいと約束したの」公爵のほうを見て、話を続けた。「トレノウェス館のアンソニー・マドックスをご存じかしら、公爵様？　わたしのお気に入りの青年なの」

「会ったことはあるな」公爵はつぶやいた。ロザムンドに向かって言った。「きみの義妹に好ましい相手が見つかったと聞いて私もほっとした。祖父が選んだよぼよぼのご老人や気弱ないとこのもとに嫁がずにすんで」

「ええ、ほんとうに」ロザムンドは言った。「それにふたりは愛しあっているんです。それがなによりですわ」

モントフォード公爵の表情はこう物語っていた。きみも夫を愛している。それでどうなったか見てみるがいい。けれど、当然ながらそんなことは口にしなかった。

「レディ・ジャクリーンのお加減はいかが？」レディ・アーデンが言った。「プロポーズの返事を聞くまえに相手の女性が気を失ってしまうなんて大変なことだと思わない？　思いがけない喜びに気絶したのかしら。それとも、ぞっとして？　あのかわいそうな青年はさぞや気を揉んだことでしょうね」

「ジャクリーンはようやく迷いから覚めて承諾する気持ちになって、それが情熱的な意思表示になったのだと思いますよ」ロザムンドは微笑んだ。「いまは体調も回復しましたが、少しふさぎ込んでいます。家のなかに閉じこもっているのが苦手な性分ですから」

秘密を打ち明けてほっとした反動でジャクリーンは卒倒した。それは間違いない。

そう思った拍子に、ロザムンドはまたグリフィンのことを思いだした。コーンウォールで彼が孤軍奮闘している困難のことも。向こうで何が起きているのかまったくわからないもどかしさに胸が痛み、息をするのもままならなかった。ましてや、にこやかに気の利いた会話を交わすなど至難の業だ。

あとどれくらい辛抱して舞踏会に残っていられるだろうか。誰に会ってもグリフィンのことを思いだし、自分が失ったものを思いだし、苦い思いに駆られた。楽団がワルツを演奏しはじめると、ロザムンドは口実をつくって、公爵とレディ・アーデンのもとを離れた。椅子の上で丸くなって思いきり泣ける静かな場所を探そうと足早に立ち去った。

人でごったがえす舞踏場のなかを縫うように歩いていたが、ロザムンドはふと足をとめ、目をぎゅっとつぶった。あの旋律。《天使のワルツ》だ。グリフィンとどうしても踊りたかった曲だった。

目に涙があふれ、頬を伝いはじめ、ロザムンドは逃げるようにして舞踏場をあとにし、使用人用の階段を駆けあがり、セシリーの部屋に向かった。

セシリーはいなかったが、オフィーリアがいた。大きな老犬の横の敷物の上に身を横たえた。オフィーリアに抱きつき、老いて艶がなくなった毛に顔をうずめて泣いた。

少なくとも半時間が過ぎ、ロザムンドはようやく顔を上げ、起きあがって、部屋の鏡をのぞき込んだ。自分の姿にぞっとして、呼び鈴を鳴らして女中を呼んだ。

娯楽室に引っ込んで、ダンスは避けたほうがいいわね。しばらくして、階段をおりながらロザムンドはそう思った。きっとアンディがカードゲームの相手をしてくれるわ。

アンドルーを探して舞踏場に行くと、代わりにザヴィアとばったり会った。

「やっとつかまえた」ザヴィアは目を輝かせたが、何を考えているのか、よく読み取れない目つきだった。「そこらじゅう探しまわったんだぞ」

そのときまた、あの呪わしい《天使のワルツ》が流れてきた。一生この曲に悩まされるの？　ロザムンドはザヴィアの腕をつかんだ。「娯楽室に連れていって。お願いよ、お兄様。こ、ここにはいられないわ」

「でも、カードゲームはしたくない」ザヴィアはロザムンドの向こうにちらりと目をやった。

「きみもそうだろう」

「ええ、そのとおりよ。もう帰りた――」

「たしか」低い声が背後で響いた。「これはぼくたちのワルツだね」

ロザムンドは凍りついた。この声は知っている。

目を上げると、ザヴィアが眉を片方上げてみせ、人込みに姿を消した。裏切り者！

ロザムンドは深く息を吸い、意を決して振り返った。久しぶりに――あまりにも久しぶりに――グリフィンを目にして、胸がどきどきし、口がからからに渇いた。

けれど、グリフィンはわたしを見捨てたのだ。そう簡単に許すつもりはない。

ロザムンドはわざと尊大に見えるよう、精いっぱい冷ややかに眉を吊りあげた。「紳士ならお気づきのはずよ、裾の長いドレスだから今夜はダンスはしないと」

「そうか？」グリフィンは肘鉄砲を食らったばかりにしては驚くほど涼しい顔をした。「しかし、きみにもしょっちゅう言われていたけれど、ぼくは紳士じゃないんだ」

ロザムンドはグリフィンの全身を眺めた。広がりを押さえた黒い巻き毛から礼装靴にいたるまで、ゆっくりと視線をおろしていった。男性的でたくましい顎に見とれていつまでも視線をさまよわせるようなことはしなかった。体に張りつく最高級の黒い上着に包まれた肩にも、優雅に結んだクラヴァットを留めるダイヤモンドのピンにも、上着の下にちらりと見える真珠のような光沢の胴着にも目を奪われたりしなかった。

筋肉質のたくましい脚を包む白い絹の半ズボンを惚れぼれと見つめることもなかった。

念入りに眺めたあとで、ロザムンドは扇で裾を指し示した。「踊りたくても踊れなくて残念だわ。裾につまずいて、倒れてしまうでしょうから。そんなみっともない姿を人まえにさらすわけにはいかないものね。ふたりして笑いものにはなりたくないでしょう？」

「裾が問題なのか？」

「ええ。どうにもならないわ、見てのとおり」

グリフィンはおもむろに笑みを浮かべた。「いや、どうにもならないことはない」

何をするつもりなのかロザムンドが推測する間もなく、グリフィンは腰をかがめ、ドレスをつかみ、裾を引きちぎった。体をまっすぐに起こし、引きちぎったサテンの切れ端とレースを床にほうり捨てた。

ロザムンドはびっくりしたと同時に愉快になり、笑い声をあげた。まわりの人々にじろじろ見られ、はっとしたように息をのむ声も聞こえたが、ロザムンドは少しも意に介さなかった。

グリフィンは片手を差しだした。ロザムンドはまだ笑いがとまらなかった。安堵と喜びで舞いあがりながら、グリフィンに身をまかせ、ダンスフロアに向かった。

正直に言えば、グリフィンはこれまでにワルツを踊った相手のなかでいちばんうまいわけではなかったが、いちばんへたでもなかった。

けれど、踊っているのはこの曲だ。グリフィンと踊りたかったワルツ！　彼の腕のなかに戻ってこられて幸せだった。ここここそ、自分の居場所だ。しっかりと握りあった手の感触を味わい、幅広のたくましい肩の感触を味わい、至福に酔いしれた。

ドレスこそ裾が引きちぎれた無残なありさまだが、グリフィンと踊りながら舞踏場のなかを移動していると、ロザムンドは有頂天になり、われを忘れそうだった。なんといっても、グリフィンにもっと身を寄せたいと思う耐えがたいほどの甘い誘惑に酔いしれたが、人まえで欲望に負けるわけにはいかない。

最初は遠慮がちな会話だったが、やがて言葉が音楽さながらに流れだしたようだった。ロザムンドはジャクリーンが告白したことを話し、グリフィンはクレーンとベッシーのことを話した。

「じゃあ、結局ジャクリーンのせいじゃなかったのね」ロザムンドは大声をあげた。「ほんとうによかったわ、ジャクリーンもほっとするわね」

グリフィンはうなずいた。「万一必要になった場合に備えて、ベッシーの宣誓供述書も確保した。必要になることはないだろうが」

ロザムンドは目を細めてグリフィンを見た。「たまたま気づいたのだけれど、あなたには事件当夜のアリバイがあるわ」

グリフィンはぎょっとしたような目でロザムンドを見た。

「毎週木曜日の夜は司祭のお宅で過ごしているから」ロザムンドは勝ち誇ったような気持ちを隠しきれなかった。「オールブライトが死んだのは木曜日だったとジャクリーンから聞いたわ。それで、そういえば、と思いだしたのよ」

「鋭いな」グリフィンはうなずいた。「そう、ぼくにはアリバイがあった。でも、それを使うわけにはいかなかったんだ。ジャックスに疑いがかかる恐れがあったから」

ロザムンドは涙を滲ませた目でグリフィンに微笑んだ。「あなたは気高い獣《けもの》ね、いとしのクマさん。戻ってきてくれてほんとうに嬉しいわ」

「ぼくのほうこそ嬉しい」グリフィンは真剣な表情になって言った。「ロザムンド、こんなときになんだが、ぼくは――」

ロザムンドは首を振り、目をしばたたいて涙をこらえた。「そうよ、こんなときになんだわ。でも、わかるわ、グリフィン。それ以上言わなくていいの」

ふと顔をめぐらせると、モントフォード公爵がこちらを見ていた。ロザムンドは公爵ににっこりと微笑んだ。心からの笑みを、今夜公爵に向けたのはこれが初めてだった。歓喜にあふれ、涙も少しまじった笑みを。

剣の試合で負けを認めたように、モントフォード公爵は悲しげに唇をねじり、ロザムンドに会釈をした。そしてグリフィンをじろりとにらむと、すぐに顔をそむけ、レディ・アーデンとの会話に戻った。

「いまのはなんだったんだ？」グリフィンが言った。

「公爵様は愛に懐疑的なの――というか、少なくとも貴族の恋愛結婚をよしとしていないのよ。それでも、被後見人たちは結婚相手と愛しあっているわ」ロザムンドはため息をついた。

「いつかキューピッドの矢が刺さる日が来るのかしら」

「モントフォード公爵に？」グリフィンは鼻を鳴らした。「それはまずない」

ロザムンドは生意気そうな目でグリフィンを見た。「同じくらい見込みのない候補者なら何人か思いつくわ」

「いいか、そんな目で見つめられていたら、自分が紳士だということを忘れてしまいそうだ」グリフィンは体を寄せて、ロザムンドの耳もとで低い声を響かせた。「ぼくたちがいま人まえにいるということも」

ロザムンドは露骨に挑発するように、上目づかいにグリフィンを見つめた。

押し殺したうめき声を漏らし、グリフィンはロザムンドの腕をつかみ、舞踏場から連れだし、テラスの階段をおりた。やがて、ロザムンドが遅れを取るのでグリフィンは彼女を抱きあげて、雨のなかを庭に走り出た。ロザムンドは声をあげて笑い、室内用の靴を履いた足を蹴りあげ、顔を仰向け、雨を感じた。グリフィンは東屋にたどり着くまで足をとめなかった。初めて密会した場所に戻ってきたのだ。

「主人風を吹かせちゃって」ロザムンドはぶつぶつ言いながら、グリフィンとともに長椅子に身を沈めた。

けれど、グリフィンは真剣な顔になった。「ああ、ロザムンド、きみを愛している」濡れた肌に熱い唇を触れ、ふるえるロザムンドの顔からキスで雨粒をぬぐった。ロザムンドは吐息を漏らした。グリフィンはその吐息を自分の口で受けとめ、魂を奪うような激しいキスをした。

グリフィンの好きなところがすべてこの抱擁に含まれていた。野性味、やさしさ、情熱。愛を交わしながら、奇跡に出会い、歓喜を覚えたこともあった。けれど、こうして彼の腕のなかにいると、これまで夢見てきたあらゆることを凌ぐようだった。とうとう、彼に愛されているという安心感を覚え、のびのびと身をゆだねることができる。自分の愛を受け入れてくれたという確信を覚えて。

グリフィンがドレスの裾のなかに手を滑り込ませてくると、ロザムンドは唇を重ねたまま、はっと息をのんだ。「誰かに見られてしまうかもしれないわ」

「外は雨だ」グリフィンは手を上に伸ばしていった。「誰もここまで来ないさ」

「グリフィン！」

けれど、グリフィンは思いとどまろうとしなかった。じつを言えば、ロザムンドも本気でとめようとしたわけではなかった。グリフィンの熱と力強さとたくましさにわれを失っていた。欲望の淵にともに身を投じ、情熱と喜悦の高みへと舞いあがった。

ことが終わり、ふたりは並んで長椅子にぐったりと横たわりながら息をあえがせていた。ロザムンドは頭上のガラスの天井越しに星空を見あげ、これまでに味わったことのない一体感と安らぎを感じた。

「そうだ、忘れていた」グリフィンは体を動かし、ポケットから何かを取りだし、ロザムンドに手渡した。

「まあ！」ロザムンドは息をのんだ。「わたしのロケット！」

肘をついて体を起こし、ロケットの表面にそっと指を滑らせ、傷はないか手探りで確かめた。暗がりでは細部まで見えないからだ。手で触れてわかる損傷はなかった。

そして、鎖の輪の状態も確かめた。「自分で直したのだけれど、いい加減だったから、同じ輪がまたはずれてしまったのね」

ロケットを握りしめ、グリフィンに視線をおろした。自分の肖像画がはいっているのを見て、どう思ったのかしら？　きっと喜んだことでしょう。だから戻ってきたの？

「あけていないよ」

「ふうん」自分の頼みを尊重してくれたのはロザムンドとしても嬉しい半面、不安にもなった。なかを見たい気持ちに駆られなかったということは、つまり……関心がない証拠かもしれない。けれど、情熱をわかちあったあとに、そんなことはとても信じられない。

「あけてみたくならなかったの？」

「ああ」

「少しもそんな気にならなかった？」グリフィンの返事を聞いて、ロザムンドは心穏やかならぬ気持ちになってきた。

少年のような笑顔でグリフィンは首を振った。「でも、それはなかに何がはいっているか見なくてもわかるからだ」

「どうしてわかるの？」ロザムンドは少しいたずらっぽく尋ねた。

「きみがぼくを愛しているからさ」グリフィンはそう言って、ロザムンドの鼻にキスをした。

「昔からずっと」

「あなたがわたしに首ったけなのと同じく」ロザムンドは言い返した。

「そう、これからもずっと」グリフィンは言った。そして、狼を思わせる笑みを浮かべ、またもロザムンドを抱き寄せた。

エピローグ

年に一度の舞踏会の締めくくりとして、モントフォード公爵にとって一種の習わしになっているのは、レディ・アーデンと図書室で静かにワイングラスを傾けることだった。

それ以上に進展することはない。もちろん、ふたりは恋人同士ではないのだ。いまはまだ。最後のひと言を喜んでつけ加えた――そう思うと、じつにそそられる。だが実際のところ、十五年以上もいまの関係を維持していた。双方が楽しんでいる友人としてのつきあいや、レディ・アーデンがこちらの機智や創意を試すように突きつけてくる挑戦と引き換えに、情事のような儚《はかな》いものを手に入れようとは思わない。どれほど魅力的な淑女が相手でも。

そう、レディ・アーデンはじつに魅力的だ。ブランデーのような色合いの瞳に、蜂蜜色の豊かな髪。気品のある鼻。顎は女性らしい形をしているが、決然とした印象を醸している。いかにも貴族然とした頬骨はバターも切れそうだ。赤褐色の絹のドレスの下で、官能的な曲線を描くすばらしい体つきは言うに及ばず。

レディ・アーデンは穏やかな視線を向けてきた。「ちょっと小耳にはさんだのだけれど、あなたの被後見人だった、薔薇の蕾のようなかわいい方の母親——レディ・スタインが再婚したそうね。外交官と」

「ああ」モントフォードは足首を重ね、ゆったりと姿勢を崩した。「私も噂は聞いた」

「結婚式を終えた直後、新郎はシベリアの草原だかどこだかに飛ばされたんですって！」

モントフォードは唇をよじった。「ほう？　聞いた話では、サンクトペテルブルクだった」聞いた話どころか、転任先はサンクトペテルブルクであると事実として知っていた。「たぶんレディ・スタインには違いがわからない」

「たぶんそうね」レディ・アーデンは同意した。「いずれにしても、それだけ離れていれば、もうロザムンドにいやがらせをすることはないわね。それに、サンクトペテルブルクの宮廷ではレディ・スタインのような女性の気晴らしになることがあるから、ほら、ちょっとしたお遊びを楽しめるし、向こうに残っていたほうがいいと思うでしょうね。異国での暮らしがあまり快適でないと困るわ。ロンドンに逃げ帰ってきてしまうもの」

「すばらしい思考回路だ」モントフォードは言った。

「そう？」レディ・アーデンは皮肉っぽく微笑んだ。「目下のところ、わたしの思考回路はレディ・セシリーのためにせっせと動いているわ」

モントフォードは椅子のなかで姿勢を変えた。「セシリーはすでに婚約者がいる。時間を浪費することはない」

「まえにも申しあげたけれど、その縁組は気に入らないわ」

「気に入らないと思うのは、お膳立てに自分がかかわっていないからだ。たまたま私もかかわっていない。レディ・セシリーの両親が公爵を娘の結婚相手に確保した。それからわずかひと月後、ご両親は馬車の事故で亡くなった。じつに悲劇的だった」

「そう」レディ・アーデンは眉根を寄せた。「正式な婚約だったの？　それともただの口約束？」

「どちらにしろ、あなたには関係ないことだ」モントフォードはじっとレディ・アーデンを見た。「マドックスとレディ・ジャクリーンの婚姻についてオリヴァー・デヴィアの承諾を取りつけた件に満足していればいいだろう。あれは大手柄だった。ちなみに、どういう手段を使ったんだ？」

レディ・アーデンは華奢な手を振った。「わたしなりの流儀があるの」

どういう流儀なんだろうか。モントフォードが考えをめぐらせていると、深い静寂が広がった。やがて、庭の動きにふと目が留まった。

椅子から腰を上げ、窓辺に近づき、フランス窓越しに雨の庭を眺めた。

ふたつの人影が見えた。どちらも衣服が乱れ、濡れそぼち、裏門に向かって走っている。

モントフォードは眉を吊りあげた。

「あのふたりは家まで歩いて帰るつもりなのかしら？」レディ・アーデンの吐息がモント

フォードの耳をくすぐった。

「あのふたり？」モントフォードはまたもや眉を上げて言った。横目でレディ・アーデンをちらりと見た。「誰も見えなかったな。あなたは？」

「見えなかったわ」レディ・アーデンは楽しげな笑い声を低く漏らした。

モントフォードもわれ知らず微笑んでいた。どうしてなのか説明のつかない満足感で胸が温かくなった。

やがてカーテンを引き、夜を閉ざした。

訳者あとがき

　十九世紀初頭、摂政時代のロンドン。名家の貴族たちが〝婚姻省〟なる秘密結社をつくり、紳士淑女の縁結びを執り行なっていました。とりわけ強い影響力を誇るウェストラザー家、ブラック家、デヴィア家は鍔迫《つばぜ》りあいをくり広げ、定例会ではたがいに火花を散らしていたのです――。

　いうまでもなく、この婚姻省というのは、著者クリスティーナ・ブルックが生みだした架空の組織です。家同士の駆け引きに巻き込まれながらもひたむきに愛を貫こうとする、ウェストラザー家の魅力的な淑女たちの恋愛模様が描かれた〈婚姻省シリーズ〉は、本国ではすでに三作が上梓され、本書『約束のワルツをあなたと』はシリーズ二作めにあたります。

　第一作『密会はお望みのとおりに』では、若くして未亡人となったジェインがよろしからぬ評判を立てられている男爵との結婚を余儀なくされ、身の振り方に悩みながらも果敢に幸せをつかむ物語でした。続く今回のヒロインはレディ・ロザムンド。ジェインと同じく、モントフォード公爵のもとで育てられた、由緒正しき家柄の女性相続人にして、ロンドン社交界きっての美女です。デビューした年は社交界に一大旋風を巻き起こし、求愛のしるしに贈られる花で部屋が埋めつくされてしまうほどの人気ぶりなのですが、ロザムンドにはすでに婚姻省によって決められたお相手がいます。ところが、その男性は手紙ひとつよこさず、どういうわけか婚約者のロザムンドをまるで無視しているありさま……。

物語は三年まえにふたりが初めて顔を合わせた日から始まります。グリフィン・デヴィアと正式に婚約を取り交わすため、モントフォード公爵に連れられて意気揚々とコーンウォールに向かったロザムンドを待っていたのは驚くほど冷ややかな対応でした。未来の花婿は出迎えもせず、あろうことか厩にこもりきり。業を煮やしたロザムンドは厩に出向き、無礼きわまりないグリフィンをわざと馬丁あつかいにして、いくばくか溜飲をさげるのですが、気性の激しいグリフィンは物怖じしないロザムンドに刺激され、思わず唇を重ねてしまいます。

初顔合わせでのデヴィア家側の不手際にもかかわらず婚約は無事に成立しますが、グリフィンはいっこうに結婚に踏み切ろうとしません。月日が流れるあいだ、祖父の死去にともなってトレガース伯爵の称号を受け継いだグリフィンは領地の管理に追われ、さらには美貌の令嬢を娶ることに気後れし、結婚を先延ばしにしにしていたのです。

ところが、最愛の妹が不幸な結婚を強いられる破目に陥り、妹の後見人であるオリヴァー・デヴィアの圧力に屈し、グリフィンは重い腰を上げ、ようやくロザムンドを迎えにロンドンに向かいます。グリフィンとの結婚を心待ちにしていたロザムンドはすぐにでも彼の胸に飛び込みたいところだったのですが、たやすく手に入れた女性は大切にされないという鉄則を信じ、彼に婚約者としての交際期間を条件として突きつけます。野獣のようだと称される容姿に劣等感を抱くグリフィンは、社交界とは距離を置き、田舎にひきこもった生活を送ってきたため、ロザムンドの要望は無理難題ともいえるものでした。おまけに、社交界の花形であるロザムンドに近づくほかの男性の影もグリフィンにとっては心配の種で……。

初めて会ったときから強く惹かれあいながらも周囲の事情に翻弄され、ときには激しく傷つけあうふたりがどう歩み寄っていくのか。幼い頃からかかえている心の傷は愛によって救われるのか。家族の愛に飢えた者はみずから理想の家族を築けるのか。本作を読みすすめていくうちにグリフィンとロザムンド、双方の苦悩がしだいにあきらかになっていきます。

美しさは所詮、皮一枚といいますが、比類なき美女であるロザムンドも、顔に醜い傷跡を残し、会う人ごとに恐れられる巨漢のグリフィンも、美醜によって、つまり他人からの見た目の評価によって人生を左右されてきました。いわば背中合わせの苦悩をかかえたふたりがどう心を通わせていくのか、どうぞじっくりとお楽しみください。

また、モントフォード公爵のもとで一緒に育った兄やいとこたちとロザムンドのかかわりも、もうひとつの読みどころでしょう。いとこ同士、あるいは兄と妹のやりとりはときにユーモラスであり、ほろりとさせられる場面もあり、個性豊かなウェストラザー一族の面々が物語に絶妙な彩り《いろど》りを添えています。

そのなかでもとりわけ強い印象を残すのが、おてんば娘のセシリー。彼女はシリーズ三作め *A duchess to remember* のヒロインを務めます。著者の公式ウェブサイトによれば、スピンオフシリーズともいえる〈ウェストラザー家シリーズ〉も本国ではすでに二作が紹介され、近々刊行予定の三作めでは、ロザムンドの兄ザヴィアが主人公を務めるとのこと。人を寄せつけない皮肉屋だけれど、妹思いのやさしさをうちに秘めたザヴィアは、本書では謎めいた存在でしたが、そんなザヴィアがどんな恋をするのか、一読者として興味を惹かれるところです。

著者のクリスティーナ・ブルックはオーストラリア出身で、前職は弁護士。二〇〇七年に別名義で作家デビューし、すでに二度ＲＩＴＡ（米国ロマンス作家協会）賞にノミネートされるという実力の持ち主です。今後どんな作品を発表していくのかとても楽しみなロマンス作家のひとりと言えるでしょう。

二〇一四年五月

ザ・ミステリ・コレクション

約束《やくそく》のワルツをあなたと

著者　クリスティーナ・ブルック

訳者　小林《こばやし》さゆり

発行所　株式会社 二見書房
東京都千代田区三崎町2-18-11
電話 03(3515)2311［営業］
03(3515)2313［編集］
振替 00170-4-2639

印刷　株式会社 堀内印刷所
製本　株式会社 関川製本所

ISBN978-4-576-14079-7
http://www.futami.co.jp/